Katharina Peters
Hafenmord

atb aufbau taschenbuch

Katharina Peters, Jahrgang 1960, schloss ein Studium in Germanistik und Kunstgeschichte ab. Sie begeistert sich für Aikido, ist passionierte Marathonläuferin und lebt im südlichen Berliner Umland.

Aus der Reihe mit Romy Beccare sind lieferbar: »Hafenmord«, »Dünenmord«, »Klippenmord«, »Bernsteinmord« sowie »Leuchtturmmord«.

Mit der Kriminalpsychologin Hannah Jakob als Hauptfigur sind lieferbar: »Herztod«, »Wachkoma«, »Vergeltung« und »Abrechnung«.

Romy Beccare glaubt, auf Rügen ein wenig zur Ruhe zu kommen. Doch kaum hat sie sich auf ihrer neuen Dienststelle eingerichtet, hat sie ihren ersten Fall. Nach einem anonymen Anruf findet die Polizei auf dem Gelände einer Fischfabrik im Sassnitzer Hafen die Leiche des seit anderthalb Tagen vermissten Kai Richardt. Der 45-jährige Geschäftsmann, Familienvater und Triathlet aus Bergen verlor im Keller eines Lagerhauses sein Leben. Bei der Durchsuchung des Lagerhauses stößt Romy auf eine zweite Leiche. Das Skelett einer Frau wird gefunden, die im Jahr 2000 spurlos verschwand, als sie auf der Insel merkwürdigen Geschäften des toten Richardt nachging. Doch wo ist der Zusammenhang zwischen den beiden Mordfällen?

Katharina Peters

HAFEN-MORD

Ein Rügen-Krimi

atb aufbau taschenbuch

MIX
Papier aus verantwortungsvollen Quellen
FSC® C083411

ISBN 978-7466-2815-8

Aufbau Taschenbuch ist eine Marke
der Aufbau Verlag GmbH & Co. KG

9. Auflage 2016

Umschlaggestaltung capa, Anke Fesel
unter Verwendung eines Fotos von Carla Brno / bobsairport
Druck und Binden CPI books GmbH, Leck, Germany
Printed in Germany

www.aufbau-verlag.de

PROLOG

Der Typ war topfit. Von Buschvitz nordöstlich von Bergen über die Boddenstraße und Lietzow bis nach Sassnitz an den Hafen waren es gut und gerne zwanzig Kilometer, für die er mit seinem schwarz-roten Crossbike kaum fünfundvierzig Minuten brauchte. Der Mann sei ein bestens trainierter Triathlet, der keine Mühe habe, mal eben fünfzig Straßenkilometer unter die Pedale zu nehmen, hatte Tim gesagt. So sah er auch aus: Eine drahtige Gestalt in Radsportklamotten, der kleine Rucksack saß perfekt, windschnittiger Helm. Man dürfe ihn keinesfalls unterschätzen, hatte Tim noch betont, und der, selbst Ausdauersportler, musste es ja wissen.

Steffen folgte dem Mann seit einigen Tagen wie ein Schatten. An diesem Morgen war er, wie abgesprochen, in aller Herrgottsfrühe über die Rügenbrücke von Stralsund herübergekommen, vorbei an der blaugrün gestrichenen Volkswerft. Die ersten Angler hatten bereits ihre Plätze eingenommen und trotzten stoisch dem Wind. Steffen hatte keine Ahnung, warum Tim wissen wollte, was dieser Kerl trieb.

»Sein Name ist Kai Richardt, und er ist ein mieses Schwein. Alles Weitere wirst du zu gegebener Zeit erfahren«, hatte er nur gesagt.

Aber eigentlich spielte das ohnehin nur eine untergeordnete Rolle. Es war Tim wichtig, über jeden seiner Schritte Bescheid zu wissen, ob der Mann nun geschäftlich unterwegs war, zu Hause auf der Terrasse saß, mit seinen Kindern herumalberte oder sein Trainingsprogramm abspulte. Also machte Steffen seinen Job, und er war felsenfest davon überzeugt, dass er ihn völlig unbemerkt erledigte.

Es gab kaum etwas, was Steffen für Tim nicht getan hätte – seit jener Nacht, als er ihn davor bewahrt hatte, von einer Horde rechter Arschlöcher fertiggemacht zu werden. Wie lange war das her – drei Jahre? Vier? Egal – eine halbe Ewigkeit. Steffen hatte damals auf der Straße gelebt und war richtig heruntergekommen. Seine eigene Mutter hätte ihn kaum wiedererkannt – wenn sie sich die Mühe gemacht hätte, ihm einen Blick zuzuwerfen.

Eines Nachts hatte er in einem Hauseingang in der Heinrich-Mann-Straße in Knieper-Nord Schutz gesucht. Die vier Glatzen waren ihm erst aufgefallen, als sie direkt vor ihm gestanden hatten. Einer hatte ihn festgehalten, ein Zweiter zugetreten, ein Dritter losgedroschen wie ein Irrer, der Vierte hatte zugesehen und höhnisch dazu gegrölt. Wenn Tim nicht zufällig vorbeigefahren und angehalten hätte, um ihm zu helfen, wäre die Sache übel für ihn ausgegangen. Sehr übel.

Seitdem hatte sich nicht alles, aber doch manches grundlegend geändert. Steffen lebte nicht mehr auf der Straße, sondern wohnte in einem Zimmer unter dem Dach des Vereinsheims in Stralsund, in dem Tim sich regelmäßig mit seinen Sportsfreunden traf, und erledigte im Lokal und in Tims Sportgeschäft alle möglichen Jobs. Er fuhr einen alten weinroten 500er Fiat, an dem er wochenlang herumgeschraubt hatte. Hin und wieder soff er noch, aber deutlich weniger und niemals, wenn er mit dem Wagen unterwegs war. Darauf hatte er Tim sein Ehrenwort geben müssen. Er trieb Sport, vornehmlich Kampfsport, und es verschaffte ihm ein tiefes Gefühl der Befriedigung, wenn er spürte, wie gut er in Form war – trotz allem, was er seinem Körper im Laufe der Jahre zugemutet hatte.

Doch gegen die bleischwere Mutlosigkeit, die ihn seit seiner Jugend regelmäßig heimsuchte, schien kein Kraut gewachsen zu sein und auch nicht gegen diese eindringliche

Gewissheit, dass sie ihn eines Tages zerstören würde – egal, wie sehr er bemüht war, sein Leben in den Griff zu bekommen, und egal, ob ihn jemand wie Tim zu retten versuchte.

Hinter dem Großen Wostevitzer Teich bog Kai Richardt zunächst in Richtung Fährhafen ab, um dann im Affenzahn am Kriegerfriedhof und Schmetterlingspark vorbeizusausen und Kurs auf den Sassnitzer Stadthafen zu nehmen. Dort drosselte er das Tempo deutlich und radelte schließlich gemütlich auf das Gelände der Fischfabrik, um am Haupteingang des Bürotrakts zu halten. Er stieg ab, lockerte kurz seine Beine, löste den Verschluss des Helms und betrat das Gebäude mit schwungvollen Schritten.

Steffen lenkte seinen alten Fiat auf den Parkplatz am Fischimbiss und parkte ihn hinter einem Transporter. Er stieg aus, hielt die Nase in den Wind und überlegte gerade, sich ein Matjesbrötchen zu besorgen, als der Biker wieder auftauchte. Steffen trat rasch hinter den Transporter und ging in die Hocke, ohne den Mann aus den Augen zu lassen.

Statt sich erneut in den Sattel zu schwingen, sah Richardt sich zunächst unauffällig um, bevor er dann – das Rad locker mit einer Hand neben sich herschiebend – bis ans Ende der Fischfabrik schlenderte. Tim glaubte nicht, dass er sich nur die Beine vertreten und einen Blick auf die geschwungene und zugegebenermaßen eindrucksvolle Fußgängerhängebrücke werfen wollte, die Hafen und Stadtzentrum miteinander verband. Steffen richtete sich auf und folgte ihm in gebührendem Abstand.

Auf dem Fabrikgelände war wenig los. Zwei Männer standen im Gespräch vertieft an einem offenen Tor und sahen nicht mal zur Seite, als Steffen vorbeiging. Auch Richardt hatten sie keines Blickes gewürdigt. Ein LKW fuhr rumpelnd vom Hof. Eine frische Brise trug das Geschrei der Möwen und den satten Klang eines Schiffshorns herüber. Richardt beschleunigte aus unerfindlichen Gründen plötzlich seine Schritte und bog um die Ecke. Steffen musste sich sputen, um zu ihm aufzuschließen.

Hinter der Fabrik und dem Bürotrakt verwaisten einige alte abgelegene Gebäude in trübem Graubraun, die teils zerfielen, teils als Lager- und Geräteschuppen genutzt wurden, wie Steffen vermutete. Zwischen den Gebäudeteilen stand dürftiges Gras; ein mindestens zwanzig Jahre alter LKW samt Anhänger verrottete; ausrangierte Fischkisten und zerschlissene Seile dümpelten vor sich hin; aus einem ausgeschlachteten Trabant quoll Unrat. Ein Ort für Ratten. Betreten verboten.

Steffen schlich gebückt hinter einen Schuppen und beobachtete mit angehaltenem Atem, wie der Mann gerade das Tor eines langgestreckten Backsteingebäudes mit zwei blinden vergitterten Fenstern öffnete und sein Rad hineinschob. Das Tor klackte leise, als das Schloss hinter ihm zuschnappte.

Steffen runzelte die Stirn. Er griff nach seinem Handy und rief Tim an, um ihm mit gedämpfter Stimme Bericht zu erstatten. Die Anweisung, die er nach kurzer Pause erhielt, war unmissverständlich.

Steffen stand auf, straffte die Schultern und sah sich aufmerksam um, bevor er mit eiligen und leisen Schritten zum Tor hinüberlief und lauschte. Im Gebäude war es still, und das Tor ließ sich nicht öffnen. Steffen verharrte. Nach etwa zehn Minuten hörte Steffen plötzlich Schritte und leises Pfeifen. Dann knarzte es, und das Tor wurde ein Stück zur Seite geschoben.

Steffen fuhr herum, schob sich blitzschnell in den Spalt und schlug den Typen nieder, bevor der auch nur einen Mucks von sich geben konnte. Er verriegelte das Tor von innen, fesselte und knebelte den Mann und nahm sein Handy an sich. Dann wartete er auf Tim.

1

Kommissarin Ramona Beccare war erleichtert, als das Telefon klingelte und Kollege Kasper Schneider ihr Wochenende am Sonntagabend vorzeitig beendete. Sie war gerade in ihre Wohnung nach Binz zurückgekehrt: Salzgeruch auf der Haut und das aufgewühlte Meer noch vor Augen. Moritz im Herzen. Melancholisch bis auf die Knochen und gar nicht italienisch temperamentvoll, wie man es ihr gerne nachsagte, geschweige denn unbeschwert und fröhlich.

Sie legte den Motorradhelm auf die Küchenbank, schüttelte ihr schwarzes lockiges Haar zurecht und meldete sich nach kurzem Blick aufs Display. »Guten Abend, Kollege. Gibt es Arbeit für uns?«

»Kann man so sagen. Üble Sache«, erwiderte Schneider nach knapper Begrüßung. Er klang angestrengt. Das war selten.

»Geht das genauer?«

»Jo – 'ne Leiche auf dem Gelände hinter der Fischfabrik am Sassnitzer Hafen. Vorher gab's 'nen anonymen Anruf.«

Mehr hatte er im Moment nicht zu sagen. Die Kommissarin seufzte. Kasper Schneider war wie die meisten Rüganer nicht gerade als exzessiver Redner oder leutseliger Plauderer verschrien. Das war häufig hilfreich, zeitsparend und angenehm, manchmal jedoch nervtötend und mühsam.

In Rostock und Schwerin, wo Ramona Beccare, genannt Romy, in den vergangenen Jahren als Ermittlerin in verschiedenen Mordkommissionen gearbeitet hatte, bevor sie vor einem guten halben Jahr als leitende Kommissarin nach Bergen auf Rügen wechselte, war es im Gespräch auch selten ausschweifend zugegangen. Romy war also mit einer gewissen nördlichen Sturheit durchaus vertraut und hatte bereits gelernt, ihr südländisches Temperament zu zügeln. Besser gesagt: Sie bemühte sich immer wieder darum, und der Lernprozess war noch lange nicht abgeschlossen.

So nahm sie die landestypisch verbale Zurückhaltung ihres Kollegen Kasper Schneider meist gelassen zur Kenntnis. Der Mann war ein hervorragender Organisator mit einem bemerkenswerten Gedächtnis, und sie konnte bestätigen, dass sein Ruf als bester Hobbykoch auf Rügen – zumindest in Polizeikreisen – völlig angemessen war. Außerdem hatte er ihr den Neubeginn in Bergen leichtgemacht. Mit gut über sechzig Jahren fürchtete der Mann keine Konkurrenz mehr, sondern freute sich über die Verstärkung in Gestalt einer jungen Kommissarin, die in ihrer Freizeit boxte und im Einsatz gerne in vorderster Linie zeigen durfte, was sie draufhatte. Wenn er sein verschmitztes Lächeln zeigte, hatte er sogar was von Hardy Krüger. Aber das durfte sie ihm vielleicht mal in zwanzig Jahren sagen. Wenn überhaupt.

Die 35-jährige gebürtige Münchnerin hatte ihre Laufbahn in der bayerischen Landeshauptstadt bei der Sitte begonnen und kurze Zeit später in Köln fortgesetzt. Ihre Eltern waren entsetzt gewesen, als es sie schließlich sogar nach Mecklenburg-Vorpommern verschlagen hatte – der Liebe wegen. Der Liebe zum Meer. Der Liebe zu Moritz, der aus Rostock stammte und Polizeischüler unterrichtet hatte. Mit dem sie die schönsten Tage ihres Lebens auf Rügen verbracht hatte, in einem kleinen Bungalow in Gager, im Südosten auf der Halbinsel Mönchgut, wo sie sich gar nicht satthören konnte am Rauschen des Meeres und sich den heftigsten Sonnenbrand ihres Lebens geholt hatte. Moritz war im letzten Sommer seinen vierten Marathon gelaufen – und er war bei Kilometer sechsunddreißig den plötzlichen Herztod gestorben.

Romy hatte ihre Eltern nicht zum ersten Mal enttäuscht. Bereits die Entscheidung, zur Kripo zu gehen, statt ihre berufliche Zukunft im elterlichen Restaurant zu suchen, hatte fast den Bruch bedeutet und leidenschaftlich geführte Auseinandersetzungen nach sich gezogen. Romys Vater Frederico stammte aus Neapel und führte zusammen mit seiner Frau, einer waschechten Münchnerin, seit Jahrzehnten ein angesehenes Lokal in Schwabing. Nach seinem Familien- und Selbstverständnis hatten die Kinder die Tradition im Sinne der Eltern fortzusetzen, und zwar voller Begeisterung, Hingabe und Dankbarkeit. Romy liebte ihre Eltern, aber das Leben in Schwabing war nie ihres gewesen, ihr Kochtalent verdiente kaum diese Bezeichnung, und ihr Interesse an der Gastronomie tendierte gegen null.

Leider führte das Thema immer wieder zu hitzigen und lautstarken Diskussionen – auch und gerne am Telefon –, zumal Romys älterer Bruder Roberto inzwischen ebenfalls andere berufliche Pläne hatte, oder besser gesagt: Er hatte keine Lust mehr, unter der Fuchtel des Vaters zu stehen. Romy hatte volles Verständnis für ihn und hielt mit ihrer Meinung nicht hinterm Berg.

Die Kommissarin schüttelte die Gedanken ab, schlüpfte in ihre Lederjacke und griff zum gerade abgelegten Helm. Ihre Vespa war noch warm, ein kräftiger Ostwind hatte merklich aufgefrischt. Sie fuhr auf der Prorarer Chaussee die Küste entlang in Richtung Norden, links den Kleinen Jasmunder Bodden, rechts die Prora hinter sich lassend.

Die von den Nazis erbaute gigantische Ferienanlage, die weder fertiggestellt noch je ihrer ursprünglichen Bestimmung übergeben worden war, versetzte Romy mit ihrer wuchtigen Präsenz stets aufs Neue in Erstaunen. Mehr noch – die Anlage war ihr unheimlich, auch noch beim dritten und vierten Rundgang. Der dunkle Koloss war mehrere Kilometer lang und beherbergte nach der wechselweisen

Nutzung von Militär, Volkspolizei und Bundeswehr inzwischen zahlreiche Ausstellungen und Projekte und bot Platz für kulturelle Veranstaltungen der unterschiedlichsten Art. Doch ein Großteil des Gebäudekomplexes, der in beeindruckendem Kontrast zum ansonsten schicken Binzer Bäderambiente stand, verfiel in stummer Anklage. So hatte sie es Moritz gegenüber ausgedrückt. Der hatte gelacht, sie geküsst und dabei ein Handyfoto von ihnen beiden gemacht, direkt vor dem Haupteingang. Glücklich auch im Angesicht der Prora, hatte er es genannt.

Das Ostseebad Binz war auf der Suche nach einer Wohnung nicht Romys erste Wahl gewesen – zu edel und zu viele Touristen, so hatte ihr Urteil gelautet. Am liebsten hätte sie sich in einem kleinen, abseits gelegenen Fischerdorf in einem reetgedeckten Haus verkrochen. Aber ums Verkriechen ging es nicht und um ewigen Urlaub auf Rügen auch nicht. Also verband sie den Wunsch, in direkter Nähe zu Meer und Wald zu wohnen, mit der Notwendigkeit, mit ihrem Roller bis Bergen nicht länger als fünfzehn Minuten zu brauchen, zumindest außerhalb der Urlaubssaison, und fand schließlich im östlichen Teil des Ostseebades im Buchenweg eine schöne, bezahlbare Bleibe. Sie hatte schnell zugegriffen, ohne es bislang bereut zu haben. Allerdings hatte sie auch noch keine Hochsaison auf Rügen erlebt. Manchmal hörte sie vom Balkon aus den Rasenden Roland.

Der Zugang zu den alten Gebäuden hinter der Fischfabrik war weiträumig abgesperrt, und das Gelände wurde mit Baustrahlern ausgeleuchtet. Uniformierte Polizisten suchten die Umgebung ab oder befragten Leute. Fischkutter schaukelten im Hafenbecken. Kasper Schneider kam ihr entgegen, als Romy ihren Roller abstellte. Eine Windböe blies ihr ins Gesicht und nahm ihr für einen Moment den Atem.

»Die KTU kommt gleich«, sagte er statt einer Begrüßung

und fuhr sich mit beiden Händen durch den eisgrauen Haarschopf. »Die Leiche liegt im Keller.«

»Weiß man schon …?«

»Kai Richardt, fünfundvierzig, Geschäftsmann und Familienvater aus Buschvitz. Seine Frau hat ihn gestern Nachmittag als vermisst gemeldet«, erklärte er gemächlich, aber in konzentriertem Tonfall. »Er ist frühmorgens zu einer Radtour aufgebrochen und nicht wieder nach Hause gekommen. Thomas Bittner, der Inhaber der Fischfabrik, hat gerade ausgesagt, dass Richardt ihn am Morgen kurz im Büro besucht hat. Die beiden sind alte Freunde und Sportkollegen. Richardt wollte eine Kleinigkeit an seinem Fahrrad reparieren – in dem Gebäude gibt es eine Werkstatt – und dann wieder zurückfahren. Wahrscheinlich ist er dort überfallen worden. Man hat ihn in den Keller gebracht, gefesselt und totgeschlagen.«

Romy nickte. Für Kaspers Verhältnisse war das ein Vortrag mit Überlänge gewesen. »Haben wir es hier mit einem Raubüberfall zu tun?«

Kasper schüttelte den Kopf. »Glaub ich nicht – Geld, Ausweis und Schlüssel haben wir in seinem Rucksack gefunden. Allerdings fehlt das Handy, zumindest nach der ersten Sichtung. Und die Werkstatt sieht auch nicht nach Beutemachen aus.«

»Hat ihn bereits jemand eindeutig identifizieren können?«

»Ja. Wir haben Bittner ein Foto gezeigt, das wir im Keller gemacht haben – da unten soll niemand rumlatschen, solange die Techniker nicht durch sind«, fügte er erklärend hinzu.

»Weiß die Ehefrau schon Bescheid?«

Er schüttelte den Kopf. »Nö. Da war noch niemand. Sollten wir vielleicht anschließend zusammen machen.«

»Okay. Gehen wir.«

Meine letzte Leiche liegt schon eine ganze Weile zurück, dachte Romy, während sie Kasper ins Gebäude folgte –

meine letzte berufliche Leiche, verbesserte sie sich rasch. Sie riss sich nicht um die Tatortbesichtigung, aber sie wich ihr auch nicht aus. Es erforderte Mut, genau hinzusehen, alles zu registrieren und dabei nichts zu bewerten: emotional zu bewerten. So hatte es Moritz seinen Schülern immer geraten.

Die Schule war das eine, der Einsatz das andere. Aber es war hilfreich, Ereignisse und Gegebenheiten zu versachlichen, in ihrem speziellen Kontext zu belassen und niemals auf sich selbst zu beziehen. Hätte sie das nicht frühzeitig gelernt, wäre sie keine drei Wochen bei der Sitte oder der Mordkommission geblieben.

Kasper und Romy durchquerten einen Raum, der offensichtlich als Werkstatt und Lager für Fahrräder, Zubehör und Kajaks diente. Es roch nach altem Gemäuer, feucht, erdig und dezent nach Fisch. Aber hier roch alles mehr oder weniger dezent nach Fisch. Durch eine weitere Tür gelangten sie an einen Treppenabgang. Ein kalter Luftstrom ließ Romy erschaudern. Kasper wies nach unten.

»Das Haus ist komplett unterkellert«, erklärte er. »Die Räume sind voller Gerümpel, dienen als Abstellkammern oder sind leer – sagt Bittner.«

Die Leiche von Kai Richardt lag ausgestreckt im ersten Keller rechts neben der Treppe – ein düsteres, kaltes Verlies, das – abgesehen von einigen Brettern, Holzkisten und Bohlen – leer war. Ein Strahler war direkt auf den Leichnam gerichtet, ein zweiter leuchtete den Raum aus. Romy nestelte Handschuhe aus der Innentasche ihrer Jacke und hockte sich neben ihn. Sie sammelte sich kurz, hob den Blick und sah ihn an.

Der Tote lag in seinen Radsportklamotten auf der Seite. Der Kopf war blutverkrustet, Hände und Füße waren mit dünnen Seilen straff hinter seinem Rücken gefesselt. Ein weiteres Seil verband die Fesseln miteinander und führte zu einem robusten, in der Wand verankerten Eisenring, wo es mehrfach verknotet war. Da hatte jemand ganz sichergehen wollen. Ein Knebel lag auf dem Boden. Romy wies Kasper mit beiläufigem Nicken darauf hin. Der nickte ebenso beiläufig zurück.

Der Mann muss mal sehr gut ausgesehen haben, dachte sie - bevor man ihm den Schädel eingeschlagen hatte. George-Clooney-Typ, aber drahtiger und durchtrainierter - vermutete sie zumindest, ohne George Clooney mit dieser Einschätzung zu nahe treten zu wollen. Sie tastete nach seinem Nacken und prüfte, ob der Kopf noch beweglich war. In ähnlicher Weise kontrollierte sie Kniegelenke und Ellenbogen. Die Totenstarre war fast vollständig ausgebildet. Richardt war also mindestens seit acht, angesichts der niedrigen Temperaturen im Keller wahrscheinlich zehn oder sogar schon zwölf Stunden tot.

»Man hat ihn ziemlich übel zugerichtet«, bemerkte sie und erhob sich wieder. »Ohne dem Rechtsmediziner vorgreifen zu wollen: Ich schätze, der ist heute Morgen gestorben.«

Von oben waren plötzlich Stimmen und Schritte zu hören, die sich schnell näherten. Zwei Kriminaltechniker in weißen Schutzanzügen eilten die Treppe herunter. Der ältere von beiden, ein hagerer Mann mit stechend blauen Augen, runzelte die Stirn, als er die beiden Kommissare bemerkte. Romy zeigte ihm rasch ihre behandschuhten Hände.

»Wir machen euch sofort Platz, Kollegen«, versicherte sie.

»Besser ist es.«

»Könnt ihr mir Aufnahmen ...«

»Wir machen das nicht zum ersten Mal«, unterbrach der Hagere sie ruppig. »Wer sind Sie überhaupt?«

Romy wischte die wütende Entgegnung, die ihr auf der Zunge lag, mühsam beiseite und zwang sich zu einem Lächeln. »Darf ich mich vorstellen? Ich bin die neue leitende Kommissarin aus Bergen: Ramona Beccare, und ich verschaffe mir gerade einen Überblick über den Tatort.«

»Ach ja …« Er nickte. Ein Anflug von Unsicherheit stahl sich über das Gesicht des Hageren. »Hab davon gehört. Die Italienerin.«

»Nicht ganz«, gab Romy zurück, ohne den genervten Tonfall zu überdecken. »Ich bin in Deutschland geboren – in München. Allerdings ist mein Vater in Neapel zur Welt gekommen.« Sie hob die Brauen. »Ich hoffe, Sie sind jetzt nicht allzu enttäuscht.«

»Aha. München. Verstehe.« Er runzelte die Stirn und warf Kollege Schneider einen fragenden Blick zu. »Na gut. Wir machen dann mal unsere Arbeit.«

»Jo«, meinte Kasper zustimmend. »Nur zu.«

Ramona ging jede Wette ein, dass für den Kriminaltechniker zwischen München und Neapel lediglich ein gradueller Unterschied bestand. Wenn überhaupt.

»Ich möchte Detailaufnahmen von den Fesseln«, sagte sie ruhig.

»Kriegen Sie.« Der Mann wandte sich ab, ohne die Kommissarin noch eines weiteren Blickes zu würdigen.

Romy drehte sich zur Treppe um. »Ist es hier passiert?«, fragte sie Kasper, während sie hochgingen.

»Sieht ganz so aus. Kampf- und Blutspuren sind bislang auf dem Gelände nicht gesichert worden. Aber die Kollegen haben ja ihre Arbeit gerade erst aufgenommen.«

Romy atmete erleichtert auf, als sie wieder ins Freie traten. Ihr Blick fiel auf einen hochaufgeschossenen, schlaksigen Mann in auffallend feinem Zwirn, der direkt hinter der Absperrung neben zwei Polizisten stand und zu ihnen herüberstarrte.

»Ist das Bittner?«, fragte sie Kasper.

»Ja, das ist er. Willst du gleich mit ihm reden?«

»Gute Idee. Kümmerst du dich um den anderen Kram hier?«

Schneider nickte. Romy ging auf den Mann zu, der sichtlich mitgenommen wirkte. »Herr Bittner?«

»Ja.« Er sah sie zugleich ernst und verdutzt an. »Sind Sie auch von der Polizei?«

»Kommissarin Beccare aus Bergen«, stimmte Romy zu. »Ich leite die Ermittlungen. Können wir uns irgendwo ungestört unterhalten? In Ihrem Büro vielleicht?«

Bittner nickte und führte sie zum Bürotrakt. Romy hatte Mühe, mit ihm Schritt zu halten. Das Chefbüro befand sich im ersten Stock. Der Raum war groß, hell und freundlich. Großformatige Fotos mit typischen Rügenmotiven – die Kreidefelsen, Kap Arkona, der Große Jasmunder Bodden, Insel Vilm, Ralswiek, wo die Störtebeker-Festspiele stattfanden – schmückten neben Aufnahmen von alten Fischkuttern und romantisch-wilden Strandszenen die Wände. Das einzelne Bild einer imposanten Buche musterte Romy eine ganze Weile. Sie hätte fast eine Wette darauf abgeschlossen, dass der Maler im Jasmund unterwegs gewesen war, wo es den ihrer Ansicht nach schönsten Buchenwald der Welt gab. Schließlich wandte sie sich dem Fabrikbesitzer zu.

»Nehmen Sie doch Platz«, sagte Thomas Bittner und machte eine fahrige Handbewegung in Richtung einer ledernen Sitzecke vor einer breiten Fensterfront. »Was ist mit Kai passiert?«

»Das wissen wir noch nicht genau.«

Romy ließ sich in einen Sessel fallen und schlug ein Bein über das andere, nachdem sie Block und Stift bereitgelegt hatte. Bittners Gesicht war von einer ungesunden Blässe überzogen, seine Augen irrten hektisch umher, die Hände zitterten.

»Aber er ist … tot?«

»Ja.«

Bittner schluckte, und der Adamsapfel hüpfte in seinem dünnen Hals auf und ab. »Mein Gott …«

»Sie kannten ihn gut?«

Bittner nickte. »Seit über zwanzig Jahren. Seit er nach der

Wende herkam, um sein Geschäft aufzubauen – anfangs zusammen mit einem Partner.«

»In welcher Branche?«

»Innenausstattung, gehobene Klasse. Kai hat sich auf Arztpraxen, Büro- und Geschäftsräume spezialisiert und sich in ganz Mecklenburg-Vorpommern einen Namen gemacht«, erwiderte Bittner prompt. »Wir gehen oft zusammen joggen und Rad fahren, schwimmen, sind bei Triathlons dabei … Manchmal waren wir auch mit den Kajaks unterwegs.« Seine Stimme senkte sich. Er blickte zur Seite. »Kai war besser als ich. Viel besser. Er hat härter trainiert und ist manchen Marathon zusätzlich gelaufen. Daneben hat er sogar noch die Zeit gefunden, sich an der Organisation von Wettkämpfen zu beteiligen.« Er räusperte sich und schloss kurz die Augen. »Ich fasse es einfach nicht.«

Hartes Training, Wettkämpfe, Marathon, dachte Romy und schob tief durchatmend die stechende Wehmut beiseite. Sie hatte den Eindruck, dass Bittner zutiefst getroffen war. Der Mann wirkte überzeugend erschüttert. »Wann haben Sie Richardt zum letzten Mal gesehen?«

Thomas Bittner blickte sie wieder an. »Gestern Morgen. Das sagte ich bereits einem Kollegen von Ihnen. Er hat eine Radtour gemacht und …«

»Wie spät war es, als er hier eintraf?«

»Halb acht ungefähr.«

»So früh sind Sie an einem Samstagmorgen im Büro?«

»Ich war gegen sieben Uhr an meinem Schreibtisch. Wie immer«, entgegnete Bittner. »Ich bin Frühaufsteher. Allerdings mache ich samstags immer gegen Mittag Feierabend.«

»Und was wollte Richardt?«

»Kurz klönen, einen Lauf verabreden. Nichts Besonderes. Er kam manchmal auf einen Sprung vorbei. Anschließend ist er noch nach hinten in die Werkstatt, um die Gangschaltung einzustellen.« Er schluckte.

»Wer hat einen Schlüssel zu diesem abgelegenen Gebäude und zu der Werkstatt?«, fragte Romy.

»Nur wir beide«, antwortete Bittner sofort. »Die Werkstatt haben wir uns vor etlichen Jahren dort eingerichtet. Die alten Gebäude werden nur noch zum Teil genutzt, und dahinten ist ja genug Platz.«

»Verstehe. Haben Sie gesehen, wie Richardt nach seinem Werkstattbesuch wieder aufgebrochen ist?«

»Nein.« Er schüttelte den Kopf. »Ich habe allerdings auch nicht darauf geachtet. Ich bin davon ausgegangen, dass er wenige Minuten später wieder in den Sattel steigen würde, um zurückzufahren.«

»Würde es auffallen, wenn hier ein Fremder herumliefe?«

»Kaum. Das Gelände ist weitläufig, meist geht es sehr betriebsam zu, und hinten zwischen den alten Gebäudeteilen kann man sich gut verbergen – jedenfalls, wenn man es darauf anlegt.«

Romy überlegte kurz. »Herr Bittner, ich muss Sie das fragen: Wie haben Sie das Wochenende verbracht?«

»Mit meiner Familie. Wir hatten Besuch von meiner Schwester und ihren Kindern«, antwortete er prompt.

»Und wo waren Sie am Sonntagmorgen?«

»Zu Hause, es gab ein gemeinsames Frühstück mit der Familie. Vorher war ich joggen«, erwiderte Bittner.

»Wann?«

»Zwischen sieben und halb neun.«

»Allein?«

»Ja. Ich bin von Sassnitz nach Blandow gelaufen, hin und zurück circa achtzehn Kilometer.«

»Ganz schön schnell«, bemerkte Romy.

»Geht so. Fünfer-Schnitt.«

Romy nickte. Moritz war vier dreißig gelaufen. »Hat Sie jemand gesehen?«

»Ich habe nicht darauf geachtet.«

»Wir werden das überprüfen müssen – reine Routine«, erläuterte Romy.

»Ich weiß.«

»Richardt hinterlässt eine Familie, nicht wahr?«

»Ja, seine Frau Vera und zwei kleine Kinder. Ich glaube, die sind vier und sieben oder so.«

Die Kommissarin machte sich eine Notiz und blickte wieder hoch. »Herr Bittner, ich entnehme Ihren Worten, dass Kai Richardt ein erfolgreicher und beliebter Mann gewesen ist, der ein rundherum erfülltes Leben führte …«

»So ist es!«

»Wissen Sie von irgendwelchen Streitereien oder Konflikten?«

»Nein. Nichts.«

»Geschäftliche Probleme?«

Bittner hob die Hände. »Die haben wir doch alle mal. Aber ich weiß von keinem aktuellen Fall, wenn Sie das meinen. Und er würde mir erzählen, wenn er Ärger hätte – ganz sicher.«

Romy steckte nach kurzem Überlegen ihren Block ein und stand auf. »Danke vorerst. Wir kommen sicherlich noch mal auf Sie zurück, Herr Bittner.«

Der Fabrikbesitzer erhob sich ebenfalls und begleitete sie zur Tür. »Der Mann war erst fünfundvierzig«, sagte er leise. »Im besten Alter, wie man so schön sagt. Letztens erzählte er noch, wie stark und fit er sich fühle. Ich …«

Moritz war gerade vierzig geworden, fuhr es Romy durch den Kopf, und bevor sie den Gedanken daran hindern konnte, hatte er schon ihr Herz erreicht. Auf dem Weg zum besten Alter. Eine verschleppte Grippe hatte sich in seinem Herzen eingenistet und ihm den Garaus gemacht. Innerhalb von Sekunden. Bei Kilometer sechsunddreißig, wo Ramona mit Apfelsaft und Banane gewartet hatte, um seine leeren

Kohlenhydratspeicher für den Endspurt aufzufüllen. Er hatte persönliche Bestzeit laufen wollen.

Sie verabschiedete sich und lief eilig die Treppe hinunter. Vor der Tür wartete bereits Kasper. Sein tiefblauer Blick huschte prüfend über ihr Gesicht. »Alles klar?«

»Hm, fürs Erste ja.« Sie sah kurz hinüber zur Mole und zum Leuchtturm. »Wir sollten ihn in den nächsten Tagen zum Protokoll bitten.«

»Machen wir.«

»Habt ihr noch was gefunden?«

»Nö. Die Jungs brechen gerade ab«, erläuterte Schneider. »Es geht gleich morgen früh bei Tageslicht weiter. Fahren wir zusammen zur Witwe?«

»Machen wir gleich.« Romy zog ihren Rollerschlüssel aus der Tasche. »Aber sag erst mal was zu dem anonymen Anruf. Gibt's da schon was Genaueres?«

Kasper kratzte sich am Hinterkopf. »Männliche Stimme, wahrscheinlich verstellt. Kurzer und knackiger Hinweis, wo wir Kai Richardt finden. Ende.«

»Und wann genau war das?«

»Kurz vor achtzehn Uhr.«

»Wer hat den Anruf angenommen?«

»Fine. Ich hab mir die Aufnahme zweimal angehört.«

Fine Rohlbart war die entscheidende Frau im Innendienst des Kommissariats. Mädchen für alles seit über fünfundzwanzig Jahren. Wobei »Mädchen« für ihre wuchtige Erscheinung denkbar unpassend war, aber diese Meinung behielt man besser für sich.

»Was meinst du – wollte er einen Hinweis auf einen Toten oder einen Verletzten geben?«, hakte Romy nach.

Kasper überlegte einen Moment. »Gute Frage. Da ist beides drin.« Er nickte. »Ja. So oder so.«

»Und warum ruft er die Polizei in Bergen an und nicht die in Sassnitz?« Sie wies mit dem Daumen über die Schulter in Richtung des nur wenige Meter entfernten Polizeigebäudes.

»Keine Ahnung. Vielleicht Zufall.«

Romy runzelte die Stirn. »Nun gut, lass uns mal zusammenfassen«, meinte sie dann. »Samstagmorgen fährt Kai Richardt mit seinem Rad hier aufs Gelände, hält einen kurzen Plausch mit Bittner und wird danach nicht mehr gesehen. Sonntagabend, also anderthalb Tage später, meldet sich ein anonymer Anrufer. Geschätzter Todeszeitpunkt: heute Morgen … Hm.«

»Wollte ich auch gerade sagen.«

»Lass uns fahren.«

Familie Richardt bewohnte auf einem abgelegenen Grundstück, das nur über eine schmale holprige Nebenstraße zu erreichen war, ein prachtvolles, reetgedecktes Fachwerkhaus mit großem Garten und Blick auf den Kleinen Jasmunder Bodden, über dem eine zierliche Mondsichel stand. Wahrscheinlich hört man bei offenem Fenster das Wispern des Schilfs und das Geschrei der Seevögel, dachte Romy. Und in der frostigen Jahreszeit kriechen Eisblumen über die Scheiben und leuchten im kalten Licht der Wintersonne. Das reinste Idyll. Bis jetzt jedenfalls.

Sie klingelte, ohne auch nur einen Moment zu zögern. Sie legte sich niemals Worte zurecht. Vorformulierte Sätze waren wie Schablonen, die nie richtig passten. Sie musste erst den Menschen sehen, dem sie die Todesnachricht zu überbringen hatte.

Von drinnen ertönte Kindergeschrei.

»Geh bitte nach oben«, war eine weibliche Stimme zu hören. Ihr Ton war drängend. »Es ist schon spät. Ich komme gleich nach.«

»Es hat aber geklingelt!«, beharrte das Kind – eine Junge, wie Romy annahm.

»Ich weiß. Aber du gehst jetzt auch nach oben zu deiner Schwester.«

»Ooch …«

Die Tür wurde einen Augenblick später geöffnet. Eine zierliche Frau mit kastanienbraunem mittellangem Haar und püppchenhaftem Gesicht öffnete. Romy schätzte sie auf vierzig, wobei Vera Richardt zu den Frauen gehörte, die viel dafür taten, auf unaufdringliche Weise jünger zu wirken. Ihr Blick wanderte von Romy zu Kasper und wieder zurück zu Romy, um dann einen Moment an deren Lederjacke hängen zu bleiben. Es wurde still.

»Polizei?«, fragte sie dann und ließ das Fragezeichen nur langsam ausklingen.

»Ja«, sagte Romy und stellte sich und Kasper vor. »Dürfen wir hereinkommen?«

Vera Richardt hielt die Klinke umfasst. »Haben Sie schlechte Nachrichten?«

»Wir sollten nicht zwischen Tür und Angel darüber sprechen«, entgegnete Romy.

Vera Richardts Miene versteinerte sich. Sie nickte, trat beiseite und führte sie schließlich durch eine großzügig angelegte Diele, in der ein großformatiges Naturaquarell merkwürdig deplatziert neben der Garderobe hing, in eine Stube mit bequemen und schreiend bunten Sitzmöbeln. Dem verstreuten Spielzeug nach zu urteilen, wurde der Raum vornehmlich als Kinderzimmer genutzt.

Romy setzte sich auf einen giftgrünen Stuhl und berichtete, dass die Polizei nach einem anonymen Anruf am Abend in den Sassnitzer Hafen gefahren war.

»Wir sind sicher, dass wir dort Ihren Mann gefunden haben«, fügte sie hinzu und ließ Vera Richardt nicht aus den Augen.

»Wie? Was für ein anonymer Anruf?«, fragte sie perplex.

»Jemand informierte uns darüber, dass Ihr Mann in einem

der alten Gebäude hinter der Fischfabrik zu finden sei. Die Polizei entdeckte ihn dann im Keller einer Werkstatt, die er gemeinsam mit Thomas Bittner benutzte«, entgegnete Romy. Die Frage irritierte sie.

Vera Richardt biss sich auf die Unterlippe und begann ihre Finger zu kneten.

»Wir konnten nichts mehr für ihn tun«, sagte Romy schließlich. »Es tut uns leid.«

Die Witwe atmete tief durch und hob plötzlich das Kinn. »Nun sagen Sie schon: Was ist passiert?«

Sie will es hinter sich haben, dachte Romy. Verständlich.

»Im Moment gehen wir davon aus, dass Ihr Mann dort überfallen und niedergeschlagen wurde«, erörterte sie leise. »Er erlag wahrscheinlich heute Morgen seinen tödlichen Verletzungen. Die genauen Einzelheiten erfahren wir jedoch erst nach der rechtsmedizinischen Untersuchung.«

»Aber …?« Vera Richardt schüttelte den Kopf und starrte zum Fenster hinaus.

»Frau Richardt, können wir Ihnen einige Fragen stellen? Für unsere Ermittlungen ist es immens wichtig …«

Sie stand abrupt auf und setzte sich ebenso plötzlich wieder. »Ja, ja, natürlich … fragen Sie. Fragen Sie ruhig. Ich werde antworten, so gut ich kann.«

»Danke für Ihr Verständnis. Wir sind sicher, dass wir Ihren Mann gefunden haben – Thomas Bittner hat ihn nach einem Foto vom Tatort bereits identifiziert«, erklärte Romy. »Dennoch: Wäre es Ihnen möglich, einen kurzen Blick auf die Aufnahme zu werfen und ihn morgen persönlich zu identifizieren?«

Die Kommissarin sah ihren Kollegen auffordernd von der Seite an und wandte sich dann wieder der Frau des Opfers zu, während Kasper Schneider das Foto aus seiner Tasche zog. Vera Richardt reckte den Hals und betrachtete es nur flüchtig. Sie zwinkerte, nickte und sah rasch wieder zur Seite.

»Ja. Natürlich. Das ist er«, betonte sie mit rauer Stimme. »Eindeutig – dazu muss ich ihn nicht mehr sehen …«

»Ich fürchte, schon, Frau Richardt. Er sollte zusätzlich von einem nahen Angehörigen identifiziert werden«, erklärte Kasper ruhig.

Die Frau schüttelte heftig den Kopf. »Auf keinen Fall! Das kann ich nicht, und außerdem kann mich niemand da zu zwingen …«

»Lassen wir das Thema im Augenblick beiseite«, unterbrach Romy sie kurzerhand. »Ihr Mann ist gestern früh mit seinem Fahrrad losgefahren. Allem Anschein nach hatte er eine längere Trainingstour vor. Am Nachmittag haben Sie sich bei der Polizei gemeldet.«

Vera Richardt strich sich eine Haarsträhne aus dem Gesicht, das plötzlich weich und verträumt wirkte. »Ja, er war manchmal stundenlang unterwegs. Das war nichts Ungewöhnliches. Am Vormittag bin ich zunehmend unruhiger geworden, weil ich ihn zurückerwartete. Aber ich konnte ihn nicht erreichen. Das Handy war ausgestellt, und im Geschäft in Bergen war er auch nicht – manchmal radelt er dort noch vorbei, um nach der Post zu sehen.«

»Haben Sie mit Freunden telefoniert und nachgefragt?«

Ein verblüffter Blick streifte Romy. »Nein.«

»Warum nicht?«

Vera zog die Achseln hoch und ließ sich Zeit mit der Antwort. »Kai schätzte es nicht, wenn ich ihm hinterhertelefonierte – schon gar nicht beim Training. Eine Stunde mehr oder weniger spielte keine Rolle. Sollte keine Rolle spielen. Durfte keine Rolle spielen. Das war seine Sache.«

Romy lehnte sich zurück. »Aber als Sie anfingen, sich ernsthaft Sorgen zu machen …«

»Hab ich mich gleich mit der Polizei in Verbindung gesetzt, ja. Das schien mir das Sicherste. Er hätte ja auch einen Unfall haben können.«

»Verstehe.« Allerdings nur teilweise, überlegte Romy. Ruft man nicht zunächst Freunde und Bekannte an, wenn der Mann, Freund, Lebensgefährte vermisst wird, bevor man sich an die Behörden wendet?

Sie schob den Gedanken vorerst beiseite. Es war noch nicht der richtige Zeitpunkt für insistierende Fragen – nicht wenige Minuten nachdem die Frau erfahren hatte, dass ihr Mann einem Verbrechen zum Opfer gefallen war.

»Wer hat von der Trainingstour Ihres Mannes gewusst, Frau Richardt?«, fuhr Romy fort.

Die Witwe zuckte mit den Achseln. »Er hat fast immer Samstagmorgen trainiert – mal ist er gejoggt, mal mit dem Rad unterwegs gewesen. Ich denke, das wissen alle, die ihn kennen.«

Romy nickte. »Wie haben Sie den heutigen Tag verbracht, Frau Richardt?«

Die Witwe sah sie erstaunt an. »Ist die Frage ernst gemeint?« Dann lachte sie unfroh auf und winkte ab. »Schon gut – Sie müssen das wohl fragen.«

»So ist es, und wir müssen es sogar überprüfen – reine Routine.«

»Reine Routine …«, wiederholte sie. »Nun, ich war zu Hause, habe lange geschlafen, nachdem ich in der letzten Nacht kaum ein Auge zugemacht hatte, und mich dann um meine Kinder gekümmert. Gewartet. Mich abzulenken versucht …«

»Und gestern?«

»Gestern?«

»Nachdem Sie mit der Polizei gesprochen hatten.«

»Ach so. Ich war abends mit einer Freundin im Kino. Die Kinder hatte ich zu meinen Eltern gebracht. Die Warterei war zermürbend – ich wollte mich ablenken«, schob sie eilig hinterher.

Ablenken, wiederholte Romy stumm. Nun gut. Warum

auch nicht? Jeder Mensch reagiert anders in Ausnahme- und Stresssituationen. Kasper gab ihr ein unauffälliges Zeichen mit der Hand. Seiner Ansicht nach sollte die Befragung fürs Erste genügen. Wahrscheinlich hatte er recht. Im Flur waren plötzlich wispernde Kinderstimmen zu hören.

»Sie sind uns gleich los, Frau Richardt«, versicherte Romy, als die Witwe nervös zur Tür blickte und erneut ihre Hände zu kneten begann. »Nur noch ein paar Kleinigkeiten, damit wir unverzüglich mit den Ermittlungen anfangen können: Wir benötigen Namen und Adressen von Freunden, Familienangehörigen, Sportkollegen, Geschäftspartnern ihres Mannes und ein aktuelles Foto von ihm. Außerdem bitte ich Sie um die Kontaktdaten Ihrer Eltern und der Freundin, mit der Sie unterwegs waren.«

Vera Richardt stand sofort auf. »Natürlich. Kein Problem.«

»Und es wäre hilfreich, wenn Sie uns seine Handynummer sowie den Mobilfunkanbieter aufschreiben und uns seinen PC mitgeben könnten«, fügte Romy hinzu, während sie sich ebenfalls erhob.

»Kai hat sich gerade einen neuen Laptop für zu Hause gekauft«, erklärte Vera Richardt bereitwillig. »Er wollte ihn am Wochenende einrichten.« Sie runzelte die Stirn. »Ich glaube, er hat bereits am Freitagabend damit angefangen. Er ist in seinem Büro unterm Dach.« Sie zeigte zur Decke und wandte sich zur Tür. »Warten Sie, ich hole ihn.« Damit eilte sie aus dem Zimmer.

Romy warf Kasper einen fragenden Blick zu, den dieser achselzuckend zurückgab, während sie in die Diele gingen und warteten. Wieder waren die Stimmen der Kinder zu hören. Ein kleines Mädchen und ein älterer Junge, erinnerte Romy sich an Bittners Hinweis.

»Da darfst du nicht rein, Mama!«, rief der Junge empört. »Das ist Papas Arbeitszimmer.«

Die Tür klappte. Einige Minuten später huschte die Witwe wieder die Treppe herunter und übergab Kommissar Schneider einen Laptop. Obenauf lag ein Farbfoto von ihrem Mann, an das seine Visitenkarte mit mehreren Telefonnummern sowie einem handschriftlichen Vermerk bezüglich des Mobilfunkanbieters geheftet war. Auf einem zweiten Notizzettel waren die gewünschten Adressdaten von Veras Eltern und ihrer Freundin akkurat aufgelistet.

Die Aufnahme zeigte Richardt im enganliegenden Laufdress, das ihm hervorragend stand: Mit strahlendem Lächeln und blitzweißen Zähnen hielt er eine Medaille in die Kamera. Graue Augen, dunkelblondes kurz geschnittenes und sehr volles Haar, kräftiges Kinn, ein winziges Grübchen, harmonische Gesichtszüge, braungebrannt. Er wirkte jünger als Mitte vierzig. Ein Frauentyp. Ein Mann, dem auch Romy hinterherblicken würde, und zwar lange und interessiert.

»Und die anderen Kontaktdaten finden wir auf dem Laptop?«, fragte sie.

»Ich denke, ja. Ansonsten müssten Sie im Geschäft nachfragen. Dort hilft man Ihnen gerne weiter.«

»Danke für den Hinweis. Hatte Ihr Mann sonst noch irgendwelche Speichermedien zu Hause, die uns weiterhelfen könnten – USB-Sticks, CDs?«

Vera Richardt schüttelte den Kopf. »Ich denke, das ist alles in seinem Geschäftsbüro …« Sie brach ab und hob dann mit einer fahrigen Geste die Hände. »Bitte gehen Sie! Ich muss jetzt unbedingt alleine sein. Ich …«

»Kümmert sich jemand um Sie?«, fragte Schneider und musterte sie mit besorgter Miene.

»Ja, ich rufe gleich meine Eltern an.« Sie wies mit ausgestrecktem Arm zur Haustür. »Bitte!«

Romy setzte sich auf ihre Vespa und atmete laut aus. »Jede Wette – die beste Ehe war das nicht.«

Kasper runzelte die Stirn. »Wie kommst du darauf? Sie ist völlig durch den Wind. Da kannst du nichts drauf geben, in einer solchen Situation.«

»Doch«, behauptete Romy. »Da kann ich was drauf geben.«

Auch wenn ich sie nicht mag und Antipathie ein mieser Ratgeber ist, fügte sie in Gedanken hinzu. Fast genauso mies wie übertriebene Sympathie.

»Außerdem ist sie genau das nicht: durch den Wind, und schon gar nicht völlig. Aber gut – wir werden sehen.«

Dazu sagte Kasper nichts. Romy warf noch einen sehnsüchtigen Blick zum Bodden, setzte ihren Helm auf und startete den Roller. »Wir sehen uns morgen früh: in alter Frische!«

Der Kollege hob eine Hand und winkte ihr nach.

Mirjam wohnte mit ihrem Mann Ben in der Altstadt von Stralsund. Von der Mühlenstraße bis in die Langenstraße, wo die Praxis, in der sie als Tierarzthelferin arbeitete, in einem sanierten Fachwerkhaus residierte, brauchte sie mit dem Rad gerade mal fünf Minuten.

Am Montagmorgen klingelte das Telefon, als sie gerade eingetroffen war und die Kaffeemaschine angestellt hatte. Mirjam vermutete, dass ihre Kollegin mal wieder verschlafen hatte und sie in zuckersüßem Ton langatmig um Entschuldigung bitten wollte. Seit Petra einen neuen Freund hatte, passierte das ungefähr dreimal in der Woche, und Mirjam stellte sich bereits darauf ein, auch an diesem Morgen ohne Unterstützung die üblichen Vorbereitungen für einen langen Praxistag treffen zu müssen.

Sie stellte die Verbindung her, klemmte das Telefon zwischen Ohr und Schulter und schlug das Kalenderblatt mit dem Tages-OP-Plan auf. Zwei Kastrationen waren für den Vormittag angesetzt.

»Lass mich raten: Du bist wieder nicht aus dem Bett gekommen«, bemerkte sie in ironischem Ton. »Der Junge muss ja unbeschreiblich gut sein!«

Stille.

»Hallo? Petra? Hörst du mich?«, fragte Mirjam. Dann blickte sie aufs Display. Dort leuchtete eine Nummer auf, die sie nicht kannte. »Wer ist denn da?«

»Ich bin's – Tim.«

Mirjam schluckte. Damit hatte sie nicht gerechnet. Natürlich nicht. »Ach? Tut mir leid, ich dachte …«

»Schon gut. Ich wollte dich nicht stören, aber …«

»Ja? Stimmt was nicht?«

»Er ist tot.«

Mirjam riss die Augen auf. Sie musste nicht fragen, wen Tim meinte.

»Das wollte ich dir sagen. Ein Bekannter aus Sassnitz, auch ein Läufer, hat mich heute früh angerufen«, erklärte er leise. »Man hat Kai am Hafen gefunden.«

»Aber …?« Sie schüttelte verwirrt den Kopf.

»Die Polizei ermittelt. Wahrscheinlich wird morgen was in der Zeitung stehen. Fest steht nur eins: Er ist tot.«

Mirjam wusste nicht, was sie sagen sollte. »Tim?«, meinte sie schließlich mit einer Stimme, die ihr selbst fremd war.

»Ja.«

»Ich muss aufhören, jeden Moment kann meine Kollegin kommen.«

»Ja, schon gut. Tust du mir einen Gefallen?«

»Welchen?«

»Vergiss, dass wir letztens über ihn gesprochen haben.«

»Aber …« Sie schloss kurz die Augen.

»Ich will mich mit dieser Geschichte nicht mehr befassen«, flüsterte er. »Nie wieder. Sie hat zu vieles zerstört, unter anderem unsere Beziehung.«

»Ich weiß, Tim, und es tut mir leid, dass ich dich …«

»Vergiss es!«, unterbrach er sie barsch. »Du sollst nur wissen, dass ich sonst was dafür geben würde, sie ungeschehen machen zu können, hörst du?«

»Ja, natürlich. Das weiß ich.«

»Sprich nicht darüber und vergiss einfach alles! Auch diesen Anruf. Bitte! Es ist wichtig.« Damit legte er auf, ohne ihre Antwort abzuwarten.

Mirjam ließ den Arm sinken. Alles vergessen. Wenn das so einfach wäre, hätte sie es längst getan.

2

Fine Rohlbart war rotblond, groß und breit. Ihre Stimme hatte eine beachtliche Resonanz. Als Romy ihr das erste Mal begegnete, war sie gerade dabei, zwei junge Polizisten auf Spur zu bringen, was die alles andere als erquicklich fanden, und Romy hatte augenblicklich an eine resolute Wikingerfrau gedacht. Später erfuhr sie, dass Fine den Vergleich schon häufiger gehört hatte, aber weder zutreffend noch sonderlich geistreich oder witzig fand, und Romy war heilfroh, eine entsprechende Bemerkung heruntergeschluckt zu haben. Wer es sich mit Fine verdarb, war selber schuld.

Als Romy am Montagmorgen in dem schmucklosen, dreistöckigen Polizeigebäude das Kommissariat betrat, beendete Fine gerade ein Telefonat mit dem Rechtsmedizinischen Institut in Greifswald.

»Kaffee ist fertig«, dröhnte sie statt einer Begrüßung. »Der Richardt liegt bereits auf dem Tisch. Das ging richtig schnell. Die melden sich, sobald es was zu berichten gibt.«

Angesichts des vergleichsweise besonderen Falls hatte Romy sich eigentlich eine emotionalere Reaktion von Fine vorgestellt, doch die agierte wie immer und typisch rüganisch: pragmatisch und tatkräftig.

»Okay. Kasper schon da?«, gab Romy ebenso karg zurück und goss sich eine Tasse Kaffee ein.

»Er ist von zu Hause gleich ins Geschäft vom Richardt gefahren – das ist ja bei ihm um die Ecke am Marktplatz – und will die Angestellten befragen. Ich hab noch einen Uniformierten zur Unterstützung hingeschickt.«

»Gute Idee.«

Romy ging in ihr Büro, das direkt vom Gemeinschaftsraum abzweigte, schloss die Tür und sah einen Moment aus dem Fenster. Der kleine Sportplatz lag verlassen unter ihr. Sie setzte sich an den Schreibtisch und notierte ihre Eindrücke von den ersten Befragungen mit Thomas Bittner und Vera Richardt.

Eine halbe Stunde später steckte Kasper den Kopf zur Tür herein. »Der Laptop ist komplett leer«, erklärte er nach flüchtigem Morgengruß und zog den Kopf wieder zurück.

»Wie bitte?« Romy stand auf und folgte ihm.

»Da ist nicht mal ein Betriebssystem drauf«, ergänzte Kasper mit Grüblermiene. »Ich hab das Teil gestern Abend noch einem Techniker vorbeigebracht, bei dem ich was gut habe. Der hat gleich einen Blick drauf geworfen und fand das auch ungewöhnlich.«

Schneider versorgte sich mit Kaffee, und sie setzten sich an den großen Tisch in der Mitte des Raums. Fine hatte Zeit gefunden, eine Schale mit Obst und etwas Gebäck bereitzustellen.

»Vera Richardt hat berichtet, dass ihr Mann den Laptop gerade erst gekauft hat und am Wochenende neu einrichten wollte. Vielleicht hatte er doch noch nicht damit angefangen«, überlegte Romy. »Allerdings werden die Dinger doch heutzutage mit einer Grundausstattung aller möglichen Programme verkauft, die bereits vorinstalliert sind.«

Kasper nickte. »Das ist der Punkt. Der Techniker vermutet, dass die Platte komplett gelöscht, also formatiert wurde, und zwar richtig – da lässt sich nichts mehr wiederherstellen.«

»Schade.«

»Sehe ich auch so.« Schneider stellte seine Tasse ab. »Können wir aber nicht ändern. Dafür hat mir die Sekretärin von Richardt eine lange Liste mit Namen zusammengestellt: Sportkollegen, Geschäftsfreunde, Kunden, aktuelle Aufträge und so weiter. Und den E-Mail-Verkehr der letzten zwei Wochen hat sie mir auch überlassen.«

»Wenigstens etwas. Vielleicht findet sich ja irgendein Hinweis. Wie läuft der Laden denn so?«, fragte Romy.

»Gut. Bestens sogar. Die haben dicke Auftragsbücher und sind völlig von den Socken«, erwiderte Kasper. »Der stellvertretende Geschäftsführer ist fast aus den Latschen gekippt – ein ziemlich junger Kerl, der den Laden jetzt weiterführen muss.«

»Bekleidet Richardts Frau da eigentlich irgendeine Funktion?«

Kasper schüttelte den Kopf. »Sie hat mit den Geschäften kaum was zu tun, hat man mir gesagt, kriegt aber ein Gehalt. Sie kümmert sich um Repräsentatives, wie es so schön heißt.«

»Super«, kommentierte Romy. »Und dafür kriegt sie das Gehalt? Oder eher aus steuerlichen Gründen?«

»Tja ...«

»Aha. Und in der Firma kann sich niemand vorstellen, wer ein Motiv gehabt haben könnte? Irgendwelche Mutmaßungen?«

Schneider schüttelte den Kopf. »Der Mann war beliebt und wurde geschätzt, von Männern und Frauen. Der hätte sich als Ortsbürgermeister zur Wahl stellen können – egal, für welche Partei, er hätte viele Stimmen bekommen.«

Romy lächelte. »Verstehe. Was ist eigentlich mit seiner Familie? Hat er Geschwister? Leben die Eltern noch?«

Kasper zog einen Ordner aus seiner Aktentasche zu seinen Füßen und setzte seine Lesebrille auf, die nach Romys Auffassung völlig deplatziert in seinem Gesicht wirkte, aber sie behielt ihre Meinung für sich.

»Geschwister gibt es nicht. Richardt stammt übrigens aus Lübeck, wo die Eltern in einer schnieken Seniorenresidenz leben«, berichtete Kasper und sah kurz hoch. »Ich hab da gleich vom Geschäft aus angerufen. Zurzeit befindet sich das Ehepaar auf Kreuzfahrt im Mittelmeer, wie fast jedes Jahr um diese Zeit.«

»Können wir sie dort irgendwie erreichen?«

»Schon, aber … Wenn es nicht dringend erforderlich ist, sollten wir abwarten, bis sie wieder im Lande sind. Das rät uns auch die Heimleitung.«

»Ach? Warum?«

»Der familiäre Kontakt ist nicht der Rede wert. Richardts Sekretärin verschickt zum Geburtstag der Mutter immer einen üppigen Blumenstrauß. Für den Vater gibt es einen teuren Wein. Zu Weihnachten läuft das ähnlich«, berichtete Kasper. »Wir sollten denen nicht die Reise vermiesen, wenn es nicht unbedingt nötig ist, und bis die Leiche zur Beerdigung freigegeben wird, vergehen noch locker zwei Wochen.«

»Na schön, und falls die Witwe anderer Meinung ist und die Eltern benachrichtigt …«

»Ist das ihre Sache.« Kasper nickte. »Sehe ich auch so.«

»Hast du mal nachgebohrt, was die Ehe der beiden angeht?«, hakte Romy nach.

»Der Mann hat Privates und Geschäft strikt getrennt. Das sagen alle. Zu Vermutungen oder Tratsch wollte sich niemand hinreißen lassen. Wäre auch ein denkbar schlechter Zeitpunkt.« Kasper zuckte mit den Achseln. »Ich denke …«

Er brach ab, als Fine um die Ecke polterte und mit dem Telefonhörer wedelte. »Rechtsmedizin. Wer will?«

Romy streckte die Hand aus. »Guten Morgen. Kommissarin Ramona Beccare am Apparat. Das ging ja schnell«, sagte sie.

»Dr. Möller – Ulrich Möller«, entgegnete eine tiefe Stimme. »Nun, die meisten Untersuchungen stehen noch aus, aber ich glaube, ich habe vorweg schon mal was Interessantes für Sie, das für die weiteren Ermittlungen bedeutsam sein könnte.«

»Ich bin gespannt«, sagte Romy und stellte den Lautsprecher an.

»Der Mann ist am frühen Sonntagmorgen gestorben – er hat heftige Prügel bezogen«, hob der Rechtsmediziner an.

Hochinteressant, dachte Romy. Das habe ich gestern Abend schon gewusst. Sie räusperte sich und hob eine Braue, während sie Kasper einen vielsagenden Blick zuwarf.

»Ich möchte Ihnen nicht zu nahe treten, aber das ist uns bei der Tatortbesichtigung nicht entgangen, Dr. Möller«, bemerkte sie mit einem Lächeln in der Stimme.

Der Mediziner lachte amüsiert auf. »Ich begrüße es sehr, dass Sie offenbar aufmerksam hingesehen haben – das tun beileibe nicht alle Kriminalbeamten. Zugleich gehe ich jedoch stark davon aus, dass ich Ihnen etwas Neues sage, wenn ich darauf hinweise, dass das Opfer nicht etwa verprügelt wurde und kurz darauf verstarb.«

»Sondern?«

»Nach den bisherigen Untersuchungen der zahlreichen Hämatome am ganzen Körper, die aufgrund stumpfer Gewalt entstanden sind, halte ich es für denkbar, dass der Mann ungefähr einen Tag vor seinem Tod massiv geschlagen wurde, aber erst am Sonntagmorgen den tödlichen Hieb auf den Kopf erhielt.«

Das war in der Tat neu. »Interessant.«

»Nicht wahr? Darüber hinaus lässt der Zustand seiner Haut den Schluss zu, dass er ziemlich ausgetrocknet und entsprechend geschwächt war«, ergänzte Möller. »Die Abdrücke der Fesseln belegen, dass er eine ganze Weile daran gezerrt und sich zu befreien versucht und schließlich entkräftet aufgegeben hat. Zum Mageninhalt kann ich noch nichts sagen. Im Moment spricht sehr viel dafür, dass der Mann dort eine ganze Weile festgehalten wurde und keine gute Zeit hatte.«

Romy pfiff leise.

»Sehen Sie. Dachte ich mir doch, dass Sie dieser Information erhöhte Aufmerksamkeit schenken würden«, sagte Möller, und er klang sehr zufrieden. »Haben Sie bereits die Tatwaffe gefunden?«

»Noch nicht. Was käme denn Ihrer Ansicht nach infrage?«

»Ein schwerer, länglicher, glatter Gegenstand«, antwortete Möller prompt. »In der Wunde fanden sich keinerlei Rückstände. Eine Glasflasche wäre denkbar.«

»Danke, Dr. Möller. Ich freue mich schon auf Ihren ausführlichen Bericht. Ach, bevor ich es vergesse: Wir brauchen den Zahnstatus des Opfers für einen Abgleich. Die Witwe wird sich unter Umständen weigern, eine Identifizierung vorzunehmen, und andere nahe Verwandte sind nicht verfügbar.«

»Wird erledigt.«

Romy verabschiedete sich, gab Fine das Telefon zurück und sah Kasper an. »Ich denke, wir sollten noch mal rausfahren.«

Der stand sofort auf. »Bin dabei.«

Romy schlüpfte in ihre Jacke, mit der Hand an der Klinke drehte sie sich noch einmal zu Fine um: »Kannst du dich schon mal um die Genehmigung für die Einsicht in Richardts Telefonverbindungen kümmern und die Alibis abklopfen – die Notizen müssten auf meinem Schreibtisch liegen?«

»Na klar. Mach ich sofort.«

Romy hatte den Roller in Bergen stehen gelassen und war in Kaspers Wagen mitgefahren.

»Wie dürfen wir uns das Szenario vorstellen?«, sinnierte Romy laut. »Jemand überfällt Kai Richardt am Samstagmorgen, als er sein Rad repariert – vielleicht waren es auch mehrere, das ist zum jetzigen Zeitpunkt völlig offen. Der Mann bezieht Prügel, aller Wahrscheinlichkeit nach aus persönlichen Gründen, denn geklaut wurde ja nichts. Er wird gefesselt und geknebelt zurückgelassen, einen ganzen Tag lang. Am Sonntagmorgen kehrt der Entführer zurück und gibt Kai den Rest. Warum? Ein perfides Spiel?«

»Kurzschlusshandlung«, schlug Kasper vor. Er bog auf die B 96 in Richtung Lietzow ab. »Vielleicht hat Kai etwas gesagt, was den Täter provoziert hat.«

»Ja, möglich, dass sie miteinander gesprochen haben, der Knebel lag daneben ... Vielleicht war der Mord aber auch von Anfang an geplant.« Romy starrte zum Fenster hinaus. »Wir müssen uns seine Biografie genauer ansehen. Was ist mit dem ehemaligen Geschäftspartner? Warum haben die beiden sich getrennt? War die Ehe harmonisch?«

Sie schwiegen eine Weile. Als sie das Schloss von Lietzow mit seinem in der Morgensonne weiß schimmernden Turm hinter sich gelassen hatten, klingelte Schneiders Handy. Romy nahm das Gespräch an. Einer der Kriminaltechniker wollte Kasper sprechen.

»Der sitzt am Steuer«, erklärte sie. »Sie müssen mit mir vorliebnehmen.«

Wenn sie die Stimme richtig in Erinnerung hatte, war der hagere, unfreundliche Typ vom Vorabend am Apparat. Pluspunkte hatte der bei ihrer ersten Begegnung nicht gerade gesammelt.

»Ja, muss ich wohl«, gab er lakonisch zurück. »Wir haben in einem der anderen Kellerräume was Interessantes gefunden.« Er legte eine Pause ein.

Romy atmete tief durch. »Machen Sie es eigentlich immer so spannend, Kollege?«

»Nö. Aber bei Ihnen mach ich gern 'ne Ausnahme.«

»Super Idee, aber ich sage Bescheid, wenn ich scharf auf eine Sonderbehandlung bin!« Romy hätte vor Empörung beinahe das Handy fallengelassen. »Legen Sie schon los: Was haben Sie gefunden?«

Kasper warf ihr einen Seitenblick zu und schnalzte mit der Zunge.

»Ein Skelett.«

»Was?«

»Wir haben in einer ausrangierten Gefriertruhe ein Skelett gefunden«, wiederholte der Mann in aller Seelenruhe.

»Bis gleich.« Romy legte das Handy beiseite.

Kasper schnalzte erneut mit der Zunge. »Du, hör mal, der Marko ist ganz in Ordnung – ein guter Mann in seinem Fach, ein bisschen unwirsch manchmal, aber ...«

»Der Marko kann mich mal! Der geht mir nämlich, gelinde ausgedrückt, ganz gewaltig auf die Eierstöcke. Aber das jetzt nur mal so nebenbei.« Romy zeigte auf den Tacho. »Gib Gas, Kasper. Die haben noch eine Leiche gefunden.«

In dem Keller standen etliche alte Kühl- und Gefrierschränke zwischen wurmstichigen Büromöbeln, die schon eine ganze Weile vor der Wende nicht mehr modern gewesen sein dürften. Die meisten lagerten dort seit über zwanzig Jahren, wie Bittner auf Nachfrage von Kasper Auskunft erteilt hatte.

»Auf den ersten Blick vermute ich, dass es sich um ein Frauenskelett handelt«, erläuterte Marko Buhl betont sachlich, während Romy ein Frösteln unterdrückte und sich über die Gefriertruhe beugte. »Es dürfte schon eine ganze Weile hier liegen. Nicht mal mehr Fasern von Kleidungsstücken sind vorhanden. Alles ratzfatz weg.«

»Das kann auch bedeuten, dass die Leiche nackt hier abgelegt wurde«, wandte Romy ein. »War der Deckel der Truhe geöffnet?«

Buhl stutzte und nickte dann. »Ja, zumindest einen kleinen Spalt. Insofern konnte Ungeziefer mühelos eindringen.«

»Sie sollte rasch zu Möller auf den Tisch. Können Sie das zwischendurch bewerkstelligen?«, fragte Romy, und sie gab sich Mühe, höflich zu klingen oder zumindest sachlich.

»Ich glaub schon.«

»Danke. Das weiß ich zu schätzen. Sehr sogar.«

Sie hätte durchaus noch die eine oder andere Bemerkung auf der Zunge gehabt, verkniff sich aber weitere Spitzen. Es wäre ziemlich dumm, wenn sie die reibungslose Zusammenarbeit mit den Kollegen von der KTU gefährdete, nur weil es zwischen Buhl und ihr nicht ganz so harmonisch lief – um es behutsam zu formulieren.

Romy drehte sich zu Kasper um, und sie gingen gemeinsam wieder nach oben. Die frische Brise tat beiden gut. Es roch nach Regen. Frühlingsregen.

»Wir müssen noch mal mit Bittner reden«, sagte sie und blickte kurz hinüber zum alten Fährhafen, wo zwei Krähne ihre Hälse in den blaugrauen Himmel reckten. »Die alten Schuppen bergen ja so manche ungute Überraschung. Außerdem können wir Verstärkung gebrauchen. Hier muss alles sehr gründlich durchsucht werden.«

Sie strich sich die Locken zurück. »Erst haben wir monatelang nur Kleinkram und dann gleich zwei Leichen auf einmal. Wer weiß, was da noch auf uns zukommt.«

»Vorschlag zur Vorgehensweise?«

»Ich telefoniere gleich mal mit Stralsund und hoffe, dass die uns ein paar Leute zur Verfügung stellen. Sprich mit Bittner und sorg bitte dafür, dass wir die Pläne von dem Grundstück bekommen. Es wäre mir ganz lieb, wenn du hier vor Ort die Stellung halten und dich auch mit den Sassnitzer Kollegen abstimmen könntest.«

»Schon klar«, stimmte Kasper zu. Abstimmung war seine Spezialität.

»Ich gucke mir in der Zwischenzeit mal Richardts Kontakte an und telefoniere. Ich hoffe, dass Fine mich dabei unterstützt. Sobald die Rechtsmedizin das Skelett zeitlich einordnen kann, geht's weiter.«

Schneider warf ihr einen nachdenklichen Blick zu. »Was denkst du? Hat das Skelett in der Truhe was mit dem Richardt zu tun?«

»Kann ich mir nicht vorstellen.«

Ein Kollege aus Sassnitz brachte Romy nach Bergen zurück. Sie öffnete das Seitenfenster einen kleinen Spalt, atmete in tiefen Zügen die kalte Meeresluft ein und hielt nach den Rapsfeldern Ausschau, die in wenigen Wochen leuchten würden.

Wie sie es nicht anders erwartet hatte, war man in der Polizeiinspektion Stralsund alles andere als begeistert über ihre Anfrage nach zusätzlichen Leuten, versicherte ihr aber, dass man sich kümmern würde. Romy war klar, dass der Hinweis zunächst mal gar nichts bedeutete, aber zumindest freundlich klang.

Sie schnappte sich die Unterlagen, die Kasper aus Richardts Geschäft mitgebracht hatte, und teilte sich mit Fine, die darüber hinaus ihre üblichen Koordinierungsaufgaben wahrnahm, die Anrufliste. Die Mails waren auf einem Stick gespeichert, den sie zunächst beiseitelegte.

Nach zwei Stunden hatte Romy den Eindruck, genügend Hintergrundmaterial für eine zwölfstrophige Kai-Richardt-Lobeshymne gesammelt zu haben. Geschäftspartner, Kunden, Sportsfreunde - niemand hatte etwas an dem Mann auszusetzen gehabt oder konnte sich vorstellen, dass er Feinde hatte, und alle zeigten sich entsetzt über das tragische Geschehen. Minuspunkte? Fehlanzeige.

Fine zwängte sich durch die Tür und servierte Romy eine Tasse Kaffee, als die gerade das Gespräch mit Tim Beier beendet hatte, einem Fitnesstrainer und Laufkollegen aus Stralsund, der Inhaber eines Sportgeschäfts war und in den letzten Jahren gemeinsam mit Kai Richardt verschiedene Läufe und Triathlons organsiert hatte. Und natürlich völlig fassungslos war. Hatte Romy etwas anderes erwartet?

»Danke. Kann ich gut gebrauchen«, meinte sie seufzend zu Fine. »Gibt's auch irgendwas zu essen?«

»Fischbrötchen?«

Romy verzog das Gesicht. »Na, ich weiß nicht. Mein Appetit darauf hält sich gerade in Grenzen.«

Fine lachte. »Wie wäre es mit selbstgebackenem Streuselkuchen?«

»Schon besser.«

»Komm mit nach vorne.«

Zwei Minuten später ließen sie es sich gemeinsam schmecken. Fine nestelte zwischen zwei großen Bissen einen Notizzettel aus ihrer Hosentasche.

»Ich kann schon mal was zu den Alibis sagen«, schlug sie mit undeutlicher Stimme vor und wartete Romys Nicken ab, bevor sie fortfuhr. »Vera Richardt hat die Kinder am Samstag gegen achtzehn Uhr bei ihren Eltern abgeliefert und war dann mit der Freundin im Kino, was von allen Seiten bestätigt wird. Bittners hatten Besuch, und sowohl Ehefrau als auch die Verwandten geben an, dass Thomas Bittner ab dem späten Samstagmittag zu Hause war ...«

»Der Sonntagmorgen ist bei beiden nicht wirklich abgedeckt«, wandte Romy ein. »Die Witwe hat ausgeschlafen, Bittner war joggen ... Na, mal gucken.«

Fine zuckte mit den Achseln und blickte wieder auf ihren Zettel. »Der Super-Kai war übrigens schon mal verheiratet.«

»Das ist nichts Ungewöhnliches«, entgegnete Romy. »Aber trotzdem ein interessanter Hinweis. Die Mister-Makellos-Nummer bringt uns irgendwie nicht weiter und wird, wenn du mich fragst, außerdem allmählich langweilig. Gibt es schon eine Telefonnummer von der Gattin Nummer eins?«

»Klar.« Fine schob ihr den Zettel über den Tisch zu und

stand auf, als das Telefon klingelte. »Ich kümmere mich dann erst mal um den Exgeschäftspartner Jürgen Dreyer.«

»Okay.« Romy goss sich frischen Kaffee ein und ging zurück in ihr Büro.

Gattin Nummer eins hieß Ricarda und war nur vier Jahre mit Richardt verheiratet gewesen: von 1997 bis 2001. Inzwischen hieß sie mit Nachnamen Meinold, war also aller Wahrscheinlichkeit nach zum zweiten Mal verheiratet und lebte in Berlin. Fine hatte zwei Telefonnummern notiert, und Romy erreichte Ricarda Meinold unter dem Geschäftsanschluss einer Cateringfirma. Die Stimme klang herzlich.

»Guten Tag, Frau Meinold, mein Name ist Ramona Beccare«, stellte Romy sich vor. »Ich bin Kriminalkommissarin auf Rügen und rufe aus Bergen an. Hätten Sie ein paar Minuten Zeit für mich? Es ist sehr wichtig.«

Ricarda Meinold benötigte einige Sekunden, um ihre Überraschung zu verarbeiten. »Sie sind von der Kripo? Und das ist wirklich kein Scherz?«

»Nein, ganz und gar nicht. Sie können sich gerne vergewissern und mich im Kommissariat zurückrufen.«

»Nein, nein, schon gut … Aber Ihr Name klingt so gar nicht nach Rügen, wenn ich ehrlich sein soll.«

»Mein Vater stammt aus Italien«, sagte Romy ihren üblichen Spruch auf. Zum Heiraten bin ich nicht mehr gekommen. Mein Mann starb vorher.

»Eine Italienerin auf Rügen …« Ricarda Meinold lachte leise. »Mal was anderes. Ja, ich habe ein paar Minuten Zeit für Sie. Worum geht es denn?«

»Um Kai Richardt.«

Diesmal dauerte das Schweigen noch länger.

»Sie waren ein paar Jahre mit ihm verheiratet«, fügte Romy schließlich hinzu.

»Ja. Was ist mit ihm? Er hat doch hoffentlich nichts angestellt?«

»Nein, ganz im Gegenteil – ihm ist etwas passiert.«

Erneutes Schweigen.

»Es liegt ein schweres Gewaltverbrechen vor, Frau Meinold. Kai Richardt wurde getötet.«

Meinold atmete scharf ein. »Wie bitte? Er ist tot?«

»Ja, seit gestern. Aller Wahrscheinlichkeit nach ist er erschlagen worden. Die Ermittlungen sind in vollem Gange, und in diesem Zusammenhang sprechen wir mit so vielen Leuten wie möglich und erhoffen uns Hinweise.«

»Sie haben noch niemanden …?«

»Nein. Und ein Motiv ist bislang auch nicht in Sicht. Ihr Exmann war angesehen und beliebt, sehr erfolgreich im Beruf und ein engagierter Sportler, außerdem verheiratet und Vater von zwei kleinen Kindern. Niemand kann sich vorstellen, welches Drama sich hinter der Tat verbirgt. Es gibt nicht mal den Ansatz einer Vermutung.«

»Aber … Sie sagten, er sei erschlagen worden. Ging es um einen Überfall oder hatte es jemand auf Kai …?« Sie brach ab.

»Dem Täter ging es um Ihren Exmann«, betonte Romy. »Das jedenfalls ist ziemlich sicher.«

»Ich verstehe, aber … Unsere Ehe liegt sehr lange zurück, und wir waren nicht lange verheiratet«, wandte Frau Meinold zögernd ein.

»Eben. Darf ich Sie fragen, warum Ihre Partnerschaft nach so kurzer Zeit gescheitert ist?«, fragte Romy geradeheraus. Damit kam man manchmal erstaunlich weit.

»Also, eigentlich …«

»Wir würden die Tat gerne aufklären, Frau Meinold, und jeder Hinweis, mag er im Augenblick auch noch so nebensächlich scheinen, kann zu einer Spur führen. Ich bin zurzeit gezwungen, ein wenig im Trüben zu fischen – wenn ich es mal so salopp ausdrücken darf.«

»Ja, klar, also … Moment bitte.« Es raschelte in der Leitung. »Entschuldigen Sie die Unterbrechung. Ich habe meine Bürotür geschlossen«, erläuterte sie kurz darauf. »Ich verstehe natürlich, dass Sie recherchieren und irgendwo anfangen müssen. Was ich Ihnen sagen kann, ist Folgendes: Kai hatte eine gänzlich andere Vorstellung von unserer Ehe als ich, wie sich bald herausstellte. Ich habe viele seiner Ansichten bezüglich unseres Zusammenlebens nicht geteilt, und das führte notwendigerweise zu Konflikten. Die Trennung war nur folgerichtig.«

Romy ließ die Worte einen Moment nachklingen. Allgemeiner konnte man das Scheitern dieser Beziehung wohl kaum ausdrücken, stellte sie im Stillen fest. »Könnten Sie vielleicht etwas konkreter werden, Frau Meinold?«

»Nun, er war altmodisch. Er wollte das Sagen haben, egal, worum es ging. Geschäftlich und auch privat«, ergänzte Meinold. »Es hat sich schnell gezeigt, dass ich so nicht leben wollte. Nicht konnte. Und er sah keine Veranlassung, mir entgegenzukommen.«

»Könnte man sagen, dass er ein herrischer Typ war? Autoritär?«

»Ja, das könnte man. Aber nach außen gab er sich stets freundlich, tolerant, amüsant und offen. Alle mochten ihn.«

»Interessant.« Romy bedauerte, dass sie der Frau nicht gegenübersaß, um ihre Gestik und ihren Gesichtsausdruck beobachten zu können. Sie hatte lange genug bei der Sitte gearbeitet, um leise Zwischentöne zu registrieren, wenn es um Beziehungsstress und Machtspiele ging. »War er gewalttätig?«

Schweigen. »Das ist alles sehr lange her, Frau Kommissarin. Ich will keine schmutzige Wäsche waschen …«

»Darum geht es nicht!«, unterbrach Romy die Frau. »Ich muss das Opfer und seine Persönlichkeit kennenlernen, um Indizien für mögliche Motive und Täter zu gewinnen.«

»Ja, schon … Ich will aber nicht mehr daran zurückdenken. Ich bin froh, längst ein ganz neues Leben begonnen zu haben. Verstehen Sie, was ich meine?«

»Ich denke schon. Aber in einem Mordfall kann ich darauf keine Rücksicht nehmen. Ich darf es nicht! Und an dem Punkt müssen Sie mich verstehen.«

Erneutes Schweigen. »Na schön. Ja – er war gewalttätig, manchmal. Ein Machtmensch, auf subtile Weise. Er hatte Charme für drei, aber wenn man seine Autorität infrage stellte, wurde es sehr ungemütlich. Mehr möchte ich nicht ...«

»Glauben Sie, dass er sich geändert hat?«, fiel Romy ihr schnell ins Wort. »Immerhin liegt das alles sehr lange zurück.«

»Das kann ich nicht beurteilen, Frau Beccare. So viel Menschenkenntnis möchte ich mir nicht anmaßen – auf ihn bezogen schon mal gar nicht.«

»Wie meinen Sie das?«, hakte Romy nach.

»Nach einer Scheidung ist man meistens nicht allzu gut aufeinander zu sprechen. Meine Einschätzung wäre subjektiv gefärbt.«

»Das sind Einschätzungen meistens.«

»Ich denke, Sie wissen, was ich meine.«

Da wäre ich mir nicht so sicher, dachte Romy, ließ die Behauptung jedoch stehen. »Kannten Sie seine Eltern?«

»Zu denen bestand wenig Kontakt«, erwiderte Ricarda Meinold. »Die lebten in Lübeck. Und wenn Sie mich jetzt bitte entschuldigen würden ...«

»Eine letzte Frage! Jürgen Dreyer, den ehemaligen Geschäftspartner – kannten Sie den?«

»Nein. Als ich Kai kennenlernte, war er bereits alleiniger Geschäftsinhaber.«

»Hat er mal etwas verlauten lassen, warum die Zusammenarbeit nicht funktionierte?«

»Wie viele letzte Fragen haben Sie eigentlich noch?«, bemerkte Meinold in nun deutlich genervtem Ton. »Nein, ich weiß nichts davon. Kai hat nicht darüber gesprochen. Und nun …«

»Danke für Ihre Geduld, Frau Meinold.«

Romy legte auf und stützte ihr Kinn auf die Hand. Mister Makellos hat seine erste Ehefrau geschlagen – davon war sie überzeugt. Sie blickte hoch, als Fine eintrat. »Der Dreyer lebt nicht mehr.«

»Oh.«

»Ist vor zwei Jahren gestorben – Krebs.«

»Versuch doch mal jemanden ausfindig zu machen, der Richardts geschäftlichen Start in Bergen mitbekommen hat und auch was dazu sagen könnte.«

»Ich tue mein Bestes«, erwiderte Fine. »Ich könnte mal bei der Bank nachhaken, aber sehr auskunftsfreudig sind die in der Regel ohne richterlichen Beschluss nicht. Hast du schon was rausgekriegt?«

»Kai hat seine erste Frau geschlagen.«

Fine nickte langsam. »Aha.«

»Und nun interessiert es mich natürlich brennend, was Vera Richardt dazu meint.« Romy stand auf und schnappte sich ihre Lederjacke. »Bis später.«

Die Witwe sah übernächtigt aus. Mit einem erneuten Besuch der Polizei hatte sie so schnell nicht gerechnet, und verschärften Wert legte sie auf eine weitere Befragung auch nicht, das sah Romy ihr an der Nasenspitze an.

»Ich fühle mich unwohl«, bemerkte sie, während sie sich abrupt umwandte und in die Diele ging. »Hätten Sie nicht wenigstens vorher anrufen können?«

»Ich war ohnehin gerade unterwegs, Frau Richardt«, gab Romy lapidar zurück. »Und in einem Mordfall tauchen manchmal ganz unvermutet neue Aspekte und Fragen auf, denen wir so schnell wie möglich nachzugehen bemüht sind.«

Ein schneller abschätzender Blick zurück. »Gehen wir in die Küche? Ich wollte mir gerade einen Tee kochen.«

Romy setzte ihr, wie sie meinte, besonders verbindliches Lächeln auf. Ob es auch so bei der Witwe ankam, konnte sie nicht mit Sicherheit sagen. »Gerne.«

Die Küche war größer als Romys Wohnzimmer und verfügte wahrscheinlich über gehobenen Gastronomiestandard, wie die Kommissarin nach einem schnellen Rundumblick mutmaßte. Schwarz-weiße Marmorfliesen blitzten vor Sauberkeit, der Herd thronte majestätisch in der Mitte des Raumes, Kupferpfannen hingen von freiliegenden Balken herab, und die Kühl-Gefrierkombination hatte die Dimension eines Kleinwagens.

Gut gefüllt könnte man wahrscheinlich wochenlang über die Runden kommen, ohne zu verhungern, dachte Romy, was in harten Wintern mit viel Schnee – so wie der letzte, als der Verkehr auf der Insel völlig zusammengebrochen war – sicherlich nicht die schlechteste Idee war. Richardts Geschäfte gingen augenscheinlich hervorragend. Oder die Familie hatte von Hause aus Geld. Oder beides.

Auf dem Esstisch am Fenster standen Blumen. Rosen. Es war auffallend still im Haus.

»Wo sind eigentlich Ihre Kinder?«, fragte Romy und blieb neben dem Herd stehen. »Schule? Kindergarten?«

»Nein. Sie sind bei meinen Eltern. Ich brauche Ruhe.«

»Ich verstehe.«

Vera Richardt warf ihr einen zweifelnden Blick zu und gab sich keinerlei Mühe, ihre Skepsis zu verbergen. Prima, sie mag mich nicht, und ich mag sie wahrscheinlich noch weniger, stellte Romy fest. Das war für die Ermittlungen alles andere als hilfreich, aber im Moment unabänderlich.

»Gibt es Neuigkeiten?«, fragte die Witwe und setzte den Wasserkessel auf. Sie bot Romy keinen Sitzplatz an.

»Der Laptop Ihres Mannes gibt nicht allzu viel her«, sagte

die Kommissarin. »Die Festplatte wurde gelöscht beziehungsweise neu formatiert, und zwar ziemlich professionell, wie unser Fachmann sagt. Wissen Sie etwas darüber?«

Die Witwe nahm eine Tasse aus dem Schrank. »Kai hatte ihn erst seit kurzem und wollte sich am Wochenende damit beschäftigen«, erwiderte sie.

»Ich weiß, das sagten Sie bereits gestern. Kannte er sich gut aus mit Computern? Hat er häufiger mal einen PC völlig neu aufgesetzt?«

Vera Richardt nickte. »Ja, Technikkram interessierte ihn. Er wusste eine ganze Menge – soweit ich das beurteilen kann.«

»Ihr Mann hatte zu Beginn seiner Geschäftstätigkeit in Bergen einen Partner, Jürgen Dreyer. Hat er mal von dem erzählt?«, fuhr Romy fort.

»Nur beiläufig. Ich kenne den gar nicht.«

Der Wasserkessel pfiff. Die Witwe stellte eine bauchförmige Teekanne bereit und goss das Wasser auf. Dann sah sie auf die Uhr, bevor ihr Blick langsam wieder zu Romy wanderte. Sie strich sich das Haar nach hinten. »Haben Sie noch mehr Fragen? Ich würde nämlich gern …«

»Hat Ihr Mann Sie geschlagen?«

Vera Richardt erbleichte. »Wie bitte?«

»Sie haben mich ganz gut verstanden.«

»Wie kommen Sie …?«

»Ganz einfach. Die erste Ehe von Kai Richardt scheiterte an seiner Gewalttätigkeit.«

Die Frau ließ die Arme sinken und starrte sie perplex an. »Und was hat das mit mir, mit uns zu tun? Ich habe gestern meinen Mann verloren – durch ein schreckliches Gewaltverbrechen, das ich eben erst zu begreifen beginne –, und Sie stellen mir eine solche Frage! Etwas mehr Feingefühl wäre durchaus angebracht.« Ihr Ton war hoch und schrill.

»Ja, ich stelle Ihnen eine solche Frage«, antwortete Romy gelassen. »Weil sie förmlich auf der Hand liegt: Ihr Mann wurde ermordet, und eine geprügelte Ehefrau hat ein ganz gutes Motiv, oder?«

Vera Richardts Augen zogen sich zu schmalen Schlitzen zusammen. »Wie kommen Sie dazu …?«

»Erkläre ich Ihnen auch gern: Ich muss alle Möglichkeiten in Erwägung ziehen, auch wenn das nicht immer feinfühlig wirkt. Das ist mein Job, und im Übrigen geht es bei Mord selten feinfühlig zu. Ihr Mann starb am Sonntagmorgen ...«

»Ich habe ihn am Samstag als vermisst gemeldet!«, fauchte Vera Richardt.

»Ich weiß.« Romy zuckte die Achseln. »Und?«

»Ich möchte, dass Sie jetzt gehen.«

»Das werde ich. Hat er Sie geschlagen – ja oder nein?«

»So ein Quatsch!«

Das war auch eine Antwort. Romy lächelte und wies auf die Blumen. »Schöne Rosen.« Damit drehte sie sich um und verließ das schmucke Haus.

Als sie zehn Minuten später ihre Vespa vor dem Polizeigebäude abstellte, fuhr Kasper gerade auf den Parkplatz. Sie wartete am Eingang auf ihn.

»Noch mehr böse Überraschungen?«, fragte sie.

Er schüttelte den Kopf. »Das nicht, aber …«

»Ja?«

»Lass uns erst mal hochgehen. Dann zeige ich dir die Pläne.«

Kasper nahm sich einen Kaffee und breitete eine Grundrisszeichnung von der Fischfabrik und den Nebengebäuden auf dem Besprechungstisch aus, während Fine nebenan lautstark mit einem Kollegen von der Bereitschaft diskutierte und das Telefon unablässig schrillte. Romy schloss die Verbindungstür.

Schneider wies mit dem Zeigefinger auf eines der alten Gebäude im Hintergrund der Fabrik. »Zur Orientierung: Hier ist die Werkstatt, in der Kai an seinem Rad gebastelt hat …«

»Hat man das eigentlich gefunden?«, fiel Romy ihm ins Wort.

Kasper nickte. »Es stand neben der Werkbank. Bittner hat es identifiziert – er war sich hundertprozentig sicher. Aber wir könnten es der Witwe auch noch mal zeigen.«

»Ja. Bei Gelegenheit.«

Kasper konzentrierte sich wieder auf die Zeichnung. »Hier, diesen kleinen Gang sind wir nach hinten durchgegangen, bis zum Treppenabgang in den Keller. Die Räume sind teils leer, teils voller Müll. Im vorderen Keller rechts von der Treppe lag die Leiche, in der hintersten Rumpelkammer haben die Kollegen das Skelett in der Truhe gefunden.«

Romy nickte, während sie sich auf der Zeichnung orientierte. Karten waren nicht ihre Stärke. Kasper wusste das und beschrieb die Gegebenheiten darum besonders ausführlich.

»Links von der Treppe befinden sich mehrere ineinanderübergehende Kellerräume, in denen die Kollegen sich vorhin gründlich umgesehen haben«, fuhr er langsam fort. »Der hinterste der Räume ist sehr schwer zugänglich und … ja, seltsam unauffällig.«

»Was heißt das?«

»Wenn man nicht sucht, findet man nichts.«

»Das ist meistens so«, gab Romy zurück. Sie lächelte.

Kasper lächelte zurück. »Wohl wahr. Wie dem auch sei. Wenn man sich durch das Gerümpel des vorderen Kellers hindurchgearbeitet hat, steht man ganz unvermutet vor einem leeren Stahlregal, hinter dem sich eine Tür befindet. Das Regal sieht relativ neu aus – jedenfalls nicht nach jahrzehntealtem Sperrmüll – und es lässt sich ohne sonderlichen Aufwand beiseiteschieben. Die Tür verfügt über ein neues Schloss, in dem ein Schlüssel von innen steckte, und der Keller ist geräumig und leer.«

»Aha. Na ja, vielleicht hat da kürzlich jemand aufgeräumt. Bittner dürfte das wissen.«

»Ganz sicher hat da jemand aufgeräumt. Es ist ungewöhnlich sauber in dem Keller. Da wurde vor nicht allzu langer Zeit gründlich geputzt. Außerdem gibt es ein Stromkabel neueren Datums. Bittner habe ich dazu schon befragt: Der weiß nichts davon.« Kasper strich sich durch den Bart.

»Vielleicht sollte ein zusätzlicher Lagerraum für Sportgeräte oder Ähnliches entstehen«, vermutete Romy. »Richardt hat unter Umständen eigenmächtig gehandelt, oder Bittner erinnert sich nicht an eine entsprechende Nachfrage von ihm. Die alten Gebäudeteile werden ihn kaum großartig interessieren.«

»Möglich, ja – die beiden waren eng befreundet, wie es scheint. Aber warum hat er einen Keller ausgewählt, der so weit von der Werkstatt entfernt ist? Warum nicht einen, der neben der Treppe liegt?«

»Hm, gute Gegenfrage«, kommentierte Romy. »Wie lange gibt es eigentlich diese Werkstatt schon?«

»Seit zehn, elf Jahren«, erwiderte Kasper prompt. »Bittner erzählte, dass Kai sie nahezu allein ausgebaut hat. Er hat sich da richtig reingestürzt. Das war wohl kurz nach der Trennung und Scheidung von seiner ersten Frau. Bittner schätzte, dass er sich ablenken musste, und hat ihm völlig freie Hand gelassen.«

Romy stutzte. »Will Bittner damit sagen, dass ihn die Trennung sehr mitgenommen hatte?«

Kasper nickte. »So habe ich das verstanden.«

»Interessant«, bemerkte Romy. »Seine Exfrau klang eher erleichtert.« Sie berichtete von ihrem Telefonat mit Ricarda Meinold.

»Oh.«

»Tja, und Vera Richardt hat mich fast rausgeschmissen, als ich sie vorhin fragte, ob ihr Mann gewalttätig war.«

»Was alles Mögliche bedeuten kann«, sinnierte Kasper mit zusammengezogenen Brauen. »Wie geht's jetzt weiter?«

»Wir sollten ein bisschen Hintergrundarbeit leisten und uns im Archiv schlaumachen«, schlug Romy vor. »Gab's Anzeigen wegen häuslicher Gewalt? Vielleicht anonym? Ist der Richardt sonst mal irgendwie aufgefallen? Außerdem möchte ich, dass wir die Witwe im Auge behalten.«

»Gut.« Er faltete die Zeichnung zusammen. »Und was den Hafen angeht: Die anderen Gebäude werden natürlich auch noch gründlich durchsucht. Dem Bittner schmeckt allerdings nicht, dass die Polizei das Gelände tagelang besetzt, aber ...«

»Das können wir nicht ändern«, warf Romy ein. »Vielleicht sollten wir, um das Ganze zu beschleunigen, zusätzlich einen Leichenspürhund einsetzen.«

»Hab ich schon veranlasst.«

Romy lächelte anerkennend. »Ich bin beeindruckt.«

Das Telefon klingelte. Kasper nahm ab. Er lauschte eine ganze Weile konzentriert und sah Romy an. Das Ding hat eine Lautsprecherfunktion, dachte sie, aber sie verkniff sich den Hinweis. Schneider, ansonsten mit einem beeindruckenden Gedächtnis gesegnet, vergaß häufig, technische Finessen zu nutzen.

»Ja, danke. Ich werd's ihr ausrichten.« Kasper legte auf. »Dr. Möller kann noch keine genaueren Angaben zum Skelett machen, außer dass es sich um eine Frau handelt – eine jüngere Frau. Grob geschätzt geht er davon aus, dass sie seit gut zehn Jahren dort unten liegt. Betonung liegt auf: grob. Es können auch acht sein oder zwölf oder sogar mehr ...«

»Todesursache?«

»Dazu kann er im Augenblick natürlich auch noch nichts sagen. Er versucht DNA-Spuren zu gewinnen und macht eine Aufnahme vom Zahnschema. Vielleicht findet sich eine Übereinstimmung in der DNA-Datenbank, die uns weiterbringt.«

»Das wäre zu schön, um wahr zu sein«, seufzte Romy. »Klingt, als müssen wir alte Vermisstenfälle durchgehen, solange keine eindeutigen Hinweise vorliegen. Und zwar nicht nur von Rügen – die Frau kann ja von sonst wo stammen und hier abgelegt worden sein, zufällig oder geplant.«

Schneider runzelte die Stirn. »Das bedeutet, dass wir jetzt zwei Fälle an der Backe haben.«

»Genau. Hattet ihr so was schon mal auf Rügen?«

»Nö.«

Es klopfte, und Fine trat ein.

»Die Verstärkung aus Stralsund«, sagte sie in gewichtigem Tonfall und verdächtig breit lächelnd.

Hinter ihr tauchte ein zarter junger Mann mit langem seidigem Haar auf, das er zu einem Zopf zusammengebunden hatte. Er trug Anzug und Krawatte, trat scheu lächelnd zwei Schritte nach vorne und nickte freundlich in die Runde.

Wahrscheinlich macht er eine Rolle vorwärts oder gleich einen Salto, wenn Fine ihm auf den Rücken klopft, überlegte Romy verblüfft, während sie die weichen Gesichtszüge des Mannes musterte.

»Maximilian Breder – er hat vor kaum einem Jahr seine Ausbildung beendet«, stellte Fine die Verstärkung vor. »Stralsund könnte ihn ein paar Tage entbehren.« Sie lächelte noch breiter, als würde sie dafür bezahlt werden.

Kasper hob die Hand. »Willkommen.«

Romy versuchte, ihre Überraschung zu verbergen, und ging ihm mit schnellen Schritten entgegen.

»Gut, dass Sie da sind«, erklärte sie. »Wir brauchen jemanden, der das Archiv durchforstet und zudem alte Vermisstenfälle durchgeht. Wäre das was für Sie?«

»Und ob«, sagte Maximilian mit bemerkenswert kräftiger Stimme. »Womit soll ich anfangen?«

3

Der Fünf-Uhr-Glockenschlag der nahen St. Marienkirche war gerade verklungen, als er sich entschied aufzustehen. Es hatte keinen Sinn, sich hin und her zu wälzen, wenn ihn ein Fall bis in den Schlaf verfolgte. Er warf einen Blick auf die leere Bettseite neben sich und warf die Decke zurück.

Früher hatte Anna seine Unruhe meistens mitbekommen und war wortlos aufgestanden, um ihm einen Tee zu kochen. Diese stille Übereinstimmung zwischen ihnen vermisste er am meisten. Er ging in die Küche und setzte den Wasserkessel auf.

Anna hatte ihn vor fast elf Jahren verlassen. Von einem Tag auf den anderen. Nach fünfundzwanzig Jahren Ehe. Er verstand das bis heute nicht. Es gab keinen anderen. Und keine andere. Sie hatten zwei Kinder großgezogen, die ihren Weg gegangen waren, und die DDR vergleichsweise unbeschadet überstanden. Keine dubiosen IM-Akten und bösen Überraschungen, keine heftigen Erschütterungen und starken Ausschläge. Keine großen Krisen und schlimmen Krankheiten. Keine Hochs und Tiefs. Vielleicht war es gerade das gewesen.

»Ich will noch was haben vom Leben«, hatte sie gesagt, aus dem Nichts heraus, wie es ihm vorgekommen war, aber sicherlich hatte er die Anzeichen schlicht übersehen, verdrängt, für unwichtig erachtet. »Was anderes als diese Insel, so schön sie auch sein mag, die Gleichförmigkeit unseres Alltags und all die Selbstverständlichkeiten zwischen uns. Zufriedenheit und Behaglichkeit allein reichen mir nicht. Nicht bis ans Lebensende. Wer weiß, wie schnell das kommt. Verzeih mir.«

Kasper goss den Tee auf und rieb sich die Stirn.

Nein, er verzieh ihr nicht. Nicht tief drinnen im Herzen – dort, wo er sich so schmerzhaft genau an alles erinnerte. An ihr Lächeln und ihre Worte, an ihre zärtlichen Berührungen und den lasziven Klang ihrer Stimme, wenn sie sich geliebt hatten und sie seinen Namen flüsterte, dass es ihm einen Schauer über den Rücken jagte – auch noch nach Jahren.

Er wusste immer noch, wie ihr Haar roch, wenn sie halbe Tage im Garten verbracht hatte oder mit den Kindern in Zittvitz am Bodden gewesen war, und sah immer noch vor sich, wie sie die Stirn runzelte, wenn sie die Aufsätze ihrer Schülerinnen und Schüler korrigierte. Anna war Deutschlehrerin am Ernst-Moritz-Arndt-Gymnasium gewesen und hatte ihren Beruf geliebt. Wahrscheinlich mehr als mich, dachte Kasper, denn Lehrerin war sie immer noch, soweit er informiert war.

Manchmal verfluchte er sein gutes Gedächtnis. Es ließ ihn auch jetzt nicht schlafen.

Ein alter Vermisstenfall. Vielleicht erinnerte er sich so besonders gut daran, weil er in den gleichen Zeitraum fiel wie Annas Entscheidung, ihn zu verlassen. Seine plötzliche Einsamkeit und der unerträgliche Schmerz, der nicht abebben wollte, hatten seine Sinne zusätzlich geschärft.

Kasper rührte braunen Zucker in den Tee und trank zwei kleine Schlucke. Er war sicher, dass das Skelett im Sassnitzer Hafen einer jungen Frau gehörte, nach der in jenem Spätsommer gefahndet worden war, auch auf Rügen. Deren Großvater auf der Insel lebte und seinerzeit fassungslos und feindselig zugleich auf die Polizisten reagiert hatte. Und der allen Grund dazu gehabt hatte, ihnen nicht über den Weg zu trauen.

Kasper trank seinen Tee aus. Dann ging er unter die Dusche. Eine Viertelstunde später machte er sich auf den Weg ins Kommissariat.

Boxen macht den Kopf frei. Völlige Konzentration auf den Augenblick. Kein Abschweifen und Hadern mit dem Gestern, kein Abdriften ins Morgen. Der Ring und die Begegnung mit dem Gegner im Hier und Jetzt. Nur das zählte.

»Sonst ist die Nase schneller krumm, als ihr gucken könnt!«, erklärte Romy den vier fünfzehn- und sechzehnjährigen Jugendlichen, die an diesem frühen Morgen den Weg in die kleine Sporthalle gefunden und sich gemeinsam mit ihr aufgewärmt hatten.

»Okay, es geht weiter mit Schattenboxen. Achtet auf die technisch saubere Ausführung der Schlagkombinationen. Lieber langsamer, aber dafür korrekt.«

Sie boxte seit ihrer Polizeiausbildung. Ihr Vater war fast in Ohnmacht gefallen, als er davon erfuhr, und ihre Mutter hatte auch nicht gerade begeistert gewirkt, eher brüskiert und genervt, dass die Tochter mal wieder derart aus der Reihe tanzte und für familiären Unfrieden sorgte. Abgesehen davon, dass das Boxen ihre Reaktionsschnelligkeit sowie ein gutes Auge schulte und körperliche Fitness und Kampferfahrung wichtige Aspekte ihres Berufes waren, hatte die Abwehr ihrer Eltern den Sport für Romy umso interessanter gemacht.

Die Idee, mit Jugendlichen zu trainieren, vornehmlich jugendlichen Straftätern und sogenannten Problemkids, hatte sie schon in Köln in die Tat umgesetzt. Seit einigen Monaten engagierte sie sich im alten E-Werk in Sassnitz, in dem seit der umfangreichen Sanierung die unterschiedlichsten Jugendprojekte realisiert wurden, und bot Boxtraining an.

Anfangs war sie bestaunt, ausgelacht und angegafft worden. Das kannte sie schon: Sie war nicht nur eine Frau, noch dazu mit südländischem Aussehen, sondern gerade mal eins fünfundsechzig groß und höchstens achtundfünfzig Kilo schwer. Allein damit entsprach sie nicht unbedingt den Vorstellungen der Jugendlichen.

»Klitschko kann ich euch nicht bieten«, hatte sie gesagt. »Ich bin Romy, und meine Rechte ist ganz ordentlich. Davon abgesehen: Ihr lernt bei mir garantiert nicht, wie ihr wild zuschlagt und euren Gegner fertigmacht. Ihr lernt bei mir, Regeln einzuhalten und Respekt vor dem anderen zu zeigen – hier im Ring und vielleicht auch außerhalb.«

Das Motto hatte auch nicht gerade für Begeisterungsstürme gesorgt, doch mittlerweile nahmen regelmäßig zwischen zwei und acht jungen Leuten am Training teil. Zu einem Probekampf forderte sie niemand mehr heraus, seitdem sie Daniel – zwanzig Jahre alt, hundert Kilo schwer, große Klappe und tendenziell aggressiv – in der zweiten Runde auf die Bretter geschickt hatte. Nicht um ihn zu blamieren und vor den anderen kleinzumachen, sondern weil ihr nichts anderes übrig geblieben war. Der Junge hatte es darauf angelegt, sie aus dem Ring zu prügeln.

Daniel hatte sich wochenlang nicht sehen lassen, tauchte aber neuerdings hin und wieder auf, um aus sicherer Entfernung zuzusehen. Romy schätzte, dass er irgendwann wieder am Training teilnehmen würde.

Eine Stunde später verließ sie hellwach und frisch geduscht den Umkleideraum. Ihr Handy klingelte, als sie die Treppen des alten Fachwerkhauses hinuntereilte und gerade ihren Schlüssel aus der Tasche fischte.

»Bist du auf dem Weg?«, fragte Kasper.

»Ja, ich komme gerade aus dem E-Werk. Was Besonderes?«

»Gut möglich. Kannst du direkt hoch nach Glowe fahren?«

»Was wollen wir da?«, fragte Romy.

»Wart's ab – wir treffen uns an der Hauptstraße, in circa zwanzig Minuten.«

Glowe war ein ehemaliges Fischerdorf im Nordosten der Insel zwischen Ostsee und Bodden. Romy, die kurz nach ihrem Umzug Rügen durchstreift und sich stückchenweise der so schmerzvoll nachklingenden Erinnerung an die wunderbaren Tage mit Moritz gestellt hatte, sah vor ihrem inneren Auge die Schaabe aufsteigen, den kilometerlangen malerischen Strand mit langgestrecktem Waldgebiet hinter den Dünen, die Fischerhäuser, den Seglerhafen, wo Moritz ein Boot gemietet hatte, mit dem sie zum Königsstuhl gefahren waren, wie Tausende andere Touristen auch. Ihr Herz klopfte plötzlich ungestüm.

Er hatte sein lachendes Gesicht mit geschlossenen Augen und weiß blitzenden Zähnen in die Sonne gehalten, das Haar zerzaust, auf der Nase tummelten sich die Sommersprossen, und er roch nach Sonnenmilch und Salz, nach der betörenden Süße eines perfekten Sommers. Romy hatte sich gar nicht sattsehen können an ihm. Ihre Sehnsucht war groß und intensiv gewesen. Kaum zum Aushalten, hatte sie damals gedacht und den Gedanken im Nachhinein mehr als einmal verflucht.

Bei ihrem zweiten einsamen Besuch in Glowe war sie mit zittrigen Beinen zum Strand hinuntergegangen. Auf den Buhnen hatten Möwen gesessen und sich das Gefieder vom Wind glätten lassen. Es war ein klarer Tag gewesen, und sie konnte bis hoch zum Kap Arkona sehen. Eine halbe Stunde hatte sie es dort ausgehalten, dann war sie zurückgegangen. An einem Imbissstand hatte sie einen Döner gekauft, der erstaunlich gut geschmeckt hatte.

Kasper parkte bereits vor dem »Schaabe«-Restaurant und öffnete die Wagentür, als Romy auf der L 30 in den Ort fuhr und neben ihm hielt.

»Willst du mich zum Essen einladen?«, fragte sie, als sie den Helm abgesetzt und sich zu ihm heruntergebeugt hatte.

»Ein anderes Mal, aber dann koche ich selbst.« Er strich sich nachdenklich durch den Bart und stieg aus.

»Ich habe die halbe Nacht nicht geschlafen«, meinte er unvermittelt. »Um sechs bin ich in die Dienststelle gefahren, weil ich keine Ruhe mehr hatte.«

Romy betrachtete ihn aufmerksam und schwieg. Zwischenfragen würden jetzt nur hinderlich sein.

»Ich hatte da was im Hinterkopf – einen Vermisstenfall, der bis heute unaufgeklärt ist – und habe mir vorhin die Akte rausgesucht.«

Auf Kaspers Gedächtnis war Verlass. Er erinnerte sich, wie Fine gern bestätigte, auch noch nach Jahren an scheinbar nebensächliche Einzelheiten, zumindest in besonderen Fällen.

»Die Frau wohnte in Rostock«, fuhr er fort. »Die Kollegen fragten auch bei uns nach, weil die Vermisste einige Wochen vor ihrem plötzlichen Verschwinden aus dem Rügen-Urlaub zurückgekehrt war. Das war im Spätsommer 2000.«

Kasper wandte sich um und bückte sich nach einem Ordner, der auf dem Beifahrersitz lag. »Beate Lauber, achtundzwanzig, Anwaltsgehilfin. Sie hat damals hier nicht nur Ferien gemacht, sondern auch ihren Großvater besucht, Heinrich Lauber, einen alteingesessenen Rüganer. Der Mann verlor völlig die Nerven, als wir bei ihm auftauchten, und hat uns quasi rausgeschmissen.«

»Verständlich.«

»Ja, schon. Aber dabei ging es nicht allein um das Verschwinden der Enkelin. Ein damaliger älterer Kollege erzählte mir mehr zu der Familiengeschichte.«

Romy wartete ab.

»Sagt dir die Bezeichnung ›Aktion Rose‹ etwas?«

Romy runzelte die Stirn. »Hilf mir auf die Sprünge.«

»Rügen zur DDR-Zeit. Walter Ulbricht hat bei einem Besuch festgestellt, dass sich viele Hotels und Pensionen in Privatbesitz befanden – zu seinem großen Ärger«, erzählte Kasper und machte eine wegwerfende Handbewegung.

»Wurde jedenfalls so berichtet. Passte nicht in die SED-Planwirtschaft, falls dir das überhaupt noch was sagt.«

»So jung bin ich nun auch wieder nicht, und zur Schule bin ich auch gegangen …«

»Umso besser. Jedenfalls war der große Genosse der Meinung, dass hier dringender Handlungsbedarf bestand, was im Übrigen recht gut zu dem Vorhaben passte, im Nordosten der Insel einen Kriegshafen auszubauen und darüber hinaus eine sogenannte Schutzzone Ostsee einzurichten. Kurzum, die Immobilien wurden also gebraucht: für die Armee, Arbeiter, Polizei. So hat man die Geschäftsinhaber in einer Nacht- und Nebelaktion kurzerhand wegen angeblicher Wirtschaftsvergehen eingesperrt, verurteilt und enteignet. Das war Anfang 1953 und nannte sich, wie gesagt, ›Aktion Rose‹. Immerhin: Die Verbrecher haben sich wenigstens eine hübsche Bezeichnung ausgedacht, findest du nicht?«

Romy schluckte. »Sag es durch die Blume, oder was? Und wie ging es weiter?«

»Nach dem Volksaufstand am 17. Juni wurde eine ganze Reihe der Verurteilten wieder freigelassen, ohne dass man sie jedoch rehabilitierte«, setzte Kasper seinen Bericht fort. »Viele haben die DDR damals verlassen. Von denjenigen, die geblieben sind, bekamen einige wenige die Möglichkeit, ihre Häuser teilweise wieder als Hotels zu nutzen. Sie waren jedoch gezwungen, sie zu den staatlich verordneten Niedrigpreisen zu vermieten, womit der Verfall vorprogrammiert war. Nach der Wiedervereinigung wurden die Geschädigten dann zwar rehabilitiert, aber den materiellen Schaden hat man ihnen nicht ersetzt.« Kasper schwieg einen Moment.

»Und Lauber war ein Geschädigter?«, riet Romy.

»Kann man so sagen. Heinrich Lauber war 1953 dreißig Jahre alt. Ihm gehörte ein hübsches kleines Strandhotel hier in Glowe, das er gemeinsam mit seiner Frau betrieben hat«, fuhr Kasper fort. »Die beiden hatten einen Sohn. Man hat Lauber eingesperrt und sein Hotel kassiert. Als er aus dem Gefängnis zurückkam, hatte man es zweckentfremdet. Er stand vor dem Nichts, bestand aber darauf, in Glowe zu bleiben. Seine Frau hat die Situation nicht ertragen und ist mit dem Sohn zu Verwandten nach Rostock gezogen. Nach der Wende hat Heinrich eine Rückübertragung beantragt, worauf man ihm nach langem Hin und Her mit der Treuhand das Haus zum Verkehrswert angeboten hat. Das konnte er sich aber trotzdem nicht leisten. Einen Kredit bekam er nicht – immerhin war er schon Ende sechzig. Ein Wessi hat schließlich den Zuschlag bekommen. Das Hotel dürfte längst eine Goldgrube sein.«

»Ach du Scheiße.« Romy fiel kein anderer Kommentar ein.

»Du sagst es. Es ist also ziemlich gut nachvollziehbar, dass Heinrich Lauber abweisend auf Polizisten reagiert. So war es damals auch, als wir Amtshilfe für die Rostocker Kollegen leisteten und ihn nach seiner Enkelin befragten.«

Kasper atmete tief durch. Romy konnte sich nicht erinnern, ihn je länger an einem Stück reden gehört zu haben. Er wirkte regelrecht erschöpft.

»Eine miese Geschichte«, bestätigte sie. »Zeitlich und vom Alter her könnte Beate Lauber durchaus zu dem Skelett passen, aber wäre es nicht besser, die ersten fundierten rechtsmedizinischen Ergebnisse abzuwarten und mit anderen Vermisstenfällen abzugleichen? Ich finde, wir haben ein bisschen wenig, um den alten Herrn damit aufzuschrecken ...«

Kasper rieb sich das Kinn. »Der war schon damals davon überzeugt, dass ihr was passiert ist.«

»Wie meinst du das?«

»So drückte er sich aus – ich erinnere mich noch ziemlich genau daran: Die lebt nicht mehr, hat er gesagt. Die haben sie erledigt. Dann warf er uns die Tür vor der Nase zu und ...«

»Wer ist die?«, fiel Romy ihm ins Wort.

»Das ist die Frage. Seinerzeit habe ich diese Bemerkungen Heinrichs Aufregung und seiner tiefsitzenden Verbitterung zugeschrieben, ohne mir andere Gedanken dazu zu machen. Doch jetzt finde ich es wichtig, dass wir ihn noch einmal befragen, wann Beate bei ihm war, was sie unternommen hat und so weiter. Vielleicht entdecken wir einen Hinweis.«

»Der Mann ist heute achtundachtzig, wenn ich richtig gerechnet habe«, wandte Romy vorsichtig ein.

»Hast du. Manche sind mit sechzig schon vergreist oder sogar mit vierzig oder kommen so zur Welt, andere laufen erst mit achtzig zur Hochform auf«, gab Kollege Schneider zu bedenken.

Romy musterte den Kollegen. Die Angelegenheit war ihm auffallend wichtig.

»Na gut, reden wir mit ihm«, stimmte sie zu. »Wir halten uns aber bedeckt, was das Skelett angeht.«

Kasper nickte.

»Wo wohnt der Mann jetzt?«

»Gleich um die Ecke in einem Altenheim vom Roten Kreuz. Ich habe mit der Chefin schon mal kurz telefoniert«, erläuterte Schneider. »Sie ist einverstanden, dass wir den alten Herrn besuchen und ein Gespräch in Gang zu setzen versuchen. Aber sie wirft uns achtkantig wieder raus, wenn wir den Heinrich verärgern. Hat sie gesagt. Und wir können davon ausgehen, dass sie meint, was sie sagt, und tut, was sie ankündigt.«

Jedes Jahr verschwanden in Deutschland Tausende von Menschen jeder Altersgruppe. Die meisten tauchten innerhalb kurzer Zeit wieder auf, einige fielen einem Verbrechen zum Opfer oder verunglückten, andere waren auch nach Jahren wie vom Erdboden verschluckt, und manch einer wurde nie als vermisst gemeldet.

Um dem Skelett im Sassnitzer Hafen möglichst schnell auf die Spur zu kommen, hatte Maximilian Breder eine INPOL-Datenbank-Abfrage erstellt, mit der er auf bundesweite wie auch länderspezifische Falldaten zurückgreifen konnte. Dabei ordnete er den Basisinformationen – weiblich, zum Zeitpunkt ihres Verschwindens zwischen Anfang zwanzig und Ende dreißig Jahre alt – ein regionales Raster zu, das sich zunächst auf Mecklenburg-Vorpommern beschränkte, aber jederzeit erweitert werden konnte. Den Zeitraum des Verschwindens hatte er mit acht bis achtzehn Jahren bewusst großzügig gewählt.

Maximilian Breder liebte die Arbeit mit Datenbanken. Die Entwicklung von ausgeklügelten und präzise formulierten Filterfunktionen, die auf direktem Weg zu Antworten führten, zu denen die Fragen noch gar nicht gestellt waren, faszinierte ihn zutiefst. Er hätte eine weitschweifige Abhandlung über die Wichtigkeit von Bedingungssätzen und Überschneidungs-Abfragen schreiben können, wobei er in einem gesonderten Kapitel nahezu leidenschaftlich auf die seiner Ansicht nach oft vernachlässigten Feinabstimmungs- und Aktualisierungsprozesse eingegangen wäre; und einmal mit einer Aufgabe betraut, ließ er nicht wieder locker, bis der Fall abgeschlossen war.

Der junge Kommissar arbeitete sich beeindruckend schnell durch riesige Aktenberge beziehungsweise Datenmengen, um die für den jeweiligen Fall relevanten Informationen herauszufiltern und in komplexe Zusammenhänge einfließen zu lassen oder diese überhaupt erst zu ermöglichen. Er war gescheit und hochmotiviert, seine schnelle Auffassungs- und Kombinationsgabe wurde gerühmt und geschätzt, und er hatte diesbezüglich, und zwar nur diesbezüglich, viele Neider. Doch im Außendienst galt er als Null und Witzfigur, und während der Ausbildung hatte er es nicht gerade leicht gehabt.

Breder grauste es vor der direkten Auseinandersetzung mit Kriminellen oder auch nur Verdächtigen, am Tatort und in der Pathologie wechselte seine Gesichtsfarbe grundsätzlich ins Buttermilch-Grünliche, und er gehörte stets zu den Ersten, die würgend aus dem Raum stolperten. Am Schießstand erreichte Maximilian zwar passable Ergebnisse, und seine Fitnesswerte waren ganz okay, aber damit hatte es sich dann auch schon.

Wenn ihn jemand fragte, warum er zur Kripo gegangen war, antwortete er in der Regel im Brustton der Überzeugung, dass Verbrechen für ihn nichts anderes als eine Wissenschaft war, der er sich mit den Mitteln der hochkomplexen Datenerfassung zu nähern versuchte.

Toughe Kommissare gab es genug. Raffinierte Psychologen und Profiler mittlerweile auch. Verhörprofis, die meinten, bereits den Ansatz einer Lüge am verräterischen Zucken einer Augenbraue erkennen zu können, waren längst ein alter Hut. Aber Spezialisten, die alle im Laufe eines Falls zusammengetragenen Informationen in einer stetig wachsenden Datentabelle sammelten und daraus wichtige Hinweise für eine schlüssige Ereigniskette ableiten konnten, waren selten.

Seine letzte Freundin war begeistert gewesen, als Max ihr von seinem Berufsverständnis und den Anforderungen seines Aufgabenbereichs vorgeschwärmt hatte. Natürlich hatte er nicht erwähnt, dass ihn die meisten seiner Kommilitonen während der Ausbildung in Schwerin kaum ernst genommen hatten, sobald es um Ermittlungen und Einsatzfragen abseits des Schreibtisches ging, und auf seine beliebtesten Spitznamen – Listen-Max oder Raster-Breder – hatte er auch nicht hingewiesen.

Seine Lehrer hatten sich mehr als einmal gefragt, ob es eine vernünftige Idee war, Breder zum Kriminalbeamten auszubilden, und Max hatte ihre Bedenken durchaus nachvollziehen können. Glücklicherweise waren seine Vorgesetzten bislang weder in Schwerin noch in Stralsund auf die Idee gekommen, den zarten Max in den Einsatz zu schicken. Er klebte an seinem Schreibtisch, und da die überwiegende Mehrzahl seiner Kollegen genau das nicht anstrebte, waren alle glücklich mit dieser Arbeitseinteilung.

Max hoffte, dass es in Bergen genauso sein würde, und tat alles dafür, seinen Einstiegsjob zur vollen Zufriedenheit zu erledigen, mehr noch: so bravourös, dass niemand sich vorstellen konnte, ihn je abseits seines Computers einzusetzen.

Beate Lauber stand ganz weit oben auf der Liste, nachdem Max die Ergebnisse der ersten Abfrage sortiert hatte – gefolgt von etlichen anderen Namen. Einige davon erwiesen sich bei der Recherche als aufgeklärte Fälle, entweder weil die Frauen Opfer eines Verbrechens oder eines tragischen Unglücks geworden oder nach einer Entführung zurückgekehrt waren.

Zwei Fälle erregten Maximilians Aufmerksamkeit, weil die Frauen nach der Rückkehr in ihre Familien ähnlich klingende Aussagen gemacht hatten: Maria Bernburg aus Greifswald war im Frühjahr 1995 für knapp zwei Wochen verschwunden, und Mirjam Lupak, die aus Stralsund stammte, hatte sich im Herbst 2005 zehn Tage in den Händen eines Entführers befunden.

Die Ereignisse lagen zeitlich weit auseinander, dennoch hatte die Polizei bei ihren damaligen Nachforschungen einen Zusammenhang zwischen dem Lupak- und dem Bernburg-Fall vermutet – ohne jedoch zu einem Ergebnis zu kommen, geschweige denn einen Verdächtigen ins Auge zu fassen. Die Ermittlungen verliefen seinerzeit im Sande.

Max speicherte die Fälle in seiner Datenbanktabelle ab. Man konnte nie wissen.

Heinrich Lauber saß am Fenster im Gemeinschaftsraum und las Zeitung. Ein kleiner knorriger Mann mit schlohweißem raspelkurzem Haar und Schnauzbart. Seine Gesichtsfarbe zeugte von frischer Luft und Sonne. Er sah hoch, und Romy traf ein forschender Blick aus schmalen stahlblauen Augen, in denen Intelligenz und Wachheit um die Wette funkelten.

»Morgen, Herr Lauber«, sagte sie lächelnd. »Dürfen wir uns einen Augenblick zu Ihnen setzen?«

Laubers Blick wanderte hinüber zu Kasper. Der grüßte ebenfalls.

»Kommt drauf an«, erwiderte Lauber und fixierte wieder Romy. »Wollen Sie schon wieder eine Befragung durchführen?«

»Was für eine Befragung?«

»Zufriedenheit hier im Heim und so weiter. Statistischer Kram für den MDK.« Er betonte die einzelnen Buchstaben mit unüberhörbarer Verächtlichkeit. »Da hab ich keinen Bock drauf. Wenn mir was nicht passt, sag ich das den Leuten selbst - das können Sie wohl annehmen.«

»Tue ich gerne. Nee, deswegen sind wir nicht hier.«

»Sondern?«

»Wir kommen aus Bergen«, sagte Romy und stellte Kasper und sich kurz vor. »Kriminalpolizei. Unter Umständen können Sie uns weiterhelfen.«

Lauber straffte die Schultern und schüttelte entrüstet den Kopf. »Ich rede nicht mit der Polizei - unter gar keinen Umständen. Sie können sich gleich wieder vom Acker machen.«

Er wies in Richtung Tür, für den Fall, dass die Kommissare vergessen haben sollten, wo sich der Ausgang befand.

»Wir bearbeiten einen schwierigen Fall, bei dem das Verschwinden Ihrer Enkelin eine Rolle spielen könnte, und wir brauchen Ihre Unterstützung«, ergänzte Romy unbeirrt.

Lauber verschränkte die Arme vor der schmalen Brust. »Ihr Problem. Sie können mich ja mal versuchen vorzuladen.« Er schlug mit dem Handrücken auf die erste Seite seiner Zeitung und schüttelte erneut den Kopf. »Gehen Sie!« Sein Ton war unmissverständlich.

»Herr Lauber …«

Sein Kopf schnellte vor. »Ich habe im Zuchthaus Bützow-Dreibergen gesessen, nachdem mich zwei Polizeischüler verhaftet, ein ausgesuchter Staatsanwalt angeklagt und ein für die ›Aktion Rose‹ eingesetzter Richter verurteilt hatte. Und später hat sich niemand verantwortlich gefühlt für den ganzen Scheiß, den man mir angetan hat! Mit euch habe ich nichts mehr zu schaffen«, fuhr er sie scharf an und zeigte mit einem knochigen Zeigefinger auf sie. Seine Hand zitterte.

»Das verstehe ich, aber es geht auch um Ihre Enkelin. Sind Sie nicht daran interessiert …?«

»Nein. Sie ist längst tot. Das weiß ich. Und nun gehen Sie endlich!«

Damit wandte er den Blick ab und blätterte laut raschelnd um. Zwei Tische weiter warf eine weißhaarige Frau Lauber einen missbilligenden Blick zu, bevor sie aufstand und kopfschüttelnd das Weite suchte.

Romy musterte Heinrich Lauber einen Moment, dann griff sie kurzerhand einen Stuhl vom Nebentisch, schob ihn an Laubers Tisch und setzte sich ihm gegenüber. Kasper holte tief Luft.

Lauber hob ruckartig den Kopf. »Sie können mich nicht zwingen, aber ich kann Sie …«

»Ich weiß – völlig klar. Sie können uns rausschmeißen lassen, und zwar jederzeit. Aber bevor Sie das tun, gewähren Sie mir einen letzten Versuch!«, unterbrach Romy ihn eilig und beugte sich vor. »Wenn ich Sie dann nicht überzeugt habe, gehen wir sofort und kommentarlos!«

Er starrte sie aus schmalen Augenschlitzen stumm an. Ihre Hartnäckigkeit schien ihm zu imponieren, aber er traute ihr nicht zu, ihn zum Einlenken zu bewegen.

»Ich war 1953 noch nicht mal geboren«, begann Romy nach kurzem Schweigen leise zu erzählen. »Mein Vater stammt aus Neapel und lebt in München. Als die Mauer fiel, war ich dreizehn Jahre alt und habe keine Ahnung gehabt – weder von der DDR noch von der ›Aktion Rose‹. Was man Ihnen angetan hat, ist eine riesengroße Schweinerei. Nur ich kann nichts dafür, gar nichts! Ich mache meinen Job, und ich will ihn gut machen. Und wenn es dabei nicht auch um Ihre Enkelin Beate ginge, wären wir gar nicht hier.«

Lauber blickte kurz hoch zu Schneider und fixierte dann erneut Romy. Sekundenlang. Mit unerbittlich scharfem Blick. Schließlich lehnte er sich zurück.

»Was wollen Sie wissen?«, stieß er hervor.

Romy atmete tief durch. »Danke«, sagte sie leise und nickte dem alten Herrn zu, während Kasper sich ebenfalls setzte.

Lauber machte eine wegwerfende Handbewegung und gab sich Mühe, keinerlei Regung zu zeigen.

»Beate hat in jenem Sommer Urlaub auf Rügen gemacht«, sagte Romy. »War sie häufiger bei Ihnen zu Besuch?«

»Alle Jubeljahre mal. Ist ja auch nicht so einfach mit einem griesgrämigen, alten Großvater …« Er räusperte sich.

»Können Sie sich an Einzelheiten erinnern? Hat sie sich mit Leuten getroffen? Von besonderen Ereignissen oder Begegnungen berichtet?«

»Sie wollte ausspannen, hat sie gesagt«, antwortete er zögernd. »Aber ich habe gleich gemerkt, dass es nicht nur darum ging.«

»Wie meinen Sie das?«

»Sie war viel unterwegs. Auch im Hotel ... in meinem Hotel.«

»Was wollte sie da?«

»Mit den Besitzern reden. Sie auf die Geschichte des Hotels aufmerksam machen«, antwortete Beates Großvater leise. »Auf das, was man damals mit mir gemacht hat. Mit mir und anderen. So was in der Art.«

»Und? Wie reagierten die?«

Lauber schüttelte den Kopf. »Beate erzählte keine Einzelheiten, aber sie wirkte ziemlich frustriert. Ich habe ihr gesagt, sie soll die Finger davon lassen. Nach all den Jahren ... warum sollte sich jemand dafür interessieren ...?« Er winkte ab. »Aber sie hatte schon immer einen ziemlichen Dickschädel.«

Von wem sie den wohl hatte.

Lauber kniff die Augen zusammen und sah sie forschend an. »Ich weiß genau, was Sie denken!«

Er runzelte die Stirn, aber besonders verärgert wirkte das in diesem Augenblick nicht. »Sie wollte jedenfalls nicht einfach aufgeben. Sie hatte herausgefunden, dass es wohl mehrere Besitzer gab, Geldgeber, Investoren, wie es immer so schön heißt. Und die wollte sie abklappern.«

»Aber mit wem sie gesprochen hat, wissen Sie nicht?«

Lauber schüttelte den Kopf. »Nein, ich habe keine Ahnung. Sie ist dann zurück nach Rostock und sagte, sie meldet sich. Sie konnte gut mit ihrem Chef – dem Anwalt. Vielleicht wollte der ihr weiterhelfen. Ist aber nur eine Vermutung von mir.«

»Wissen Sie, wie ihr Chef hieß?«

»Ja – das war ein Dr. Kranold.«

»Herr Lauber, damals sagten Sie den Polizeibeamten, dass Beate erledigt worden wäre – von denen.«

Er kniff die Augen zusammen. »Das stimmt. Sie haben ja mitgekriegt, dass ich nicht gerade begeistert reagiere, wenn welche von Ihrer Sorte vor der Tür stehen – das ist das eine. Das andere, nun ... Das Hotel hat uns kein Glück gebracht, und ich hatte sofort den Gedanken, dass Beate vielleicht den falschen Leuten auf die Füße getreten ist. Würde zum Schicksal unserer Familie passen.« Er zuckte mit den Achseln. »Wie gesagt – nur ein Gedanke, den ich nicht ausgeführt habe. Man hätte ihm sowieso keine Beachtung geschenkt.«

Wahrscheinlich nicht. Der Hinweis ist nicht ernst genommen worden, dachte Romy. Ein niedergeschlagener und verdrossener alter Mann gibt ein paar heftige Kommentare von sich – verständlich nach allem, was er durchlebt hat. Da muss man nicht ernsthaft bei jeder Bemerkung nachhaken. Vielleicht doch.

»Erlauben Sie noch eine persönliche Frage?«, fügte Romy abschließend hinzu.

»Ich habe das dumme Gefühl, dass Sie sich kaum davon abhalten lassen.«

Sie lächelte. »Was ist aus Ihrer Familie geworden?«

Lauber wandte den Blick kurz ab. »Meine Frau, meine Exfrau, ist vor zwei Jahren gestorben. Sie hatte wieder geheiratet und wohl noch ein ganz passables Leben geführt. Gut so. Mein Sohn ist 1995 ausgewandert: nach Neuseeland. Manchmal schreibt er Postkarten. Ist wohl schön da.«

»Haben Sie ihn seinerzeit wiedergesehen, als Ihre Enkelin verschwand?«

»Er kam für ein paar Tage.« Lauber schluckte. »Er konnte nicht länger bleiben. Ich habe das verstanden. Die Insel hat es nicht gut mit unserer Familie gemeint. Nur ich bin noch hier. So schnell gebe ich nicht auf. «

Er hat es verstehen wollen, dachte Romy. Sie streckte die Hand aus, um sich zu verabschieden. »Herr Lauber ...«

Er schüttelte den Kopf und ignorierte ihre Hand. »Warten Sie! Warum jetzt all diese Fragen?«

»Wie schon gesagt, wir arbeiten an einem Fall …«

»Was für ein Fall?«

»Ein Mann ist erschlagen worden.«

»Und was hat das mit Beate zu tun?«

»Genau das wissen wir eben nicht.«

Der alte Mann schüttelte energisch den Kopf. »Sie reden Stuss! Wie kommen Sie auf Beate?«, fuhr er sie an.

Kasper beugte sich vor und meldete sich erstmals bei der Befragung zu Wort. »Es gibt eindeutige Hinweise, dass an dem Ort, an dem wir den Mann gefunden haben, vor langer Zeit ein weiteres Verbrechen geschehen ist. Und wir prüfen nun die Umstände.«

»Aha. Und wo habt ihr den Mann gefunden?«

»In Sassnitz – am Hafen.«

Lauber runzelte die Stirn. »Beate war auch in Sassnitz unterwegs, aber ich weiß nicht, wo.«

Als Romy ihm nach langem Schweigen erneut die Hand entgegenstreckte, griff Heinrich Lauber zu und drückte sie erstaunlich kraftvoll. »Wenn ihr was findet, sagt mir Bescheid.«

»Das tun wir.«

»Versprochen?«

»Ehrenwort.«

Lauber nickte nach kurzem Zögern, und Romy sah ihm einen Moment in die Augen, bevor sie aufstand und sich verabschiedete.

Zwei Minuten später standen sie vor der Tür des Seniorenheims. Die Kommissarin lehnte sich gegen ihren Roller, während Kasper mit verschränkten Armen sinnierend in die Ferne blickte. Ein Bus mit Münchner Kennzeichen fuhr an ihnen vorbei.

»Wem gehört das Hotel jetzt?«, fragte Romy.

»Keine Ahnung.«

»Hast du ein Foto von Beate dabei?«

Kasper nickte. »Klar.«

Romy sah auf ihre Uhr. Noch früh am Tag. Sie wählte Fines Nummer im Kommissariat.

»Ist unser Neuer schon da?«, fragte sie, kaum dass Fine sich mit dröhnender Stimme gemeldet hatte.

»Schon längst. Scheint ein fleißiger Junge zu sein. Sitzt wie angewachsen vor dem Computer und recherchiert wie ein Weltmeister. Er sucht alles zu alten Vermisstenfällen zusammen, was er nur finden kann, und ordnet sie nach festgelegten Aspekten in einer eigens angelegten Datenbank«, erläuterte Fine begeistert und vergleichsweise ausführlich. »Klingt total spannend, was der Junge da macht. Und ziemlich schlau.«

»Wie schön«, kommentierte Romy zurückhaltend. Computer- und Statistikfreaks würden ihr immer fremd bleiben – wahrscheinlich weil sie selbst auf dem Gebiet nicht gerade glänzte.

»Ich brauche mal ganz schnell eine Info, Fine. Heinrich Lauber, Jahrgang 1923, hatte in Glowe ein Hotel am Strand, jedenfalls bis Herr Ulbricht 1953 meinte, dass er es für DDR-Zwecke bräuchte. Ich muss wissen, wer im Jahr 2000 Besitzer war.«

Fine machte eine längere Pause. »Hab ich was verpasst? Ein weiterer Fall? Noch dazu in Glowe?«

»Nein, ich hoffe nicht. Kasper hat sich im Zusammenhang mit dem Skelettfund an einen alten, unaufgeklärten Vermisstenfall erinnert: Beate Lauber aus Rostock verschwand im Spätsommer 2000, kurz nach einem Urlaubsaufenthalt auf Rügen. Sie war damals achtundzwanzig Jahre alt«, erläuterte Romy. »Heinrich Lauber ist ihr Großvater. Vielleicht taucht ja der Name sogar schon in Max' Datenbank auf …«

»Kann ich mir gut vorstellen!«

»Später dann mehr zu den Einzelheiten. Kriegt ihr das in

Kürze hin? Wir sind nämlich gerade vor Ort und würden dem Hotel gerne sofort einen Besuch abstatten. Ein paar Vorabinformationen wären dabei hilfreich. Wir setzen uns solange in die ›Schaabe‹ und trinken einen Kaffee oder auch zwei.«

»Einer reicht – ich spute mich.«

Fine meldete sich eine gute halbe Stunde später.

»Ich habe einiges für euch«, kündigte sie an. »Also: Es geht um das kleine Strandhotel am Königshörn. Ab 1953 war nach der ›Aktion Rose‹ die Volkspolizei und später dann die Kreisverwaltung drin. Nach der Wende hat es schließlich ein Typ aus Bad Segeberg gekauft, Hinz Posall, der hatte wohl gute oder sogar allerbeste Kontakte zur Treuhand. Da war es allerdings ziemlich marode und musste …«

»Wie kommst du darauf, dass er gute Treuhand-Kontakte hatte?«, fiel Romy ihr ins Wort.

»Da gehe ich mal ganz stark von aus, denn es lag ein Rückübertragungsanspruch des Altbesitzers vor, der aber nicht realisiert werden konnte«, erwiderte Fine. »Posall hat dann ziemlich schnell den Zuschlag bekommen. Das spricht nach meinen Erfahrungen für allerbeste Kontakte.«

Romy nickte. Fine war Ende fünfzig und auf Rügen geboren und aufgewachsen. Sie wusste, wovon sie sprach.

»Verstehe. Lauber fehlte das Geld, und er galt als nicht kreditwürdig«, resümierte Romy.

»Kann man annehmen. Ende 1999 wurde es dann von einer GmbH übernommen und komplett saniert. Geschäftsführer blieb allerdings der Posall, und er ist es auch heute noch«, fuhr Fine fort.

»Wer sind die Gesellschafter?«

»Mehrere Geschäftsleute … warte mal, das steht auf einem gesonderten Blatt. Ich hab's gleich … Ach, nee, ne?«

»Mach's nicht so spannend!«

»Einer der Gesellschafter ist Thomas Bittner, ein anderer heißt Klaus Posall, vielleicht ein Bruder von Hinz«, mutmaßte Fine. »Und … der dritte Gesellschafter, das glaubst du jetzt nicht, ist die Firma von Kai Richardt.«

Romy schwieg beeindruckt.

»Bist du noch dran?«

»Ja.«

»Interessant, oder?«

»Das kannst du laut sagen.«

»Wann kommt ihr eigentlich zurück?«, schob Fine hinterher. »Ach, noch was – unser Max hat Beate Lauber tatsächlich bereits in seiner Datenbank erfasst«, erörterte sie in eindeutig stolzem Unterton, bevor Romy auf ihre Nachfrage eingehen konnte. »Außerdem ist er auf zwei weitere Vermisstenfälle gestoßen, die wir uns mal genauer ansehen sollten …«

»Warum?«

»Weil die wohl in das regionale Raster fallen, wie er bemerkt hat«, entgegnete Fine.

Regionales Raster? Romy schwirrte der Kopf. Als hätten sie nicht mehr als genug zu tun. Sie atmete tief durch.

»Gut, sehe ich mir später an. Wir fahren jetzt zunächst in das Hotel und kommen danach zurück«, erwiderte sie. »Vielleicht treffen wir ja diesen Posall an. Könntest du noch einen kleinen, aber sehr wichtigen Job übernehmen?«

Fine schnaubte. »Nett, dass du wenigstens fragst. Wir haben ja hier sonst kaum was zu tun.«

Romy lächelte. »Mach doch mal den Zahnarzt von Beate Lauber in Rostock ausfindig. Die Frau hat als Anwaltsgehilfin in der Kanzlei von Doktor Kranold gearbeitet. Ein Abgleich mit dem Zahnstatus des Skeletts ist, glaube ich, eine ganz brauchbare Idee und bringt, wenn wir Glück haben, zügig ein Ergebnis. Aber nicht vergessen: Bislang geht es nur um eine allererste Vermutung, der wir behutsam nachgehen!«

»Verstehe. Keine Einzelheiten.«

»So ist es.«

»Sonst noch was?«

»Wenn die Kollegen am Hafen etwas finden …«

»Melde ich mich sofort, na klar. Und ich melde mich natürlich auch, falls der Möller anruft.«

»Danke. Ach, noch was: Falls der fleißige Max noch Nachschub an Arbeit braucht, drücke ihm einfach die Mails, Kundenlisten und sonstigen Kontaktdaten von Richardt in die Hände. Vielleicht kann er die auch in irgendein hübsches Raster packen und findet auf dem Weg heraus, wer dem tollen Kai vielleicht doch nicht ganz so wohlgesinnt war …«

»Du machst dich jetzt aber nicht lustig über ihn?«

»Gott bewahre – nein!« Romy verdrehte die Augen.

»Dann ist ja gut.«

»Bis später.«

Romy steckte ihr Handy ein und blickte Kasper an. »Fine ist dabei, unsere Stralsunder Unterstützung zu adoptieren. Das aber nur am Rande. Lass uns fahren.«

»Wohin?«

»Königshörn. Du glaubst es nicht – Thomas Bittner und unser Kai Richardt beziehungsweise sein Geschäft sind seit Ende 1999 Mitgesellschafter des Hotels. Vielleicht sind sich Beate Lauber und Richardt sowie Bittner sogar mal über den Weg gelaufen. Was gar nichts heißen muss …«

»Aber kann.«

»Genau.«

4

Das Hotel folgte hundertzehnprozentig dem Stil der mondänen Bäderarchitektur – eine grellweiß verputzte Villa, die von gepflegten Grünanlagen umgeben und mit filigranen Veranden und Balkonen, zahlreichen Türmen und Erkern herausgeputzt und auf den Ansturm der Rügen-Urlauber bestens vorbereitet war.

Man kann es mit dem mediterranen Flair auch übertreiben, dachte Romy mit unterdrücktem Seufzen, während sie in einer Sitzecke im Foyer zwischen plätscherndem Brunnen und zwei lebensgroßen Büsten prominenter Inselsöhne – Caspar David Friedrich und Ernst Moritz Arndt, wie sie den Plaketten entnahm – auf den Geschäftsführer warteten. Sie hätte glatt ihren Roller darauf verwettet, dass die neue Anlage mit Heinrich Laubers ursprünglichem Hotel kaum noch etwas gemein hatte. Bis auf den Standort. Es mochte voreingenommen sein, aber sie hätte sich für ein Zimmer in Laubers Hotel entschieden – wenn sie die Wahl gehabt hätte.

Hinz Posall hatte kaum fünf Minuten später Zeit für sie. Der Geschäftsführer war ein rothaariger, bleichgesichtiger Mann von schätzungsweise Mitte fünfzig, der leicht ins Schwitzen geriet. Er dürfte gerade mal eins siebzig groß sein, schätzte Romy, und hatte ungefähr die Figur von Danny DeVito und auch dessen flinke Augen. Er bat die Kommissare freundlich lächelnd in sein Büro hinter der Rezeption und ging bemerkenswert leichtfüßig voran.

»Was kann ich für Sie tun?«, fragte er und wies einladend auf eine Sitzecke am Fenster.

Das Meer lag direkt vor ihnen. Schaumgekrönte Wellen

unter hellblauem Himmel und windzerfetzten Wolkenbänken. In der diesigen Ferne die graue Silhouette einer Fähre, vielleicht die nach Trelleburg.

Was für ein Ausblick, dachte Romy. Hier käme ich nie zum Arbeiten. Sie setzte sich mit dem Rücken zum Fenster. »Danke, dass Sie uns so spontan empfangen.«

»In der Vorsaison ist das kein Problem«, erwiderte Posall. »Aber wenn das Haus im Sommer voll ist …« Er winkte ab und strahlte. Dann wandte er sich Kasper zu.

»Hat einer meiner Gäste was angestellt?« Er lächelte breit und runzelte dann unvermittelt die Stirn. »Ach je, jetzt weiß ich, warum Sie hier sind. Es geht um Kai, nicht wahr? Natürlich geht es um Kai.«

Er atmete tief ein und schüttelte den Kopf, als wunderte er sich über seine Gedankenlosigkeit.

Romy nickte. »Ja. Sie haben davon gehört?«

Posall drehte sein Gesicht der Kommissarin zu, sichtlich erstaunt, dass sie das Wort an ihn richtete. »Natürlich, Thomas Bittner hat mich am Sonntagabend angerufen. Ich konnte es zunächst gar nicht glauben …«

»Waren Sie eng befreundet?«

»Ich kenne Kai seit ewigen Zeiten. Aber Freundschaft ist für mich immer noch ein großes Wort.« Er schüttelte nachdenklich den Kopf. »Nein, eng befreundet waren wir nicht.«

»Kennen Sie ihn länger als zwanzig Jahre?«

Hinz Posall warf ihr einen verblüfften Blick zu. »Ja, so um den Dreh. Meine Güte, wie die Zeit vergeht. Wir sind aber eher Geschäftspartner als dicke Freunde oder Sportkollegen. Im Gegensatz zu Bittner tauge ich nicht gerade als Laufpartner, wie Sie bereits unschwer festgestellt haben dürften.« Posall verzog leicht amüsiert den Mund. »Noch nie gewesen. Kai sagte mal, meine Größe wäre perfekt, nur das Gewicht müsste ich noch halbieren – dann könnte ich läuferisch durchaus was auf die Beine stellen. Er fand das Wortspiel übrigens ganz lustig. War aber noch nie mein Sport, wenn ich ehrlich bin.«

Romy lächelte. »Wie haben Sie Kai Richardt eigentlich kennengelernt?«

»Über seine Eltern in Lübeck.«

»Ach?« Romy lehnte sich zurück. »Erzählen Sie mal.«

»Ich stamme aus Bad Segeberg, das ist quasi um die Ecke – ich meine: in der Nähe von Lübeck. Der alte Richardt hat zusammen mit seiner Frau ein großes Hotel in Lübeck geführt, und ich habe als Geschäftsführer bei ihm gearbeitet, Ende der achtziger Jahre«, begann Posall. »Kai fing wenig später an, die Segel zu streichen, um sich hier im Osten was Eigenes aufzubauen.«

»Aber er hat die Branche gewechselt?«

Posall schlug ein Bein über das andere. »Er hat zwar hin und wieder im elterlichen Hotel ausgeholfen, sich aber entschieden, Innenarchitektur zu studieren. Kai war noch ziemlich jung – gerade mal Mitte zwanzig. Er wollte weg aus dem beschaulichen Lübeck, weg von den Eltern und weg von dem, was die ihr Leben lang gemacht hatten – eine Hotelkarriere kam für ihn nicht infrage. Was Eltern gut und wichtig finden, müssen Kinder noch lange nicht genauso bewerten.«

Wem sagst du das, dachte Romy.

»Die waren darüber natürlich alles andere als begeistert«, fuhr Posall fort. »Aber schließlich haben sie ihn mit einem ordentlichen Startkapital ausgestattet ziehen lassen, und Kai hat sich ganz unerschrocken auf die Socken gemacht, wie das so seine Art war. In Schwerin hat er Jürgen Dreyer kennengelernt …«

Romy beugte sich vor. »Sie meinen Richardts späteren Geschäftspartner?«

»Ja, der Mann hatte Karriere in der DDR-Verwaltung gemacht – allerdings keine zu große Karriere, die ihm später hätte hinderlich werden können, wenn Sie verstehen, was ich meine – und damit die besten Kontakte und Voraussetzungen, um Kai den Weg in der aufregenden Zeit nach der Wende zu ebnen«, erklärte Posall. »Außerdem war Dreyer bereits vierzig und wirkte nicht mehr so jugendlich übermütig wie Kai zu der Zeit – das kommt deutlich besser an, wenn man sich selbständig machen und Vertrauen wecken will.«

Hinz Posall neigte seinen Kopf zur Seite. Es sah aus, als lauschte er dem Echo seiner Worte nach. »Die beiden haben schließlich auf Rügen gemeinsam die Firma aufgebaut, die ja in ganz Mecklenburg-Vorpommern tätig ist und schon nach kurzer Zeit bestens lief«, fuhr er dann fort. »Umbruch und Neubeginn haben die Auftragsbücher gut gefüllt, und Kai ist … war ein großes Ass.«

»Warum?«, hakte Romy nach. »Was machte ihn aus?«

»Er konnte den Leuten klarmachen, was sie für ihre Büros oder Geschäftsräume oder Praxen wirklich brauchen, ohne dass die das Gefühl hatten, ihnen würde was aufgeschwatzt«, entgegnete Posall ohne Zögern. »Er hat sich intensiv mit seinen Kunden befasst, und es ist kein Zufall, dass er so viele Stammkunden hat. Kai war ein fantastischer und ideenreicher Praktiker und ein fast noch besserer Verkäufer. Der hätte wahrscheinlich in jeder Branche Karriere gemacht.«

»Haben Sie eine Vermutung, warum Dreyer und Richardt sich wieder getrennt haben?«, fragte Romy. Sie hatte den Eindruck, dass Posall im Gegensatz zu Bittner alles andere als fassungslos oder niedergeschlagen war.

Hinz Posall nickte sofort. »Ganz einfach: Kai wollte den Laden für sich. Er war sehr schnell der Motor des Ganzen, und er hatte keine Lust, sich was sagen zu lassen oder großartig zu diskutieren. Seine Ideen erwiesen sich ohnehin grundsätzlich als die besseren, und warum sollte er an einem Partner festhalten, den er immer stärker als Klotz am Bein empfand?«

»Weil der ihm den Weg geebnet hatte, zum Beispiel«, argumentierte Romy für Dreyer.

Posall lächelte. »Das entsprach nicht Kais Geschäftsverständnis.«

»Ach so. Er wollte alleine verdienen?«

»Ja, das auch. Er hat Dreyer ausbezahlt, und das war's. Danach gingen seine Geschäfte gleich noch mal so gut.« Hinz Posall zuckte mit den Achseln. »Ja, ich weiß – hört sich hart an, zumal Dreyer später sehr krank wurde und inzwischen nicht mehr lebt, aber so war es nun mal. Kai hatte schon immer einen guten Riecher.«

Romy warf Kasper einen vielsagenden Blick zu. Dann wandte sie sich wieder dem Geschäftsführer zu. »Ihre Erörterungen sind ausgesprochen interessant, aber haben Sie nicht etwas Wichtiges vergessen?«

Posall verschränkte die Arme vor der Brust. »Das will ich nicht ausschließen.« Er lächelte höflich. »Verraten Sie mir, worauf Sie hinauswollen?«

Romy machte eine raumgreifende Handbewegung. »Das Hotel.«

»Ach so, ja, natürlich.« Er schlug sich leicht vor die Stirn. »Kai hat mich damals darauf aufmerksam gemacht, vielleicht hatte er die Info auch von Dreyer – das weiß ich nicht, aber das wäre gut möglich. Auf Rügen geht richtig was, hat er gesagt und einen Kontakt für mich hergestellt. So konnte ich den Laden hier günstig kaufen.«

Romy sah aus den Augenwinkeln, dass Schneiders Miene sich verdüstert hatte.

»So gut gingen die Geschäfte dann aber doch nicht – zumindest am Anfang nicht, oder?«, ergriff Kasper plötzlich das Wort.

»Sie sind gut informiert«, bemerkte Posall anerkennend. »Ja, so war das. Mein Startkapital war schnell aufgebraucht – das Hotel war total marode, dann kam noch ein laues und ein allenfalls bescheidenes Jahr hinzu. Kurz nach der Wende flogen viele lieber erst mal nach Mallorca, wenn sie schon das Geld für Urlaubsreisen hatten, vor allen Dingen die Ossis – wie man damals sagte.« Er hob beschwichtigend die Hände. »Eins kam zum anderen. Ich habe mich dann noch eine Weile über Wasser gehalten, aber es hätte eindeutig besser laufen können. Kai hatte dann die Idee, das Ganze über eine GmbH zu sanieren … Eine gute Idee.«

»Haben Sie einen Bruder, Herr Posall?«, setzte Schneider nach. »Klaus Posall.«

»Ja.« Der Hotelier zog ein verblüfftes Gesicht.

»Er ist gemeinsam mit Thomas Bittner und der Firma von Kai Richardt Gesellschafter der GmbH, der das Hotel seit mittlerweile gut elf Jahren gehört.«

»Richtig, und ich bin der Geschäftsführer.« Posall runzelte die Stirn. »Sagen Sie mal, was hat das Hotel eigentlich mit Kais Tod zu tun?«

»Mal sehen … Wissen Sie, Ihr Geschäftspartner ist auf höchst unerfreuliche Weise ums Leben gekommen«, erläuterte Romy. »Man hat ihn brutal erschlagen. In dem Zusammenhang interessiert uns alles Mögliche – auch zehn oder zwanzig Jahre zurückliegende Ereignisse können von Bedeutung sein.«

Posall nickte langsam. »Ja, durchaus …«

»Sie waren kein Fan von ihm, stimmt's?«

Er hielt kurz den Atem an.

Die Frage war ihr einfach herausgerutscht. Posalls Leutseligkeit wirkte ihrem Empfinden nach an einigen Stellen unpassend und sollte vielleicht etwas überspielen, das über die übliche Unsicherheit im Gespräch mit Polizeibeamten hinausging.

»Wissen Sie, dieser Aspekt interessiert mich ganz besonders, denn in seinem Umfeld stoßen wir bislang nur ausnahmsweise auf Menschen, die Richardt nicht toll fanden:

sympathisch, beliebt und so weiter. Kaum jemand kann sich vorstellen, dass dieser Mann Feinde hatte, noch dazu solche, die ihm richtig ans Leder wollten, geschweige denn für ein Gewaltverbrechen infrage kämen«, fuhr Romy fort. »Was haben Sie gegen ihn, zumal er Sie bei der Hotelsanierung so tatkräftig unterstützt hat?«

»Hat er das?«, rutschte es Posall heraus. Er biss sich auf die Unterlippe. Romy hatte ihn eindeutig auf dem falschen Fuß erwischt. »Ja, na klar hat er das, aber ... Sehen Sie, Kai hat noch nie uneigennützig gehandelt. Ich habe hier nämlich nicht mehr viel zu sagen, auch wenn ich der Geschäftsführer bin.«

Romy nickte ihm aufmunternd zu. »Interessant. Fahren Sie fort.«

»Kai hat meinen Bruder mit einem kleinen Gesellschaftsanteil ausgestattet – damit ein bisschen was in meiner Familie bleibt, ich aber keinen unmittelbaren Einfluss habe – und mir einen Knebelvertrag verpasst, mit dem er mich ganz schnell abservieren kann, wenn er will«, erläuterte Posall, und sein Ton klang inzwischen deutlich weniger leutselig. »Und wie ich schon erwähnte: Er hatte gerne das Sagen. Sehr gerne. Insofern bin ich, ehrlich gesagt, durchaus ambivalent, was Richardts Geschäfte angeht, besonders natürlich in meinem Fall. Darüber hinaus ...«

»Ja?«

»Man hatte es nicht leicht neben ihm. Er überstrahlte die meisten, sowohl als heller Kopf und vorausschauender Geschäftsmann wie auch als Frauentyp. Männer wie ich wurden neben ihm gar nicht wahrgenommen. Oder aber als Witzfiguren.« Er rieb sich mit Daumen und Zeigefinger die Nase.

Romy fand Posalls Darstellung erstaunlich ehrlich.

»Was passiert nun eigentlich mit dem Gesellschaftsanteil, den Richardts Firma hält?«, setzte die Kommissarin nach.

»Soweit ich informiert bin, bleibt alles, wie es ist – Richardts Firma wird vom zweiten Geschäftsführer weitergeführt …«

»Sie meinen Christoph Albrecht?«, fragte Schneider.

»Ja, genau. Der ist zwar noch sehr jung, aber ein guter Mann. Alles ist natürlich in Kais Sinne geregelt. Dementsprechend bleibt die Firma auch weiterhin als Gesellschafterin des Hotels tätig. Irgendwelche Erbstreitigkeiten, juristische Spitzfindigkeiten oder sonstigen Auseinandersetzungen, die die Unternehmen kaputt machen könnten, wird es nicht geben. So ist der Gesellschaftsvertrag ausgerichtet, vernünftigerweise, muss ich in dem Punkt anerkennend hinzufügen.«

Romy ließ die Informationen sacken. Bislang hatte sie nahezu ausschließlich Hinweise erhalten, die sie nicht erwartet hatte. Sie beugte sich über den Tisch vor. Posall hatte eine abwartende Miene aufgesetzt. Er schwitzte.

»Ich muss Sie routinemäßig nach Ihrem Alibi fragen. Wie haben Sie das Wochenende verbracht?«

»Am Samstag war ich von morgens bis abends im Hotel – es fand eine Tanzveranstaltung statt«, erwiderte Posall, ohne zu zögern. »Am Sonntag habe ich ausgeschlafen. Als Zeugin kann ich nur meine Frau anführen, die allerdings auch lange geschlafen hat. Mittags sind wir nach Stralsund gefahren, Freunde besuchen. Die Namen und Telefonnummern kann ich Ihnen aufschreiben.«

»Das wäre hilfreich.« Romy nickte. »Noch was, Herr Posall. Sagt Ihnen der Name Beate Lauber etwas?«

Sie streckte die Hand in Kaspers Richtung aus, der ein Foto der jungen Frau aus der Akte fischte: ein lachendes junges Gesicht, Stupsnase, zierliche Gestalt, mittellanges Haar. Romy legte es vor Posall auf den Tisch.

Der starrte es sekundenlang an und blickte dann hoch. »Ich weiß nicht … irgendwie … Lauber, sagten Sie?«

»Beate Lauber ist die Enkelin von Heinrich Lauber, und dem wiederum gehörte bis 1953 dieses Hotel. Klingelt es jetzt?«

Posall lehnte sich zurück und atmete angestrengt aus. »Ja, richtig, der Altbesitzer wollte es damals ja ursprünglich zurückhaben, aber ihm fehlte das Geld ...«

»Ihnen nicht.«

»Nein, aber wie ich Ihnen gerade schilderte – ein Zuckerschlecken war das alles nicht und ...« Er sah Romy verdattert an. »Was soll die alte Sache jetzt eigentlich?«

»Das erkläre ich Ihnen gern. Vergegenwärtigen Sie sich doch bitte mal den Sommer im Jahre 2000. Das Hotel gehörte inzwischen der GmbH, es war frisch saniert, erstrahlte in schönstem Bäderzauber, und die Gäste trafen wie erwartet zahlreich ein. Da taucht plötzlich eine junge Frau auf, um eine traurige Geschichte zu erzählen, in deren Mittelpunkt ihr Großvater steht. Vielleicht ist sie sogar giftig geworden, hat Ihnen Vorwürfe gemacht, was auch immer. Die junge Frau war Beate Lauber.«

Posall verschränkte die Arme vor der Brust. »Mag sein, und?«

»Kurze Zeit später verschwand Beate spurlos.«

»Das war vor fast elf Jahren: Na, das nenne ich ja mal eine zeitnahe Ermittlung!« Posall lachte dröhnend.

Schneider beugte sich abrupt vor und ließ seine Faust auf den Tisch krachen, so dass Hinz Posall heftig zusammenzuckte. Romy konnte sich gerade noch beherrschen, es ihm nicht gleichzutun.

»Glauben Sie mir, es ist wirklich nicht die Zeit für dumme Witze!«, donnerte Kasper mit tiefer Stimme. »War die Frau hier – ja oder nein?«

»Ja, sie war hier.«

»Was genau wollte sie?«, übernahm Romy nach einem anerkennenden Seitenblick auf den Kollegen wieder die

Befragung. Für seine Verhältnisse war das ein regelrechter Temperamentsausbruch gewesen.

»Sie appellierte an unser Gewissen und wollte, dass wir ihren Großvater entschädigen«, antwortete Posall eilig.

»Wen genau meinen Sie mit ›wir‹?« Romy spürte, dass sich ihre Pulsfrequenz deutlich erhöht hatte.

Hinz Posall wischte sich eine einzelne Strähne verschwitzten Haars aus der Stirn. »Kai und ich saßen zusammen, um Geschäftliches zu besprechen. Da platzte sie herein und erzählte die Geschichte von ihrem Großvater.«

Aha, dachte Romy. »Und wie genau stellte sie sich eine Entschädigung vor?«

Der Hotelier rutschte auf seinem Sessel hin und her. »Der Mann war Mitte siebzig, glaube ich, und die Frau wollte, dass wir ihm einen kleinen Job anbieten, als Gärtner oder so, damit er seine magere Rente ein bisschen aufstocken konnte. Und noch mal was von seinem Hotel mitbekommt – so ähnlich drückte sie sich aus, wenn ich mich recht erinnere.«

»Und? Was hielten Sie von der Idee?«

»Na ja … Also, Kai hat sich das alles ganz ruhig angehört und meinte dann, dass wir keine Wohltätigkeitsveranstaltung oder einen sentimentalen Ossi-Begegnungs-Club planten, sondern einen betriebswirtschaftlich korrekt geführten und gewinnorientierten Laden aufziehen wollten«, berichtete Posall zögernd und warf Schneider schnell einen abwiegelnden Blick zu. »Ich gebe nur seine Worte wieder, Herr Kommissar.«

»Das dachte ich mir.«

»Daraufhin ist die Lauber ziemlich wütend geworden. Sie sei gut informiert, zudem Anwaltsgehilfin und kenne sich dementsprechend aus. Sie würde sich dafür stark machen, dass der Verkauf des Hotels nach der Wende trotz des vorliegenden Rückübertragungsanspruchs noch mal durchleuchtet würde – von wegen Korrektheit und so –, und die Presse wollte sie auch einschalten«, berichtete Posall weiter.

»Das konnte Ihnen nicht recht sein«, stellte Romy fest. »Mitten in den schönsten Neubeginn hinein platzt jemand, der in alten Geschichten herumwühlt und Sie unter Druck setzen wollte ...«

»Die konnte uns gar nichts!«, wehrte Hinz Posall ab. »Der Lauber hatte damals das Geld nicht, und ...«

»Ja, ja, aber selbst wenn er es gehabt hätte – die alten Seilschaften hätten so oder so gut funktioniert, stimmt's?«, ergriff Schneider wieder das Wort. »Ich bin mir sicher, dass Dreyer ...«

»Der Alte wäre doch sowieso pleitegegangen!«, begehrte Posall auf. »Ich bin es doch auch!«

»Das ist natürlich ein überzeugendes Argument: Wenn schon ein Wessi mit seinem Kapital und seiner Erfahrung nicht klarkommt und Hilfe und Geldgeber braucht, dann kann der alte Mann doch richtig froh sein, dass er nicht zu seinem Recht gekommen ist, oder?«, blaffte Romy ihn an.

Sie konnte sich gerade noch beherrschen, ihm keinen Vogel zu zeigen, aber ihre Stimme hatte deutlich an Lautstärke gewonnen.

»Lauber muss Ihnen ja regelrecht dankbar sein, dass Sie ihm das Hotel vor der Nase weggeschnappt haben – sein Hotel! Soll ich ihm Bescheid sagen, dass er dran denkt, Ihnen bei Gelegenheit Blumen zu schicken – was halten Sie von einem üppigen Strauß Rosen?«, schob sie hinterher, ohne darauf zu hoffen, dass der Mann den Hinweis zuordnen konnte.

Posall kniff die Lippen zusammen.

»Also, dann mal der Reihe nach: Sie haben es abgelehnt, auf Beates Forderungen einzugehen? Ich nehme an, dass Sie sie achtkantig hinausgeworfen haben.«

»So in etwa, ja.«

»Und weiter?«

»Sie wollte noch mit Bittner reden. Sie hatte offensichtlich Einsicht ins Handelsregister genommen und wusste, wer die Gesellschafter waren. Kai war ziemlich empört.«

»Sie nicht?«

»Doch, aber anders.«

»Wie dürfen wir das verstehen?«, wollte Romy wissen.

»Ich war verunsichert und unruhig. Und auf herumschnüffelnde Journalisten hatte ich überhaupt keine Lust, während Kai fest davon überzeugt war, dass die Verträge wasserdicht waren und kein Mensch sich für das Schicksal des alten Lauber interessieren würde«, entgegnete Posall. »Niemand interessierte sich nach all den Jahren für derartige Schicksale. Glücklicherweise, denn diese rückwärtsgewandte SED-Bewältigungsscheiße, wie Kai das nannte, behinderte seiner Ansicht nach nur das Vorankommen. Aber die Chuzpe der Frau ging ihm gewaltig gegen den Strich.«

Leider können wir Richardt nicht mehr fragen, wie sehr ihn Beate Laubers Verhalten aufgebracht hat, überlegte Romy, während sie an das Telefonat mit Ricarda zurückdachte. Kai Richardt gewann zunehmend Konturen, unangenehme Konturen. Dass es auch um die Aufklärung seines gewaltsamen Todes ging, hatte sie für einen Moment aus den Augen verloren.

Sie suchte Posalls Blick. »Geht das genauer? Hat er irgendwas gesagt, was eindeutige Schlussfolgerungen zuließe? Ich denke da zum Beispiel an rustikale Sprüche wie ›Die knöpf ich mir noch mal vor‹ oder Ähnliches in der Preisklasse. Ich denke, Sie ahnen, was ich meine.«

Posall schüttelte den Kopf. »Nein, daran erinnere ich mich nicht, aber, nun … Ja, er war schon ziemlich stinkig.«

»Wie ging es weiter? War Beate Lauber auch bei Bittner?«

Hinz Posall nickte sofort. »Ja, aber den hatten wir natürlich vorgewarnt, und er hat sie gar nicht erst reingelassen.

Und wenig später war Ruhe. Wir haben nichts mehr von ihr gehört.«

Romy verschränkte die Arme vor der Brust und schüttelte den Kopf. »Haben Sie sich nicht darüber gewundert? Ich meine, nachdem die Frau so einen Alarm veranstaltet und sich sogar die Mühe gemacht hat, den Einzelheiten der Hotelsanierung auf den Grund zu gehen, hören Sie plötzlich gar nichts mehr von ihr. Hat Ihnen das nicht zu denken gegeben?«

»Ja, Sie haben recht, irgendwie schon … Aber hauptsächlich war ich erleichtert.«

»Und Kai? Hat er sich noch mal zu ihr geäußert?«

»Er hat gelacht – nichts als heiße Luft, meinte er. Und ist wieder zur Tagesordnung übergegangen. So war er eben.« Posall schüttelte den Kopf. »Und nun verraten Sie mir doch bitte mal, was das Ganze plötzlich soll.«

Romy warf Schneider einen Seitenblick zu und stand dann so abrupt auf, dass Posall zusammenschrak.

»Im Moment können wir Ihnen dazu keine Einzelheiten mitteilen. Tut uns leid.« Oder auch nicht, fügte sie in Gedanken hinzu. »Aber Sie hören bestimmt wieder von uns.«

Hinz Posall wirkte nicht gerade begeistert über diese Aussicht. Er erhob sich ebenfalls.

»Schreiben Sie uns bitte noch die Namen Ihrer Freunde in Stralsund auf?«, fragte Romy abschließend.

Der Hotelier eilte hinter den Schreibtisch und kritzelte einige Zeilen, bevor er die Kommissare zur Tür begleitete. Er war heilfroh, sie los zu sein.

Zwei Minuten später traten die beiden ins Freie.

»Sassnitz?«, fragte Kasper. »Würde mich sehr interessieren, was der Bittner zu der Geschichte sagt.«

»Unbedingt«, stimmte Romy zu. »Aber ich denke, wir sollten uns teilen. Fährst du schon mal nach Bergen und sondierst dort die Lage?«

Schneider hob nur die Hand und stieg wortlos in den Wagen.

Er ist restlos bedient, dachte Romy, während sie ihm einen Augenblick nachsah. Muss damals eine heiße Zeit gewesen sein. Nachbeben der ›Aktion Rose‹ nach fast sechzig Jahren. Unglaublich, aber wahr.

Bittner sah sich das Foto sehr lange an, nachdem er seinen Unmut über den neuerlichen Polizeibesuch mühsam heruntergeschluckt hatte. Falls das überhaupt möglich war, sah der Mann noch erschöpfter und deprimierter aus als am Sonntag.

»Damit kann ich nichts anfangen«, sagte er schließlich und hob den Kopf. »Wer ist das? Und warum …?«

»Beate Lauber, die Enkelin von Heinrich Lauber.«

Thomas Bittner stutzte. »Die Namen habe ich schon mal gehört.«

Romy ging stark davon aus, dass Posall Bittner angerufen und vorgewarnt hatte, kaum dass sie und Kasper aus der Tür waren, ging aber nicht darauf ein.

»Das glaube ich Ihnen gerne«, entgegnete sie. »Die Frau hat sich für ihren Großvater stark gemacht, nachdem sie in Erfahrung gebracht hatte, dass sein altes Hotel inzwischen von einer GmbH übernommen worden war, und hakte bezüglich des Verkaufs nach der Wende ein wenig nach. Da sie Anwaltsgehilfin war, kannte sie sich ganz gut mit Unternehmensgründungen, Gesellschafterverträgen und auch mit Rückübertragungsansprüchen aus.«

Bittner nickte langsam. »Ja, ich erinnere mich. Die ist bei Hinz aufgelaufen, Kai war auch da. Sie wollte, dass wir dem Lauber irgendwie entgegenkommen, nachdem der mit seinem Hotel so viel Pech gehabt hatte.«

»Ja, so kann man es auch ausdrücken.«

Bittner hob die Augenbrauen. »Ach, wissen Sie – als wir

die GmbH gegründet haben, lag die Wende doch auch schon wieder gut zehn Jahre zurück, und schließlich konnten wir doch nichts dafür, dass …«

»Beate Lauber war 1990 erst achtzehn Jahre alt«, fiel Romy ihm ins Wort. »Es ist anzunehmen, dass sie erst später – nämlich als das Hotel in neuem Glanz erstrahlte – und auch vor dem Hintergrund ihres Berufs aufmerksam wurde und sich mit dem Schicksal ihrer Familie vertraut gemacht hat. Doch lassen wir diese Zusammenhänge im Augenblick mal beiseite. Was mich interessiert, ist, wie Kai Richardt auf die Frau reagiert hat und ob es möglich ist, dass die beiden sich noch mal begegnet sind.«

»Das kann ich nicht sagen«, gab Bittner nachdenklich zurück. »Er war ohne Frage entrüstet, dass die Lauber sich einfach in unsere Geschäfte mischte und eine ziemlich große Lippe riskierte – das steht mal fest. Aber …«

»Sagen Sie mal, kann es sein, dass Ihr Freund gar nicht auf Frauen stand, die es wagten, ihm selbstbewusst entgegenzutreten?«, unterbrach Romy ihn.

Thomas Bittner schüttelte den Kopf. »Meine Güte – was wollen Sie eigentlich? Was haben denn diese alten Geschichten mit Kais Tod zu tun? Das ist doch eine Ewigkeit her!«

»Es wird sich zeigen, ob …«

Romys Handy signalisierte mit leisem Vogelzwitscher-Ton einen Anruf von Fine. »Entschuldigen Sie bitte«, sagte sie an Bittner gewandt und nahm das Gespräch entgegen. »Ja? Neuigkeiten?«

»Und ob«, dröhnte Fines Stimme in Romys Ohr. »Kommt ihr bald rein, oder …?«

»Ich bin gerade bei Bittner am Sassnitzer Hafen, aber Kasper läuft gleich bei euch auf.«

»Gut, also: Das Ergebnis des Zahnschema-Vergleichs liegt bereits vor. Der Zahnarzt war nicht nur kooperativ, sondern auch noch schnell. Mit an Sicherheit grenzender Wahrscheinlichkeit handelt es sich bei dem Skelett um Beate Lauber.«

»Oh.«

»Doktor Möller schätzt außerdem nach weiteren Untersuchungen, dass die Frau keines natürlichen Todes gestorben ist«, berichtete Fine weiter. »Es gibt Verformungen am Schädel, die sehr wahrscheinlich von Gewalteinwirkungen herrühren – sehr wahrscheinlich sollen wir jedoch nicht mit absoluter Sicherheit verwechseln.«

»Verstehe«, murmelte Romy.

Sie war selbstverständlich nicht einen Augenblick davon ausgegangen, dass die Tote auf natürliche Weise ums Leben gekommen war, doch die konkrete Bestätigung durch die Rechtsmedizin war etwas anderes als ihre dumpfe Überzeugung. Bittners Augen huschten über ihr Gesicht.

»Dann habe ich mit dem Filialleiter der Bank gesprochen. Die halten sich vornehm zurück, wie ich schon befürchtet habe«, fuhr Fine fort. »Richardt sei ein sehr guter Kunde gewesen, mit dem es nie Probleme gegeben habe. Nun gut … Ach ja, die Liste mit den Telefonverbindungen ist gekommen. Soll ich gemeinsam mit Max gleich mal einen Blick drauf werfen?«

»Unbedingt. Den Rest klärt Kasper gleich mit euch. Ich komme demnächst. Und noch was: Sag bitte den Sassnitzer Kollegen Bescheid. Ich brauche zwei Leute und einen Wagen.«

»Sofort?«

»Ja.«

»Okay.«

Romy beendete das Gespräch, schwieg einen Moment und sah dabei den Fabrikbesitzer forschend an.

»Bei dem Skelett, das wir in dem Keller gefunden haben, handelt es sich um Beate Lauber, die im Spätsommer 2000 spurlos verschwand, nachdem sie einige Wochen zuvor von ihrem Rügenurlaub zurückgekehrt war«, sagte sie leise. »Es spricht sehr viel dafür, dass sie ermordet wurde. Was sagen Sie dazu?«

Bittner öffnete den Mund und schloss ihn wieder.

»Geben Sie es zu – das kann kein Zufall sein, oder? Kai Richardt wird in dem alten Gebäude hinter Ihrer Fabrik gefangen gehalten und erschlagen. Und Beate Lauber, die ihm und Ihnen elf Jahre zuvor mächtig auf die Füße getreten ist, finden wir in einem Keller nur einige Meter von ihm entfernt.«

Romy machte eine Kunstpause. Aber Bittner sagte immer noch nichts.

»Ich denke, Sie werden verstehen, dass wir relativ zügig Ihre Fingerabdrücke brauchen und ein ausführliches Protokoll anfertigen müssen«, fuhr sie fort. »Im Kommissariat in Bergen.«

Bittner löste sich mit einem Ruck aus seiner Erstarrung. »Sie verdächtigen mich?«

»Sagen wir mal so – der eine oder andere Anfangsverdacht macht sich durchaus in mir breit. Immerhin haben Sie kein gutes Alibi, was den Sonntagmorgen betrifft, als Ihr Freund erschlagen wurde«, erläuterte Romy. »Sie haben Kai als Letzter lebend gesehen, Sie kannten auch Beate Lauber und waren ihr alles andere als wohlgesinnt – aus den gerade erörterten Gründen. Wir wissen sogar, dass sie zu Ihnen wollte. Und, ganz wichtig: Beide Leichen wurden auf Ihrem alten Fabrikgelände entsorgt – in einem Gebäude, für das sich kein Mensch interessiert. Kein schlechtes Versteck, das müssen Sie zugeben.«

Bittner sah aus, als würde er jeden Augenblick umkippen. »Das ist nicht Ihr Ernst«, flüsterte er. »Ich bringe doch meinen Freund nicht um und lasse ihn da unten liegen … Warum?«

»Tja, in diesem Punkt stimme ich Ihnen zu – über Ihr

Motiv, was Richardt angeht, bin ich mir tatsächlich nicht im Klaren«, gab Romy zu. »Noch nicht. Aber wer weiß, welche alten Geschichten dahinterstecken. Vielleicht waren Sie gar nicht so dick befreundet, wie es uns anfangs schien oder Sie uns weismachen wollen. Vielleicht gab es Streit, warum auch immer.« Sie hob die Hände und ließ sie wieder sinken.

Bittner schüttelte den Kopf. »Sie täuschen sich. Ich bin doch kein Mörder und lasse zwei Leichen auf meinem Gelände verrotten!«, wiederholte er hektisch atmend. »Und die Lauber habe ich gar nicht empfangen! Die hat mehrfach angerufen und sogar vor meiner Tür gestanden, aber Kai meinte, ich solle die gar nicht reinlassen, und daran habe ich mich gehalten. Er hat geschäumt vor Wut, das kann ich Ihnen sagen ...«

»Er hat häufiger mal geschäumt vor Wut, nicht wahr?«, unterbrach Romy ihn. »Insbesondere wenn es um Frauen ging. Wie lief das eigentlich in seiner ersten Ehe mit Ricarda?«

Bittner wischte sich über den Mund. »Sie hielt nicht lange. Mehr weiß ich nicht.«

»Das glaube ich Ihnen nicht.«

»Dann eben nicht.«

Es klopfte, und ein uniformierter Polizist trat ein.

»Bitte begleiten Sie Herrn Bittner ins Kommissariat nach Bergen, Kollege«, sagte Romy leise.

Sie war davon überzeugt, dass Bittner nichts mit den Morden zu tun hatte. Aber er wusste mehr, als er bislang zugegeben hatte. Auch davon war sie überzeugt.

Romy fuhr nach kurzer Rücksprache mit Kasper, den sie bat, das Protokoll mit Bittner zu übernehmen, nicht direkt nach Bergen zurück, sondern gönnte sich einen Zwischenstopp am unbebauten Hanggelände der Strandpromenade von Sassnitz.

Dort war es vor einigen Monaten zu einem Erdrutsch am Hochufer gekommen - kein schwerwiegender Steilküstenabbruch, aber immerhin war so viel in Bewegung geraten, dass die Polizei die Absturzstelle gesperrt und sogar mit Hunden nach Verschütteten gesucht hatte. Glücklicherweise war niemand zu Schaden gekommen.

Die Rügener Kreide hat es in sich, dachte Romy und erinnerte sich, dass Moritz mal anschaulich erzählt hatte, wie sich die Kreide mit Wasser vollsog, das sich im Winter im gefrorenen Zustand ausbreitete und dadurch so viel Druck erzeugte, dass die Steine aneinanderrieben, bröckelten, zersprangen, um irgendwann schließlich ins Meer hinabzustürzen.

»Die Steilküsten sind in ständigem Aufruhr«, hatte er hinzugefügt und leise gelächelt. »So wie du.«

Romy starrte aufs Meer hinaus, bis ihr Gesicht im kalten Wind wie eingefroren war und das Bild der aufgewühlten See für Ruhe in ihrem Inneren gesorgt hatte.

5

Hinz Posall ließ sich aus der Küche einen »Rügener Badejungen« auf backfrischem Weißbrot bringen. Er liebte den Inselcamembert und aß ihn am liebsten in der sahnigen Variante, dazu ein Glas Rotwein, und der Gaumenschmaus war perfekt.

Das anstrengende Gespräch mit den Kommissaren hatte ihm den Appetit nicht verdorben, allerdings konnte Posall sich kaum eine Situation ausmalen, die ihm länger als eine halbe Stunde auf den Magen schlagen würde. Im Übrigen konnte er viel besser nachdenken, wenn seine Kauwerkzeuge genussvoll beschäftigt waren.

Nein, er trauerte nicht um Kai – das wäre eine scheinheilige Behauptung. Allenfalls erschreckte es Posall, dass der Mann unter gewaltsamen Umständen sein Leben verloren hatte. Doch vermissen würde er Richardt ganz bestimmt nicht, und ungläubiges Entsetzen über das Geschehen hatte ihn auch nicht ergriffen, denn im Gegensatz zu den meisten anderen, die mit ihm zu tun gehabt hatten, hielt Hinz es nicht für ausgeschlossen, dass Kai sich Feinde gemacht hatte. Oder auch nur einen Feind. Einen Todfeind. Das genügte ja.

Richardt war ein glänzender Geschäftsmann gewesen, daran gab es nicht den geringsten Zweifel. Er hatte Posall schon als junger Mann mit seinem scharfen Verstand, seinem zielgerichteten Arbeitseifer und seiner Geschicklichkeit im Umgang mit Menschen imponiert. Später war ihm klargeworden, dass Richardt ein manipulativer und herrischer Typ war, der keine Unachtsamkeit, keinen noch so kleinen Fehler durchgehen ließ und der es nicht ertrug, wenn man ihm die Fäden aus der Hand nahm oder dies auch nur beabsichtigte. Wer seine Autorität infrage stellte, musste sich warm anziehen - sowohl im Geschäfts- als auch im Privatleben.

Ganz der Sohn seiner Mutter, dachte Hinz, während er sich ein großes Stück Brot in den Mund schob und mit Wein nachspülte. Anna Richardt hatte in der Familie und im Hotel die Hosen angehabt - immer. Ihren Mann Martin, Kais Vater, hatte er als kuschenden Jammerlappen in Erinnerung, obwohl er durchaus etwas von seinem Fach verstand, und selbst Kai hatte erst spät gewagt, gegen die Alte aufzubegehren und seinen eigenen Weg zu gehen.

Hinz schüttelte den Kopf. Was für eine widerliche, kaltherzige Hexe, dachte er. Im Gegensatz zu Kai war sie keine gute Schauspielerin gewesen - ihr hatte man meist sehr genau angesehen, wenn ihr etwas gegen den Strich gegangen war. Dann hatten ihre Lippen nur noch eine schmale, leicht gekrümmte Linie gebildet, und in ihren Augen war eine stille, machtvolle Wut gewesen, die nur darauf gewartet hatte, sich zu entladen. Posall war davon überzeugt, dass sie mit genau diesem Ausdruck auf dem Gesicht sterben würde.

Was für ein seltsamer Gedanke! Er schüttelte den Kopf. Erst jetzt fiel ihm auf, dass er Angst vor ihr gehabt hatte und ihretwegen seiner Zeit im Hotel in Lübeck keine Träne nachweinte. Nein, erst jetzt konnte er es sich eingestehen.

Kai hätte es niemals zugegeben und eine diesbezügliche Frage empört abgewiesen, aber Hinz hielt es durchaus für denkbar, dass auch er seine Mutter gefürchtet und darum unter ihrer Fuchtel gelernt hatte, sein wahres Gesicht und seine wahren Gefühle immer perfekter hinter einer Maske aus freundlicher Verbindlichkeit und charmanter Zugewandtheit zu verbergen. Zunächst lediglich, um sie zu täuschen. Später dürfte er festgestellt haben, wie nützlich dieses Talent war, und hatte es stetig ausgebaut - im Geschäftsleben, bei Frauen, im Freundeskreis. Kaum jemand wusste, was Kai wirklich dachte - gedacht hatte -, welche seiner Kunden er geradezu verachtet, wen er gerne gehabt hatte und zu schätzen wusste und wen er nicht ausstehen konnte.

Hinz gegenüber hatte er sich manchmal erlaubt, die Maske ein Stück zu lüften und seine Regungen sichtbar werden zu lassen. Posall verzog das Gesicht. Es war nicht nötig, mir irgendetwas vorzuspielen, dachte er. Ich bin ein jämmerlicher Versager und wäre ohne Kai grandios gescheitert. Ohne sein Geld und seine vorausschauende Klugheit wäre ich aufgeschmissen gewesen, während Kai stets durchs Leben marschiert war, als könnte ihm niemals etwas misslingen. Bis auf eine klitzekleine Ausnahme - vor vielen Jahren, noch in Lübeck, hat er mal mein Wort gebraucht. Es war auch um eine Frau gegangen, aber das lag ewig und drei Tage zurück.

Als die Lauber im Hotel aufgetaucht war und ihren unverschämten Auftritt hingelegt hatte, war Kai für Momente wie gelähmt gewesen. Dann hatte er Hinz den Kopf zugewandt, und in seinen Augen waren für Sekundenbruchteile unbändige Wut und Hass aufgeflackert, bis er sich wieder in der Gewalt gehabt hatte. Sollte die Frau ihm tatsächlich noch mal über den Weg gelaufen sein, würde Posall seine Hand nicht dafür ins Feuer legen, dass Kai höflich geblieben war. Nein, gewiss nicht. Er hätte ganz sicher große Lust gehabt, ihr einen Denkzettel zu verpassen, zumal der Hotelverkauf tatsächlich nicht sauber abgewickelt worden war.

Jürgen Dreyer und Kai hatten seinerzeit mit den üblichen Methoden und in bekannter Manier nachgeholfen, dass Lauber nicht als kreditwürdig eingestuft wurde. Man musste nur an den richtigen Schrauben zu drehen wissen. Bei der

Treuhand, bei der Bank, alte und neue Seilschaften ... Das war in der Tat lange her, längst nicht mehr nachweisbar und hätte aller Wahrscheinlichkeit nach niemanden wirklich gekümmert, aber darum war es ja auch gar nicht gegangen. Die Frau hatte Kai provoziert und ihn vorgeführt, noch dazu vor ihm: Hinz. Unverzeihlich.

Posall hielt es auch nach genauerem Überlegen für eine gute Entscheidung, der Polizei keine Gefühle vorgespielt zu haben, die er nicht empfand. Die dunklen Augen dieser südländischen Kommissarin waren immer wieder über sein Gesicht gehuscht. Das hatte ihn verunsichert. Sie war sehr engagiert gewesen und hatte nur darauf gewartet, ihm eine Lücke in seiner Argumentation nachweisen zu können. Den trauernden und verzweifelten Freund hätte sie ihm ohnehin nicht abgenommen. Manchmal war es sinnvoll und einfach zugleich, bei der Wahrheit zu bleiben – oder zumindest in ihrer Nähe.

Kai hätte ihn wahrscheinlich ausgelacht, sich von einer jungen Frau – Polizistin oder nicht Polizistin – unter Druck setzen zu lassen. Posall ballte eine Hand zur Faust. Aber Kai hatte nichts mehr zu lachen, und wenn er Bittner richtig verstanden hatte, war Richardts Ende alles andere als lustig gewesen. Posalls Mitgefühl hielt sich in erstaunlich engen Grenzen.

Kasper stellte ein Glas Wasser vor Bittner auf den Tisch und setzte sich ihm gegenüber. »Meine Kollegin ist auf dem Weg. Wir fangen einfach schon mal an.«

Er startete das Aufnahmegerät und gab den üblichen Standardtext ein, bevor er den Fabrikbesitzer bat, fürs Protokoll noch einmal zu erzählen, was am Samstagmorgen passiert war.

Thomas Bittner hatte sich offensichtlich wieder gefangen. Zumindest wirkte er zunächst so. Kasper hatte nach

Romys Anruf einen aufgewühlten, unter Umständen sogar zutiefst empörten Mann erwartet, doch Bittner berichtete sachlich, was vorgefallen war, und schilderte erneut seine langjährige Freundschaft und Geschäftspartnerschaft mit Kai Richardt. Auch die Fragen des Kommissars zur Nutzung der alten Gebäude hinter der neuen Fischfabrik beantwortete er bemerkenswert geduldig. Obwohl er sich zu den meisten Aspekten schon mehrfach geäußert hatte, gab er sich Mühe, nicht in einen leiernden Ton zu verfallen.

»So, mehr habe ich nicht zu sagen«, erklärte er abschließend. »Und falls Sie mich ernsthaft verdächtigen, mit Kais und Beate Laubers Tod irgendetwas zu tun zu haben, möchte ich meinen Anwalt sprechen. Und zwar sofort.« Der barsche Nachsatz wirkte deplatziert.

Kasper hob eine Augenbraue. »Nun mal halblang ...«

»Ihre Kollegin hat das jedenfalls so formuliert«, unterbrach Bittner ihn. »Und ich kenne meine Rechte.«

»Zwei Leichen hinter Ihrer Fabrik ...«

»Ich bin damals gar nicht mit Frau Lauber zusammengetroffen. Die kann sonst wer da unten abgelegt haben. Das wissen Sie ganz genau.«

Kasper seufzte. »Sie müssen doch zugeben, dass Ihnen Beate Laubers damaliges Verschwinden sehr gelegen kam.«

Bittner beugte sich ruckartig vor. »Quatsch! Die Frau war mir völlig egal. Das können Sie mir glauben!«

Schneider sah ihn abwartend an. »Warum eigentlich?«

»Was meinen Sie?«

»Nun, Sie wirken gar nicht so herzlos auf mich. Ist Ihnen das Schicksal der Laubers tatsächlich so gleichgültig gewesen – mal ganz davon abgesehen, wie das Ganze nach all den Jahren nun juristisch zu bewerten war?«

Bittner richtete sich wieder gerade auf.

»Nun?«

»Was soll ich sagen? Sie wirkte ziemlich hysterisch auf

mich – nach dem, was Kai und Hinz mir erzählt hatten und auch bezogen auf die Art und Weise, wie sie mit mir in Kontakt zu treten versuchte.« Er schüttelte den Kopf. »Steht einfach bei mir vor der Tür und will ein Riesenfass aufmachen – unmöglich so was!«

»Sie hatten Geld in das Hotel-Geschäft gesteckt, plötzlich tauchte die Frau auf …«

»Na und? Eigentlich war das doch alles gar nicht mein Problem«, unterbrach Bittner den Kommissar wütend. »Wissen Sie, Hinz Posall hat den Karren in den Dreck gefahren, andere konnten ihn wieder rausziehen. Auf Rügen unmittelbar an einem der schönsten Strände der Insel mit einem Hotel kein gutes Geschäft zu machen – auch wenn zugegebenermaßen großer Investitionsbedarf bestand –, ist schon ein starkes Stück. Das hätte ich ja besser gemacht, und ich verstehe nichts von der Branche.«

»Posall sprach von einer lauen Anfangszeit und einem maroden Haus …«

»Mein Gott, er hat es verbockt! Er hatte zu viele Privatentnahmen, mit denen er es sich gutgehen ließ – so einfach war das, und auf die Art und Weise entsteht ganz schnell ein ziemlich großes Loch in der Kasse.«

»Und Kai Richardt hat ihm aus der Patsche geholfen?«

»Kai hat den Laden auf eine betriebswirtschaftlich vernünftige Basis gestellt und mit einem Geschäftsführervertrag, in dem Posalls Kompetenzen und vor allen Dingen Grenzen klar geregelt sind, dafür gesorgt, dass er nicht mehr allzu viel kaputt machen kann«, entgegnete Bittner.

»Interessant«, kommentierte Kasper. »Und das hat Richardt aus reiner Nächstenliebe getan – im Gedenken an alte Lübecker Zeiten, oder wie darf ich das verstehen?«

»Natürlich nicht. Dabei ging es um eine Menge Geld – nebenbei gesagt: Ich habe da auch investiert, wie Sie ja wissen. Und natürlich hat Kai wie immer auch die eigene

Rendite im Auge gehabt – sonst wäre er nicht da, wo er heute ...« Bittner brach ab.

Kasper verzog den Mund.

»Sie wissen schon, wie ich das meine.«

»Tue ich das?« Kasper gönnte sich die Andeutung eines ironischen Lächelns.

Im gleichen Moment klopfte es. Romy trat ein und setzte sich nach beiläufigem Gruß neben den Kollegen. Kasper erschrak, als er sie ansah.

Ihr Gesicht war verdüstert – unruhige Augen, bleiche Lippen, abwesender Blick. So sah sie manchmal aus, wenn ihr die Gefühle aus dem Ruder liefen. Ihr Moritz war schwer in Ordnung gewesen – das hatte ein Kollege aus Schwerin erzählt. Und die beiden waren ein schönes Paar gewesen. Man hatte gespürt, dass sie sich viel zu sagen hatten, der Rostocker und die Italienerin – so hatte man sie genannt.

Ob Romy wohl auch nur ahnte, wie sehr man ihr den Kummer vom Gesicht ablesen konnte? Und das Bemühen, ihn in Schach zu halten. Als stünde sie ihm im Ring gegenüber, schwer atmend und mit weichen Knien; er führte nach Punkten, und sie hatte Angst, angezählt zu werden.

Aber es war nicht Kaspers Aufgabe, ihr das zu sagen, und noch weniger seine Art. Er machte nicht gern viele Worte. Jeder hat sein Päcklein zu tragen, und jeder macht es auf seine Weise. Da hatte niemand was reinzureden.

Vielleicht guck ich ja manchmal genauso aus der Wäsche, fuhr es ihm durch den Kopf, während Romy ihren Stuhl zurechtrückte, und bilde mir nur ein, dass ich gelernt habe, meinen Schmerz in Linien und Falten zu verstecken. Hinter Müdigkeit und einer gewissen Abgeklärtheit, die kaum jemand zu hinterfragen wagte, die aber nur zur einen Hälfte aus Altersweisheit bestand und zur anderen, ja: Lüge war.

So ähnlich wie Fine meinte, dass niemand auf die Idee kam, ihre Polterei und emsige Fröhlichkeit auch als Schutzschild zu verstehen. Niemand außer Kasper und einigen anderen, die sie schon lange kannten. Je lauter Fine wurde, desto mehr zitterte sie tief in ihrem Innersten um ihren saufenden Bruder. Und je hektischer sie den Tag begann, umso mehr fürchtete sie, dass ihr Mann längst entdeckt hatte, dass sie sich doch wieder um den Bruder kümmerte. Einen Säufer muss man fallen lassen, sonst lernt er nie, allein aufzustehen und sein Leben zu meistern. Fine hielt nicht viel vom Credo ihres Mannes. Und sein Gebot missachtete sie, seit er gemeint hatte, es aufstellen zu müssen.

Kasper wischte die schweren Gedanken beiseite und nickte Romy zu, die ihr Notizheft auf den Tisch legte und einen Moment konzentriert darin blätterte, bevor sie hochsah und Bittner nachdenklich betrachtete. Das war eine von Romys Stärken: sich innerhalb eines Augenblicks auf ihre Aufgabe besinnen zu können, neben der nichts anderes mehr Platz hatte. Schon gar kein Kummer.

Die Kommissarin spürte seine Ablehnung wie feine Nadelstiche. Er hat die Nase voll von mir, dachte sie.

»Herr Bittner, auch wenn wir Gefahr laufen, uns zu wiederholen – lassen Sie mich vorab einige Tatsachen auflisten«, hob sie schließlich an. »Ende 1999 gründeten Sie gemeinsam mit Kai Richardt und Posalls Bruder eine GmbH, um Hinz Posalls Hotel zu sanieren, Anfang 2000 startete das Projekt so richtig durch.«

»In der Tat, Frau Kommissarin, Sie wiederholen sich.«

»Seinerzeit war Richardts Ehe am Ende. Ricarda verließ ihren Mann«, fuhr Romy ungerührt fort. »Wie Sie meinem Kollegen erläuterten, begann Kai voller Elan mit dem Ausbau Ihrer gemeinsamen Werkstatt, um sich von diesem persönlichen Tiefschlag abzulenken. Könnte man das so formulieren?«

Bittner runzelte die Stirn. »Ja, irgendwie schon. Ich hatte

zumindest den Eindruck, dass es so war. Die Arbeit tat ihm gut.«

»Hatte der Mann nicht genug Arbeit? Die Firma, für die er ständig unterwegs war, das Hotelprojekt, sein Training, und Familienvater war er auch noch.«

»Kai hat schon immer für drei gearbeitet. Der war ungewöhnlich aktiv, nicht mit normalen Maßstäben zu messen«, entgegnete Bittner. »Als Unternehmer ist man ohnehin immer im Einsatz.« In seinem Mundwinkel zuckte es.

Jede Wette, dass er Beamte für faules Pack hält und Nicht-Unternehmer für schlicht bescheuert, sich etwas Eigenes aufzubauen, dachte Romy. »Na schön, Sie haben ihm beim Ausbau freie Hand gelassen und sich nicht darum gekümmert. Liege ich mit dieser Feststellung richtig?«

»Ja, liegen Sie«, stimmte Bittner zu. »Ich bin außerdem im Gegensatz zu Kai handwerklich weder besonders geschickt, noch hat es mich je interessiert, daran etwas zu ändern. Und?«

»Sie haben nicht bemerkt, dass Kai im Keller des Gebäudes zusätzlich einen weiteren Raum benutzt hat und dorthin sogar ein Stromkabel verlegt hat?«

Bittner drehte die Augen zur Decke. »Er hätte auch alle anderen Keller benutzen können, ohne mich jedes Mal fragen zu müssen. Das war mir schnurzegal. Worauf wollen Sie eigentlich hinaus?« Er gab sich keinerlei Mühe, seine Genervtheit zu verbergen.

Romy lehnte sich zurück. »Das dürfte Ihnen wohl allmählich klar sein. Im Spätsommer verschwindet Beate Lauber und taucht jetzt wieder auf: als Leiche unter der Werkstatt in einem der Kellerräume, in denen Kai sich jahrelang wie zu Hause fühlen durfte und ebenfalls einen überaus unerfreulichen, nämlich gewaltsamen Tod starb. Darauf will ich hinaus, und wenn Sie sich mal für einen Augenblick in die Lage der Polizei versetzen, können Sie das bestimmt gut nachvollziehen.« Ihre Stimme war eine Oktave höher geklettert.

Bittner sah sie mit undurchdringlicher Miene an. »Ich habe keine Ahnung, wie die Leiche da hinkommt. Das habe ich schon mehrfach betont. Das Gelände war nicht gesichert. Da kommt jeder drauf – ohne besonders aufzufallen. Und ich sage Ihnen erneut: Ich bin der Lauber nie persönlich begegnet. Ich habe auch nichts bemerkt, was auf ein Verbrechen hindeuten könnte, und ich lass mir aus der alten Geschichte keinen Strick drehen.«

»Gott bewahre, natürlich nicht«, gab Romy süffisant zurück. »Sie haben offenbar so einiges nicht mitgekriegt, unter anderem, dass Ihr hochgeschätzter Freund, Geschäftspartner, Laufkollege, den Sie seit der Wende kannten, seine erste Frau Ricarda geschlagen hat. Das war der Grund für die Trennung der beiden, die von ihr ausging. Kai musste verkraften, dass seine Frau eine eigenständige Entscheidung gegen seinen Willen traf. Nicht einfach für einen Macher-Typen wie ihn, nicht wahr?«

Bittner war zusammengezuckt und atmete scharf ein. Sein Adamsapfel geriet mal wieder in Bewegung.

»Und kurze Zeit später steht Beate Lauber vor ihm und macht ihm klar, dass sie sich nicht für dumm verkaufen lässt«, fuhr Romy fort. »Schon wieder so eine aufmüpfige Frau, die ihren ganz eigenen Willen hatte und auch durchsetzen wollte. Die sich von einem Kai Richardt nicht einschüchtern lassen wollte, was den unbestreitbar auf die Palme gebracht hat. Lassen Sie uns den Faden doch mal weiterspinnen.« Sie beugte sich vor und sah ihn auffordernd an.

»Wollen Sie etwa zum Ausdruck bringen, dass Kai die Frau getötet hat?«, fragte Bittner, und auf seinem Gesicht spiegelte sich neben Ungläubigkeit tiefe Bestürzung.

»Das ist eine vorstellbare Variante, die ich für ziemlich

schlüssig halte. Eine andere lautet, dass Sie gemeinsam für Beates Tod verantwortlich sind«, erwiderte Romy.

»Was …«

»Vielleicht gab es nach all den Jahren aus welchem Anlass auch immer plötzlich Streit wegen der alten Geschichte, der am Samstagmorgen so richtig ausbrach. Es fielen böse Worte, Vorwürfe wurden laut, unter Umständen sogar Drohungen. Kai ging, Sie sind ihm kurz darauf gefolgt …«

Bittner schlug mit der Faust auf den Tisch. »Jetzt reicht es aber! Ich will meinen Anwalt sprechen. Sofort!«

Kasper hob die Hand. »Nun schreien Sie hier mal nicht so rum. Wir machen unseren Job und stellen Fragen, das ist alles.«

»Was sie hier macht, ist aber …«

»Mit ›sie‹ meinen Sie wohl Kommissarin Beccare?«, warf Schneider scharf ein.

Romy lächelte unvermittelt und ließ Bittners Aufruhr zumindest äußerlich gelassen an sich abtropfen, wenn ihr das auch zunehmend schwerer fiel. Abrupt wechselte sie das Thema. »Sagen Sie mal, Herr Bittner, benutzen Sie eigentlich die Werkstatt?«

Er atmete tief durch, strich sich die Haare zurück und legte dann die Hände auf den Tisch. »Na klar. Immer dann, wenn ich mein Kajak oder das Rad hole und wieder zurückbringe«, fuhr er wieder in angemessener Lautstärke, aber mit gepresster Stimme fort.

»Aber man kann sagen, dass Richardt der Hauptnutzer war?«

»Ja, durchaus.«

»Warum hat er sich eigentlich nicht in seinem Haus so einen Raum eingerichtet? Groß genug dürfte es wohl sein.«

»Der Hafen ist günstiger, auch für unsere Touren und für die Boote sowieso.«

»Was genau wollte Kai am Samstagmorgen von Ihnen?«, fragte Romy, nachdem sie in ihrem Notizheft geblättert hatte.

Bittner stöhnte auf. »Meine Güte, wie oft soll ich das denn noch erzählen: nichts Besonderes …«

Die Kommissarin hob die Hand. »Bewerten Sie bitte meine Fragen nicht, erzählen Sie ganz genau, was sich abgespielt hat. Er kam herein, grüßte und was war dann?«

»Ist das Ihr Ernst?«

Romy schoss einen blitzschnellen und wütenden Blick auf ihn ab. »Natürlich! Nach Witzen ist mir gerade nicht zumute, aber ich sage Bescheid, wenn es so weit ist. Also?«

»Wie Sie wollen. Also …« Bittner schloss für einen Moment die Augen. »Kai sagte, dass er mit der Morgentour bisher sehr zufrieden sei, und nahm sich ein Wasser. Er habe das Gefühl, konditionell noch einmal zugelegt zu haben, und bedauerte, doch nicht am Berliner Halbmarathon teilzunehmen, der ja am letzten Sonntag stattfand …«

»War er gemeldet?«

Bittner zuckte die Achseln. »Keine Ahnung.«

»Ist er regelmäßig in Berlin gestartet?«, fragte Romy nach.

»Regelmäßig schon, aber nicht jedes Jahr. Im letzten Jahr sind wir gemeinsam mit Tim Beier und einigen anderen Läufern aus Stralsund in Berlin gelaufen. Richardt ist in gut anderthalb Stunden durchs Ziel gegangen, was eine klasse Zeit ist, aber Beier hat er nicht das Wasser reichen können. Das hat ihn schon ein bisschen gewurmt, obwohl Tim etliche Jahre jünger ist und hauptberuflich Sport treibt – mit solchen Jungs sollte man sich gar nicht erst vergleichen.«

»Weiter.«

»Ach ja – er sagte unsere Motorboottour ab, die wir fürs nächste Wochenende geplant hatten. Eigentlich wollten wir um die Insel schippern und uns einen schönen Tag machen.«

»Nannte er einen Grund für die Absage?«

Bittner überlegte kurz. »Warten Sie ... ja, er wollte sich um seine Steuererklärung kümmern und noch einen Kunden in Stralsund besuchen. Er meinte, dass ihm das zeitlich zu eng würde.«

Romy ließ ihn nicht aus den Augen. »Hat Sie das gewundert?«

Bittner nickte zögernd. »Ein bisschen schon, ja, doch. Kai liebte das Motorbootfahren und ließ normalerweise keine Gelegenheit aus, aber na ja ...«

»Und das war's?«

»Ja, wir verabredeten uns noch zu einem Lauf Mitte der Woche, dann erwähnte er, dass er kurz in die Werkstatt wollte, und verschwand wieder. Alles in allem waren nur einige Minuten vergangen.«

Romy legte die Hände auf den Tisch. Auf einmal war es sehr still in dem Raum. Man hörte nur das leise Summen des Aufnahmegeräts.

»Herr Bittner, hat Kai seine Frau Vera geschlagen?«

»Davon weiß ich nichts.«

Romy versuchte, seinen Blick festzuhalten. »Hören Sie, Ihr Freund ist tot. Dass er nicht nur ein toller, tougher, erfolgreicher Typ war, den jeder mochte, ist uns inzwischen längst klargeworden. Sie tun niemandem einen Gefallen, wenn Sie uns wichtige Details seiner Persönlichkeit verschweigen – auch sich selbst nicht. Ganz im Gegenteil.«

»Er hat nie viel von ihr erzählt«, erwiderte Bittner. »Frau, Kinder, Familie – das war ihm nicht so wichtig.«

»Mehr ein Statussymbol?«

»Kann schon sein. Es musste alles funktionieren, das war vorrangig bei ihm«, erklärte Bittner. »Kai hatte klare Vorstellungen, wie sein Leben zu laufen hatte. Alltag, Aufgaben, Arbeit, neue Projekte, Freizeit, Training und so weiter. Alles hatte seinen festen Platz – so war es wohl auch mit Vera und den Kindern. Sie spielten die zweite, vielleicht sogar nur die dritte Geige.«

»Zwischen zweiter oder dritter Geige spielen und Prügel beziehen, besteht aber ein himmelweiter Unterschied«, wandte Romy ein.

»Wie gesagt – davon weiß ich nichts«, beharrte Bittner. »Familie war kein Thema zwischen uns, und soweit ich weiß, gab es nur einen einzigen unumstößlichen Familientermin, der immer in seinem Kalender stand und Priorität hatte: der jährliche Anruf bei seiner Mutter.«

»Zu ihrem Geburtstag?«, fragte Romy. Sie war gelinde erstaunt. Mit einem Seitenblick erfasste sie, dass Kasper ebenfalls irritiert war.

»Nein, zum Todestag des Bruders«, antwortete Bittner. »Kai hatte einen älteren Bruder. Der starb mit acht oder neun Jahren.«

»Und Kai hat jedes Jahr an diesem Tag in Lübeck angerufen, um seine Mutter zu trösten?« Romys Stimme klang noch perplexer.

»Nein. So war das nicht.« Bittner sah Kasper an und wandte den Blick dann wieder Romy zu. »Ich habe so ein Telefonat zufällig mal bei einer Radtour mitbekommen. Sonst hätte Kai ganz sicher nicht darüber gesprochen. Das war nicht seine Art.« Er runzelte die Stirn. Das Thema behagte ihm nicht.

»Kai war davon überzeugt, dass seine Mutter den Tod des Kindes zu verantworten hatte«, erläuterte Bittner schließlich. »Und genau das sagte er ihr, wenn er am Todestag des Bruders anrief. Jedes Jahr: ›Du bist schuld, Mutter. Nur du! Mein Bruder könnte noch leben.‹«

Romy hielt die Luft an und stieß sie langsam wieder aus. »Wissen Sie, was damals passiert ist?«

»Kai erzählte, dass der Junge an einem Blinddarmdurchbruch starb. Er hatte tagelang Schmerzen gehabt, die die Mutter nicht ernst genommen hatte.«

»Und der Vater?«

Bittner zuckte die Achseln. »Der hatte wohl nicht viel zu melden. So äußerte sich Kai, ohne das Thema zu vertiefen. Er bat mich, nicht darüber zu sprechen. Die Geschichte hat er wohl nie ganz verwunden.«

Verständlich, dachte Romy. »Und er rief wirklich jedes Jahr an, um seiner Mutter …?«

»So sagte er mir, ja. Das sei ihre Strafe. Sie ging auch immer ans Telefon. Das war wie ein Ritual zwischen den beiden, das sie nicht gewagt hätte, zu durchbrechen.«

Romy spürte, wie ihr eng ums Herz wurde.

»Kann ich jetzt gehen?«, fragte Thomas Bittner schließlich.

»Ja. Aber bitte denken Sie daran, das Protokoll in den nächsten Tagen zu unterschreiben und sich für weitere Fragen zu unserer Verfügung zu halten.«

»Wie könnte ich das vergessen? Wissen Sie schon, wie lange Ihre Leute noch auf meinem Gelände unterwegs sein werden?«

Romy schüttelte den Kopf. Als Bittner den Raum verlassen und Kasper das Aufnahmegerät ausgeschaltet hatte, sah sie den Kollegen kopfschüttelnd an.

»Dieser Richardt wird mir langsam, aber sicher unheimlich«, sagte sie. »Der scheint Tiefen gehabt zu haben, in die ich ungern hinabblicke, wenn ich ehrlich sein soll.«

Kasper nickte kommentarlos.

Es war mittlerweile Nachmittag geworden. Fine hatte für frischen Kaffee und einen Imbiss gesorgt. Als Romy die Platte mit den Fischbrötchen sah, lief ihr das Wasser im Mund zusammen. Sie hatte das Gefühl, seit Ewigkeiten nichts mehr gegessen zu haben.

Maximilian Breder holte sich ein Glas Saft und setzte sich Romy gegenüber. Seinem leeren Teller nach zu urteilen, an dessen Rand fein säuberlich und der Länge nach Gräten aufgereiht waren, hatte er bereits gegessen.

»Und wie kommen Sie voran, Kollege?«, fragte sie höflich, nachdem Kasper die Ereignisse des Tages mit wenigen knackigen Sätzen für alle zusammengefasst hatte, und biss herzhaft von ihrem Brötchen ab.

»Ganz gut«, entgegnete er eifrig.

Der Widerspruch zwischen der kräftigen, wohltönenden Stimme und der zarten Gestalt verblüffte Romy aufs Neue. Breder trug wieder Anzug und Krawatte, und seine gepflegten Hände ließen eine stundenlange Maniküre vermuten.

»Du müsstest mal sehen, was er für eine ellenlange Tabelle erstellt hat. Da bist du von den Socken«, begeisterte sich Fine.

»Was genau hat es damit auf sich?«, fragte Romy, sobald sie den Mund wieder einigermaßen frei hatte.

Max lächelte zuvorkommend. »Ich habe alle zur Verfügung stehenden Informationen und Ermittlungsergebnisse in einer Datenbanktabelle erfasst – und wenn ich alle Infos sage, dann meine ich das auch so: Telefonnummern, Arbeitgeber, Aussagen, Freunde, rechtsmedizinische Befunde …«

»Ich hab durchaus verstanden, was ›alle‹ heißt«, warf Romy amüsiert ein. »Und abgesehen davon, dass es sinnvoll ist, sich einen Überblick zu verschaffen, in den alle relevanten Details einfließen, gerade wenn es um mehrere Fälle geht – wofür genau soll das gut sein?«

»Das Datenbankprogramm ermöglicht mir, durch geschicktes Abfragen Querverbindungen, Verknüpfungen und Zusammenhänge herzustellen, die den Fall manchmal in einem anderen Licht erscheinen lassen oder überhaupt erhellend sind.«

»Zum Beispiel?«

»Nun, bei der Recherche zu den Vermisstenfällen …«

»Die hat sich ja nun erledigt, da wir inzwischen Gewissheit haben, dass es sich bei dem Skelett um Beate Lauber handelt, die meiner Ansicht nach von Kai Richardt ermordet wurde«, fiel Romy ihm ins Wort. »Aber das werden wir ihm sehr wahrscheinlich nicht mehr nachweisen können. Sie dürfen sich also getrost anderen Aufgaben zuwenden.« Sie biss erneut von ihrem Brötchen ab.

»Die Datenbank-Recherche hat zwei weitere Namen ausgespuckt, die wir uns durchaus näher ansehen sollten«, erwiderte Max eifrig.

Romy erinnerte sich an Fines Hinweis, dass der junge Mann aus Stralsund etwas entdeckt zu haben meinte. Sie griff nach einer Serviette, tupfte sich die Lippen ab und seufzte innerlich.

»Herr Breder, Ihre unifrischen Kenntnisse und Ihre Geschicklichkeit bei der Datenrecherche in allen Ehren, aber wir haben hier inzwischen so viel zu tun, dass es keinerlei Sinn hat, mühsam und zeitraubend nach neuer Arbeit in Form von ungelösten Vermisstenfällen zu suchen, die zufällig auch in Ihrer Datenbankliste aufgetaucht sind«, erläuterte sie ihm.

Fines lautes Ausatmen, in dem überdeutlich Empörung mitschwang, war durch den ganzen Raum zu hören. Kasper stand auf und goss sich einen frischen Kaffee ein. Romy erhaschte einen flüchtigen Blick auf sein Gesicht, über das ein Grinsen gehuscht war. Nebenan klingelte das Telefon, und ein uniformierter Kollege nahm das Gespräch an. Im Flur unterhielten sich zwei Beamte über den geplanten Ausbau der B 96. Der eine war dafür, der andere dagegen – wie es auf der Insel durchgängig der Fall war.

»Ich weiß, was Sie meinen«, stimmte Breder zu. Er lächelte fröhlich. »Aber ›zufällig‹ ist die falsche Umschreibung. Ich vermute, dass Sie Ihre Meinung ändern, wenn ich Ihnen erläutere, dass die beiden Frauen etwas mit dem Fall Kai Richardt und auch Beate Lauber zu tun haben könnten.«

»Wie bitte?« Romys Mund blieb für einen Moment offen stehen, und nach Max' funkelnden Augen zu urteilen, hatte er genau diese Reaktion erwartet. »Ich hoffe sehr, dass Ihre Behauptung Hand und Fuß hat.«

»Hat sie, Frau Kommissarin.«

»Dann legen Sie mal los.«

Max griff nach einer Mappe, die hinter ihm auf dem Tisch lag.

»Bis vor einigen Stunden war nicht eindeutig geklärt, dass es sich bei dem Skelettfund um Beate Lauber handelt«, hob er an. »Die Vermutung lag ziemlich nahe, aber einhundertprozentige Sicherheit ist was anderes. So habe ich das jedenfalls mal gelernt, und …«

»Ich auch«, bemerkte Romy und hoffte, dass er ihre eilige Zustimmung als Aufforderung verstand, seinen Vortrag zu beschleunigen. »Und weiter?«

»Ich habe in der Zwischenzeit alle mir zur Verfügung stehenden Informationen über Beate Lauber in die Kai-Richardt-Tabelle eingefügt, um Überschneidungen zu finden, und dann um die beiden anderen Namen ergänzt, die im Zuge der regionalen Abfrage ebenfalls genannt worden waren.«

Der Mann kann eigentlich nicht aus Mecklenburg-Vorpommern stammen, dachte Romy, so umständlich und langatmig, wie der redet. »Sie machen es sehr spannend. Was ist denn nun dabei herausgekommen?«

Max heftete den Blick in seinen Ordner und blätterte zwei Seiten weiter. »Bei dem Fall der im Frühjahr 1995 …«

»Sagten Sie 1995? Das ist ja ewig her! Da gab es noch nicht mal den Euro.«

»Gedulden Sie sich bitte einen Moment«, bat Max höflich, aber bestimmt.

Na schön, dachte Romy - übe ich mich in Geduld. Eine meiner liebsten Übungen. Fine warf ihr einen strengen Blick zu, während Kasper sein leises Schmunzeln zeigte.

»Also, im Frühjahr 1995 verschwand die achtundzwanzigjährige Maria Bernburg, eine junge Frau aus Greifswald«, setzte Breder seinen Bericht fort, als wäre er nie unterbrochen worden. »Sie wurde für knapp zwei Wochen entführt. Als sie wieder auftauchte, war sie traumatisiert und kaum fähig, Einzelheiten zu schildern. Die Polizei fand keinen einzigen brauchbaren Anhaltspunkt für Nachforschungen. Bernburg erläuterte nur, dass sie an einem dunklen, ihr unbekannten Ort von einem ihr fremden Mann gefangen gehalten und gequält worden war, der sie schließlich auf einer Autobahnraststätte aussetzte, nachdem er sie mit Schlaftabletten betäubt hatte. Die Frau verkraftete die Entführung nicht. Einige Monate später beging Maria Bernburg Suizid.«

»Herr Breder, das ist äußerst tragisch, aber ...«

»Maria Bernburg arbeitete in einem großen Versicherungsbüro, das zu Kai Richardts Stammkunden zählt - noch heute«, verschaffte Max sich wieder Gehör. »Es ist mehr als wahrscheinlich, dass die beiden sich begegnet sind, als er vor Ort war.«

Romy nickte langsam. »Ein interessanter Aspekt, aber letztlich heißt das gar nichts«, wandte sie ein. »Richardt hatte in ganz Mecklenburg-Vorpommern Kunden, und überprüfen lässt sich auch nichts mehr, da sowohl Richardt als auch die Frau ...«

»Nicht mehr leben, ja, schon klar.«

»Allein die Tatsache, dass Richardt Geschäfte mit Maria Bernburgs Arbeitgeber gemacht hat und die Frau wahrscheinlich kennengelernt hatte, reicht nicht für eindeutige Schlussfolgerungen aus, schon gar nicht nach so langer Zeit.« Romy schüttelte den Kopf. »Ich gebe zu, dass das eine durchaus bemerkenswerte Überschneidung in Ihrer Tabelle ist – nicht mehr und nicht weniger –, doch der Entführer hat sie lebend wieder freigelassen, was ein entscheidender Aspekt ist. Also, das überzeugt mich nicht. Was ist mit dem zweiten Fall?«

»Im Herbst 2005, vor fünfeinhalb Jahren, wurde Mirjam Lupak Opfer einer Entführung«, fuhr Max mit Blick in seine Unterlagen fort. »Die damals 25-jährige Tierarzthelferin stammt aus Stralsund und wurde nach zehn Tagen wieder freigelassen. Sie erzählte, dass sie eingesperrt gewesen war, den maskierten Täter nicht kannte und Qualvolles zu erdulden hatte. Tage später kam sie auf einer Autobahnraststätte zu sich. Immerhin erläuterte sie, dass sie mehrfach missbraucht worden war und der Mann sich insbesondere an ihrer Angst und Erniedrigung ergötzt hatte. Verwertbare DNA-Spuren konnten aber nicht gesichert werden.«

Breder sah kurz hoch und vergewisserte sich, dass ihm alle aufmerksam zuhörten. »Die Polizei vermutete trotz der großen Zeitspanne aufgrund der vergleichbaren Umstände, dass Mirjam Lupak und Maria Bernburg Opfer desselben Täters geworden waren, ohne jedoch weitere Beweise oder Hinweise auf das Gefängnis der Frauen oder gar den Täter finden zu können. Die Ermittlungen verliefen seinerzeit im Sande.«

»Scheußlich, aber wo ist der Zusammenhang?«, fragte diesmal ausnahmsweise Kasper Schneider.

»Die Tierarztpraxis hat sich seinerzeit von Richardt bezüglich ihrer Ausstattung beraten lassen. Das ist das eine, doch der zweite Aspekt ist viel bedeutsamer.« Max warf einen Blick in die Runde. »In meiner Tabelle zeigt sich eine Überschneidung mit Tim Beier, dem Laufkollegen von Richardt.«

»Inwiefern?«

»Mirjam Lupak und Tim Beier waren damals ein Paar, und die beiden Lauffanatiker kannten sich auch schon.«

»Oh«, meinte Romy verblüfft.

Max nickte ernst. »Ja, genau.«

Sie schob ihren Teller beiseite. »Das ist ein ziemlicher Hammer«, bemerkte sie schlicht und blickte Max an. »Eins zu null für Sie.«

Max wurde rot. Fine nickte stolz. »Diese Tabellen sind gar nicht mal so blöd, oder?«

»Nein, blöd sind sie nicht«, gab Romy zu. »Man muss nur aufpassen, dass man Aspekte nicht überinterpretiert, nur weil sie gemeinsam in einer Tabelle auftauchen.«

»Hier ist aber nichts überinterpretiert, sondern nur aufgelistet«, stellte Fine fest. »Und man muss gucken, was man daraus macht.«

Romy lächelte. »Genau.«

Kasper kratzte sich am Kinn. »Mal im Ernst – glaubst du wirklich, dass Richardt dahintersteckt?«, fragte er an Romy gewandt. »Drei entführte Frauen über einen Zeitraum von sechzehn Jahren?« Das klang skeptisch.

»Zumindest können wir es im Augenblick nicht unbegründet ausschließen«, entgegnete Romy. »Und ich fürchte, wir müssen auf Nummer sicher gehen und nachhaken, auch wenn die Geschichten zeitlich sehr weit auseinanderliegen. Unter Umständen zeigt sich ja, dass Richardt doch nichts damit zu tun hatte und schlicht der Zufall Regie führte. Aber dann wissen wir wenigstens, dass wir die Fälle bei den weiteren Mordermittlungen unberücksichtigt lassen können …«

»Oder?«

»Oder es finden sich tatsächlich weitere Aspekte, die den Verdacht erhärten. Auf jeden Fall ist es ungewöhnlich, dass Richardt alle drei Frauen entweder nachweislich gekannt hat oder ihnen zumindest begegnet sein könnte.«

»Und der Fall Lauber?«, fragte Kasper. »Bei ihr geht es um Mord. Du hast gerade selbst darauf hingewiesen, dass die Fälle ganz unterschiedlich gelagert sind. Beate Lauber hat er wahrscheinlich erschlagen, die beiden anderen entführt, tagelang gequält und wieder freigelassen.«

Romy hob die Hände. »Stimmt. Es ist viel zu früh, um voreilig Schlussfolgerungen zu ziehen, aber denkbar wäre durchaus, dass Richardt bei der Lauber die Sicherungen durchgebrannt sind - aufgrund der Hotelgeschichte. Und was er vorher mit ihr gemacht hat, werden wir wohl nicht mehr erfahren. Vielleicht hat sie ihn auch erkannt.« Sie wies auf Max. »Wir haben gerade von ihm gehört, dass die beiden anderen Frauen von einem maskierten Unbekannten in einer ihnen fremden Umgebung gesprochen haben. Dem Entführer war es ganz offensichtlich sehr wichtig gewesen, nicht erkannt zu werden. Richardt konnte nicht ausschließen, den Frauen wieder zu begegnen.«

»Und der Mord an ihm?«

»Rache?«, mutmaßte Romy. »Denk an den anonymen telefonischen Hinweis. Irgendjemand hat was mitbekommen.«

»Und warum erst jetzt? Die letzte Entführung war vor fünfeinhalb Jahren.«

»Gute Frage«, gab Romy zu. »Vielleicht ein dummer Zufall? Das Leben ist voll davon.«

Max hob den Kopf. »Das glaube ich nicht. Wir bezeichnen Ereignisse nur so lange als Zufälle, wie wir sie nicht einordnen können. Wenn wir das Muster erkannt haben, gibt es keinen Zufall mehr, nur noch folgerichtiges Geschehen.«

»Hört sich schlau an - und wie dürfen wir das bei diesem Beispiel verstehen?«

»Er könnte eine weitere Entführung geplant haben, von der jemand Wind bekommen hat.«

Romy runzelte die Stirn. »Wie kommst du denn darauf?« Das Du war beabsichtigt.

Max tippte auf seinen Hefter. »Frühjahr 1995, Spätsommer 2000, Herbst 2005 – ungefähr alle fünf beziehungsweise fünfeinhalb Jahre ist der Mann tätig geworden. Frühjahr 2011 wäre es wieder so weit gewesen – ungefähr jedenfalls. Ein Serientäter.« Breders Wangen hatten sich rötlich gefärbt.

Einen Augenblick herrschte tiefes Schweigen.

»Das klingt verdammt nach amerikanischem Profilerkrimi«, meinte Kasper. Er schüttelte den Kopf. »Ein Serientäter auf Rügen, das kann ich nicht glauben. Aber das allein ist natürlich kein gutes Gegenargument.«

»Der leere Keller im hinteren Bereich des Gebäudes«, überlegte Romy halblaut. »Er ist sehr sauber und aufgeräumt. Du hast selbst bemerkt, dass er darüber hinaus seltsam unauffällig wirkt, abgelegen – die Tür ist verdeckt von einem Regal, sie hat ein neues Schloss, in dem sogar ein Schlüssel steckt. Denkbar wäre es schon, dort einen Menschen für einige Tage festzuhalten, oder?«

Sie spürte plötzlich, dass sie ihr Fischbrötchen zu schnell und gierig gegessen hatte. Ein unangenehmes Völlegefühl machte sich in ihr breit.

»Ja, in der Tat ... Aber die Werkstatt gibt es erst seit elf Jahren«, gab Kasper zu bedenken.

»Er kann das Gebäude bereits vorher genutzt haben«, hielt Romy dagegen. »So lange kannten sich Bittner und Richardt schon. Fünf Jahre später hat er die Sache mit der Werkstatt angeschoben, um dort unauffälliger und selbstverständlicher agieren zu können. Oder er hatte sein erstes Opfer an einem anderen Ort untergebracht, der sich nicht bewährt hat. Vergessen wir nicht, was Bittner erläutert hat: Kai Richardt war ein Perfektionist, der nichts gern dem Zufall überließ.«

Kasper atmete tief durch. »Und wie geht es weiter?«

»Neu sortieren. Neu ansetzen. Die Staatsanwaltschaft informieren. Und die Fälle gut organisiert bearbeiten.« Sie blickte auf die Uhr und dann Max an. »Suchst du bitte mal die Akten heraus?«

»Schon passiert.«

6

Romy hatte sich mit dem Oberstaatsanwalt in Stralsund verbinden lassen, um sich für eigenständige Ermittlungen des Bergener Kommissariats in Stralsund, Rostock und Greifswald Rückendeckung zu holen. Romy schätzte Dr. Schwedtner als unkomplizierten und direkten Typen, der sich gerne auch mal im Detail mit einem Fall befasste.

Schwedtner stimmte sofort zu, nachdem sie ihm die neue Lage eingehend geschildert und darauf verwiesen hatte, dass die Nachforschungen unbedingt in einer Hand bleiben sollten. Er versprach sogar, sich für die Bewilligung zusätzlicher Leute stark zu machen und bei organisatorischen Fragen zügig zu helfen. Keine Frage: Weder Stralsund noch Rügen hatte ein Interesse daran, die Hauptferiensaison mit einem oder mehreren ungelösten Verbrechen zu eröffnen.

»Bisher geht es erst mal darum, sehr behutsam abzuklopfen, ob der Verdacht sich erhärten könnte und ob die Entführungsfälle unter Umständen mit dem Mord an Richardt zusammenhängen«, fügte Romy ihrem Bericht hinzu. »Wir wissen aber noch nicht ...«

»Ich habe schon verstanden, Kommissarin Beccare, aber sollte da was dran sein, müssen wir das unbedingt zügig abarbeiten. Denken Sie mal daran, wie voll die Insel zu Pfingsten sein wird – in diesem Jahr noch voller als sonst!«

Das klang verdammt wichtig. Ich schätze, ich habe was verpasst, dachte Romy betreten. Noch eine Störtebeker-Aufführung?

»Der Sand-Skulpturen-Wettbewerb«, half Schwedtner nach. »Sie wissen doch sicherlich, dass Rügen den Weltrekord holen will?«

Romy erinnerte sich flüchtig, irgendwas zu dem Thema in der Ostsee-Zeitung gelesen zu haben. Die Betonung lag auf flüchtig.

»Zwischen Glowe und Juliusruh soll eine 27.300 Meter lange Figur aus Sand entstehen. Damit würde Rügen eine Skulptur aus den USA, die den Rekord bisher mit 26,1 Kilometern hält, deutlich schlagen. Sozusagen um Längen.«

»Ach ja«, meinte Romy zögernd.

Sand-Skulpturen-Wettbewerb. Nun ja, nicht gerade ihr bevorzugtes Hobby. Moritz hatte gerne Burgen und Schlösser gebaut – eifrig und verträumt wie ein Kind –, und sie hatte erraten müssen, an welchem bedeutsamen Bauwerk er sich gerade versuchte. Sie hatte häufig falschgelegen, warum auch immer. Romy liebte es, die Zehen in den Sand zu bohren. Im Job baute sie, ehrlich gesagt, ungern auf Sand, aber der Spruch war hier wohl nicht angebracht.

»Sie können sich ja vorstellen, was dann bei Ihnen los sein wird«, fügte der Staatsanwalt hinzu.

»Ja, unbedingt.«

»Es wäre sehr wichtig, bis dahin …«

»Wir tun, was wir können. Apropos Ermittlungen beschleunigen: Könnten die Stralsunder Kollegen uns einen Weg abnehmen und einen Zeugen vorbeibringen?«

»Kein Problem. Lassen Sie Namen und Adresse durchgeben, und ich sorge dafür, dass ein Wagen vorbeifährt.«

»Danke, Doktor Schwedtner.«

»Nichts zu danken. Und melden Sie sich, wenn ich irgendwie helfen kann.«

»Das mache ich gerne.«

Romy legte auf und bat Fine, die Adresse von Tim Beier weiterzuleiten. Kasper stand in der offenen Tür.

»Kümmerst du dich um den Läufer?«, fragte Romy im Aufstehen. Sie packte ihre Notizen und einige Fotos ein.

»Was genau meinst du mit ›kümmern‹?«

»Er soll noch mal detailliert erzählen, wie gut er Kai Richardt kannte, was er am Wochenende gemacht hat und so weiter. Achte auf die Zwischentöne. Aber bitte noch kein Wort von Mirjam, Beate Lauber und unserem neuen Verdacht. Und lass dir Zeit mit ihm.«

»Verstehe. Und was machst du jetzt?«

»Ich fahre zu Mirjam Lupak. Ich möchte nicht, dass sie von einem Polizeiwagen abgeholt wird. Nach dem, was sie erlebt hat, verdient sie jede erdenkliche Form von Rücksichtnahme.«

»Verstehe«, meinte Kasper erneut.

»Max soll weiterhin seine Listen füllen und Fine unterstützen.«

Kasper öffnete den Mund, aber Romy kam ihm zuvor: »Sag jetzt um Gottes willen nicht schon wieder: verstehe!«

Kasper griente. »Alles klar.«

Sie saßen in dem kleinen Büro hinter dem Kassentresen. Tim hatte den Laden bereits am frühen Abend geschlossen. Der Dienstag war nicht gerade ein umsatzstarker Wochentag, was den Kauf von Sportausstattung und den Wunsch nach Trainingsberatung betraf.

»Nimm dir ein paar Tage frei«, sagte er, öffnete eine Flasche Wasser und trank gierig. Er war nervös, das konnte Steffen förmlich riechen. Seit dieser Sache war Tim eigentlich ständig nervös. Mal mehr, mal weniger. Heute mehr.

»Mein Vater hat in Drigge einen kleinen Gartenbungalow, direkt am Strelasund mit Blick auf Werft und Rügenbrücke«, meinte Tim. »Wald und Wasser, idyllisch, abgelegen und zu dieser Zeit fast frei von Touristen. Wenn du da morgens durch die Gegend wanderst, laufen dir allenfalls Rehe über den Weg, und das Einzige, was du hörst, ist das Singen der Schwäne auf dem Wasser und das Rauschen der Bäume, die im Wind schaukeln. Na, ist das nichts? Einziger

Nachteil: schlechter Handyempfang. Ach ja: Burger kriegst du da auch nicht. Aber wer braucht schon Burger?« Tim versuchte ein Lachen, aber es misslang gründlich.

»Und was soll ich da machen? Blumen gießen und Rasen mähen? Oder Schwäne fotografieren?« Steffen war alles andere als begeistert.

»Warum nicht?«

»Ich bin kein Garten- und Naturfreak, das weißt du. Warum …?«

»Ich will dich aus dem Schlamassel raushalten«, versicherte Tim eilig. Er gab sich Mühe, ruhig zu klingen. »Es ist anzunehmen, dass die Polizei demnächst auftaucht und weitere Fragen stellt. Dein Lebenslauf ist nicht der allersauberste, das muss ich nicht extra betonen. Du solltest dann …«

Steffen schüttelte den Kopf. »Warum sollten die Bullen aufkreuzen? Wir haben Handschuhe getragen und keine Spuren hinterlassen, niemand hat uns gesehen. Und der Typ hat noch gelebt, als wir gegangen sind. Ich bin ganz sicher.«

»Ich nicht.«

»Aber klar doch! Keine Frage, wir haben ihm mächtig eingeheizt. Aber der war zäh, und ich sag's noch mal: Er hat gelebt, als wir aufbrachen.«

Tim fuhr sich mit beiden Händen durch das kurze Haar. »Selbst wenn du recht hast – dann wird er wohl später an seinen Verletzungen gestorben sein. Wo ist der Unterschied? Wir haben ihm nicht nur mächtig eingeheizt, wir haben ihn so fertiggemacht, dass er kaum noch kriechen konnte. Und nun ist er tot! Das war aber so nicht geplant …«

»Nein, das war nicht geplant. Aber freiwillig hätte er nicht geredet«, gab Steffen zu bedenken. »Doch keiner unserer Schläge war tödlich. In der Zeitung stand …«

»Die Zeitung kannst du vergessen. Und noch was: Ein Freund aus Sassnitz hat erzählt, dass die Polizei auf dem

Gelände hinter der Fischfabrik keinen Stein auf dem anderen lässt! Die finden immer irgendwas. Es bleibt dabei – ich will, dass du für ein paar Tage von der Bildfläche verschwindest.«

Steffen kniff die Augen zusammen. »Entspann dich! Du hast selbst gesagt, dass die Polizei bereits mit dir telefoniert hat – reine Routine, weil ihr euch durch die Lauferei gekannt habt. Warum sollten die sich noch mal melden? Und von mir war nie die Rede – ich kenne das Arschloch gar nicht, glücklicherweise. Außerdem bist du am Samstag nach Berlin zum Halbmarathon gefahren. Wenn das kein gutes Alibi ist.«

»Das ist ein gutes Alibi, aber …«

Plötzlich ging Steffen ein Licht auf. »Wovor hast du wirklich Schiss? Sei ehrlich – du denkst, dass ich noch mal hingefahren bin, um ihm den Rest zu geben, nicht wahr? Ist es das? Hältst du mich für den Mörder von diesem Typen?«

Darauf sagte Tim eine ganze Weile nichts, was auch eine Antwort war. Schließlich stand er auf und stellte die leere Wasserflasche mit lautem Scheppern in den Kasten zurück. Steffen spürte, dass sein Herz mit kräftigem Wummern gegen die Rippen schlug. Seine Hände zitterten.

»Du hältst mich wirklich für einen Mörder?«, fragte er noch einmal leise, aber das war eigentlich gar keine Frage. »Ich bin echt platt.«

Tim drehte sich um und sah ihn an. »Ich halte dich für den besten Freund, den ich je hatte.«

»Das ist keine Antwort auf meine Frage.«

»Doch, Steffen, das genau ist die Antwort.«

»Was?«

»Du hast mitbekommen, wie mich diese Geschichte fertiggemacht hat. Du weißt im Einzelnen, was der Typ angestellt hat, nachdem wir ihn erst mal zum Reden gebracht hatten …«

»Ja, ein Mann, dem man besser niemals begegnen sollte«,

unterbrach Steffen ihn. »Da stimme ich dir zu. Wahrscheinlich hat er es verdient, dort unten zu verrecken – auf miese Weise zu verrecken. Aber du hast gesagt, dass wir ihn windelweich prügeln, bis er alles gesagt hat, eine Weile da schmoren lassen und dann die Polizei benachrichtigen. So haben wir es gemacht. So und nicht anders.« Und ich war überhaupt nicht scharf darauf, an den Ort zurückzukehren, fügte er in Gedanken hinzu.

Tim fuhr sich über die Nase, und Steffen nickte nachdenklich.

»Ich hätte ihn ja gern nach Binz gebracht und in der Prora-Anlage abgelegt – dann hätten die Bullen wenigstens richtig was zu suchen gehabt. Aber das wolltest du auch nicht.« Steffen zuckte mit den Achseln. »Lange Rede, kurzer Sinn: Du wolltest es anders haben, und daran habe ich mich gehalten. Und weißt du, warum? Weil ich mich immer an das halte, was du sagst.«

Tim blickte ihm so lange starr in die Augen, bis es Steffen unheimlich wurde. Dann nickte er plötzlich. »Okay.«

Das Schrillen der Ladenglocke ließ beide zusammenfahren. Tim erblasste.

»Du bleibst hier, verstanden?«, flüsterte er. »Falls das die Polizei ist, wartest du noch fünfzehn Minuten und haust dann hinten raus ab, okay?«

Steffen nickte. »Aber …?«

Tim legte den Zeigefinger auf seine Lippen und eilte dann nach vorn. Steffen lauschte angestrengt. Dem kurzen Wortwechsel konnte er entnehmen, dass Tim recht gehabt hatte. Die Polizei bat ihn zu einer Befragung ins Kommissariat. Steffen blieb mucksmäuschenstill sitzen. Er hörte, dass Tim die Tür zweimal umschloss. Augenblicke später fuhr ein Wagen an.

Steffen blieb noch zehn Minuten sitzen. Tims Unruhe war also berechtigt gewesen und hing nicht nur damit zusammen, dass er Steffen verdächtigt hatte. Aber was wollte die Polizei noch von ihm?

Vielleicht war Tim gar nicht nach Berlin gefahren. Der Gedanke tauchte nicht plötzlich auf - er drang langsam an die Oberfläche wie eine Luftblase.

Tim war zum Halbmarathon gemeldet, überlegte Steffen, und in der Regel trat er einen Lauf mit einem Chip an, der am Schuh befestigt wurde und seine Zeit erfasste. Schon Stunden nach einem Laufevent konnte man im Internet Einzelheiten zu seinem Rennen abfragen. Steffen hatte häufig danebengesessen, wenn Tim seine Startnummer eingegeben und sein Ergebnis abgerufen hatte. Ein gutes Alibi. Ein besseres konnte es kaum geben.

Steffen nickte. Er war erleichtert. Allerdings nur für einen Moment. War es möglich, dass ein anderer Läufer den Chip getragen hatte?

Romy wartete gegenüber der Tierarztpraxis in der Langenstraße, in der Mirjam arbeitete. Anhand eines Fotos aus der Akte erkannte sie die zierliche Frau sofort, die gegen halb sieben das Haus verließ und das Schloss an ihrem Fahrrad öffnete.

Romy überquerte die Straße und blieb neben Mirjam Lupak stehen. Die junge Frau richtete sich auf und lächelte freundlich. Sie hält mich für eine Touristin, die den Weg zum Meeresmuseum sucht, dachte Romy amüsiert.

»Hallo, kann ich Ihnen helfen?«, fragte Tim Beiers Exfreundin.

Romy nickte. »Vielleicht. Mein Name ist Ramona Beccare. Ich bin die leitende Kommissarin aus Bergen.«

Das Lächeln erlosch augenblicklich. »Aha. Und?« Sie befestigte das Schloss am Gepäckträger und umfasste den Lenker.

»Können wir uns irgendwo ein paar Minuten ungestört unterhalten?«, fragte Romy.

»Worum geht es denn?«

»Wir bearbeiten den Fall des ermordeten Geschäftsmannes Kai Richardt, den Sie vielleicht kannten.«

»Was? Wie kommen Sie denn darauf.« Mirjam Lupak schüttelte den Kopf. »Nein, der Name sagt mir nichts.«

»Möglicherweise doch: Tim Beier, Ihr Exfreund, hat durch den Laufsport viel mit ihm zu tun gehabt.«

Lupak strich über den Sattel und schüttelte erneut den Kopf. »Selbst wenn mir der Mann mal über den Weg gelaufen sein sollte – das ist Jahre her. Ich kann Ihnen bestimmt nicht weiterhelfen. Außerdem habe ich es eilig …«

»Frau Lupak«, unterbrach Romy die Frau und hob die Hand, als wollte sie freundschaftlich nach ihrem Arm fassen, aber Mirjam wich der Berührung mit einer geschickten Körperdrehung aus. »Glauben Sie mir bitte – es ist sehr wichtig. Möglicherweise sind Sie eine entscheidende Zeugin und können uns mit Hinweisen weiterhelfen, die sich im Bezug auf die Aufklärung gleich mehrerer Verbrechen als bedeutsam erweisen. Verbrechen, die viele Jahre zurückliegen und unermessliches Leid verursacht haben.«

Lupak wechselte die Gesichtsfarbe. Sie starrte an Romy vorbei ins Leere. Scheiße, dachte die Kommissarin, die Frau ist immer noch traumatisiert. Natürlich ist sie das – wahrscheinlich wird sie in fünfzig Jahren nicht vergessen haben, was sich damals abgespielt hat, und mit der Polizei will sie auch nie wieder etwas zu tun haben.

Der sachliche Ton in der Akte hatte nicht darüber hinweggetäuscht, dass die Frau eine existenzielle Ausnahmesituation durchlitten hatte, über die sie nur mühsam in der Lage gewesen war zu sprechen. Andere zerbrachen daran. Wie zum Beispiel Maria Bernburg.

Mirjam Lupak atmete einmal tief durch. Dann sah sie Romy an.

»Na schön. Ich wohne in der Mühlenstraße, das ist nicht

weit von hier«, sagte sie bemüht sachlich, doch Romy hörte die wispernde Unruhe in ihrer Stimme. »Aber ich möchte das Gespräch nicht bei mir zu Hause führen. Wir könnten in den ›Kaffeekoop‹ gehen, ein kleines Café zwei Häuser weiter.«

»Das ist eine gute Idee.«

Zehn Minuten später saßen sie im »Kaffeekoop«. Romy hatte einen Cappuccino bestellt, Mirjam ein Glas Tee.

»Kann es sein, dass Sie nicht allzu viel Vertrauen in die Arbeit der Polizei haben?«, fragte Romy und legte den Hefter auf den Tisch.

Mirjams Augen huschten eilig über die Mappe, bevor sie die Kommissarin anblickte. »Das tut nichts zur Sache.«

Romy öffnete den Hefter und zog ein Foto von Kai Richardt heraus, das sie Mirjam vorlegte. Die fasste es nicht an, beugte sich aber darüber und betrachtete es mit konzentrierter Miene.

»Wie ich vorhin schon sagte: Ich kenne den Mann nicht«, erklärte sie.

»Waren Sie nicht mal bei einigen Laufveranstaltungen dabei, wenn Ihr damaliger Freund gestartet ist?«

»Nein – so gut wie nie. Diese Rennerei, ob nun zu Fuß oder auf dem Rad, ist mir schon immer auf die Nerven gegangen.«

»Sie sehen gar nicht so unsportlich aus.«

»Das hat nichts mit Unsportlichkeit zu tun«, erwiderte Mirjam stirnrunzelnd. »Ich fahre sehr gerne Fahrrad, gehe wandern, spiele Squash, aber die Rennerei und der ganze Hype, der darum gemacht wird – grässlich. Hier ein Marathon, dort ein Halbmarathon, dann wieder Crossläufe und Bergtriathlons, Inselcuprennen, Intervalltraining, Kraftausdauertraining … Tims Leidenschaft war übrigens ein ständiger Streitpunkt zwischen ihm und mir.«

»Klingt so.« Endlich geht sie ein bisschen aus sich heraus,

dachte Romy. »Aber Sie könnten Richardt auch bei einer anderen Gelegenheit begegnet sein.«

»Tatsächlich?«

»Ja. Wir wissen, dass seine Innenausstattungsfirma für Ihren Chef gearbeitet und die Planung, den Innenausbau und die Einrichtung der Tierarztpraxis übernommen hat.«

Verblüffung flog über Lupaks Gesicht. »Du liebe Güte – ja, kann sein. Doch das ist etliche Jahre her.«

»Ungefähr sechs Jahre?«

»Mag sein. Ich erinnere mich noch gut an die Umbauarbeiten, als die Praxis in die neuen Räume zog, aber nicht an eine Begegnung mit diesem Mann.« Sie machte eine flüchtige Handbewegung in Richtung des Fotos.

»Sie können aber auch nicht hundertprozentig ausschließen, ihm über den Weg gelaufen zu sein?«

»Nein, das nicht, aber warum ist das so wichtig?«, fragte Mirjam. »Ob wir uns damals mal getroffen haben oder nicht, hat doch mit dem Mord an ihm herzlich wenig zu tun.«

Romy lehnte sich zurück. »Das genau ist der entscheidende Punkt.«

»Wie darf ich das denn verstehen?«

Die Kommissarin rührte ihren Cappuccino um und trank einen Schluck, dann beugte sie sich wieder vor.

»Bei den Tatortuntersuchungen in Sassnitz sind wir auf eine weitere Leiche gestoßen«, erörterte sie. »Eine Frauenleiche. Die lag dort knapp elf Jahre, und sie wurde erschlagen, wie die rechtsmedizinische Untersuchung ergeben hat. Kai Richardt hat diese Frau gekannt, wie wir inzwischen zweifelsfrei herausgefunden haben.«

Mirjam umschloss ihr Glas mit beiden Händen. »Und? Jede Großstadt hat mehr Einwohner, als es Rüganer gibt. Hier in der Gegend läuft man sich schon mal zufällig über den Weg, erst recht, wenn man geschäftlich unterwegs ist.«

»Ja, schon klar, doch wenn die Zufälle sich häufen, muss

man genauer hinsehen. Im Laufe unserer Recherchen sind wir nämlich auf zwei weitere unaufgeklärte Vermissten- beziehungsweise Entführungsfälle gestoßen, bei denen die Möglichkeit eines vorherigen Zusammentreffens zwischen Kai Richardt und den Entführungsopfern mehr als wahrscheinlich ist«, fuhr Romy fort. »Zum einen geht es um eine Frau aus Greifswald, die nicht mehr lebt, zum anderen – das ahnen Sie natürlich längst – um Sie.«

Mirjam Lupak wollte einen Schluck trinken, stellte das Glas aber wieder ab. »Sie glauben, dass er das war – Kai Richardt?«

»Ich halte das aus mehreren Gründen für sehr wahrscheinlich, aber das allein reicht natürlich nicht aus. Wir müssen uns vergewissern, ob die Annahme einer strengen Überprüfung standhält. Sollten unsere Ermittlungen den Verdacht jedoch erhärten, bin ich außerdem davon überzeugt, dass wir das Motiv für den Mord an Richardt haben.«

»Sie meinen – jemand hat ihn getötet, weil er wusste …?«

Romy hob die Hände. »Genau. Jemand hat etwas mitbekommen, zufällig was erfahren, eins und eins zusammengezählt … Wie auch immer. Das wird sich noch zeigen, da bin ich ziemlich sicher.«

»Und was genau wollen Sie nun von mir?«, fragte Mirjam.

»Das können Sie sich denken, oder?«

»Sie beabsichtigen, den ganzen Fall noch einmal aufzurollen?«

»Ich will nur mit Ihnen sprechen. Erzählen Sie …«

»Ich habe alles gesagt«, unterbrach Lupak sie plötzlich mit Hektik in der Stimme. »Es steht alles in der Akte oder ist auf Band aufgenommen. Machen Sie sich da schlau!«

»Frau Lupak …«

Mirjams Kopf schnellte ruckartig vor. »Hören Sie zu, Frau Kommissarin – ich war jahrelang in Therapie wegen dieser

Geschichte, und ich brauche immer wieder Unterstützung, weil ich Panikanfälle bekomme! Und Panikanfälle sind etwas sehr Unfreundliches, das dürfen Sie mir glauben. Mein Therapeut bezeichnete sie mal als Seelenkoliken. Das ist ein sehr treffender Ausdruck. Meine Beziehung ist den Bach heruntergegangen. Den kleinen Seelenfrieden, den ich mir erarbeitet habe und um den ich immer wieder kämpfen muss, lasse ich mir nicht nehmen – auch nicht von Ihnen! Das andere Entführungsopfer hat sich damals umgebracht, das wissen Sie doch, oder?«

»Deswegen habe ich keine Wahl.«

»Doch. Haben Sie. Anscheinend spricht ja wohl so einiges dafür, dass dieser Typ es war. Und wenn ihn jemand deswegen zur Strecke gebracht hat, sollten Sie den für das Bundesverdienstkreuz vorschlagen!«

»Und wenn sich herausstellt, dass er es doch nicht war? Könnten Sie nicht viel besser mit all dem abschließen, wenn der Fall endgültig und hundertprozentig geklärt wäre? Könnte das nicht den kleinen Seelenfrieden sogar festigen und wachsen lassen?«

Mirjam verzog das Gesicht. »Schöne Vorstellung, noch schönere Aussicht. Aber können Sie mir für den Fall, dass Kai Richardt als Entführer doch ausfällt, versprechen, dass Sie den wahren Täter finden und dingfest machen? Nach all den Jahren? Oder bleiben die Akten dann eben einfach wieder liegen – bis zum nächsten Mal? Was ist mit meinem kleinen Seelenfrieden, wenn es Ihnen nicht gelingt, endgültig und unumstößlich für Klarheit zu sorgen?«

Gute Frage, dachte Romy. Sie atmete tief durch.

»Sprechen Sie mit der Freundin von Maria Bernburg«, hob Mirjam plötzlich erneut an und trank nun trotz zittriger Hände einen Schluck von ihrem Tee. Sie zog ein Gesicht, als erstaunte sie ihr eigener Vorschlag.

Romy blickte sie gespannt an. »Warum?«

»Die Polizei hat ihren Fall damals wieder aufgerollt oder es zumindest versucht – das habe ich mitbekommen. Ich erinnere mich, wie bei einer Befragung ein Beamter einem anderen gegenüber erwähnte, dass damals kein Abschiedsbrief bei ihr gefunden worden sei«, erläuterte Lupak. »Wenn ich das richtig verstanden habe, war die beste Freundin aber fest davon überzeugt, dass es einen Abschiedsbrief gegeben hatte. Und sie hielt es für mehr als wahrscheinlich, dass der Ehemann den Brief verschwinden ließ – aus Entsetzen und aus Scham.«

»Scham?«

Mirjam nickte. »So gab der Polizist die Worte der Freundin wieder. Sie wissen doch – eine vergewaltigte Frau hat ihre Würde verloren. Und sie kriegt sie nie wieder, egal, wie sehr sie sich anstrengt.«

Romy ballte die Fäuste. »Danke für den Hinweis«, sagte sie leise. »Zwei Fragen noch: Wann haben Sie Tim Beier das letzte Mal gesehen oder gesprochen?«

»Keine Ahnung. Das ist Jahre her.«

»Sind Sie sicher?«

»Natürlich bin ich sicher. Ich bin inzwischen verheiratet, und wie Sie bemerkt haben dürften, liegt mir nichts daran, an alten Zeiten festzuhalten«, erwiderte Mirjam Lupak forsch. »Ihre zweite Frage?«

»Ich muss Sie und Ihren Mann routinemäßig nach Ihrem Alibi fragen und Ihre Angaben auch überprüfen.«

Mirjam zuckte mit den Achseln. »Das ist in dem Zusammenhang mein geringstes Problem. Ben war von Donnerstag bis Sonntagabend auf einer Fachtagung in Stuttgart – mein Mann ist Dozent für Energie und Umwelt an der Fachhochschule Stralsund und hat einen Vortrag im Zusammenhang mit dem Stuttgart-21-Projekt gehalten. Ich habe Samstag bis Mittag gearbeitet und hatte abends Besuch von einer Kollegin, sie heißt Sabine Ruhland. Wir sind essen gegangen.«

»Und wie haben Sie den Sonntag verbracht?«

»Wie die meisten Leute nach einer arbeitsreichen Woche: Ich habe ausgeschlafen und dann liegengebliebene Haushaltsarbeit erledigt, zwischendurch telefoniert, mich auf die Rückkehr meines Mannes gefreut ...«

»Danke, Frau Lupak. Darf ich mich noch mal melden – wenn es wichtig ist?«

Mirjam zeigte ein winziges Lächeln. »Das ist bereits die dritte Frage, und Sie kennen die Antwort.«

Tim Beier machte keinen Hehl daraus, dass ihn die Situation irritierte.

»Ich hab doch bereits mit der Kommissarin gesprochen«, sagte er zu Kasper, als sie sich im Vernehmungsraum gegenübersaßen.

»Wir müssen ein Protokoll anfertigen«, gab Schneider lapidar zurück.

Beier schüttelte unwillig den Kopf. »Und dafür lassen Sie mich aus Stralsund abholen?«

»Name, Geburtsdatum, Anschrift, Beruf«, leierte Kasper herunter, nachdem er die Aufnahme gestartet hatte. »Legen Sie los. Umso eher sind wir fertig.«

Beier stöhnte kurz auf und leierte dann die Angaben ebenso gelangweilt herunter. Kasper schmunzelte. »Sie sind also siebenunddreißig Jahre alt? Läuft man in dem Alter noch Marathon?«

»Manche fangen in dem Alter erst an.«

»Ach?«

»Ja. Man braucht viel Erfahrung und Geduld, um mit dieser Distanz klarzukommen, und Ausdauer kann man lebenslang trainieren. Man wird zwar langsamer, aber das macht nichts. Über 42,195 Kilometer alle paar Jahre einige Minuten zu verlieren, ist nicht tragisch, oder? Schon gar nicht, wenn man Hobbyläufer ist.«

»Verstehe.«

Beier setzte ein skeptisches Gesicht auf. »Ich bin aber nicht hier, um die Bergener Polizei in die Feinheiten des Marathontrainings einzuweisen, oder? Dann würde ich Ihnen nämlich glatt 'ne Rechnung schreiben.«

»Nö. Mir schon mal gar nicht. Sagten Sie 42,195 Kilometer? Das ist ja Wahnsinn. Und dann noch diese krumme Zahl. Wer sich so was ausdenkt.«

»Dazu gibt es unterschiedliche Geschichten.«

»Das dachte ich mir. Und am Wochenende waren Sie in Berlin?«

»Ja – Halbmarathon: 21,0975 Kilometer.«

»Gibt es eigentlich auch einen Viertelmarathon? Ausrechnen müssen Sie jetzt aber selbst.«

»Ja, auch in Berlin. War aber nicht meine Idee – ehrlich!«

Damit hatte Kasper nicht gerechnet. Für einen Moment wirkte er perplex. »Wann sind Sie gefahren?«

»Samstagnachmittag. Zusammen mit zwei anderen Läufern, die Ihnen das gerne bestätigen werden. Zurückgekehrt sind wir Sonntag, am frühen Abend.«

»Und wie war Ihr Lauf?«, fragte Kasper und setzte eine interessierte Miene auf. Der Junge war ihm irgendwie sympathisch. Hoffentlich hatte der mit dem ganzen Scheiß nichts zu tun.

»Eine Stunde, achtundzwanzig Minuten und zwölf Sekunden«, erwiderte Beier ohne Zögern.

Kasper war baff. »Sie rennen gut zwanzig Kilometer in nicht einmal anderthalb Stunden?«

»So ist es.«

»Das schaffe ich ja kaum mit dem Rad.«

»Dazu möchte ich lieber nichts sagen, jedenfalls nicht ohne Anwalt.«

Kasper grinste. »Na schön. Ja, schreiben Sie die Namen ihrer Mitstreiter mal auf. Das müssen wir überprüfen. Und zur erkennungsdienstlichen Behandlung müssen Sie auch.«

Beier runzelte die Stirn. »Warum das denn?«

»Reine Routine.«

»Das glaube ich Ihnen nicht. Sie nehmen doch nicht zur Routine meine Fingerabdrücke!«

»Doch, das tun wir.« Kasper zog die Liste mit Richardts Telefonverbindungen aus seinem Ordner. »Sie haben am Freitag mit Kai Richardt telefoniert ...«

»Na und? Das kam hin und wieder vor. Ich habe nachgefragt, ob er nicht doch in Berlin laufen würde. Das war alles. Und das habe ich der Kommissarin auch schon am Telefon gesagt.«

»Kai war nicht für den Lauf gemeldet?«, fragte Kasper weiter. »Warum nicht?«

»Er hatte in diesem Jahr keine Lust, das war alles. Er wollte im Frühjahr mehr mit dem Rad trainieren.«

»Das hat er gesagt?«

»Ja.«

»Hat er erwähnt, dass er am Samstag eine lange Tour vorhatte?«

»Kann sein.« Beier hob die Hände und legte die Fingerspitzen aneinander. »Kai hat meistens am Wochenende die langen Einheiten trainiert. Wann denn auch sonst?«

»Wie lange kannten Sie ihn eigentlich?«

»Ich weiß nicht – vielleicht sieben Jahre.«

»Und wann haben Sie ihn das letzte Mal getroffen?«

Beier überlegte kurz. »Vor zwei, drei Wochen schätzungsweise. Kai kam nach Stralsund, und wir haben über die Organisation des nächsten Triathlons gesprochen.«

»Kai Richardt hat Sie in Ihrem Laden besucht?«

»Ja, und das nicht zum ersten Mal. Wollen Sie es ganz genau wissen? Ich habe den Termin noch in meinem Handy gespeichert und suche ihn gerne heraus.«

Er zückte sein Telefon, als Kasper nickte, und öffnete die Kalenderfunktion. »Richtig: Das war am Freitag, dem 18. März.

Er kam abends vorbei. Wir sind die Planung durchgegangen und waren dann noch eine Kleinigkeit trinken.«

»Einen Energiedrink?«, ließ Kasper sich hinreißen, in ironischem Ton nachzufragen.

»Apfelsaftschorle ist der beste Energiedrink, den Sie kriegen können, und ab und an ein Bier ist ausgesprochen gesund«, entgegnete Beier, ohne eine Miene zu verziehen. »Noch dazu wenn es ein alkoholfreies ist.«

Kasper hielt alkoholfreies Bier für einen Widerspruch in sich – so wie Süßstoff und Halbfettbutter auch –, aber die Bemerkung verkniff er sich. Er schob Beier Block und Stift hinüber. »Notieren Sie bitte die Namen der anderen Läufer. Dann bringt Sie ein Kollege zum Erkennungsdienst und …«

»Dann kann ich hoffentlich endlich gehen?«

»Nö. Dann hat meine Kollegin noch einige Fragen an Sie.«

Beier sah aus, als wollte er eine patzige Bemerkung machen, schluckte sie dann jedoch im letzten Augenblick herunter.

Kasper lächelte anerkennend. Der Läufer wusste sich zu benehmen.

Romy hatte sich gerade einige Stellen der Bandaufnahme von Schneiders Beier-Befragung angehört und sich mit Kasper ausgetauscht, als Fine zur Tür hereinsah.

»Ich mache Feierabend, okay? Es ist schon sehr spät. Der Junge bleibt aber bis zum Schluss – hat er gesagt.«

»Ich nehme an, mit ›dem Jungen‹ meinst du Max Breder?«, vergewisserte sich Romy grinsend.

»Genau den meine ich.« Fine verstand eindeutig keinen Spaß, wenn es um Maximilian ging.

»Ja, mach mal Feierabend«, stimmte Romy zu. »Wir befragen noch mal den Stralsunder Läufer und gehen dann auch. Ach, warte mal: Kannst du mir gleich morgen früh die Bernburg-Akte auf den neuesten Stand bringen? Ich bräuchte auch die Kontaktdaten der besten Freundin des Opfers.«

»Mach ich. Bis morgen, tschüss.«

Romy blickte auf die Uhr. Es war in der Tat schon spät. Kein Wunder, dass sie so müde war.

»Die Lauffreunde bestätigen einhellig die Angaben zur gemeinsamen Fahrt nach Berlin und zurück: Samstagnachmittag war Start in Stralsund, Sonntagabend retour. Ich hoffe, dass der Bursche sauber ist. Netter Kerl«, bemerkte Kasper, während sie durch den Flur ins Vernehmungszimmer gingen. »Bisschen verrückt, was die Rennerei angeht, aber das kann man ertragen. Gibt andere Verrücktheiten, die man nicht so gut ertragen kann.«

»Da gebe ich dir unbedingt recht«, stimmte Romy zu und öffnete die Tür.

Tim Beier hatte bereits Platz genommen und sah ihr entgegen. Ein junger Mann mit schmalem Gesicht, einem Hauch von dunklem Bartschatten und verdammt schönen grau-grünen Augen. Sehr kurzes dunkles Haar. Für einen Mann vergleichsweise kleine Ohren, die ihm etwas Jungenhaftes verliehen.

Romy stellte sich vor und nahm Platz. »Wir haben ja schon telefoniert.«

»Ja, das haben wir. Und ich dachte, es wäre alles klar«, ereiferte sich Beier in vorwurfsvollem Ton. »Ihr Kollege hat mich bereits ewig und drei Tage befragt. Jetzt kommen Sie auch noch dazu. Was soll das eigentlich alles?«

»Erkläre ich Ihnen umgehend.« Sie lächelte.

Er sah ihr direkt in die Augen. »Ich bin gespannt.«

»Ich nehme an, Sie sind mit Chip gelaufen«, mutmaßte Romy in beiläufigem Tonfall.

»Natürlich. Ich hab sogar schon meine Urkunde – die habe ich mir gleich nach dem Zieleinlauf ausdrucken lassen. Ansonsten würde ich jetzt gerne wissen, warum Sie derart auf meinem Alibi herumreiten«, meinte Beier. »Kai war ein guter Bekannter, ein Sportkollege von mir. Was soll ich mit seinem Tod zu tun haben?«

»Das genau ist die Frage.«

Beier tat zunächst amüsiert und schüttelte dann entrüstet den Kopf. »Klingt verdammt albern.«

»Ganz und gar nicht. Wann haben Sie Mirjam Lupak zum letzten Mal gesehen oder gesprochen?«

Tim zuckte zusammen. Die Überraschung war gelungen.

»Das ist ewig her«, sagte er schließlich. »Aber was …«

»Sind Sie sicher? Wir können das mit Leichtigkeit anhand Ihrer Telefonverbindungen überprüfen.«

Beier schüttelte den Kopf. »Was hat Mirjam damit zu tun?«

»Herr Beier, ich stelle hier die Fragen.«

»Was wollen Sie eigentlich? Sie haben gar kein Recht …«

Romy winkte ab. »Mirjam Lupak ist vor gut fünf Jahren entführt worden – eine grässliche Geschichte. Damit erzähle ich Ihnen ja nichts Neues. Wir haben Anlass zu der Vermutung, dass Kai Richardt dahintersteckte.« Sie musterte Beier aufmerksam.

»Wie kommen Sie denn darauf?«, fragte er verblüfft.

Interessant, dass er den Verdacht gegen seinen Laufkollegen nicht vehementer abzuschmettern versucht oder ihn entsetzt als hanebüchene Unterstellung einstuft, dachte Romy.

»Richardt war nicht nur der smarte, charmante, erfolgreiche und allseits beliebte Geschäftsmann und Sportkollege, wie wir mittlerweile wissen«, erklärte die Kommissarin im Plauderton. »Und wenn uns innerhalb weniger Tage, die die Ermittlungen erst laufen, bereits klar wird, dass dieser Mann durchaus kritisch gesehen wurde, ein Problem mit selbstbewusst auftretenden Frauen hatte, einigen Leuten ein Dorn im Auge sowie immer wieder unbeherrscht und jähzornig war, dann dürften Sie doch viel mehr von ihm mitbekommen haben, als Sie uns weismachen wollen.«

»Ich will niemandem was weismachen – außerdem sprechen Sie von einer Vermutung.« Beier winkte lässig ab. »Warum sollte Kai meine damalige Freundin entführen?« Er schluckte. »Die kannten sich doch gar nicht.«

»Doch. Kai hat Mirjam in der Tierarztpraxis gesehen. Seine Firma ist dort tätig geworden. Sie war sein Typ.«

Fast wäre Beier aufgesprungen. Er umfasste die Tischkante.

»Reden Sie nicht so!«, fuhr er die Kommissarin an. »Sie wissen nicht, in welcher Verfassung Mirjam damals war! Ich dachte, sie überlebt das nicht. Aber sie war stark genug, gerade so. Dafür ging unsere Beziehung baden, und wie es manchmal in ihr aussieht, will wirklich niemand wissen.«

»Woher wissen Sie es denn? Ich denke, Sie haben keinen Kontakt zu ihr.«

»Ich vermute, dass es so ist. Als wir uns trennten, ging es ihr verdammt schlecht, und so eine Sache überwindet man nicht ... auch nicht nach Jahren. Wahrscheinlich nie.«

Da hat er wohl recht, dachte Romy. »Eine andere Frau, die mit ziemlicher Sicherheit auch ein Opfer von Richardt gewesen ist, hat sich umgebracht, wie Sie wahrscheinlich im Zusammenhang mit Mirjams Entführung damals mitbekommen haben«, erläuterte Romy. »Und eine dritte Frau wurde von Kai erschlagen – nur wenige Meter von der Stelle entfernt, an der er vor wenigen Tagen selbst sein Leben lassen musste.«

Tim Beier starrte sie entgeistert an. Ein Schwall von Mitgefühl durchströmte Romy. Sie versuchte es zu ignorieren.

»Ist das Ihr Ernst?«

»Natürlich.«

»Mein Gott.«

»Herr Beier, die Sache sieht folgendermaßen aus: Wenn ich Ihnen nachweisen kann, dass Sie von Richardts dunklen Geheimnissen Kenntnis hatten …«

»Ja – dann hätte ich ein Motiv, das ist mir klar«, unterbrach Beier sie mit bitterer Stimme. »Natürlich hätte ich das. Und eines sage ich Ihnen: Hätte ich damals erfahren, dass er der Täter war, dann wäre die Sache längst über die Bühne. Ich hätte nicht lange gefackelt, das können Sie mir glauben. Aber jetzt, nach so langer Zeit …«

Er schüttelte den Kopf. »Nein, ich habe nichts damit zu tun. Aber wer immer dafür verantwortlich ist, hat bei mir jederzeit ein Essen frei – lebenslänglich und auf Wunsch auch bei Kerzenschein. Und mir braucht auch niemand Bescheid zu geben, wann Kais Beerdigung ist. Ich ginge höchstens hin, um auf sein Grab zu spucken – natürlich nur für den Fall, dass Ihre Vermutungen zutreffen.«

»Ihre Exfreundin drückte sich ganz ähnlich aus.«

»Mit der haben Sie auch schon gesprochen?«

»Natürlich. Und mit ihrem Mann werden wir auch sprechen und mit Ihrer Freundin, falls …«

»Vergessen Sie es. Ich bin zurzeit Single.«

Romy nickte. »Kommen wir noch mal zurück auf den Chip.«

»Nicht schon wieder!«, entgegnete Beier empört. »Wenn Sie wollen, setzen wir uns an einen PC, ich rufe die Website auf, und wir können anhand meiner Startnummer sofort nachprüfen …«

»Dass ihr Chip unterwegs war – ja. Und?«

Tim Beier starrte sie perplex an. »Sie meinen …?«

»Warum nicht? Irgendein Kumpel trägt Ihren Chip und Ihre Startnummer durch Berlin. Was spricht dagegen, wenn man wirklich unbedingt ein Alibi braucht?«

»Keiner meiner Kumpel läuft diese fantastische Zeit, das ist das eine«, wandte Tim triumphierend ein, nachdem er die Überraschung abgeschüttelt hatte. »Das andere: Unterwegs werden immer wieder Fotos gemacht und ins Netz gestellt, wenn man sich einverstanden erklärt hat.«

»Und? Haben Sie sich einverstanden erklärt?«

»Ja, klar. Ich zelebriere meine Läufe – ist ja auch unter anderem mein Job. Und die Fotos von mir sind klasse, das können Sie mir glauben.«

Romy nickte. Gegen ihren Willen musste sie plötzlich lächeln, und sie spürte Kaspers Seitenblick.

»Wann fiel der Startschuss für die Läufer?«, fragte sie weiter.

»Um elf Uhr.«

»Das ist spät.«

»Stimmt – viel zu spät, zumal es so ungewöhnlich warm war, fünfundzwanzig Grad oder so. Da sind einige umgekippt. Mir macht die Wärme nichts aus. Kälte übrigens auch nicht.«

»Freut mich für Sie. Demnach mussten Sie also spätestens gegen halb elf im Startbereich sein«, überlegte Romy. »Wie lange braucht man für die Strecke Berlin–Stralsund? Drei Stunden höchstens, oder? Noch dazu in aller Herrgottsfrühe. Das hätten Sie locker schaffen können.«

Tim Beier sah aus, als würde er Romy am liebsten einen Vogel zeigen. »Was soll denn der Quatsch? Ich denke, Richardt ist am Samstag verschwunden? Das stand zumindest in der Zeitung.«

»Ja, das ist richtig, aber er starb erst am Sonntagmorgen. Zeitlich kommt das ganz gut hin. Und bevor Sie sich wieder über meine insistierenden Fragen aufregen: Wenn die Suche auf dem Hafengelände und die kriminaltechnischen Untersuchungen abgeschlossen sind, wird man, falls Sie dort gewesen sind, Spuren von Ihnen finden. Dazu reicht ein einzelnes Haar, ein Fußabdruck, Kaugummi …«

Romy trug ein bisschen dick auf, denn auf dem Gelände

gab es so viele Spuren, dass die Techniker Monate dort zubringen müssten, um jedes Detail eingehend zu prüfen. Doch das musste sie Beier nicht unter die Nase reiben.

»Ich hasse Kaugummi, und ich war in Berlin«, sagte er ruhig. »In einem kleinen Hotel in Mitte – Adresse schreibe ich Ihnen auf. Um halb acht haben wir alle zusammen gefrühstückt, danach ein paar Entspannungsübungen gemacht und uns umgezogen. Gegen halb zehn Uhr sind wir aufgebrochen. Und ansonsten will ich jetzt gehen.«

»Das ist mir klar. Übrigens, nur so am Rande: Kai Richardt wurde übel verprügelt …«

»Mir kommen gleich die Tränen – wie gesagt: falls Ihre Vermutungen stimmen.«

»Daran ist er aber nicht gestorben.«

Interesse blitzte in seinen Augen auf. Er verschränkte die Hände ineinander.

»Jemand hat ihn halbtot geschlagen, aber eben nur halb. Richardt hat erst einen Tag später, nämlich am frühen Sonntagmorgen, einen Schlag auf den Kopf bekommen, den er nicht überlebte«, fuhr Romy fort. »Wir haben den Eindruck, dass es jemand ganz spannend machen wollte: Richardt wird überwältigt, als er in das abgelegene, alte Gebäude hinter der Fischfabrik geht. Er wird massiv verprügelt und dann gefesselt zurückgelassen. Vielleicht sollte der Mann Gelegenheit erhalten, über all seine Missetaten nachzudenken. Was meinen Sie?«

Sie wartete, aber Beier sagte nichts dazu.

»Einen Tag später taucht der Entführer wieder auf – das erhöht die Spannung – und gibt ihm den Rest«, erläuterte Romy weiter. »Am Abend ruft er anonym die Polizei an. Kai Richardt sollte gefunden werden. Ich halte das für einen sehr wichtigen und höchst interessanten Aspekt, zum Beispiel auch hinsichtlich der Tatsache, dass der Entführer und Mörder sich verdammt sicher fühlt.«

Beier zog die Schultern hoch, aber Romy nahm ihm die Gelassenheit nicht ab. Er war deutlich angespannt.

»Herr Beier, wir haben Ihre Stimme auf Band und werden sie prüfen«, erklärte die Kommissarin. »Auch wenn der Anrufer seine Stimme verstellt hat – charakteristische Merkmale lassen sich dennoch herausfiltern und taugen zum Vergleich.«

»Wie schön. Kann ich jetzt gehen?«

»Ja. In den nächsten Tagen müssten Sie das Protokoll der Befragung unterschreiben.«

»Ich kann es kaum abwarten.«

»Das dachte ich mir.« Sie lächelte.

»Also, ich glaube ihm«, sagte Kasper, als Beier aus der Tür war.

Und ich würde ihm gern glauben, dachte Romy. Ihr schwirrte der Kopf, und ein leichter Schwindel machte ihr zu schaffen, als sie gemeinsam nach vorne gingen, wo Max Breder bereits auf sie wartete.

»Die haben Zeit bis morgen«, sagte Romy erschöpft und drückte ihm die Vernehmungsbänder in die Hand. »Wir machen Feierabend.«

»Aber eine zeitnahe Datenauswertung …«

»Morgen früh ist zeitnah genug. Dann kriegst du auch meine Notizen zum Gespräch mit Mirjam Lupak. Der Tag war ereignisreich genug. Und viel zu lang.«

7

Romy hatte trotz ihrer Erschöpfung schlecht geschlafen. Sie hatte noch nie mit einem Fall zu tun gehabt, der gleich drei weitere, über gut anderthalb Jahrzehnte verteilte Verbrechen hinter sich herzog, geschweige denn als leitende und damit verantwortliche Ermittlerin.

Jeder einzelne Fall war brisant und vielschichtig genug, um eine ganze Abteilung zu beschäftigen, und egal, wo sie mit welcher Begründung die Prioritäten setzte – sie konnte immer danebenliegen und genau den Aspekt zu spät berücksichtigen, der vorrangig hätte behandelt werden müssen. Schlauer war man meistens hinterher.

Um sechs Uhr war sie aufgestanden und hatte sich zehn Minuten unter die Dusche gestellt, um ihre Lebensgeister zu wecken.

»Je mehr Fakten und Einzelaspekte, Indizien und Erklärungsmuster auf dich einströmen, desto wichtiger ist es, die zugrunde liegende Idee, von der der Fall getragen wird, den entscheidenden Ansatz nicht aus den Augen zu verlieren«, hatte Moritz immer gesagt. Welche Idee? Gab es nur eine oder mehrere?

Romy schlug den Kragen ihrer Jacke hoch, als sie aus der Haustür trat. Sie startete fröstelnd in den frühen kalten Morgen und fuhr über Zirkow nach Bergen. Der Himmel spannte sich wolkenlos und blitzsauber über ihr. Hinter Karow entdeckte sie ein Rudel Rehe, das eine Weile parallel neben ihr über die Felder lief, um dann wieder ihren Blicken zu entschwinden und in einer Baumgruppe Schutz zu suchen.

Romy gab Gas. Plötzlich war sie felsenfest davon überzeugt, dass es tatsächlich nur eine Idee gab, die alle Fälle zu einem dichtverwobenen Gesamtwerk verknüpfte. Und die Knotenpunkte hatte ein junger Kommissar sichtbar gemacht, indem er Informationen – alle Informationen! – in einer Tabelle zusammengetragen, nach Übereinstimmungen gesucht hatte und fündig geworden war. Nicht mehr und nicht weniger.

Kai Richardt war die zentrale Figur im Gesamtgeschehen, und das Wirrwarr konnte Romy nur entflechten, indem sie die einzelnen Fälle als Kapitel einer einzigen Geschichte und der zugrunde liegenden Idee betrachtete. Der ermordete Mann war wahrscheinlich ein Mörder und Entführer, ein Vergewaltiger und Unterdrücker gewesen. Eine schillernde Figur mit krankhafter Herrschsucht, der es gelungen war, die meisten Menschen über ihr wahres Wesen perfekt hinwegzutäuschen. Oder nahezu perfekt. Daran hegte Romy keinerlei Zweifel.

Der Mann ruft seit Jahrzehnten einmal im Jahr seine Mutter an, um sie an ihre Schuld am Tod des Bruders zu erinnern, fuhr es ihr durch den Kopf, als sie das Ortseingangsschild passiert hatte. Er schlägt seine erste Frau und garantiert auch Vera. Er entführt Frauen und quält sie. Beate Lauber muss sterben, weil entweder etwas schiefgegangen oder ihr Tod ohnehin vorgesehen war. Maria Bernburger und Mirjam Lupak werden gequält und wieder freigelassen. Ihr tagelanges Martyrium wirkt auch ohne detaillierte Kenntnisse hinsichtlich des Geschehens wie eine Inszenierung, an deren Ende die Opfer freigelassen werden, ohne dass sie eine Chance haben, je zu vergessen. Sie verbringen den Rest ihres Lebens in der Dunkelheit jener Tage. Darum hatte Maria Selbstmord begangen.

Romy war sicher, dass sie bald auf weitere Hinweise stoßen würden, die dazu taugten, Beweise zutage zu fördern, von denen im Moment noch niemand etwas ahnte.

Um halb acht betrat sie das Kommissariat. Max saß bereits an seinem Computer. Er wirkte putzmunter und wünschte einen guten Morgen. Romy grüßte ebenso aufgeräumt zurück und nahm sich einen Kaffee.

»Ein Marko Buhl von der Technik hat gerade angerufen«, informierte Breder sie und wies auf einen Notizzettel in der Ablage. »Er bittet um Rückruf.«

»Ich kümmere mich gleich darum«, erwiderte Romy, griff sich einen Stuhl und setzte sich neben Max. »Diese Datensammelei hat bei unserem Fall einige überaus schätzenswerte Vorteile. Ich bin zugegebenermaßen nicht immer ein Fan davon gewesen, aber du kannst davon ausgehen, dass ich meine Meinung geändert habe.«

Max wandte ihr sein Gesicht zu. »Es ist ein wichtiges Hilfsinstrument«, erklärte er ernst. Er wirkte ein wenig verlegen.

»Das wollte ich damit sagen«, stimmte Romy lächelnd zu. »Ist es möglich, in deiner Datenbank so etwas wie eine Zeitkomponente einzufügen?«

»Klar, es ist so ziemlich alles an Einfügungen und Abfragen möglich, aber kannst du konkreter werden?«

»Kai Richardt steht unter dem dringenden Tatverdacht, seit 1995 sein Unwesen getrieben zu haben – nach dem, was bisher vorliegt. Das ist ein außergewöhnlich langer Zeitraum. Da verliert man entweder sehr schnell den Blick für die Einzelheiten, die unter Umständen sehr wichtig sind, oder man erstickt in unendlich vielen Details, die allesamt bedeutsam scheinen, sieht aber dann das Große und Ganze nicht mehr. Ich möchte, dass alles, was wir wissen, an Erkenntnissen gewonnen haben und noch in Erfahrung bringen werden, in ein entsprechendes Zeitraster einfließt.«

Max nickte. »Ich ordne ohnehin alle Informationen einem Datum zu – daraus kann man eine eigenständige Abfrage gestalten, selbstverständlich, gar kein Problem.«

»Sehr gut. Vielleicht werden die Zusammenhänge deutlicher, vielleicht kristallisiert sich heraus, was den Mann getrieben hat, und wir kommen darüber noch zu anderen Fragestellungen und Schlussfolgerungen.«

Max lächelte. »Das ist sehr gut möglich.«

Romy sah hoch, als Fine und Kasper eintraten. »Schön, dass ihr endlich da seid, Kollegen – lasst uns anfangen: Einsatzbesprechung!«, begrüßte sie die beiden.

Kasper sah auf die Uhr, während sie in den Gemeinschaftsraum gingen und sich um den großen Tisch setzten. Er warf ihr einen fragenden Blick zu. »Endlich?«

»Dir auch einen guten Morgen«, sagte Fine fröhlich und griff sich einen der bereitliegenden Blöcke.

Romy ließ sich nicht ablenken. Irgendwie hatte sie das Gefühl, dass der Motor in ihr gezündet war und gerade warmlief, und sie wollte ihn auf keinen Fall wieder ausgehen lassen.

»Ich möchte Kontakt mit dem Mann von Maria Bernburg aufnehmen, wahrscheinlich fahre ich später sogar nach Greifswald«, begann sie lächelnd, aber konzentriert. »Ich halte auch ein weiteres Gespräch mit Ricarda für nötig. Sie wird alles andere als begeistert sein, aber darauf kann ich keine Rücksicht nehmen. Und Mirjam Lupak muss ich auch noch mal behelligen, aber das schiebe ich nach hinten.« Sie hielt inne und wandte sich an Max und Fine. »Ihr bekommt gleich die Notizen zu meiner gestrigen Befragung. Fine, könntest du die Alibis von Mirjam und ihrem Mann Ben Lupak bei Gelegenheit ganz unaufgeregt überprüfen, während Max seinem üblichen Job nachgeht?«

»Eine meiner leichtesten Übungen.«

»Umso besser. Richardts Eltern sollten wir uns ebenfalls vormerken – unter Umständen müssen wir die Kollegen in Lübeck vorbeischicken, sobald die wieder zurück sind. Aber alles zu seiner Zeit.«

Romy sah Kasper an. »Würdest du mit der Kanzlei Kranold sprechen? Vielleicht hat Beate Lauber ihrem Chef oder Arbeitskollegen gegenüber Anmerkungen gemacht, die uns weiterhelfen. Dann hat sich Marko Buhl heute früh schon gemeldet. Könntest du dich darum kümmern und die Verbindung zu den Sassnitzer Kollegen halten?«

»Mach ich.«

Nebenan klingelte das Telefon. Fine stand auf und eilte hinüber.

»Der Stimmenvergleich von Tim Beier muss beantragt werden«, ergänzte Romy die Erledigungsliste nach kurzem Überlegen. »Fine soll das am Greifswalder Institut machen lassen ...«

»Er hat ein Alibi«, wandte Kasper ein.

»Stimmt, aber wenn sie einen Vergleich machen, ist eine Analyse nötig, und die brauchen wir früher oder später ohnehin. Und seine Telefonverbindungen will ich auch haben. Ich wette, dass der mehr weiß, als er zugibt, und ich will wissen, ob und wann er Kontakt zu Mirjam Lupak hatte.«

»Wie du meinst.« Schneider wirkte nicht überzeugt.

»Er muss ja nicht selbst aktiv geworden sein«, fügte sie hinzu. »Beier ist bislang der einzige Kandidat, bei dem mehrere Verbindungen zu Richardt bestehen – und die zu Mirjam ist verdammt stark. Ich würde ihn sogar beobachten lassen, aber dafür reicht es in der Tat noch nicht.«

Romy erfasste mit einem Seitenblick, dass Max eifrig mitschrieb. Sein langes seidiges Haar glänzte wie frisch lackiert.

Fine kam mit dem Telefon winkend zurück. »Für dich, Romy.«

»Wer?«

»Buhl von der KTU. Er hat ausdrücklich dich verlangt.«

Kasper griente und verschränkte die Arme vor der Brust.

Romy runzelte die Stirn und nahm den Hörer ans Ohr. »Guten Morgen, Herr Buhl. Bitte keine neue Leiche!«

»Nee, das nicht, aber ich habe was anderes ...«

»Spricht was dagegen, den Lautsprecher anzustellen? Dann haben die Kollegen auch gleich was davon, und ich muss nicht alles wiederholen.«

»Machen Sie mal«, stimmte Buhl zu. »Also, hier unten im Keller ist vor nicht allzu langer Zeit mal gründlich sauber gemacht worden - das sagte ich dem Kollegen Kasper bereits.«

»Ja, die Info hat er weitergeleitet.«

»Nun habe ich in einer Plastiktüte zum einen Gummihandschuhe gefunden - Sie wissen schon, diese Dinger, die man anzieht, wenn man sauber macht und empfindliche Hände hat«, erklärte Buhl. »Es wäre, glaube ich, nicht die schlechteste Idee, die mal genauer auf Hautpartikel und hinsichtlich des verwendeten Reinigungsmittels zu untersuchen.«

»Mensch, Buhl, das ist ja klasse!«, entfuhr es Romy. Sie sah mit funkelnden Augen in die Runde. »Bitte machen Sie so schnell wie möglich eine Analyse und veranlassen Sie einen Abgleich mit Kai Richardts DNA.«

»Jo, mach ich.«

»Aber das war nicht alles, oder?«

»Nö«, bestätigte Buhl. »Ich habe noch eine Socke gefunden - nicht mehr die allerneueste. Die liegt da schon länger. Und wenn mich nicht alles täuscht, gibt es Blutspuren.«

Romy hielt den Atem an und tauschte einen Blick mit Kasper. »Lassen die sich noch verwerten?«

»Möglich. Ich versuch's natürlich.«

»Was schätzen Sie: Wie groß ist die Socke?«

»Kleiner Frauenfuß.«

Romy hielt kurz den Atem an. »Halten Sie es für möglich, dass sie zu der Leiche gehörte - übrigens eine Frau aus Rostock namens Beate Lauber.«

»Hat sich schon rumgesprochen, dass ihr die ziemlich

flott identifiziert habt ... alle Achtung«, lobte Buhl. »Nun, die Socke sieht auf den ersten Blick nicht nach elf Jahren Kelleraufenthalt aus, aber hundertprozentig sicher bin ich nicht.«

»Wir sind bei den Recherchen in der Vermissten-Datenbank noch auf weitere Entführungsfälle gestoßen«, berichtete Romy eilig. »Einer davon ist Mirjam Lupak – Einzelheiten können meine Kollegen sofort zur Verfügung stellen. Ein Abgleich mit ihrer DNA sollte parallel unbedingt gemacht werden.«

»Ach du Scheiße.«

»Dem Kommentar schließe ich mich sofort an. Ich danke Ihnen erst mal für die gute Zusammenarbeit, Buhl. Bis hoffentlich bald.«

Das kam sogar von Herzen, dachte Romy. Sie unterbrach die Verbindung und blickte Schneider an. »Was sagst du dazu?«

»Dass der Mann gut ist, sag ich dazu«, bemerkte Kasper.

»Hab ich nie bestritten ...«

»Na ja.« Kasper wiegte den Kopf. »Aber davon abgesehen – was hältst du davon, wenn ich nachher noch mal nach Sassnitz fahre und Aufnahmen von dem Keller mache?«

Romy nickte langsam. »Ja, gute Idee. Und spendiere den Kollegen einen anständigen Morgenkaffee. Die machen ihren Job verdammt gut.«

»Unbedingt.«

»Okay – lasst uns anfangen.«

Die Kommissarin ging in ihr Büro hinüber, wo das Telefon klingelte, noch bevor sie die Tür geschlossen hatte.

»Möller. Rechtsmedizin. Ich habe ein interessantes Detail für Sie.«

»Sie verwöhnen mich mit interessanten Details.«

»Immer wieder gerne, Kommissarin Beccare. Also: Kai

Richardt hat kurz vor seinem Tod Wasser getrunken, und zwar mindestens einen halben Liter.«

Romy setzte sich und schlug ihren Notizblock auf. »Hatten Sie nicht erwähnt, dass Richardt ausgetrocknet und sehr erschöpft war?«, fragte sie verblüfft.

»Hatte ich – darum ist das Detail ja so interessant. Das Wasser hat er so kurz vor seinem Tod zu sich genommen, dass sein Körper es gar nicht mehr aufnehmen konnte.«

»Ach? Kein Irrtum möglich?«

»Was für eine liebenswürdige Nachfrage«, sagte Möller, und er klang belustigt.

»Ich zweifle nicht an Ihrem Sachverstand«, beeilte Romy sich zu versichern. »So meine ich das nicht ...«

»Schon gut. Aber nein: Irrtum ausgeschlossen.«

»Danke, Doktor Möller.«

»Nichts zu danken.«

Romy setzte sich und notierte die Info. Kai Richardts Mörder war so nett und fürsorglich, dem durstigen Mann Wasser zu spendieren, kurz bevor er ihm den Schädel einschlug? Was sollte das? Ein weiterer perfider Aspekt, der unter Umständen einen Hinweis auf Richardts Umgang mit seinen Opfern gab?

Romy kaute eine Weile auf dem Gedanken herum, dann informierte sie Max vorab über die bemerkenswerte Neuigkeit, bevor sie sich eine Viertelstunde Zeit nahm und das Gespräch mit Mirjam zusammenfasste. Die schmerzvolle Betroffenheit der Frau klang immer noch in ihr nach, und Romy hatte keine Mühe, die wesentlichen Punkte, die zur Sprache gekommen waren, aus der Erinnerung aufzuschreiben.

Schließlich schlug sie die Maria-Bernburg-Akte auf. Die Frau war erst achtundzwanzig Jahre alt gewesen. Eine hübsche zarte Frau. Richardt hatte eine Vorliebe für zierliche Frauen gehabt. Der Ehemann, Gunnar Bernburg, war einige Jahre älter. Er hatte seinerzeit als Ingenieur in einem Maschinenbauunternehmen gearbeitet. Kinder hatten die beiden nicht gehabt. Allerdings war das Paar auch erst ein gutes Jahr verheiratet gewesen.

Die Kontaktdaten waren bereits aktualisiert - wahrscheinlich hatte Max sich in aller Frühe darum gekümmert, auch was die von Mirjam erwähnte Freundin anbetraf, die als Museumsleiterin arbeitete. Gunnar Bernburg hatte knapp zwei Jahre nach dem Suizid seiner Frau wieder geheiratet und war inzwischen zum technischen Leiter des Maschinenbauunternehmens aufgestiegen. Der Mann saß garantiert bereits an seinem Schreibtisch.

Romy griff zum Telefon und vereinbarte einen Termin mit Bernburgs Sekretärin.

Kasper hatte in der Rostocker Kanzlei Laubers ehemaligen Chef Dr. Kranold noch nicht erreicht und sich darum entschlossen, zunächst nach Sassnitz zu fahren. Marko Buhl erwartete ihn bereits. Sie gingen gemeinsam in den Keller.

Buhl sah mit regungsloser Miene zu, wie Kasper die Videokamera in Betrieb nahm und die einzelnen Räume filmte. Für den leeren Keller hinter dem Stahlregal nahm er sich besonders viel Zeit.

»Was ist denn ausgerechnet an dem leeren Raum so interessant?«, fragte der Techniker schließlich.

Kasper setzte die Kamera ab. »Kannst du dir vorstellen, dass man diesen Keller als Gefängnis benutzen kann?«, stellte er statt einer Antwort die Gegenfrage.

Buhl stutzte. »Aber hier ist nichts …«

»Eben. Keine Spuren. Alles beseitigt. Bis zum nächsten Mal. Wir gehen inzwischen davon aus, dass der Richardt die Lauber umgebracht und noch zwei andere Frauen entführt hat.«

Buhl kratzte sich am Hinterkopf. »Um sie hierher zu verschleppen?«

»Sehr gut möglich. Die beiden anderen hat er nach einigen Tagen mit Tabletten betäubt und an der Autobahn ausgesetzt. Keine konnte sagen, wo sie war. Der Täter war maskiert. Und grausam. Einzelheiten hoffen wir noch in Erfahrung zu bringen, wobei Hoffnung irgendwie der falsche Ausdruck ist.«

Buhl wischte sich über die Nase. Kasper sah ihn an. »Guck dich noch mal um, Kollege, und zwar unter dem Gesichtspunkt, dass ein perverser Frauenquäler diesen Keller zeitweise in Betrieb hatte. Er hat wahrscheinlich jedes Mal gründlich wieder sauber gemacht und alle Spuren zu beseitigen versucht ...«

»Aber irgendwas bleibt immer hängen. So wie die Socke und die Handschuhe.«

»Das wollte ich damit sagen. Er wird die Frauen gefesselt haben«, sinnierte Kasper weiter. »Sie werden irgendwann mal was gegessen haben, sie mussten aufs Klo und so weiter. Vielleicht gibt es irgendwo eine Müllecke, auch in den anderen Gebäuden, die er vergessen hat.«

»Verstehe. Ich takte die Jungs noch mal neu ein.« Buhl nickte mit ernster Miene. »Das ist ein beschissener Fall. Kann mich an keinen beschisseneren erinnern.«

»Du sagst es. Ich schlafe verdammt schlecht. Magst du einen Kaffee? Die Chefin gibt einen aus. Für dich und deine Jungs und die Sassnitzer Kollegen.«

»Nett von der Italienerin.« Buhl lächelte. »Ja, ich nehme einen. Mit viel Milch und Zucker.«

»Ich kümmere mich darum. Bis später. Sieh zu, dass wir die Analysen so schnell wie ...«

»Mann, Schneider – der Satz hat 'nen Bart bis Putgarten!«

»Schon gut.«

Eine halbe Stunde später fuhr Kasper im Eiltempo nach Bergen zurück, um seine Telefonliste abzuarbeiten.

Dr. Kranold erwies sich als liebenswürdiger älterer Herr, der kurz vor der Pensionierung stand und sofort bereit war, sich Zeit für ein Gespräch zu nehmen, nachdem Schneider ihm in groben Zügen von den Ermittlungen auf Rügen berichtet und darauf hingewiesen hatte, dass das gefundene Skelett zweifelsfrei identifiziert werden konnte.

Kranold brauchte eine ganze Weile, um die Nachricht, dass Beate Lauber sehr wahrscheinlich Opfer eines Gewaltverbrechens geworden war, zu verarbeiten. Seine anschließenden Hinweise waren leider alles andere als eine Fundgrube.

»Sie war empört über das Verhalten der Wessis – so sagte man ja damals noch«, erläuterte der Jurist, auf die Hotelgeschichte angesprochen. »Wessis und Ossis.«

»Ja, so sagt man heute auch noch häufig.«

»Stimmt.« Kranold ließ ein Lachen folgen, das jedoch abrupt verstummte. »Nun, wie dem auch sei. Eines Tages kam sie nicht in die Kanzlei. Niemand konnte sich erklären … Na, den Ausgang der Geschichte kennen Sie ja inzwischen.«

Aber leider nicht genau genug. Kasper wechselte das Telefon ans andere Ohr. »Doktor Kranold, hat Ihre Mitarbeiterin eigentlich damals Einzelheiten zu dieser Hotelsache erzählt? Können Sie sich zum Beispiel daran erinnern, dass sie Namen nannte?«

»Tja, um ehrlich zu sein – ich weiß nicht … Kann sein. Kann nicht sein.«

»Erwähnte sie vielleicht einen Kai Richardt?«, hakte Schneider nach.

»Wissen Sie, die Geschichte lag ja schon so lange zurück«, wich Kranold aus. »Und dieser ganze Zwist war nachher so nebensächlich, als sie verschwand.«

Wenn du wüsstest, dachte Kasper. »Die Polizei hat seinerzeit auch bei Ihnen nachgefragt. Ist Ihnen nie der Gedanke gekommen, Ihr Verschwinden könnte mit dieser alten Sache zusammenhängen?«

»Ehrlich gesagt – nein. Das kam mir vor wie eine längst vergangene Familien- und, ja, DDR-Geschichte. Außerdem hat Beate sich häufig mal aufgeregt. Sie konnte sich ziemlich ereifern – über alles Mögliche. Ich habe die Polizei jedoch darauf hingewiesen, dass sie einige Wochen zuvor Urlaub hatte und auf Rügen bei ihrem Großvater war. Der wird doch genauer gewusst haben, womit seine Enkelin sich beschäftigt hatte.«

Kasper seufzte unterdrückt. Leider hatte niemand so richtig zugehört und es auch nicht für nötig befunden, noch mal nachzufragen. Alte DDR-Geschichten. Wer fragt da schon gerne noch mal nach?

»Haben Sie denn schon einen Verdacht, wer das getan haben könnte?«, fragte Kranold.

»Ja, aber es wäre verfrüht …«

»Ich verstehe. Nur … Sagen Sie mir bitte: Hat es mit dieser alten Hotelsache zu tun?«

Kasper zögerte. Dann gab er sich einen Ruck. »Das vermuten wir zumindest, ja.«

Kranold schwieg so lange, dass Kasper schon dachte, er hätte aufgelegt. Dann hörte er ein leises Räuspern.

»Das ist ja furchtbar«, sagte der Anwalt.

Dann klickte es in der Leitung.

Gunnar Bernburg machte gerade Frühstückspause, als Romy eintraf. Der Mann sah ausgesprochen gut aus: groß, athletisch, kraftvoll, braune warme Augen. Silbrige Fäden in dichtem schwarzem Haar. Die fünfzig sah man ihm an, weil er es nicht nötig hatte, sein Alter zu kaschieren.

Die Kommissarin hatte sich bei der telefonischen Anmeldung, was den Grund ihres Besuchs anbelangte, durchaus vornehm zurückgehalten, um nicht sofort abgeschmettert zu werden. Sie konnte ohne triftigen Grund niemanden zwingen, mit ihr zu sprechen. Aber meist gelang es Romy, den Leuten im persönlichen Gespräch überzeugender darzulegen, dass ein triftiger Grund mehr sein konnte als ein juristisches Instrument zum Schutz vor voreiligen Zugriffen der Polizei.

»Die Rügener Polizei untersucht im Zusammenhang mit einem Gewaltverbrechen mehrere alte Entführungsfälle«, erläuterte Romy, nachdem sie sich Bernburg vorgestellt und der sie einen Moment lang irritiert gemustert hatte.

»Bitte nehmen Sie Platz«, sagte er dann jedoch freundlich und wies auf einen Sessel vor seinem Schreibtisch. »Ich habe allerdings nicht viel Zeit«, fügte er hinzu. »In einer Viertelstunde steht ein wichtiger Testlauf einer neuen Maschine an, und dabei darf ich nicht fehlen.«

»Das kriegen wir hin«, versicherte Romy.

»Alte Entführungsfälle?« Er schob seinen Frühstücksteller, auf dem ein Schinkenbrötchen lag, zurück und griff nach seiner Kaffeetasse. Dann hob er entschuldigend die Hände. »Verzeihen Sie meine Unhöflichkeit – mögen Sie auch eine Tasse Kaffee oder etwas anderes?«

Romy nickte. »Einen Kaffee würde ich sehr gerne trinken.«

Bernburg bestellte ihn per Telefon und hatte den Hörer kaum aufgelegt, als bereits eine Sekretärin in schickem Knitterleinenkostüm hereinschwebte und eine Tasse servierte, um dann ebenso rasch wieder hinauszuschweben.

Romy trank einen Schluck und nickte anerkennend. Der Kaffee war hervorragend.

»Ich hoffe, ich verletze Ihre persönlichen Gefühle nicht, wenn ich auf Ihre verstorbene Frau zu sprechen komme«, hob sie schließlich an. »Ich würde es nicht tun, wenn es nicht wirklich nötig und wichtig wäre.«

Bernburg deutete ein Nicken an. »Ich rede auch nach all den Jahren höchst ungern darüber, wie Sie sich denken können«, erwiderte er mit leiser Stimme.

»Das ist mir klar.«

»Fragen Sie.«

»Wir gehen davon aus, dass der Mann, der Ihre Frau in seiner Gewalt hatte, für zwei weitere Entführungen verantwortlich ist. Eine eindeutige Zuordnung können wir jedoch nur vornehmen, wenn wir Einzelheiten erfahren.«

»Einzelheiten?« Bernburg starrte sie plötzlich unangenehm direkt an. Keine Spur mehr von warmen Augen. »Nach sechzehn Jahren brauchen Sie Einzelheiten? Die gab es schon damals nicht – warum sollte es sie heute geben?«

»Wir …«

»Darf ich Ihren Ausführungen entnehmen, dass Sie einen Tatverdächtigen haben?«, unterbrach er sie.

»Ja, haben wir.«

»Und er äußert sich nicht zu den Einzelheiten?«

»Kann er nicht – er ist tot.«

Bernburg zog die Brauen zusammen. »Aha, aber wie kommen Sie darauf, dass er …«

»Verzeihen Sie – ich kann Ihnen über die laufenden Ermittlungen nicht viel sagen, nur so viel, dass wir den starken Verdacht haben, jener getötete Mann könnte der Verbrecher sein, der für die Quälereien an drei Frauen verantwortlich ist, unter anderem an Ihrer. Aber natürlich müssen wir es ganz genau wissen.«

»Ich kann Ihren Ansatz durchaus nachvollziehen. Nur, wie ich schon sagte, meine Frau hat sich damals kaum dazu geäußert, und wenig später …«

»Ja, ich weiß.«

»Was wollen Sie dann?«

Das klang nicht mehr besonders freundlich. Bernburg sah mit Absicht so auf die Uhr, dass Romy es nicht übersehen konnte. Der Stimmungswechsel war bemerkenswert.

»Nun, vielleicht fällt es Ihnen gerade im Abstand der vielen Jahre leichter, sich daran zu erinnern, was Ihre Frau vielleicht doch erzählt hat.«

»Sie hat nichts erzählt. Sie stand unter Schock. Und es konnte ihr niemand helfen.«

»Und was ist mit dem Abschiedsbrief passiert?«, fragte Romy, ohne lange zu überlegen.

Bernburg beugte sich vor. »Es gab keinen Abschiedsbrief.« Er sah wieder auf die Uhr. »Vielleicht sollten Sie ...«

»Die beste Freundin Ihrer Frau war seinerzeit davon überzeugt, dass Maria einen Brief hinterlassen hatte.«

»Sonja hat ihre Nase schon immer gern in Angelegenheiten gesteckt, die sie nichts angingen«, entgegnete Bernburg mit gepresster Stimme. »Ich sag's noch mal: Es gab keinen Brief.«

Einbahnstraße, dachte Romy, aber so schnell wollte sie nicht aufgeben: »Sie waren sehr verzweifelt, Herr Bernburg. Es wäre mehr als verständlich, wenn Sie ein solches Schreiben entsetzt hätte. Sie wollten es loswerden, und ...«

Gunnar Bernburg stand auf. Er war sehr groß. »Es reicht. Gehen Sie jetzt bitte. Ich habe nichts mehr zu sagen.«

Schade, dachte Romy, als sie das Büro verließ. Nicht mal den Kaffee hat er mir noch gegönnt.

Sonja Steinfels arbeitete im Pommerschen Landesmuseum und machte gerade eine Schulklasse mit Caspar-David-Friedrich-Werken vertraut, wie Romy von der Empfangsdame erfahren hatte. Die Kommissarin wartete im Eingangsbereich und blätterte im Museumsführer, bis die Kunsthistorikerin mit der Gruppe zurückkehrte und die quirligen, schätzungsweise zehn- bis zwölfjährigen Kinder entließ.

Die Frau war groß und hager, Mitte vierzig und früh ergraut. Sie wirkte streng und ältlich – nicht unbedingt der Typ beste Freundin, dachte Romy, als sie den Bildband beiseitelegte und Sonja Steinfels genauer in Augenschein nahm. Aber sie durfte nicht vergessen, dass seitdem sechzehn Jahre vergangen waren.

Während Romy den Grund ihres Besuchs erläuterte und Maria Bernburg erwähnte, ging eine bemerkenswerte Veränderung mit der Frau vor sich. Ihr Gesicht wurde für Momente weich und zart, um im nächsten Augenblick in Schmerz zu erstarren. Schließlich schüttelte sie den Kopf und streckte den Arm aus. »Kommen Sie, wir gehen in mein Büro.«

Der kleine Raum war überraschend unordentlich. Ihrem Typ entsprechend hätte Romy ein akkurat eingerichtetes und penibel aufgeräumtes Büro erwartet, doch weit gefehlt: Auf zwei Tischen stapelten sich Broschüren, Kataloge, Notizhefte, die Regale schienen unter der Last der Bücher kurz vor dem Zusammenbruch zu stehen, und selbst auf der Fensterbank reihten sich ohne erkennbares Ordnungsschema Dutzende von Kunstbänden zwischen einer Sammlung unterschiedlicher Kakteen.

Sonja Steinfels lächelte entschuldigend. »Wir bereiten gerade eine neue Ausstellung vor. Vielleicht haben Sie davon gehört: ›Papierne Schätze – Kostbarkeiten aus sechs Jahrhunderten‹: Dürer, Cranach der Ältere, Rembrandt, natürlich Caspar David Friedrich, Feininger, Dix, Grosz, Niemeyer-Holstein, um nur einige zu nennen.«

Romy musste passen, davon hatte sie noch nichts gehört. Sie schüttelte den Kopf.

»Na ja … ist ja auch egal. Setzen wir uns doch.«

Das war leichter gesagt, als getan. Steinfels sah sich suchend um und entdeckte schließlich einen Holzstuhl, auf dem mehrere Kartons thronten, die sie kurzerhand auf dem Boden abstellte, um ihn Romy zu überlassen, bevor sie hinter ihrem Schreibtisch Platz nahm.

»Nach all den Jahren gibt es also jetzt einen Verdacht?«, griff Sonja Steinfels den Faden auf. »Wie kann das sein?«

»Es gibt einen Anfangsverdacht – und was wir dringend brauchen, sind Einzelheiten zur Entführung. Maria Bernburg war nicht das einzige Opfer, wie Sie ja wissen. Es mehren sich die Hinweise auf einen Täter, der regelmäßig aktiv wurde.«

Sie hob die Hände, als Steinfels bleich wurde. »Der Mann, den wir im Visier haben, lebt nicht mehr. Umso schwieriger gestalten sich die Nachforschungen.«

»Und wie kann ausgerechnet ich helfen?«

»Frau Bernburg war eine gute Freundin, wenn ich das richtig verstanden habe.«

»Sie war meine beste Freundin«, korrigierte Steinfels. »Und ich ihre. Wir kannten uns seit der Kindergartenzeit.« Sie nickte und mühte sich um ein winziges Lächeln. »Eine wunderbare Freundschaft. Zum Leidwesen ihres Mannes übrigens.«

»Ach?«

»Ja, Gunnar konnte mich noch nie leiden, und umgekehrt verhielt es sich ganz ähnlich. Er passte nicht zu Maria, aber sie liebte ihn nun mal. Die beiden waren viele Jahre ein unzertrennliches Paar und haben dann ja auch geheiratet.«

»Sie haben damals die Vermutung geäußert, dass Gunnar Bernburg den Abschiedsbrief seiner Frau unterschlagen hat …«

»Hat er.«

»Verraten Sie mir, wie Sie so sicher sein können, dass es den Brief wirklich gab?«

Sonja Steinfels zeigte plötzlich ein strahlendes Lächeln. »Ich kannte sie länger als er. Sie hat gern geschrieben. Sie wäre nicht ohne Worte gegangen.«

»Sie stand unter Schock«, wandte Romy ein.

»Eben darum. Sie konnte kaum darüber sprechen, auch nicht mit mir. Sie war wie gelähmt. Aber als sie die Entscheidung traf … zu gehen, da hätte sie uns etwas zurückgelassen«, beharrte die Frau mit klarer Stimme.

»So ein Brief wäre ein wichtiges Indiz gewesen, auch bezüglich der Ermittlungen in dem anderen Fall, der die Behörden vor gut fünf Jahren beschäftigte.«

»Ich weiß«, stimmte Steinfels zu. »Die Polizei war ja seinerzeit auch noch einmal bei Gunnar. Und bei mir. Er blieb dabei, und ich bleibe auch dabei. Sie hat den Brief geschrieben. Er konnte den Inhalt nicht ertragen und hat ihn vernichtet. Wissen Sie … bei Vergewaltigungen bleibt immer was hängen. An den Frauen. Das kennt man aus vielen Kulturen. Der Mann ist ein Schwein, ein Verbrecher und so weiter, aber die Frau ist beschmutzt – für immer.«

Romy nickte. »Ja, ich weiß.« Sie überlegte kurz. »Hatte Maria eigentlich, abgesehen von Ihnen, noch andere Freunde, Vertraute – im Job zum Beispiel?«

»Ich war ihre engste Vertraute, immer. Aber sie kam gut klar mit ihren Arbeitskollegen und Kolleginnen, und der Beruf hat ihr Freude gemacht.« Steinfels verzog das Gesicht. »Versicherungsbranche – das habe ich, ehrlich gesagt, nie richtig verstanden. Aber Maria hatte die Gabe, immer das Kreative in ihrem Alltag zu sehen. Bewundernswert. Ich erinnere mich noch, wie die Geschäftsstelle damals umgestaltet wurde – neue Büroeinrichtung und Ausstattung und so weiter. Sie hat das Chaos richtig genossen und selbst Vorschläge bei der Auswahl der Möbel gemacht. Der Chef hat ihr nahezu freie Hand gelassen in der Zusammenarbeit mit diesem Architekten. Das hat sie sehr genossen.«

Romy atmete tief durch. Sonja Steinfels brach ab und musterte sie eingehend. »Habe ich was Falsches gesagt?«

»Aber nein.«

»Haben Sie noch mehr Fragen? Wenn ich ehrlich bin … Sie sehen ja selbst, wie es hier aussieht, und ich ...«

Romy stand sofort auf. »Nein, das war es vorerst. Danke für Ihre Zeit, Frau Steinfels, und alles Gute.«

Es war der größte Fehler, den er je gemacht hatte. Bis an sein Lebensende würde er ihn bereuen. Davon war Gunnar zutiefst überzeugt.

Er hatte damals zwei Möglichkeiten gehabt: Entweder den Brief zu lesen und ihn der Polizei auszuhändigen oder aber ihn ungelesen zu vernichten. Aber er war dumm gewesen. Er hatte ihn gelesen und nicht nur sofort vernichtet, sondern auch geleugnet. Dabei hätte er wissen müssen, dass sein fotografisches Gedächtnis alles gespeichert hatte – jeden Satz, jedes Wort, jedes Komma, jedes anklagende Ausrufezeichen. Ob er wollte oder nicht.

Und der Speicher ließ sich nicht mehr leeren. Er war wie ein Fluch, der ihn nicht mehr loslassen wollte. Vielleicht nie mehr. Je vehementer er den Brief leugnete und sich in den Fallstricken seiner Lüge verfing, umso klarer stand er vor seinem inneren Auge. Immer wieder. Manchmal schreckte er mehrere Nächte hintereinander hoch, immer gegen zwei Uhr in der Frühe und sah die handgeschriebenen Zeilen Wort für Wort vor sich – bis zum bitteren Ende. Dann wieder hatte er zwei Wochen Ruhe, vielmehr setzte eine Art stilles Verharren ein. Wenn er Glück hatte, auch für vier oder sechs Wochen. Manchmal. Bis es wieder losging. Seit fast sechzehn Jahren.

Vor zehn Jahren hatte er im Urlaub in Spanien ein Kloster aufgesucht. Er fand es selbst albern. Nie zuvor hatte die Kirche eine Rolle in seinem Leben gespielt oder der Glaube. In seinen Augen war es kindisch, an einen Gott zu glauben – der stellte für ihn nichts anderes dar als eine Krücke für die Menschen, die sich mit dem Tod nicht abfinden konnten. Der Priester sprach Deutsch.

Gunnar erzählte ihm die Geschichte von Marias Brief, weil sie plötzlich aus ihm heraussprudelte, völlig ungeplant und zu seiner eigenen Verblüffung. Noch bevor er geendet hatte, war ihm ebenso plötzlich klargeworden, dass der Priester ihm raten würde, den Brief aus dem Gedächtnis aufzuschreiben und der Polizei zukommen zu lassen. Das war die Buße, die zu tun war. Dann würde er Ruhe finden.

Er war gegangen, bevor der Gottesdiener zu einer Antwort angesetzt hatte. Und seinen unausgesprochenen Rat hatte er bis heute nicht beherzigt. Weil er es nicht schaffte, sich den Vorwürfen zu stellen, die Maria ihm gemacht hatte. Und der Wahrheit, die aus ihnen sprach und auch allen anderen zuteilwerden würde. Das ertrug er nicht.

Er hätte sie nie wieder anfassen können, nach dem, was der Entführer mit ihr gemacht hatte. Jeden Tag hatte der sie gefesselt und vergewaltigt. Brutal vergewaltigt. Und danach gewaschen. Von Kopf bis Fuß. Jede Körperöffnung hatte er gesäubert, langsam, fast hingebungsvoll. Gunnar war erstaunt gewesen, wie umsichtig Maria ihre Worte zu wählen bemüht war. Manchmal hatte der Maskierte dabei gesummt, um sie ein anderes Mal voller Verachtung und Hass zu beschimpfen – in einem seltsam drängenden, leisen Tonfall. Dann hatte sie in der Dunkelheit wieder auf ihn warten müssen. Geknebelt, gefesselt, oft mit verbundenen Augen. Es war dunkel und kühl, es roch merkwürdig, und sie hatte das Gefühl, dass er immer da war und sie beobachtete. Und dass ihm nichts entging. Kein Zucken, kein Gefühl und auch kein Gedanke.

Sie war sicher, dass er sie töten würde. Sie versuchte, nett zu ihm zu sein. Dafür schlug er sie. Als er ihr die Tabletten gab, hatte sie sich mit dem Tod abgefunden. Sie war erstaunt, als sie wieder aufwachte. Nackt auf einer Raststätte an der Autobahn. Aber das Martyrium war noch nicht vorbei.

Ich ertrage Deine Scham nicht, hatte Maria geschrieben, *Deine Scham und Deine Verachtung. Hure steht nur mühsam verschleiert in Deinen Augen, und Du senkst den Blick, wenn ich Dich ansehe und um Zärtlichkeit, Trost und Wärme flehe. Vielleicht hast Du doch eine Wahl gehabt, denkst Du immer wieder. Ich spüre den Gedanken, auch wenn Du versuchst, ihn zu verbergen. Wer weiß, wo Du dem Mann begegnet bist und wie Du ihn angestachelt hast, flüstert es in*

Dir. Aber der hat sich an meiner Furcht ergötzt. Das war der Stachel, der ihn getrieben hat. Nur deswegen war ich dort. Meine Seele ist gesplittert, sie hat sich in reine Angst verwandelt, und die Dunkelheit lässt mich nicht wieder los.

8

Romy war unzufrieden, als sie im Kommissariat eintraf – und das war eine geschönte Umschreibung. Andererseits: Was hatte sie erwartet? Dass Bernburg ihr reuevoll einen sechzehn Jahre alten Brief präsentierte, der wichtige Details offenbarte, die es ihr ermöglichten, innerhalb weniger Stunden den Fall komplett zu lösen? Tagträumerin, schimpfte sie lautlos.

Sie stapfte schnurstracks in ihr Büro und schloss die Tür mit herzhaftem Schwung. Die Nummer von Ricarda Meinold stand in ihrem Notizheft. Sie atmete dreimal tief durch und wollte gerade wählen, als Kasper anklopfte und eintrat.

»Greifswald war wohl nicht so toll«, stellte er fest. Er blieb stehen und lehnte sich an den Türrahmen.

»Sagen wir so: Die Exkursion hat nichts Neues ergeben. Und dass Maria Bernburg, wie ich den Erläuterungen der besten Freundin entnehmen konnte, ganz sicher mit Kai Richardt zusammengetroffen ist ... nun ja, diese Tatsache haut mich nicht gerade vom Hocker. Darauf hat uns ja schon Max hingewiesen.« Sie hob beide Hände und ließ sie wieder sinken. »Ein Verdachtsmoment, der sich bestätigt hat, mehr nicht.«

Kasper ließ sie nicht aus den Augen. »Und was haut dich vom Hocker?«

»Die Erläuterungen der Freundin, dass Maria bei den Büroumbauarbeiten gemeinsam mit Richardt richtig kreativ bei der Sache war und Spaß hatte«, antwortete sie ohne Zögern. »Das macht mir üble Magenschmerzen, wenn ich ehrlich bin. Und der erwähnte Abschiedsbrief, auf den ich ein bisschen gehofft hatte, bleibt weiterhin verschwunden, weil ein Ehemann seiner Frau nicht verzeiht, dass sie vergewaltigt wurde. Toll, was?«

Sie hörte selbst, wie wütend und aufgebracht ihre Stimme klang. Professionell distanziert war etwas anderes. Aber in dem Fach war sie noch nie besonders gut gewesen. Und dass sie Bernburg die Unterschlagung des Briefes unbewiesen vorwarf, würde jeden Juristen in schallendes Gelächter ausbrechen lassen – wenn er Humor hatte.

»Ach so ist das«, meinte Schneider ruhig. »Hak mal den Termin ab, Romy.«

Sie sah ihn an. Romy sagte er selten.

»Du bist nämlich auf dem richtigen Dampfer«, fuhr er fort. »Leider, wie ich in dem Fall finde.«

»Was?«

»Die Verbindungsnachweise von Tim Beiers Handy sind gerade eingetroffen – Fine hat da Dampf gemacht. Der Junge hat am Montag mit Mirjam Lupak telefoniert, wie Max gerade herausgefunden hat. Besser gesagt: Er hat am Morgen in der Tierarztpraxis angerufen, in der sie arbeitet. Und das ist nur aufgefallen, weil Max die Daten so penibel auflistet.«

Romy ließ sich tief in ihren Sessel zurückfallen. »Am Montagmorgen? Wow! Hast du schon was veranlasst?«

Kasper nickte. »Der Oberstaatsanwalt hat freundlicherweise vorhin nachgefragt, ob wir irgendwie Hilfe brauchen, und da hab ich glatt mal ja gesagt. Nun beschattet ihn ein Kollege aus Stralsund.«

»Aber warum …«

»Weil die Stimmenanalyse ergeben hat, dass Tim Beier nicht der anonyme Anrufer war«, antwortete Schneider, noch bevor Romy ihre Frage ausformulieren konnte. »Vielleicht hast du recht, und es gibt einen Kumpel, zu dem er uns hinführt. Wenn wir ihn zu früh erneut aus dem Verkehr ziehen, ist er gewarnt, und wir vertun diese Chance.«

»Das stimmt. Hm. Mirjam hat einen Kontakt zu Tim ebenfalls geleugnet ... Darüber wird noch zu sprechen sein.«

»Glaube ich auch.«

»Gibt es schon weitere Ergebnisse aus Greifswald?«

»Nö. Da müssen wir noch ein bisschen Geduld haben.« Er nickte ihr zu und wandte sich zur Tür um. »Bis später.«

Romy wartete, bis sie den Eindruck hatte, dass sich ihre aufgeregte Stimmung zumindest etwas gelegt hatte, dann wählte sie Ricardas Telefonnummer. Wie sie nicht anders erwartet hatte, reagierte Richardts Exfrau abweisend.

»Frau Meinold, es ist mir klar, dass Sie keine Lust haben, mit mir zu reden, schon gar nicht über Kai Richardt, aber ich kann Ihnen das nicht ersparen«, unterbrach Romy zügig Ricardas blasierte Was-wollen-Sie-denn-schon-wieder-Reaktion.

»Außerdem möchte ich, dass Sie Ihr Einverständnis erklären, dass wir dieses Telefonat aufzeichnen dürfen«, fügte sie hinzu.

Ricarda Meinold lachte kurz auf, und das klang alles andere als heiter. »Meine Güte, natürlich nicht! Warum sollte ich dem zustimmen?«

Romy spürte ein Kribbeln im Nacken und in den Fingern. »Ganz einfach: Weil ich sonst das Berliner LKA um Amtshilfe bitten müsste. Dann würde man Sie vor Ort vernehmen. Mit allem Drum und Dran«, erklärte sie so sachlich wie nur irgend möglich. »Stattdessen können Sie aber auch mit mir telefonieren. Das ist wesentlich bequemer, unaufwendiger und wahrscheinlich sogar angenehmer – womit ich den Berliner Kollegen jetzt aber keinesfalls zu nahetreten will. Allerdings, wie gesagt, benötige ich Ihre Zustimmung zur Aufzeichnung. Sie haben die Wahl. Entscheiden Sie sich bitte jetzt.«

Daraufhin schwieg Ricarda eine ganze Weile.

»Frau Meinold?«

»Ja – zeichnen Sie auf«, entgegnete sie plötzlich scharf. »Ich kann nur hoffen, dass Sie einen hinreichenden Grund für diese Maßnahme haben.«

»Und ob«, bestätigte Romy übertrieben liebenswürdig. »Es gibt nämlich ein paar neue Erkenntnisse, über die ich unbedingt mit Ihnen sprechen muss.«

»Dann legen Sie mal los. Aber bedenken Sie bitte, dass ich heute noch was anderes zu tun habe, als mit der Bergener Polizei über meinen Exmann zu sprechen, den ich vor zehn Jahren das letzte Mal gesehen habe.« Das klang nicht nur dezent pampig.

»Oh, keine Sorge, ich bedenke das selbstverständlich, aber es könnte durchaus sein, dass Sie nach unserem Telefonat nicht mehr ganz so viel Elan haben ... Sagt Ihnen der Name Beate Lauber etwas?«

»Nein. Wer soll das sein?«

»Eine junge Frau, die Kai Richardt ziemlich auf die Füße getreten ist. Dabei ging es um eine Hotelsanierung in Glowe, Ende 1999, Anfang 2000«, schilderte Romy. »Hinz Posall, ein Freund oder besser gesagt Bekannter aus Lübecker Tagen, hat das Hotel nämlich kräftig in die roten Zahlen gewirtschaftet. Kommt Ihnen da irgendwas bekannt vor? Und können Sie etwas dazu sagen?«

»Ja.«

Romy glaubte, sich verhört zu haben. »Bitte?«

»Ja, ich kannte Hinz Posall, das heißt, ich habe ihn mal kennengelernt«, bestätigte Ricarda Meinold. »Der hat geschäftlich kein gutes Händchen bewiesen, obwohl er vom Fach ist und im Hotel von Richardts Eltern gearbeitet hat, wie Sie ja sicherlich auch schon in Erfahrung gebracht haben. Kai hat kaum über Geschäftliches mit mir gesprochen, aber ich weiß noch, dass er sich ziemlich über die Geschichte aufgeregt hat, weil er sich kurz nach der Wende dafür starkgemacht hatte, dass Posall das Hotel kriegt.«

»Genau das ist der Punkt«, meinte Romy. »Das Hotel gehörte nämlich zu DDR-Zeiten, genauer bis 1953, einem gewissen Heinrich Lauber, dem Großvater von Beate. Der Mann ist dann mehrfach ziemlich über den Tisch gezogen worden – mal von der einen, mal von der anderen Seite, um es mal lapidar auszudrücken und die äußerst unerfreulichen Einzelheiten außen vor zu lassen. Jedenfalls hat seine Enkelin, die im Sommer 2000 zu Besuch war, Hinz und Kai kurzerhand im Hotel aufgesucht und ihnen deswegen eine heftige Szene gemacht.«

»Kai lässt sich eine Szene machen? Noch dazu in Anwesenheit eines anderen? Das haben nicht viele gewagt. Gratuliere«, gab Ricarda trocken zurück.

»Würde ich so nicht ausdrücken wollen, Frau Meinold. Beate Lauber verschwand nämlich ein paar Wochen später.«

»Was wollen Sie damit sagen?«

»Die Geschichte dürfte zeitlich ungefähr mit der Trennung von Ihrem Mann zusammenfallen, nicht wahr?«, überging Romy die Nachfrage.

»Ja, das stimmt. Unsere Beziehung lag in den letzten Zügen. Im Sommer hatten wir unseren großen Krach …«

»Was genau heißt das?«

»Ein lauter, unerfreulicher Krach, der damit endet, dass man beschließt, sich zu trennen. Ich bin dann erst mal ins Dachgeschoss gezogen und im Herbst nach Berlin übergesiedelt, wo ich Freunde habe, 2001 sind wir geschieden worden«, erklärte Ricarda vergleichsweise ausführlich.

»Und seitdem haben Sie Ihren Exmann nicht wiedergesehen?«

»Nein. Nie wieder, und ich habe ihn nicht eine Sekunde lang vermisst, das können Sie glauben. Aber was hat das jetzt alles mit dieser Frau, ihrem Verschwinden und mir und dem Mord an Kai zu tun?«

»Ihr Exmann hat sich in einem alten Gebäude hinter der

Fischfabrik von Bittner eine Werkstatt ausgebaut«, holte Romy weiter aus. »Können Sie sich daran erinnern?«

»Ja, kann schon sein – und?«

»Im Keller dieses Gebäudes wurde Richardt erschlagen aufgefunden. Nur ein paar Schritte weiter fanden wir in einer ausrangierten Kühltruhe die Leiche von Beate Lauber«, erläuterte die Kommissarin. Sie hörte, dass Ricarda scharf einatmete.

»Wir gehen davon aus, dass Ihr Exmann sie getötet hat, nachdem er sie in einem eigens dafür hergerichteten Keller gefangen gehalten hatte«, fuhr Romy fort. »Ihre letzten Tage dürften alles andere als erfreulich verlaufen sein. Fällt Ihnen dazu irgendetwas ein, was uns sachdienliche Hinweise liefern könnte?«

»Kai hat die Frau eingesperrt … und später ermordet?« Ricardas Stimme klang verzerrt.

»Zugegeben: Der allerletzte gerichtstaugliche Beweis steht noch aus und wird wohl in Anbetracht der Umstände von Richardts Tod schwer zu erbringen sein, aber viele überzeugende Spuren und Indizien führen zu ihm. Und das ist noch nicht alles, leider. Es gibt zwei weitere Entführungsfälle, die wir Richardt posthum anlasten.«

»Das ist nicht Ihr Ernst!«

»Schrecklicherweise doch: Immerhin geht es dabei nicht um Mord, denn diese Frauen wurden im Gegensatz zu Beate Lauber nicht von ihm getötet, sondern nach ungefähr anderthalb Wochen Gefangenschaft wieder freigelassen«, berichtete Romy. »Eine Frau hat sich allerdings einige Zeit später das Leben genommen. Ein anderes Opfer ist noch Jahre nach den Geschehnissen so traumatisiert, dass sie sich weigert, Einzelheiten wiederzugeben.«

»Aber …«

»Und nun möchte ich von Ihnen wissen, was Kai Richardt für ein Ehemann war und was Ihnen aufgefallen ist, ohne dass Sie mir entgegnen, Sie hätten keine Lust, nach all den Jahren schmutzige Wäsche zu waschen«, herrschte Romy sie an. »Das ist mir, ehrlich gesagt, in Anbetracht der Umstände herzlich egal.«

Sie hörte, dass Ricarda Meinold schwer atmete. »Das ist ja ... um Gottes willen!«

»Das reicht mir nicht! Was hat er Ihnen angetan?«

»Er hat mich geschlagen, wenn ich nicht gespurt habe«, antwortete Ricarda plötzlich mit dumpfer Stimme. »Er war versessen darauf, immer recht zu behalten. Das sagte ich Ihnen schon bei unserem letzten Telefonat. Anfangs dachte ich, dass sich das schon geben würde, er war immer ein temperamentvoller, eigenwilliger Typ gewesen.«

Romy vernahm ein Rascheln in der Leitung.

»Aber selbst wenn mal ein paar Wochen Friede, Freude, Eierkuchen geherrscht hatte ... Manchmal genügte eine Kleinigkeit, und er explodierte - wenn wir allein waren«, fuhr Ricarda Meinold nach kurzer Unterbrechung fort. »Als ich ihm sagte, dass ich keine Kinder haben wollte, wurde es noch schlimmer.«

»Er wollte Kinder?«

»Unbedingt. Aber ich habe heimlich die Pille genommen.«

»Lassen Sie mich raten - er ist dahintergekommen.«

»So ist es.«

»Und dann krachte es richtig.«

»Sie bringen es auf den Punkt.«

»Haben Sie jemals daran gedacht, Hilfe in Anspruch zu nehmen? Ein schlagender Ehemann ...«

»Nein, habe ich nicht. Warum und weshalb, möchte ich nicht diskutieren!«, erklärte Ricarda energisch. »Bitte respektieren Sie das!«

»Gut, das tue ich. Ist Ihnen in jener Trennungszeit irgendetwas aufgefallen, das Ihnen jetzt, vor dem Hintergrund der

Ereignisse, zu denken gibt?«, fragte Romy weiter. »Manchmal sind es nur Kleinigkeiten …«

»Tja, ich weiß nicht … Ich habe Kondome gefunden und dachte mir dann, dass er vielleicht jemanden kennengelernt hatte.«

Romy stutzte. »Und Sie wollten nicht wissen, wer so schnell Ihre Stelle einnehmen sollte?«

»Nein – höchstens, um die Frau zu warnen.«

Das wäre keine schlechte Idee gewesen, dachte Romy.

»Wissen Sie, er wirkte manchmal unerklärlich gut gelaunt, zugleich sehr hektisch und irgendwie angespannt«, fuhr Ricarda diesmal unaufgefordert fort. »Ich hielt es für vorstellbar, dass er Ablenkung gesucht hatte. Vielleicht wünschte ich es mir aber auch nur, weil ich darin den beruhigenden Beweis sehen konnte, dass er mich in Ruhe lassen würde. Endgültig …« Sie zögerte nur kurz. »Andererseits war Kai schon immer ein Mensch gewesen, dessen Stimmungen stark schwankten. Das ließ er nach außen natürlich nicht durchblicken. Und Kondome kann man auch mit Absicht herumliegen lassen – um ein Signal zu setzen. So was wäre ihm auch zuzutrauen gewesen.«

»Um Sie eifersüchtig zu machen, meinen Sie?«, mutmaßte Romy.

»Ja, natürlich. Mein endgültiger Entschluss zu gehen hat ihn ganz schön mitgenommen … nein, das ist die falsche Beschreibung: Er war schockiert, dass ich eine eigenständige Entscheidung gegen ihn getroffen hatte und mich nicht beirren ließ.«

Was für ein Durcheinander, überlegte Romy. Vielleicht aber auch nicht. »Frau Meinold, Richardt muss die Entführung von Beate Lauber bis ins kleinste Detail geplant haben. Sie war nach ihrem Rügen-Urlaub wieder in ihren Alltag nach Rostock zurückgekehrt, bevor sie Wochen später spurlos verschwand. Ihr Exmann hat das sehr geschickt vorbereitet und eingefädelt. Niemandem ist im Zusammenhang mit ihrem Verschwinden sein Name eingefallen. Dass heißt, dass er völlig unauffällig agiert hat.«

»Er konnte jederzeit geschäftliche Aktivitäten vorschieben, um durch die Gegend zu fahren, und er war damals besonders viel unterwegs, das kann ich allerdings bestätigen«, gab Ricarda Meinold zu. »Aber ansonsten …«

Romy fuhr sich durch die Locken und seufzte unterdrückt. »Waren Sie denn nicht mal ein bisschen neugierig, wie Kai das Leben ohne Sie plante – haben Sie nicht mal seine Taschen durchwühlt oder sich in seinem Arbeitszimmer umgesehen? Die Kondome …«

»Lagen im Bad, sodass ich sie finden musste!«, warf Ricarda rasch ein. »Und sein Arbeitszimmer war verbotene Zone – die ich nicht betreten durfte. Es war immer abgeschlossen.«

»Warum?« Romy war verblüfft.

»Alte Angewohntheit, sagte er mir, als ich ihn danach fragte. Seine Mutter hätte sein Zimmer regelmäßig durchwühlt, was er ganz scheußlich fand, und er bräuchte die ständige Bestätigung, dass sich niemals jemand an seinen Sachen zu schaffen machen kann. Ich habe das respektiert.« Plötzlich lachte Ricarda auf. »Irgendwann hatte Kai in seinem Schreibtisch mal eine Mausefalle versteckt – das Schreien seiner Mutter war im ganzen Haus zu hören gewesen, erzählte er mir. Ich fand das sehr komisch.«

Romy konnte nicht mitlachen. »Die Beziehung zu seinen Eltern war nicht gerade unbeschwert, oder?«

»Es gab keine. Er fand beide ätzend und wollte so wenig wie möglich mit ihnen zu tun haben. Ich habe sie kaum gekannt und bin nicht traurig über das distanzierte Verhältnis gewesen.«

»Aber der frühe Tod seines Bruders hat ihm ganz schön zu schaffen gemacht – dahingehend hat sich zumindest ein Freund geäußert«, wandte Romy ein.

»Ja? Möglich. Er hat nie über ihn gesprochen. Ich weiß nur, dass der Junge einen Blinddarmdurchbruch hatte«, meinte Ricarda zögernd.

»Wussten Sie auch, dass Kai jedes Jahr am Todestag des Bruders seine Mutter anrief?«

Stille. »Nein.«

»Trost wollte er ihr allerdings nicht spenden. Er erinnerte seine Mutter an ihr Versagen – jedes Jahr aufs Neue –, an ihre Schuld am Tod des Jungen.«

Ricarda gab ein seltsames Geräusch von sich. »Das passt«, sagte sie dann. »Aber ich wusste nichts davon.«

Das passt auch, dachte Romy. »Frau Meinold, ich möchte Ihnen ein Foto von Beate Lauber mailen«, wechselte sie dann das Thema. »Sehen Sie es sich bitte genau an. Vielleicht ist sie Ihnen ja doch bei irgendeiner Gelegenheit aufgefallen.«

Romy glaubte nicht daran, aber ein Versuch konnte nicht schaden.

»Aber was spielt das denn noch für eine Rolle?«, wandte Ricarda ein. »Ich denke, Sie wissen, dass er es war, und verurteilen können Sie ihn ja doch nicht mehr.«

»Das ist völlig richtig, aber wir müssen den Fällen trotzdem im Detail auf den Grund gehen, um sie endgültig zu den Akten legen zu können. Außerdem erhoffen wir uns bei unseren Recherchen erhellende Hinweise bezüglich des Mords an ihm. Ein Zusammenhang mit den Entführungen ist sehr wahrscheinlich.«

»Nun gut, schicken Sie mir das Foto. Ich melde mich, falls mir etwas dazu einfällt.« Sie diktierte der Kommissarin ihre Mailadresse.

»Danke, Frau Meinold.« Romy verabschiedete sich beiläufig.

Eine Antwort erhielt sie nicht.

Tim wusste, dass es ein Fehler gewesen war, Mirjam am Montagmorgen in der Praxis anzurufen, noch dazu mit seinem eigenen Handy. Ein großer, weil unnötiger und dummer Fehler. Falls die Kommissarin mit den irritierend dunklen Augen und den wilden, schwarzen Locken ihren Hinweis ernst meinte und seine Verbindungen überprüfen ließ, würde die Bergener Polizei sehr bald wieder auf der Matte stehen. Und irgendeine blödsinnige Ausrede würden sie ihm ganz sicher nicht abnehmen.

Andererseits: Sein Alibi war nicht nur gut, es stimmte sogar, und unter Umständen sparte die Polizei sich weitere Nachforschungen, weil sein Auftritt überzeugend gewesen war und andere Aspekte in den Vordergrund rückten. Außerdem hatten die gerade mehr als genug zu tun, und Bergen auf Rügen war nicht New York oder Berlin. Die Uhren tickten hier ein bisschen anders, vor allen Dingen langsamer. »Unter Umständen« war eine Bezeichnung, die ihm nicht gefiel. In diesem Zusammenhang schon gar nicht.

Steffens eindringliche Stellungnahme war überzeugend gewesen. Keine Frage – seit sie sich kannten, hatte der Freund sich grundsätzlich an Tims Vorgaben und Vorschläge gehalten, an seine Anweisungen sowieso. Und doch schwang da noch etwas anderes mit. Tim wusste, dass Steffen ihm sein Leben lang dankbar sein würde. Darüber sprachen sie nicht großartig. Die Ermordung von Kai wäre – erst recht nach dem, was Tim inzwischen noch über die Verbrechen des Mannes erfahren hatte – der größte Freundschaftsdienst, den Steffen ihm je hätte erweisen können. Das war ihnen beiden unausgesprochen klar. Wenn er es denn war.

Aber daran zweifelte Tim kaum noch. Nach seiner tiefen Überzeugung leugnete Steffen die Tat vehement, um es dem Freund besonders einfach zu machen.

Tim stand auf und verließ das kleine Büro, um die eingetroffenen Waren auszupacken. Sein kleines Sportgeschäft war nicht gerade ein Verkaufsrenner, aber es hielt sich besser, als man es in Zeiten von Internetläden und großen Sportketten erwarten durfte. Sein Schwerpunkt lag auch nicht im Verkauf, sondern in der individuellen Beratung, und die saftigen Honorare, die er als persönlicher Fitnesstrainer mittlerweile verdiente, waren höchst erfreulich.

Er begleitete Bankmanager bei ihren morgendlichen Joggingrunden, beriet und trainierte ambitionierte Freizeitläufer genauso wie Menschen, die etwas gegen ihr Übergewicht tun oder den Traum vom Marathon endlich verwirklichen wollten. Seit einiger Zeit arbeitete Tim mit einem Fitnessstudio zusammen und war optimistisch, dass sich die Dinge stetig zum Besseren entwickeln würden. Er hätte zufrieden sein können.

Als Mirjam an jenem Tag vor einigen Wochen völlig unerwartet vor seinem Laden gestanden hatte, war ihm im Bruchteil einer Sekunde klargeworden, dass es immer noch nicht vorbei war. Sie war blass und seltsam atemlos gewesen. Ein Läufer sieht, wenn jemand falsch atmet. Mirjam atmete nicht vernünftig aus, sie stieß die Luft nur unvollständig und in hektischem Rhythmus heraus.

Tim war zur Tür geeilt, hatte sie geöffnet, und jene grauenvollen Tage vor über fünf Jahren waren mit ganzer Wucht zurückgekehrt, noch bevor sie ein Wort über die Geschehnisse verloren hatte, die sie nach der langen Zeit der Funkstille zu ihm führten.

Sie war damals einfach verschwunden gewesen, und er hatte es nicht mitbekommen, weil er so intensiv mit seinem Laden und dem Sport beschäftigt war und nach Spanien geflogen war – zu einem Laufseminar. Das würde er sich nie verzeihen können. Nach zehn Tagen fand man sie auf einem kleinen Rastplatz an der A 20. Mit Medikamenten betäubt, unter Schock und eigentümlich … sauber. Gewaschen. Rein.

Die Polizei zog daraus die Schlussfolgerung, dass Mirjams Entführer dafür gesorgt hatte, dass keinerlei Spuren nachweisbar waren. Sie selbst erzählte später, als sie in der Lage dazu war, Einzelheiten des Geschehens wiederzugeben, dass er sie immer wieder gewaschen hatte. Täglich. Nachdem er sie vergewaltigt hatte. Täglich. »Täglich« bedeutete: bei jedem seiner Besuche in ihrem dunklen Gefängnis, in dem es keine Fenster gab und sie nicht sehen konnte, ob es Tag oder Nacht war.

»Aber das war nicht das Schlimmste«, hatte sie irgendwann Wochen später mit tonloser Stimme zu ihm gesagt. »Das Schlimmste war die Angst. Es war ihm wichtig, dass ich Angst hatte. Angst vor ihm und seiner Macht. Angst vor der Dunkelheit und davor, dass er alles sehen konnte und alles mitbekam und alles von mir wusste. Es gab keinen Schlupfwinkel, in den ich mich zurückziehen und für mich sein konnte.«

»Wie meinst du das?«, hatte Tim nachgefragt.

»Er wusste alles Mögliche von mir: Er wusste, wo ich wohne und welchen Beruf ich habe, und er kannte meine Arbeitsstelle. Er wusste auch, was ich in der Dunkelheit tat, wenn er nicht da war, und das war besonders erschreckend. Manchmal dachte ich, dass er gar nicht wegging, sondern mir die Augen verband und nur so tat, als würde er gehen – um mich in Sicherheit zu wiegen. Stattdessen blieb er und beobachtete mich. Ich lauschte stundenlang auf seinen Atem und bildete mir ein, ihn zu hören. Manchmal rief ich nach ihm und flehte ihn an, mir zu antworten. Später wurde mir klar, dass er eine Kamera laufen ließ und darum genau sagen konnte, wann ich mich umgedreht hatte oder dass ich niesen musste oder besonders verzweifelt war …«

Ihre Beziehung zerbrach einige Monate später. Mirjam trennte sich von Tim. Sie konnte seine Berührung nicht ertragen und auch nicht seine Nähe, und noch weniger konnte sie es ertragen, ihm ständig mit ihrer Zurückweisung wehzutun. Sie brauche Zeit nur für sich, sagte sie, und irgendwo verstand er sie.

Was ihn nicht losließ, war die Tatsache, dass er keine Chance mehr hatte. Auch nicht, als es ihr besser ging, als die Therapie Wirkung zeigte, als die Wunde sich zu schließen begann - mit zarter neuer Haut. So jedenfalls stellte Tim es sich vor.

Dann gab es plötzlich Ben. Ein ganz neues Leben. Tim empfand es als Strafe dafür, dass er nicht zur Stelle gewesen war, als Mirjam ihn zum ersten Mal wirklich gebraucht hatte. Der Gedanke war quälend und tröstend zugleich - wenigstens gab es eine Erklärung.

Tim sah auf die Uhr. Es war noch jede Menge Zeit. Am Abend würde er Steffen nach Drigge fahren. Mindestens eine Woche sollte er dort bleiben. In einer Woche konnte viel passieren. Vielleicht verhaftete die Polizei jemanden, der sich verdächtig machte, vielleicht wurden die Ermittlungen eingestellt, weil man die Chancen auf Ergebnisse als zu gering einschätzte.

Tim hoffte, dass Steffen umsichtig gewesen war und keine Spuren hinterlassen hatte. Er hoffte auch, dass Kai im Angesicht des Todes begriffen hatte, wer ihm eigentlich den Hieb verpasste. Nichts bleibt je ungesühnt, dachte er. Rache kann ein köstlicher Genuss sein.

Mit Ben konnte sie nicht darüber sprechen. Mit ihrem Therapeuten auch nicht. Und schon gar nicht mit Eltern, Freunden oder Arbeitskolleginnen. Wenn sie einen Hund gehabt hätte, wäre er der Richtige gewesen. Hunde waren die besten Zuhörer überhaupt, besser noch als Katzen, weil sie die Fähigkeit hatten, Anteilnahme und Mitgefühl zu äußern. Zumindest gaben sie einem dieses Gefühl. Jeder kleine Mops konnte einem verzweifelten Menschen Verständnis, Wärme und Nähe signalisieren.

Mirjam war nach allem, was sie inzwischen erfahren hatte, davon überzeugt, dass Tim Kai getötet hatte, und sie konnte ihn nicht nur verstehen, sondern musste auch einen Teil der Verantwortung für die Tat übernehmen und ihn schützen. Um Schuld ging es hier nicht. Wenn jemand verdient hatte, so zu sterben, dann der Mann, der nicht nur ihr Leben fast zerstört, sondern auch andere Frauen gequält, sogar ermordet hatte und ganz bestimmt weitere Opfer gesucht und gefunden hätte. Kai Richardt.

Die Möglichkeit eines Irrtums war juristisch nicht auszuschließen. Theoretisch konnte es auch ein anderer gewesen sein. Theoretisch konnte irgendwann der Mond vom Himmel fallen. Mirjam war so sicher, wie man sicher sein konnte, dass Kai der Täter und Tim von der gleichen Überzeugung erfüllt gewesen war wie sie, als er beschloss, selbst für die folgerichtigen Konsequenzen zu sorgen. Es war leicht, Selbstjustiz abzulehnen, womöglich moralisch zutiefst empört dagegen zu wettern, wenn man nicht betroffen war. Mirjam war zutiefst dankbar, dass sie vor diesem Mann nie wieder Angst haben musste.

Sie hatte ihn vor einigen Wochen in Vaschwitz auf Rügen wiedergesehen, ohne in diesem Augenblick zu ahnen, dass es ein Wiedersehen war – Mitte März, bei einer Musical-Aufführung in der Kunstscheune, zu der Ben sie eingeladen hatte. Mirjam wusste nicht, dass der Mann in der Reihe hinter ihr Kai Richardt war, geschweige denn, dass er ihr Entführer und Peiniger gewesen war: Sie registrierte einen gutaussehenden Mann, der ihr einen langen, prüfenden Blick zuwarf, als sie sich setzte und kurz über die Schulter sah. Die kleine zierliche Frau neben ihm war auffallend blass, und ihre Miene ließ nicht darauf schließen, dass sie sich auf die Aufführung freute.

Mirjam erinnerte sich lebhaft, wie sie gerade noch amüsiert überlegt hatte, dass das Paar ganz so wirkte, als sei es sich bei der Freizeitgestaltung nicht einig gewesen. Kurz darauf hörte sie, wie der Mann tief durchatmete und etwas zu seiner Frau sagte – sehr leise und drängend. Seine Worte klangen wie eine Ermahnung oder eine Aufforderung und waren von winzigen Zischlauten begleitet, die ihr seltsam bekannt vorkamen.

Im nächsten Moment zog sich Mirjams Inneres wie schockgefroren zusammen, und ihr Atem stockte, als würde jemand die Hände um ihren Hals legen. Oder um ihr Herz. Ihr Atemzentrum. Sie versuchte, gleichmäßig und ruhig weiterzuatmen – wie sie es vor Jahren gelernt hatte. Panikattacken hatte sie schon sehr lange nicht mehr durchleiden müssen. So lange, dass die leise Hoffnung in ihr aufgekeimt war, sie könnten sich für immer verabschiedet haben. Eine fatale Fehleinschätzung. Eine leise, unangenehm klingende Männerstimme genügte, um sie völlig aus dem Gleichgewicht zu werfen.

In der Pause verließen sie die Veranstaltung. Ben war besorgt. Mit Recht. Die Stimme barg eine Erinnerung in sich. Sie verfolgte Mirjam bis in den Schlaf hinein und beherrschte ihre Träume. Am nächsten Morgen erwachte sie mit der festen Überzeugung, ihrem Entführer begegnet zu sein. Schwachsinn, schimpfte sie sich selbst. Völliger Schwachsinn! Nach mehreren halbdurchwachten Nächten und zwei weiteren Panikattacken ließ sie sich einen Termin bei ihrem Therapeuten geben.

Die Sitzung tat ihr gut, aber die Überzeugung blieb. Mehr noch: Sie wusste, dass der Verdacht sie nie wieder loslassen würde, und die Vorstellung, dass ihr Entführer vielleicht irgendwo auf Rügen lebte und sie einander immer wieder über den Weg laufen konnten, schnitt ihr Herz mit einer Schärfe ein, als läge die Tat kaum vier Wochen zurück.

Er hat gewonnen, dachte Mirjam, als sie die Praxis verließ. Nach fünfeinhalb Jahren hat er immer noch und immer wieder Macht über mich.

»Du wirst mich nie vergessen«, hatte er damals geflüstert. Es waren seine letzten Worte gewesen, bevor die Tabletten gewirkt hatten.

Ohne einen Augenblick darüber nachzudenken, fuhr sie nicht zur Arbeit, sondern machte einen Umweg über den Knieperdamm in Richtung Heinrich-Heine-Ring. Erst als sie vor Tims Laden stand, wurde ihr bewusst, was sie tat. Sie wollte sich abwenden, aber er hatte sie schon gesehen und bat sie herein.

Seit ihrer Trennung hatten sie sich nicht mehr gesehen. Sie hatte manchmal in der Zeitung von ihm gelesen – auf der Sportseite – und sich gefreut, dass es beruflich so gut für ihn lief. Als sie in seine Augen blickte, spürte sie, dass es zwischen ihnen keinen Raum für oberflächliches Geplänkel oder Ausweichmanöver gab, und nur deswegen war sie hier.

»Ich bin ihm begegnet«, sagte sie leise, kaum dass sie einander verlegen begrüßt hatten.

Er wusste sofort, wen sie meinte. »Erzähl«, erwiderte er mit einer Selbstverständlichkeit, die sie zutiefst berührte.

Mirjam beschrieb die Situation und den Mann, sein Aussehen, seine Art sowie ihre Reaktion auf seine Stimme, und je länger und eingehender sie redete, desto nachdenklicher sah Tim aus. Als sie schließlich schwieg, schüttelte er langsam den Kopf.

»Merkwürdig«, meinte er. »Irgendwie …« Er fasste nach ihrem Arm. »Komm mal mit.«

Sie gingen in sein kleines Büro. Der Schreibtisch war mit Papierkram und Fotos übersät.

»Wir hatten vor einigen Wochen eine Crosslaufveranstaltung, und ich stelle gerade Artikel und Fotos für unsere

Pinnwand im Vereinslokal zusammen«, erzählte er. »Sieh dir doch mal die Aufnahmen an.«

»Warum?«

»Ist nur so eine Idee. Irgendwas macht mich stutzig. Sieh sie dir einfach an.«

Sie zögerte nur kurz. Das vierte Bild zeigte ihn an einem Erfrischungsstand. Er hob seinen Trinkbecher, als wollte er dem Fotografen zuprosten, und strahlte. Sie spürte, wie sie erbleichte, und hielt Tim die Aufnahme vors Gesicht. »Das ist er.«

Tim war plötzlich mindestens genauso blass wie sie. »Und da bist du dir ganz sicher?«

»Ich bin hundertprozentig sicher, dass dieser Mann bei der Aufführung in der Kunstscheune hinter mir gesessen hat und seine Stimme … alles zurückgebracht hat.« Sie schluckte. »Meine Güte – das ist natürlich kein Beweis, und alle, mit denen ich bisher darüber gesprochen habe, sagen, dass er einen Erinnerungspuls in mir ausgelöst hat, aber …«

»Ich weiß, was du meinst«, unterbrach Tim sie. »Man kann es nicht ausschließen, und du willst wissen, woran du bist.«

Er machte eine Pause und starrte an ihr vorbei. »Ich will es auch wissen, und ich kümmere mich darum«, fügte er schließlich hinzu.

»Was hast du vor?«

»Ich kümmere mich darum«, wiederholte er. »Es ist ganz einfach: Ich werde herausfinden, ob er der Täter war.«

»Und dann?«

»Das weiß ich noch nicht. Aber vertrau mir.«

Als sie einige Minuten später den Laden verließ, war ihr Herz um ein Vielfaches leichter, und sie konnte durchatmen. Tim hatte sie nicht nur ernst genommen, er würde sich auch kümmern. Was für wunderbare Worte! Sie zweifelte nicht einen Moment daran, dass es ihm gelingen würde, die Wahrheit herauszufinden.

Alles wird gut, dachte sie, als sie in ihren Wagen stieg. Jetzt wird endlich alles gut.

Erna Thiele hatte viel Zeit. Seit die Beine kaum noch wollten und sie die meiste Zeit im Rollstuhl saß, noch mehr als zuvor. Sohn und Schwiegertochter waren den ganzen Tag außer Haus, die Enkel lebten inzwischen in Neubrandenburg und Schwerin, und Erna war einen Großteil des Tages auf sich allein gestellt. Mittags kam eine Pflegerin vorbei, um eilig vorbeihastend nach dem Rechten zu sehen und sich zu vergewissern, dass Erna ihre Tabletten genommen hatte, zwischendurch rief der Sohn mal an. Er wollte hören, dass es ihr gutging und an nichts mangelte. Sie tat ihm den Gefallen und beklagte sich niemals. Auch wenn sie mal Schmerzen hatte oder die Einsamkeit sie so sehr einschnürte, dass sie nur schwer Luft bekam.

Erna verbrachte viele Stunden vor dem Fernseher, weil sie die Liebesschnulzen mochte und dem Vorabendkrimi entgegenfieberte. »Soko Köln« liebte sie besonders, weil der ältere Kommissar mit dem betagten französischen Auto so wunderschön lächeln konnte und immer für einen Scherz aufgelegt war; »Soko Wismar« war eher amüsant als spannend. Sie las viel, blätterte Fotoalben durch und mühte sich mit ihrem Rollstuhl von Zimmer zu Zimmer, um wenigstens das zu tun, was ihr körperlich noch möglich war: Staub wischen, Blumen gießen, ein bisschen aufräumen und in Schwung bleiben.

Einmal am Tag telefonierte sie mit einer Freundin in Bergen, fast jede Woche fuhr der Sohn sie zu einer Veranstaltung ins Seniorenheim, wo Filme gezeigt wurden, Kartenspiel-Turniere stattfanden oder ein Chor sein Können zum Besten gab – was nicht immer ein Genuss war.

Sechsundachtzig war kein Alter für große Sprünge, für Erna nicht mehr. Sie versuchte, sich damit abzufinden. Andere Senioren unternahmen Reisen, schmissen ihren Haushalt noch mit links oder zumindest weitestgehend selbständig und meldeten sich zu Nordic-Walking- und Computer-Kursen an. Sie schaffte das nicht mehr und haderte manchmal damit.

Besonders die Spaziergänge am Meer fehlten ihr. Der Blick in die blaue Weite, der so viel Licht in die Seele ließ. Dafür war ihr Gehör noch sehr gut, sie sah besser als ihr Sohn, was sie insgeheim amüsierte, und senil war sie auch nicht. Jedenfalls war sie davon überzeugt. Ein bisschen schusselig manchmal – aber nicht senil.

Es ist ein schönes Leben hier draußen in Buschvitz, dachte sie häufig. An Tagen, die ihr grau und schwer schienen, ohne dass sie einen vernünftigen Grund dafür anführen konnte, der über das Hadern mit den Widrigkeiten des Altwerdens hinausging, wiederholte sie den Satz wie ein Mantra. Kinder und Enkel sind wohlgeraten, jeder hat seinen Platz gefunden, und meinen macht mir niemand streitig.

Sie saß häufig ganz still auf der windgeschützten Terrasse, an kalten Tagen in eine dicke Decke gehüllt und mit Fäustlingen und Mütze geschützt, und lauschte den Vögeln oder beobachtete ihren Flug. Der Blick auf den Bodden ersetzte nicht das Schauen am Meer, aber auch hier gab es dieses besondere Licht der Insel, das den Geist wach und klar machte. Die Nachbarn zur Rechten hatten zwei kleine Ponys im Garten, zur Linken wohnten die Richardts: die zarte Frau mit den kleinen Kindern, der große schöne Mann – kraftstrotzend, erfolgreich. Eine Bilderbuchfamilie. Bis vor kurzem.

Erna hatte in der Ostsee-Zeitung gelesen, dass er erschlagen worden war. Sie konnte es immer noch nicht fassen. Die Leute redeten, wie ihre Freundin aus Bergen erzählt hatte, dass es ein Neider gewesen sein musste – jemand, der es nicht ertragen hatte, dass dieser strahlende Mann alles hatte, was man sich fürs Leben wünschen konnte: Erfolg, Geld, Ansehen, eine attraktive Frau und gesunde Kinder. Anders konnte Erna sich das auch nicht erklären.

Am Sonntagabend hatte man ihn hinter der Fischfabrik im Hafen gefunden. Samstagmittag hatte Erna noch die Frühlingssonne auf der Terrasse genossen und die Kinder im Garten spielen gehört. Später war es so still geworden, dass sie eingenickt war. Sie wusste nicht, wie viel Zeit vergangen war, als sie die Augen wieder aufschlug. Sie reckte sich und sah zu den Richardts hinüber. Und entdeckte plötzlich etwas Seltsames.

Sie brauchte einen Moment, um zu begreifen, was sie sah. Vera Richardt war aufs Dach geklettert und schwang sich von dort über die Balkonbrüstung – geschickt und anmutig wie eine Tänzerin. Dann warf sie einen Blick in die Runde, worauf Erna ihren Kopf eilig einzog – warum, wusste sie nicht zu sagen. Schließlich schob Frau Richardt die Balkontür auf und verschwand im Inneren des Dachzimmers.

Vielleicht hat sie den Schlüssel vergessen, hatte Erna überlegt. So was konnte schon mal passieren. Ihr Sohn hatte für diesen Fall immer einen Ersatz in der Garage liegen – in einer Tabakdose, die zwischen schmierigen Lappen in einem Putzeimer versteckt war.

Aber die Kinder waren zu Hause, war ihr nächster Gedanke gewesen. Sie waren so groß, dass sie die Tür öffnen konnten. Vielleicht hatten sie die Klingel nicht gehört. Oder es gab einen ganz anderen Grund – ein verschobener Ziegel zum Beispiel, so dass es nun hereinregnete.

Vera Richardt war keine Frau, die auf dem Dach herumkletterte oder handwerklich tätig wurde. Er werkelte gern, wenn er zu Hause war, und sie sah man ab und zu im Garten – ja, aber sonst …

Erna sprach mit niemandem über ihre Beobachtung. Sie war nicht so wichtig. Vielleicht wurde sie allmählich doch etwas mehr als schusselig. Und das musste man ja niemandem auf die Nase binden.

9

Die Schwäne sangen tatsächlich. Steffen hatte angenommen, Tim hätte ihm einen Bären aufgebunden. So wie er den Drigge-Vorschlag nicht hundertprozentig ernst genommen hatte. Aber Tim hatte ihn sogar abgeholt, und Steffen musste seinen Wagen stehen lassen.

»So unauffällig wie möglich«, meinte er, und Steffen hatte sich eine Erwiderung gespart.

Was sollte er auch sagen? Tim wollte ihn in Sicherheit bringen, weil er ihn entweder immer noch für den Mörder hielt und darum schützen wollte oder es selbst gewesen war und nun befürchtete, dass Steffen bei weiteren Nachforschungen ins Visier der Polizei geraten könnte. So einfach war das.

»Sie überprüfen alles Mögliche«, hatte er später noch hinzugefügt, als sie bereits über die Brücke gefahren waren. »Auch Telefonverbindungen und den ganzen Kram. Vergiss nicht, dass du der anonyme Anrufer warst.«

»Nein, vergesse ich nicht.«

Der kleine Bungalow befand sich am äußeren Rand der Siedlung: ein beschauliches Gartenidyll, wie Steffen es gar nicht mochte. Er würde hier mehr Ruhe finden, als ihm lieb war. Immerhin war die Ausstattung erfreulich: Radio und Fernseher, moderne Küchenzeile und Duschbad. Der Wohnraum mit der abgetrennten Schlafecke war gemütlich, und die üblichen Bilder von Schiffen und Naturlandschaften ließen sich gut ertragen. Es gab sogar einen Kamin.

Als Tim aufgebrochen war, unternahm Steffen einen ersten Erkundungsspaziergang – zum Strelasund, wo kleine Boote träge auf dem Wasser schaukelten und Dutzende von

Schwänen von einer Bucht in die nächste schwammen. Singend und schnarrend wie Wale. Ein betörendes Geräusch.

Steffen bekam eine Gänsehaut. Er wagte kaum sich zu rühren. Irgendwo hatte er mal gehört, dass Schwäne sehr ungemütlich werden konnten, wenn sie sich bedroht fühlten. Ich bedrohe euch nicht, dachte er wortlos. Den Typen habe ich bedroht, bis er auf den Knien vor uns lag. Und halbtot geprügelt oder besser: vierteltot, denn einen Teil hatte Tim übernommen – mindestens. Steffen hatte gar nicht gewusst, dass ein Läufer derart zuschlagen konnte.

Später briet er sich Spiegeleier mit Speck und aß vor dem Fernseher. Er ließ den Apparat die ganze Nacht laufen, um die Stille zu übertönen. Aber die Erinnerungen kamen trotzdem. Als ob sie wüssten, dass er ihnen an jedem Ort schutzlos ausgeliefert war.

Tim war weiß wie eine Wand gewesen, und er hatte heftig gezittert. In dem Moment, als er den Mann fixierte und die Zähne aufeinanderbiss, wusste Steffen plötzlich, dass das Spiel, wenn es denn je eins gewesen war, vorbei war – und dass er nicht mehr aussteigen konnte. Das war er dem Freund schuldig. Ein mulmiges Gefühl beschlich ihn – wie Schüttelfrost. Er schämte sich dafür und hatte Mühe, es zu ignorieren.

»Es hat dich wirklich niemand gesehen?«, flüsterte Tim, während sein Blick starr auf den zusammengekrümmten Kai Richardt gerichtet blieb, der mit schreckgeweiteten Augen zu ihm hochsah.

»Nein, niemand – er hat die Tür geöffnet, ich habe ihm auf die Fresse gehauen, ihn gefesselt und geknebelt.« Steffen gab seiner Stimme einen betont schnoddrigen Klang.

»Nachdem ich die Handschuhe angezogen habe«, versicherte er. »Wie abgesprochen. Ich will mich ja an dem nicht schmutzig machen. Was jetzt?«

»Das hängt von dem Arschloch ab«, sagte Tim und griff in die Innentasche seiner Jacke, um ein Foto herauszuholen. Er ging in die Hocke, packte den Mann und setzte ihn aufrecht hin. Dann hielt er ihm das Bild vor die Nase.

»Mirjam. Meine Mirjam. Du kennst sie«, sagte Tim mit bebender Stimme. »Und du hast gewusst, dass wir damals zusammen waren, stimmt's? War dir das vor fünf Jahren auch schon klar?«

Der Mann sagte nichts, er machte auch keine Anstalten, gegen den Knebel anzureden.

»Du hast sie beobachtet und beschattet wie ein Stalker, nur unauffälliger. War es ein besonderer Kick, dass es meine Frau war?«

Tim hob langsam den Kopf und sah zu Steffen hoch. »Er ist das Schwein, das Mirjam entführt, eingesperrt und tagelang missbraucht und gequält hat … Kai Richardt, ein Laufkollege. Kannst du dir das vorstellen?«

Bevor Steffen etwas erwidern konnte, holte Tim aus und schlug dem Mann mit voller Wucht die geballte Faust ins Gesicht. Sein Kopf flog zur Seite. Steffen hörte das Knacken des Nasenbeins, als es brach. »Du wirst mir jetzt alle Fragen beantworten, die ich dir stelle, kapiert?«, raunte Tim ihm zu.

Richardt stöhnte mit erstickter Stimme und deutete ein Nicken an. Tim richtete sich auf und zerrte ihn hoch, um ihn mit dem Rücken an die Wand zwischen zwei Kajaks zu lehnen. Seine Hose war im Schritt feucht.

»Machst du dich nass vor Angst?«, fragte Tim mit heiserer Stimme und riss ihm den Knebel herunter. »Täte ich an deiner Stelle auch. Wie oft hat Mirjam vor Angst gewimmert? Sag schon!«

Kai atmete hektisch. »Hör zu, Tim, ich …«

Tim stieß ihm das Knie in den Unterleib. »Nein, du hörst zu und beantwortest meine Fragen! Hast du das kapiert?«

Richardt hatte sich gekrümmt. Er keuchte. »Ja, ja …«

Red bloß, fuhr es Steffen durch den Kopf. Und red schnell! Der Gedanke gehört hier nicht her, dachte er und hoffte, dass er sich nicht auf seinem Gesicht abzeichnete.

Bis es vorbei war, verging mehr als eine Stunde. Sie brachten ihn nach unten, wo sie abwechselnd auf ihn eindroschen und Kai schließlich zugab, Mirjam in einem der Kellerräume gefangen gehalten zu haben. Als er gestand, in Erwägung gezogen zu haben, sie sogar ein zweites Mal zu entführen, nachdem er sie in der Kunstscheune gesehen und erkannt hatte, war Tim kurz davor, ihm den Schädel endgültig einzuschlagen. Aber er tat es nicht, und als Steffen es für ihn übernehmen wollte – damit es endlich vorbei war –, ließ er es nicht zu.

Sie fesselten und knebelten ihn, so dass er sich kaum rühren konnte. Richardt war blutverschmiert und völlig fertig. Er atmete flach. Steffen vermied es, ihn direkt anzusehen.

»Er bleibt hier, für zwei Tage. Montagmorgen rufen wir die Polizei«, sagte Tim erschöpft. »Bis dahin hat er genug Zeit, über seine Verbrechen nachzudenken – und zwar an dem Ort, an dem er sie begangen hat.«

»Und dann?«, fragte Steffen, der die Idee, Richardt in Prora suchen zu lassen, bedeutend cooler fand, aber darum ging es Tim wohl nicht. Coolness war das Letzte, um das es hier ging.

»Werde ich dafür sorgen, dass alle erfahren, was dieses Schwein angestellt hat. Und er wird sich verantworten müssen.«

Kurz darauf schlichen sie aus dem Gebäude und fuhren auf verschiedenen Wegen nach Stralsund zurück.

Steffen traf eine Dreiviertelstunde später zu Hause ein. Er stopfte seine Klamotten, einschließlich der Schuhe, in die Waschmaschine und setzte sich in die heiße Badewanne.

Mehrmals schrubbte er sich von Kopf bis Fuß ab, säuberte seine Fingernägel und wusch sich zweimal die Haare. Das hatte Tim ihm ans Herz gelegt. Keine Spuren.

Man müsste sie auch aus dem Inneren herauswaschen können, dachte er, während das heiße Wasser an ihm herabrann. Und damit den Schrecken wegspülen und den tiefen Schmerz, der mit der Lust an Rache und Erniedrigung gerungen und gewonnen hatte.

Steffen wusste, dass er Richardts Blick, den er aufgefangen hatte, als sie die Treppe nach oben gegangen waren und er sich noch einmal nach ihm umgesehen hatte, niemals vergessen würde und auch nicht den verzweifelten halberstickten Schrei, der seitdem jede Nacht in ihm widerhallte. Wie ein gequältes Kind, in dem die Panik hochkochte, hatte der Mann ausgesehen.

Steffen hasste sich selbst dafür, diesem Frauenquäler sogar noch einen Funken Mitleid entgegenzubringen. Das durfte Tim niemals erfahren.

Romy legte den Hörer auf und sah zu Kasper hoch, der vor ihrem Schreibtisch stand.

»Das war der Stralsunder Kollege, der unseren Läufer beschattet und demnächst Feierabend macht«, erläuterte sie. »Tim Beier ist mit einem Bekannten, den er aus einer Sportlerkneipe abgeholt hat, nach Rügen gefahren – genauer gesagt: nach Drigge. Dort hat er den Mann in einem dieser Wochenend-Gartenhäuser abgesetzt und ist anschließend in seinen Laden zurückgekehrt.« Sie hob eine Braue.

Kasper machte ein nachdenkliches Gesicht. »Und wer ist dieser Bekannte?«

»Ein gewisser Steffen Brandt. Wie es aussieht, wohnt er im Dachgeschoss des Lokals. Überprüfung läuft bereits.«

»Wollen wir da heute noch tätig werden?«

»Gute Frage.«

Romy atmete tief aus – nach einigen Stunden intensiver Büroarbeit gab es nur noch drei Möglichkeiten für sie: Feierabend machen und zwei Stunden am Strand spazieren gehen, um den Kopf wieder frei zu bekommen, eine Runde Boxen oder noch einmal richtig aktiv werden. Womit sie keinesfalls gesagt haben wollte, dass man am Schreibtisch nicht aktiv sein konnte.

Sie hatte in den letzten Stunden ihre Gesprächsnotizen geordnet und ausformuliert und Max zur weiteren Bearbeitung überlassen sowie mehrere Telefonate geführt und einige Male versucht, Vera Richardt zu erreichen – was ihr nicht gelungen war –, während Kasper das Umfeld von Tim Beier ausleuchtete.

Vielleicht war die Verbindung zwischen den beiden Läufern enger, als es auf den ersten Blick schien. Doch wenn dem so war, hätte Mirjam Lupak Kai Richardt nicht zumindest flüchtig kennen müssen? Sie bestritt das – weder Name noch Gesicht sagten ihr irgendetwas, angeblich. Aber sie bestritt ja auch, nach ihrer Trennung noch Kontakt zu Beier gehabt zu haben. Warum?

»Wir sollten Tim Beier und seinen Kumpel morgen vernehmen – wenn wir frisch und munter sind.« Sie stand langsam auf. »Aber ich möchte heute noch mal mit der Witwe sprechen. Ich bin dafür, unangemeldet vor ihrer Tür zu stehen. Sie wird jetzt sicher zu Hause sein.«

»Hältst du das für sinnvoll?« Kasper sah sie prüfend an. »Seine erste Frau hat nichts von Richardts Entführungsaktivitäten mitbekommen, warum sollte …«

»Ricarda hat mehr mitbekommen, als ihr bewusst war«, unterbrach Romy ihn. »Sie zog nur andere Schlussfolgerungen, als wir es heute tun. Im Übrigen ist es höchste Zeit, Vera über ihren Mann aufzuklären.« Sie seufzte. »In seinem Arbeitszimmer würde ich mich ja gern mal genauer umsehen, aber ich fürchte, dass sie das nicht zulassen wird.«

»Sehe ich auch so, und für einen Durchsuchungsbefehl reicht es wohl noch nicht.«

Romy nickte. »Da hast du wohl recht.«

Kasper griff nach seiner Jacke. »Gut, ich komme mit.«

Romy lächelte. »Befürchtest du, dass ich …?«

»Ja.«

Sie waren schon fast aus der Tür, als Romy noch mal zurückging und Max bat, ihr ein Foto von Tim Beier aufs Handy zu schicken. »Findest du sicherlich im Internet – der hat ja eine eigene Website.«

Breder nickte. »Kein Problem. Noch was?«

Sie überlegte kurz. »Die Überprüfung von seinem Kumpel Steffen Brandt läuft noch – versuch doch mal vorab dein Glück. Vielleicht findet sich ja in den Tiefen des Netzes auch ein brauchbares Bild von ihm.«

»Schon verstanden.«

»Danke.«

Kasper sah Romy fragend an, als sie die Treppe hinuntergingen. »Denkst du, die Witwe kennt die beiden?«

»Fragen kostet nichts, auch wenn man sich nicht immer beliebt damit macht.«

Der Eingangsbereich war hell erleuchtet, und ein Wagen stand vor dem Haus. Romy spürte, dass jemand durch den Spion lugte, und als Vera Richardt die Tür öffnete, gab sie sich Mühe, ein ebenso unschuldiges wie freundliches Gesicht aufzusetzen.

»Sie schon wieder? Gibt es Neuigkeiten?«

Sie hält sich nicht mit langen Vorreden, geschweige denn auch nur höflichen Begrüßungsfloskeln auf, dachte Romy, während sie den abweisenden Blick der Frau über sich ergehen ließ.

»Ja, es gibt Neuigkeiten«, erwiderte Romy und nickte ihr zu. »Können wir hereinkommen?«

»Wenn es sein muss – bitte.«

Sie ging vor und führte die Kommissare diesmal ins Wohnzimmer. Das dunkelgrüne Kostüm saß perfekt, der Stoff knisterte leise. Sie sieht aus, als hätte sie noch was vor, dachte Romy. Andererseits sollte es ja Frauen geben, die grundsätzlich gut gekleidet herumliefen, auch wenn sie keinen Besuch erwarteten.

Romy ließ die Atmosphäre des protzig eingerichteten Raumes einen Moment auf sich wirken. Schwere Teppiche, helles Mobiliar und auffallend viele Lampen. Der Raum war lichtdurchflutet. TV- und Musikanlage waren vom Allerfeinsten.

Vera Richardt machte eine halbherzig einladende Bewegung in Richtung der Essecke. »Bitte, nehmen Sie Platz.«

Romy legte Notizheft und Ordner auf den Tisch. Irgendwo im Haus klappte eine Tür, und sie hörte leise Stimmen. Die Kinder, dachte sie. Kasper schlug ein Bein über das andere. Sie sah ihm an, dass er die Befragung für überflüssig hielt, zumindest zu diesem Zeitpunkt.

»Haben Sie ihn?«, fragte Vera Richardt und blickte Schneider an.

Romy spürte das Vibrieren ihres Handys und schätzte, dass die Fotos eingetroffen waren. Sie verschränkte die Hände ineinander.

»Nein, wir haben ihn noch nicht – wer auch immer er sein mag«, entgegnete sie.

Was genau hast du eigentlich gegen mich, fuhr es ihr durch den Kopf. Passen dir meine Fragen nicht, oder stört dich meine Nase? Oder ist es vielleicht doch eher die legere Lederkluft? Romy räusperte sich. »Aber wir haben einige unangenehme Neuigkeiten.«

Vera Richardt atmete tief durch. »Das erstaunt mich nicht.«

»Ich versuche, es kurz zu machen …« Romy öffnete den

Ordner und entnahm ihm ein Foto von Mirjam Lupak, das sie der Witwe vorlegte. »Kennen Sie diese Frau?«

Vera Richardt schüttelte den Kopf, allerdings mit einem spürbaren Zögern. »Nein ... Ich meine …«

»Wir müssten es genau wissen.«

»Das ist mir klar, nur …« Eine ungesunde Blässe stahl sich über ihr Gesicht. »Nein, keine Ahnung. Ich erinnere mich jedenfalls nicht, ihr begegnet zu sein. Wer ist die Frau?«

»Sie wurde im Herbst 2005 entführt, gequält, vergewaltigt und anschließend wieder freigelassen. Den Täter konnte sie nicht erkennen und auch nicht den Ort, an dem sie gefangen gehalten wurde.«

Vera starrte sie mit geweiteten Augen stumm an.

»Wir gehen inzwischen davon aus, dass sie Opfer Ihres Mannes geworden ist«, erörterte Romy weiter.

Vera Richardt blieb stumm. Ihre Gesichtszüge wirkten wie eingemeißelt.

»Außer dieser Frau gab es zu früheren Zeitpunkten noch zwei weitere Opfer – eine hat Suizid begangen, eine zweite wurde in der Gefangenschaft getötet. Ihre Leiche fanden wir im selben Gebäude wie Ihren Mann.«

»Um Gottes willen!«, flüsterte Vera nun bestürzt. »Mein Mann ist ein Mörder?« Sie schlang ihre Finger ineinander. »Wie kommen Sie darauf, dass er so etwas getan haben könnte?«

»Dazu kann ich Ihnen im Moment nicht viel sagen«, wehrte Romy die Nachfrage ab. »Die Indizien mehren sich aber, so dass wir inzwischen von handfesten Verdachtsmomenten sprechen können und natürlich weiterermitteln müssen.«

»Ja … aber …?« Sie brach ab und sah erneut auf das Foto. »Ich verstehe, ehrlich gesagt, nicht …«

»Nach so langer Zeit gestalten sich die Nachforschungen äußerst schwierig – wir haben nicht allzu viele Ansatzpunkte, die uns weiterführen«, erklärte Romy. »Einer besteht in der festen Annahme, dass Ihr Mann die Entführungen detailliert geplant hat, und das hinterlässt immer irgendeine Spur.«

»Wozu mir jetzt natürlich spontan etwas einfallen soll.«

»Wir bitten Sie nur, darüber nachzudenken, ob Ihnen im Nachhinein etwas zu denken gibt, was Sie seinerzeit nicht großartig hinterfragt haben«, erläuterte die Kommissarin vergleichsweise gelassen. »Vielleicht verhielt er sich in auffälliger Weise anders als sonst, ohne dass Sie eine schlüssige Erklärung dafür fanden – insbesondere als über den Entführungsfall in der Zeitung berichtet wurde ...«

Vera hob die Hände. »Das ist über fünf Jahre her! Und selbst wenn ich mich an so etwas erinnern würde – was nützt das denn jetzt noch?«

Stell dich doch um Gottes willen nicht so dämlich an, stöhnte Romy innerlich auf und befürchtete, dass der unfreundliche Gedanke deutlich lesbare Spuren auf ihrem Gesicht hinterließ.

Kasper räusperte sich. »Um die Fälle endgültig zu klären und die Akten tatsächlich schließen zu können, müssen wir ins Detail gehen, Frau Richardt«, entgegnete er besonnen. »Außerdem glauben wir, dass der Mörder Kenntnis vom Tun Ihres Mannes hatte.«

»Ach?« Sie lehnte sich zurück. »Wie kommen Sie denn darauf?«

»Seine Gewalttaten sind ein sehr starkes Motiv.«

»Aber wenn ich Sie richtig verstehe, vermuten Sie diesen Zusammenhang lediglich«, entgegnete sie kopfschüttelnd. »Es könnte sich doch auch ein brutaler Schläger ausgetobt haben.«

»Unwahrscheinlich.«

»Na ja ... was heißt das schon? Sind Sie nicht gerade dabei, einen Zusammenhang zu konstruieren, der kaum überzeugender ist«, wandte Vera Richardt ein.

»Wir basteln uns keine wilden Geschichten zusammen, falls Sie das meinen, sondern versuchen nachzuvollziehen, was geschehen ist«, erwiderte Romy und bemühte sich erst gar nicht, die Heftigkeit in ihrer Stimme zu kaschieren. »Die Polizei geht jedenfalls davon aus, dass der Mörder auf eine Spur gestoßen ist – zufällig oder nicht zufällig –, und diese Spur müssen wir finden.«

Vera zuckte mit den Achseln.

»Bedenken Sie den anonymen Anruf«, ergriff Kasper wieder das Wort. »Das ist ein wichtiger Aspekt. Dem Anrufer war es sehr wichtig, dass wir Ihren Mann finden – dass wir ihn dort finden, am Ort seiner eigenen Verbrechen.«

Vera sah zum Fenster hinaus und wandte den Blick dann kopfschüttelnd wieder zurück. »Rache? Nach so vielen Jahren rächt sich jemand? Warum erst jetzt? Wie passt das denn zusammen?«

»Das ist eine ganz entscheidende Frage«, bemerkte Romy und zog ihr Handy aus der Tasche.

Max hatte drei Fotos geschickt. Zwei zeigten Tim Beier, eines war eine Aufnahme von Steffen Brandt, wie Breder erklärend hinzugefügt hatte. Er war auf der Website von Tim in der Fotogalerie fündig geworden. Steffen Brandt arbeitete in dem Vereinslokal, in dem Tim sich regelmäßig mit seinen Lauffreunden traf, und war bei der letzten Weihnachtsfeier mit abgelichtet worden.

Romy reichte der Witwe ihr Handy. »Sehen Sie sich bitte mal die Fotos an. Sagen Ihnen diese Gesichter vielleicht etwas?«

Vera Richardt betrachtete die Aufnahmen von Tim Beier nur kurz und nickte sofort. »Ja, den kenne ich. Mit dem hat Kai manchmal zusammengesessen, um Läufe zu organisieren.« Sie klickte aufs nächste Bild und stutzte. »Bei dem bin ich mir nicht sicher, aber ich habe den Eindruck, dass ich ihn schon mal gesehen habe, und zwar in letzter Zeit.«

»Das ist ein Freund oder Bekannter von Tim Beier«, erklärte Kasper.

Die Witwe schüttelte den Kopf. »Nein, in dem Zusammenhang ist er mir nicht aufgefallen. Ich glaube …« Sie sah plötzlich hoch. »Ja, jetzt fällt es mir wieder ein: Der stand neulich mit seinem Wagen hier in der Straße, nicht weit von unserem Haus entfernt.«

»Wie bitte?« Romy beugte sich vor. »Und daran erinnern Sie sich?«

»Er saß in einem alten 500er Fiat, wie man ihn nicht mehr häufig zu Gesicht bekommt, und telefonierte«, berichtete Vera. »Ich war im Garten und habe kurz hinübergesehen. Ich bin ziemlich sicher, dass es sich um den Mann handelte, dessen Foto Sie mir gezeigt haben. Wenig später war er verschwunden.«

Interessante Beobachtung, dachte Romy, sogar sehr interessant. Sie spürte, dass sich ihr Puls beschleunigte. »Können Sie sich noch an den Tag erinnern?«

»Nein, nicht genau. Irgendwann letzte Woche. Kai fuhr ins Geschäft, und kurz darauf brach der Fiatfahrer ebenfalls auf.«

»Haben Sie mit Ihrem Mann darüber gesprochen?«

»Nein, warum sollte ich? Die Tatsache bekommt ja offensichtlich erst jetzt eine Bedeutung. Ich hätte nie wieder darüber nachgedacht, wenn Sie mir das Foto nicht gezeigt hätten.«

»Und der Mann ist Ihnen nur einmal hier in der Straße aufgefallen?«

Vera zögerte. »Ich glaube schon, aber ich könnte es nicht beschwören. Vielleicht stand er öfter hier, ohne dass ich ihn bemerkte.«

Romy hob eine Braue und sah Kasper an. Der nickte unmerklich.

»Das könnte ein wichtiger Hinweis sein«, sagte Romy. »Noch eine Frage, wenn Sie erlauben.«

Die Witwe verzog den Mund. »Sie werden sich kaum davon abhalten lassen.«

Romy lächelte liebenswürdig, auch wenn es ihr schwerfiel.

»Egal, mit wem wir sprachen, bei unseren Befragungen wurde immer wieder betont, dass Ihr Mann ein Macher war – jemand, der allein bestimmte, wo es langging, und sich nicht reinreden ließ, sowohl im Job als auch privat.«

Vera Richardt verschränkte die Arme. »Und?«

»Kai Richardt war immer tonangebend und hatte sehr klare Vorstellungen, nach welchen Kriterien und Regeln er seinen Alltag gestaltete, seine Aufträge und Geschäfte abwickelte«, erklärte die Kommissarin langatmig. »Er war grundsätzlich der Chef und diskutierte darüber auch nicht.«

»Ja, ich hab's verstanden. Und worauf wollen Sie hinaus?«

»Sein Arbeitszimmer war stets abgeschlossen«, fügte Romy nach kurzer Pause mit unschuldiger Miene hinzu. »Er wollte immer sichergehen, dass niemals jemand in seinen Sachen herumwühlte oder ohne seine ausdrückliche Erlaubnis seinen persönlichen Bereich auch nur betrat, geschweige denn sich dort umsah. Das konnte er nicht ausstehen, wie man uns sehr eindringlich versicherte.«

Vera Richardt wippte mit einem Fuß. »Ich bin gespannt auf Ihre Frage.«

Kasper sah Romy neugierig von der Seite an. Ihm schien es ähnlich zu gehen wie der Witwe.

»Als wir Sie am Sonntagabend baten, uns unter anderem den Laptop Ihres Mannes zu überlassen, sind Sie, ohne zu zögern, nach oben gegangen – in sein Zimmer«, erläuterte Romy. »Warum war es an dem Abend nicht abgeschlossen? Ihr Mann hatte seine Schlüssel bei sich, wie wir festgestellt hatten.«

Ein winziges Aufblitzen erleuchtete Vera Richardts Augen für Sekundenbruchteile.

»Es war abgeschlossen«, erwiderte sie dann ruhig. »Aber es gibt natürlich einen Zweitschlüssel – so wie es logischerweise für alle Räume Zweitschlüssel gibt.«

Romy nickte. »Ach so.« Sie hielt Vera Richardts Blick fest. »Und wo genau befand der sich?«

Die Witwe hob das Kinn. »Ist das Ihr Ernst?«

»Unbedingt.«

»Wir haben im Werkzeugkeller einen Schlüsselschrank. Dort hing er neben all den anderen Zweitschlüsseln. War es das jetzt?«

»Ja, fürs Erste – danke, Frau Richardt. Wir finden selbst hinaus.«

Zwei Minuten später standen sie vor dem Haus. Es war inzwischen dunkel. Vom Bodden stieg kühle Nachtluft auf. Das Wiehern eines Pferdes drang an Romys Ohr.

»Was sollte das mit dem Arbeitszimmer?«, fragte Kasper, und die Verwunderung war seiner Stimme deutlich anzuhören.

»Die Sache mit dem Abschließtick ist bei dem Telefonat mit Ricarda hängengeblieben. Sie hat sehr betont, wie wichtig Richardt sein eigener Bereich war«, erläuterte Romy. »Außerdem erinnere ich mich, wie der Junge am Sonntag seiner Mutter zurief, dass sie ›Papas Zimmer‹ nicht betreten dürfe. Und sie ist flott nach oben und nicht etwa in den Keller gegangen, um den Zweitschlüssel zu holen. Also war sie bereits vorher in seinem Zimmer.«

»Ja, mag sein. Wahrscheinlich hat sie einen Blick auf seinen Schreibtisch geworfen, um doch Hinweise auf den Verbleib ihres Mannes zu erhalten. Würdest du das nicht tun?«, gab Kasper zu bedenken.

Romy stöhnte leise auf. »Schon gut. Vergiss es – ein Detail, das hängengeblieben ist. Manchmal sind es diese Kleinigkeiten, die irgendwann noch einmal wichtig werden, wie zum Beispiel die Sache mit der vollständig formatierten Festplatte.«

»Oder die endgültig unter den Tisch fallen und dort auch hingehören.«

»Richtig. Auch das ist möglich«, stimmte Romy zu.

»Der Hinweis auf Steffen Brandt ist allerdings wichtig gewesen«, sagte Kasper. »Verdammt wichtig. Insofern gratuliere ich dir zu der Entscheidung, die Witwe noch mal zu befragen.«

Romy grinste. »Danke, Kollege. Das tut jetzt richtig gut.«

Er war vor dem Fernseher eingeschlafen und schreckte hoch, als sein Handy klingelte. Marko Buhl stand auf dem Display. Kasper stellte die Verbindung her und gleichzeitig den Fernseher leise.

»Komm morgen früh mal am Hafen rum«, sagte Buhl, ohne sich vorzustellen.

Kasper setzte sich unterdrückt gähnend auf und spähte zur Uhr. Kurz nach neun. Er war gleich nach dem Essen eingepennt. Das durfte man ja auch keinem erzählen. »Was Neues?«

»Nicht unbedingt.«

»Sag schon, was los ist.«

»Ich habe mir noch mal den ganzen Kram in den Kellern vorgenommen. Da ist genügend Zeug dabei, mit dem man einen Raum einrichten kann: sogar ein altes Bettgestell und eine kleine Badewanne – na ja, eher eine Waschschüssel.«

Kasper war plötzlich hellwach. »Aha. Und? Spuren?«

»Möglich. Ich konnte Reste von Seilenden sichern, mit denen die Frauen unter Umständen gefesselt waren.«

»Du bist gut«, sagte Kasper. »Ich guck mir das morgen an.«

»Jo. Mach das. Ich bin gegen sieben da.«

Kasper konnte lange nicht einschlafen.

10

Die Überraschung war gelungen. Tim Beier hatte am frühen Morgen von der Stralsunder Polizei Besuch bekommen und war nach Bergen gebracht worden, während zwei Uniformierte aus Sassnitz Steffen Brandt aus Drigge abgeholt hatten. Die beiden begegneten sich im Flur, und Romy hatte das deutliche Gefühl, dass Brandt für einen Augenblick sehr irritiert war. Er starrte Beier an, als erwarte er einen Hinweis. Aber Romy wusste auch, dass sie manchmal zu Überinterpretationen neigte.

Sie ließ Steffen Brandt ins Vernehmungszimmer bringen. Tim Beier musste auf der Wache warten. Er warf ihr einen ärgerlichen Blick zu, den sie amüsiert zurückgab.

Die Kommissarin holte sich einen frischen Kaffee und stattete Fine einen Besuch ab, während sie auf Kaspers Rückkehr aus Sassnitz wartete. »Tust du mir einen Gefallen?«

»Klar.« Fine biss herzhaft von ihrem Schinkenbrötchen ab. »Fast jeden – das weißt du doch.« Sie grinste – rücksichtsvollerweise mit geschlossenen Lippen.

»Ich möchte die Festnetzverbindungen des Richardt-Anschlusses noch mal überprüfen, und zwar die aktuellen, also die ein- und ausgehenden Anrufe nach Kais Tod. Und Veras Handyverbindungen interessieren mich eigentlich auch.«

»Du traust der Witwe nicht?«

»Tja, ich weiß nicht so recht ... Kasper meint, dass ich mit meiner Skepsis bei ihr falschliege – weil ich mich davon leiten lasse, dass ich sie nicht ausstehen kann. Letzteres stimmt, das gebe ich unumwunden zu. Sie mag mich übrigens auch nicht. Ich glaube, Frauen in Lederkluft und auf dem Motorrad sind ihr nicht ganz geheuer, aber das nur nebenbei.« Romy setzte sich auf die Schreibtischkante und trank einen Schluck.

»Andererseits hat sie kein überzeugendes Alibi, und die Ehe mit Kai gestaltete sich garantiert nicht viel entspannter als zu Ricardas Zeiten«, fuhr sie fort. »Darüber redet sie zwar nicht, was natürlich ihr gutes Recht ist, aber … Ich denke schon, dass sie etwas weiß oder wenigstens ahnt, was uns weiterbringen könnte. Außerdem reagiert sie manchmal ziemlich merkwürdig, jedenfalls meiner Einschätzung nach.«

»Das sind nicht unbedingt die schlagenden Argumente, die für eine richterliche Genehmigung reichen würden«, wandte Fine in ironischem Unterton ein. »Schon gar nicht, wenn es um die Ehefrau des Opfers geht.«

»Ich weiß.« Romy seufzte. »Versuch trotzdem mal dein Glück. Es geht ja nicht allein um Kai. Wir sind auf jeden noch so kleinen Fingerzeig angewiesen. Und vielleicht kannst du mit deinem besonderen Charme …«

Fine lächelte. »Überredet. Mach ich. Die Sache mit dem fehlenden Alibi kann man ja durchaus ein bisschen übertreiben. Unter Umständen verdichten sich auch die Hinweise auf einen Liebhaber … Und wir wollen doch keine Möglichkeit ausschließen, nicht wahr?«

Romy lächelte. »Auf gar keinen Fall! Ich stelle mit Freuden fest, dass wir uns verstehen.«

Kasper traf wenige Minuten später ein. Seine Miene verhieß nichts Gutes. »Marko hat im Gerümpel ein paar Möbelteile gefunden, die Kai durchaus für seine Zwecke genutzt haben könnte«, berichtete er. »Bett, Stuhl, eine alte Waschschüssel. Damit könnte er den Raum eingerichtet haben.«

Er legte seine Videokamera auf den Tisch. »Wenn wir Glück haben, lassen sich Spuren sichern.«

»Das ist doch eine gute Nachricht. Warum ziehst du so ein Gesicht?«, fragte Romy.

Kasper winkte ab. »Marko hat die Sachen im Keller aufgebaut, um das Ganze atmosphärisch zu veranschaulichen. Ich kann dir sagen, das sieht richtig unheimlich aus.« Er fuhr sich durchs Haar. »Selbst auf dem Video.«

Romy riss sich nicht darum, Mirjam Lupak darauf vorzubereiten, sich die Kellervideos anzusehen. Sie kann sich weigern, dachte sie. Vielleicht wäre es schlau, genau das zu tun. Um den kleinen Seelenfrieden nicht zu gefährden …

»Nimm dir auch einen Kaffee«, sagte sie zu Schneider. »Wir fangen mit Steffen Brandt an. Der ist übrigens kein unbeschriebenes Blatt.«

»Wer ist das schon?«

Brandt hatte die muskulösen Unterarme auf den Tisch gelegt. Eine Schlangen-Tätowierung kringelte sich um sein Handgelenk. Der Mann war Ende dreißig, wirkte aber deutlich älter. Sein Kopf war kahlgeschoren, die dunklen schmalen Augen musterten erst Schneider, dann Romy. Ein Gesicht, in dem sich das Leben tief eingegraben hatte – besonders mit seinen Schattenseiten.

Romy warf einen Ordner auf den Tisch, stellte Schneider und sich vor und setzte das Aufnahmegerät in Gang. Brandt verzog keine Miene.

»Sind Sie schon lange mit Tim Beier befreundet?«, fragte Romy in freundlichem Ton, nachdem sie einige einleitende Sätze fürs Protokoll gesprochen hatte.

»Ein paar Jahre, aber deswegen bin ich wohl kaum hier. Was wollen Sie von mir?«, gab er gelassen zurück.

Seine Stimme klang angenehm tief und selbstbewusst. Keine Spur mehr von Irritation. Er schien nicht besorgt zu sein oder verstand es hervorragend, seine Gefühle zu verbergen.

»Wir untersuchen mehrere schwerwiegende Straftaten, dazu gehört auch Mord …«

»Und was hab ich damit zu tun? Oder Tim?«

»Das wird sich zeigen.«

»Verdächtigen Sie mich?«

»Noch nicht. Wir haben lediglich einige Fragen an Sie. Dann sehen wir weiter.«

»Wer's glaubt ...«

Romy lächelte zuvorkommend und strich sich eine Locke aus der Stirn. »Herr Brandt, was haben Sie am letzten Wochenende gemacht?«

»Ausgeschlafen und im Vereinsheim gearbeitet«, gab er prompt zurück. »Dafür gibt es Zeugen. Fragen Sie nach.« Er machte eine wegwerfende Handbewegung.

»Waren Sie vielleicht zwischendurch auch mal in Sassnitz?«

»Nö.«

»Oder überhaupt auf Rügen unterwegs?«

»Nö.«

»Vielleicht in der Woche davor?«

Brandt zuckte mit den Achseln. »Ich stehe nicht auf Rügen. Zu viele Touristen, wenn Sie mich fragen.«

»Immerhin sind Sie seit gestern in Drigge.«

»Ja, ausnahmsweise. Ich sollte mich um den Bungalow von Tims Vater kümmern – da sind ein paar kleinere Handwerksarbeiten zu erledigen.«

»Aha. Arbeiten Sie häufiger für Tim Beier?«

»Ja. Ist ja nicht verboten.«

»Auf gar keinen Fall.«

Brandt nickte zufrieden. Romy nickte freundlich zurück. Sie hörte, dass er entspannt durchatmete.

»Letzte Woche waren Sie in Buschvitz und haben vor dem Haus von Kai Richardt Wache geschoben. War das auch ein Job? Womöglich ein Job, den Sie für Tim erledigten?«

Eine Augenbraue zuckte. Na bitte, dachte Romy. »Was wollten Sie dort?«

»Ich war nicht in Buschvitz«, widersprach er.

»Es gibt eine Zeugin.«

»Super. Dann irrt sie sich.«

Romy wiegte den Kopf von einer Seite zur anderen. »Ja, so was kann vorkommen. Einen Moment bitte. Wir unterbrechen an dieser Stelle mal kurz.«

Sie schaltete das Gerät aus, entnahm ihm die Kassette und reichte sie an Kasper weiter, der sie, ohne ein Wort zu sagen, nach vorne brachte. Sie lächelte Brandt freundlich zu und schob eine zweite Kassette in den Rekorder. Er verfolgte ihre Bewegungen mit flinken Augen, verkniff sich aber eine Nachfrage.

»Wir lassen Ihre Stimme analysieren«, erklärte Romy. »Wenn Sie sich einen Gefallen tun möchten, dann geben Sie lieber gleich zu, dass Sie der anonyme Anrufer waren, der die Polizei am Sonntagabend auf die Leiche von Kai Richardt aufmerksam gemacht hat. Es gibt Pluspunkte, wenn man mit der Wahrheit rausrückt, bevor wir sie Ihnen ohnehin nachweisen können.«

Brandt zog die Brauen zusammen. »Ich sammle keine Pluspunkte – ich bin kein Rabatttyp.«

»Was sind Sie denn für ein Typ?« Romy schlug den Hefter auf. »Sie sind schon einige Male von der Polizei aufgegriffen worden: kein fester Wohnsitz ...«

»Das ist kein Verbrechen und außerdem ewig her.«

»Stimmt. Aber Klauen und Randalieren sind zumindest kleinere Delikte.«

»Es gibt Schlimmeres.«

»Genau das wollte ich zum Ausdruck bringen – kleinere Delikte, aber immerhin Delikte, mit denen sich die Polizei schon mal beschäftigen musste.«

»Die Polizei beschäftigt sich mit allerlei unwichtigem Kram«, bemerkte Brandt lässig.

Kasper betrat wieder den Raum und setzte sich.

»Kann schon sein. Aber manchmal geht es auch um richtig fiese Geschichten.«

»Kommen Sie langsam zum Punkt, Frau Kommissarin. Was wollen Sie von mir?«, fragte Brandt ungeduldig.

»Wie haben Sie Tim kennengelernt?«

»Spielt das eine Rolle?«

»Vielleicht.«

»Das glaube ich nicht«, widersprach er. »Wir sind Freunde, und ich jobbe oft für ihn. Mehr sage ich dazu nicht, auch wenn Sie die Frage noch zehn Mal stellen.«

»Für Freunde tut man einiges, nicht wahr?«

Auch dazu wollte Brandt nichts sagen. Romy nahm ein Foto von Mirjam Lupak aus der Akte und legte es vor ihn auf den Tisch. »Kennen Sie das Schicksal dieser Frau?«

»Ich kenne das Schicksal von keinem Menschen auf diesem Planeten.«

Romy beugte sich vor. »Reden Sie keinen Scheiß, Brandt!«, fuhr sie ihn an. »Diese Frau war vor einigen Jahren mit ihrem Freund zusammen und ist das Opfer eines Verbrechers geworden, der mit allergrößter Wahrscheinlichkeit Kai Richardt heißt – vor dessen Haus Sie sich einige Tage zuvor noch herumgetrieben haben und der wenig später erschlagen wurde!«

»Ich sagte eben schon, dass das nicht stimmt, und daran ändert sich auch nichts, wenn Sie laut werden«, gab Brandt aufreizend lakonisch zurück.

Romy atmete tief aus. »Na schön. Wir werden weitere Zeugen finden, die sich an Ihren Fiat erinnern können – das ist kein typisches Fahrzeug hier in der Gegend. Außerdem ist die Straße nicht gerade lebhaft befahren. Jemand, der dort nicht wohnt und in seinem Wagen sitzend die Gegend beobachtet, fällt auf.«

Er zuckte mit den Achseln, aber Romy spürte, dass ihm der Gedanke nicht gefiel. Sie wandte sich zu Kasper um.

»Ich schlage vor, wir ziehen die erkennungsdienstliche Behandlung vor und Herr Brandt bekommt etwas Zeit, seine Aussage zu überdenken. Währenddessen warten wir das Ergebnis der Stimmanalyse ab und unterhalten uns zunächst mit Tim Beier.«

Schneider erhob sich und bedeutete Brandt, ebenfalls aufzustehen. An der Tür holte ihn kurz darauf ein Uniformierter ab.

Kasper lehnte sich an den Türrahmen und sah Romy an. »Ich fahre nach Buschvitz, während du schon mal mit dem Beier sprichst, und befrage die Nachbarn.«

Romy nickte langsam. »Tu das. Falls die Witwe keinen Mist erzählt hat und es tatsächlich jemanden gibt, der die Beobachtung bestätigt, könnte das den selbstbewussten jungen Mann durchaus erschüttern. Und nimm dir ein Foto von einem Fiat 500 mit! Außerdem sollen Max oder Fine mal in dem Vereinsheim anrufen und Brandts Alibi checken.«

»Ich sage Bescheid.« Kasper legte die Hand auf die Klinke, drehte sich dann aber noch einmal um. »Glaubst du, die beiden stecken unter einer Decke?«

»Ich befürchte schon. Fragt sich nur, wobei.«

Tim Beier schien zwischen Nervosität und Ärger zu schwanken. Er wirkte bei weitem nicht so abgeklärt wie Brandt – oder wie Brandt sich zu geben verstand.

»Wie haben Sie Steffen Brandt kennengelernt, Herr Beier?«, fragte Romy.

»Ich habe ihm mal aus einer misslichen Lage geholfen«, erwiderte Beier sichtlich erstaunt. Die Frage hatte er nicht erwartet. »Seitdem sind wir befreundet. Er jobbt auch mal für mich.«

Romy sah ihm direkt in die Augen. Er gab den Blick zurück. Sie öffnete ihren Hefter. »Herr Beier, Sie haben uns angelogen.«

Er lehnte sich zurück. »Tatsächlich?«

»Anhand Ihrer Telefonverbindungen ist ersichtlich, dass Sie mit Mirjam Lupak telefoniert haben, und zwar am Montagmorgen.«

»Ich habe in der Tierarztpraxis angerufen – das stimmt. Hatte ich vergessen.«

Romy hob die Brauen. »Einen so wichtigen Aspekt haben Sie trotz unserer Nachfrage einfach vergessen?«

»Ja – das kommt vor. Ich war sehr aufgeregt wegen der Kai-Richardt-Geschichte …«

»Das glaube ich Ihnen aufs Wort!«

»Und habe ihr nur kurz Bescheid gesagt, dass ein Bekannter ums Leben gekommen ist«, fuhr Beier fort, ohne auf ihren sarkastischen Ton einzugehen. Er legte die Hände auf den Tisch.

»Sie hatten jahrelang keinerlei Kontakt zu Ihrer Exfreundin – warum sollten Sie Mirjam deswegen anrufen? Sie hätte es am nächsten Tag aus der Zeitung erfahren.«

»Solche Verbrechen kommen hier in der Gegend nicht gerade häufig vor, glücklicherweise, und ich vermutete, dass sie sich an den Namen erinnern würde.«

»Sie hat sich nie sonderlich für Ihre Sportaktivitäten und die Laufszene interessiert«, wandte Romy ein. »Das hat sie mir selbst gesagt.«

»Aber ich habe Kai bestimmt trotzdem mal erwähnt«, wandte Beier ein. »Das glaube ich zumindest.«

Romy lehnte sich zurück. »Ihre Darstellung überzeugt mich nicht.«

»Schade.« Tim Beier lächelte – zugegebenermaßen ausgesprochen charmant. »Und deswegen laden Sie mich vor? Wegen eines Telefonats, das ich vergessen hatte zu erwähnen? Was wollen Sie mir denn damit in Bezug auf den Mord an Kai beweisen? Ich war, wie schon letztens ausführlich besprochen und geklärt, am Wochenende in Berlin.«

Gute Frage, dachte Romy. Der einzelne Aspekt war mehr als dünn und würde weder den Staatsanwalt noch den Richter überzeugen. Doch im Zusammenspiel mit Richardts Verbrechen an Mirjam bekam er durchaus eine Bedeutung. Vielleicht musste sie ein bisschen pokern, um Beier aus der Reserve zu locken.

»Ja, Sie haben recht, das klingt auf den ersten Blick wenig bedeutsam«, gab Romy zu. »Sie haben mit Ihrer Ex telefoniert und das bei den ersten Befragungen außen vor gelassen.« Sie nickte beiläufig. »Nicht gerade ein tragisches Vergehen. Andererseits hat auch Mirjam behauptet, seit Jahren nichts mehr von Ihnen gehört zu haben. Warum eigentlich? Warum leugnen Sie beide die Tatsache eines kurzen Telefonats?«

»Sie hat es eben auch vergessen – weil es völlig unwichtig war«, sagte Beier. Er nahm die Hände vom Tisch.

Romy schüttelte den Kopf. »Nein, ganz im Gegenteil – die Tatsache, dass sie miteinander gesprochen haben, war so immens wichtig, dass Sie beide zu einer Lüge bereit sind.«

Tim Beier verzog keine Miene.

»Wir werden natürlich Mirjam auch noch einmal dazu befragen, befragen müssen«, fuhr Romy fort. »Und was dieser ganze Polizeistress bei Ihr bewirkt, muss ich kaum betonen, oder?«

Beier schluckte und wich ihrem Blick aus. Er schwieg weiterhin.

Die Kommissarin beugte sich vor. »Wissen Sie, was ich annehme?«

»Nein, das weiß ich nicht.«

»Sie haben Mirjam angerufen, um ihr zu sagen, dass der Verbrecher, der ihr und damit auch Ihnen vor Jahren Fürchterliches angetan hat, tot ist«, behauptete sie ruhig. »Und dabei stellt sich die brisante Frage, woher Sie zu diesem Zeitpunkt bereits über Kai Richardt und seine Taten Bescheid wussten – eine von mehreren brisanten Fragen.«

Beier schüttelte den Kopf. »Quatsch! Das wusste doch niemand! Und wie sollte ich das in Erfahrung gebracht haben?«

»Das genau werden wir herausfinden. Und wenn die Kriminaltechnik mit ihrer Arbeit durch ist, wird es garantiert irgendeine Spur geben, die beweist, dass Sie hinter der Fischfabrik waren. Gemeinsam mit Steffen Brandt.«

»Das haben Sie schon beim letzten Mal angedroht«, bemerkte Beier betont locker. »Bislang gibt es aber keine Spuren und damit keine Beweise.«

»Hatte ich schon erwähnt, dass Brandt dabei beobachtet wurde, wie er vor Kai Richardts Haus in Buschvitz Wache geschoben hat?«, fragte Romy höflich. »Ich denke, dass er in Ihrem Auftrag handelte. Was sagen Sie dazu?«

Seine Unterlippe zuckte.

»Wir werden beweisen, dass Steffen Brandt der anonyme Anrufer war, der uns netterweise am Sonntagabend auf die Leiche von Kai Richardt hingewiesen hat«, fuhr Romy fort. »Und Sie sollten sich sehr genau überlegen, ob es nicht wesentlich klüger ist, mit der Wahrheit herauszurücken, statt darauf zu warten, dass die Polizei sie Ihnen bröckchenweise vor die Füße wirft. Das kommt vor Gericht nie besonders gut an.«

»Sie wissen schon, dass ich das Recht habe, einen Anwalt zurate zu ziehen?«

»Natürlich haben Sie dieses Recht«, bestätigte Romy. »Nur – der wird Ihnen genau das Gleiche erzählen, aber von mir kriegen Sie den Tipp umsonst.«

Sie stoppte das Aufnahmegerät und rief per Telefon einen Beamten. Während sie auf den Kollegen wartete, sah sie Beier an. Der Mann war blass.

»Ich lasse jetzt Mirjam Lupak holen«, sagte sie leise, als

die Tür aufschwang und Beier sich erhob. »Überlegen Sie sich gut, was Sie Ihrer Exfreundin zumuten wollen.«

Er versteinerte und starrte sie mit weidwundem Blick an. Romy war sich darüber im Klaren, dass es unfair war, ihn so zu attackieren, aber sie hatte zum ersten Mal das Gefühl, den Geschehnissen auf den Grund gehen zu können. Und Tim Beier und Mirjam Lupak spielten dabei eine zentrale Rolle.

Erna Thile war aufgeregt. Der Kommissar hatte entfernt Ähnlichkeit mit dem Soko-Beamten aus Köln, wenn er auch blaue Augen hatte und einen Bart, einige Jahre älter war und sehr viel ernster wirkte. Außerdem fuhr er kein französisches Auto, sondern einen Audi. Wenn sie es recht bedachte, bestand die Hauptähnlichkeit darin, dass beide den gleichen Beruf ausübten. Aber der Kommissar aus Bergen war echt, aus Fleisch und Blut, und er stand vor ihrer Tür und wollte eine Auskunft – von ihr.

Erna drehte den Rollstuhl zur Seite und bat Kommissar Schneider herein, nachdem sie einen langen prüfenden Blick auf seinen Ausweis geworfen hatte.

»Möchten Sie eine Tasse Tee?«, fragte sie auf dem Weg in die Küche. »Ich mache mir nämlich gerade meinen zweiten Morgentee: Hagebutte oder Jasmin. Sie haben die freie Wahl. Sie sind beide sehr gut.«

Der Kommissar lächelte höflich und lehnte dankend ab. Wahrscheinlich trank er lieber Kaffee, aber der war ungesund. Er griff in die Seitentasche seiner Jacke und holte zwei Fotos heraus. Der abgebildete Mann sagte ihr nichts, aber der Wagen ...

»Sie sind viel zu Hause, Frau Thile«, bemerkte der Kommissar. »Unter Umständen bekommen Sie einiges von dem mit, was hier in der Straße so vor sich geht.«

Erna machte ein nachdenkliches Gesicht. »Ja, möglich.

Ich sitze häufig auf der Terrasse, auch wenn es kalt ist. Geht es um das schreckliche Verbrechen an unserem Nachbarn, Kai Richardt? Sind Sie deswegen hier?«

»In diesem Zusammenhang ermitteln wir, ja«, antwortete der Kommissar zurückhaltend. Er wies auf das Foto mit dem Auto. »Ist Ihnen ein solches Fahrzeug in letzter Zeit mal aufgefallen?«

Sie blickte erneut auf das Foto. »Ein roter Fiat 500 – ja«, sagte Erna Thile prompt. »So ein Auto stand letztens eine ganze Weile hier rum. Ich kenne mich ganz gut aus mit den verschiedenen Automarken. Mein Sohn ist Kfz-Mechaniker und hat eine eigene Werkstatt.« Sie nickte eifrig. »Ich habe ihn gesehen, als ich draußen in der Sonne saß – also, ich meine den Fiat. Ich dachte erst, der hätte sich verfahren. Aber dann hörte ich, dass er den Motor abgestellt hatte, und nahm an, dass der Fahrer telefonieren wollte. Man darf ja während der Fahrt nicht telefonieren.«

Kommissar Schneider lächelte. »Sie sind gut informiert.«

»Ich bin sechsundachtzig, aber ich bekomme noch alles mit, und blöd bin ich auch nicht.«

»Um Gottes willen – so meinte ich das natürlich nicht!«

Er sah sie so erschrocken an, dass Erna augenblicklich Mitleid bekam.

»Schon gut. Ich meine ja nur. Manche Leute denken, dass man ab dem achtzigsten Lebensjahr nicht mehr ganz rund tickt. Also, so ein Fiat war hier letztens unterwegs«, erklärte sie noch einmal mit Nachdruck.

»Können Sie einschätzen, wie lange er hier stand?«

»Vielleicht zehn Minuten. Kurz nachdem der Richardt weggefahren war, fuhr er auch wieder los.«

Der Kommissar notierte sich ihre Anmerkung. »Wissen Sie den Tag noch?«

»Mitte der Woche, glaube ich – so vom Gefühl her. Festlegen könnte ich mich aber nicht. Die Tage verschwimmen häufig. Meine Freundin führt ja Tagebuch. Sie sagt, das hilft, wenn man verhindern möchte, dass ein Tag den anderen einfach verschluckt ...«

»Interessant«, bemerkte der Kommissar und schloss sein Notizheft. Seine Miene erweckte den Anschein, als meinte er das auch so. »Gut, Frau Thile, das genügt mir erst mal.«

Erna Thile goss sich vorsichtig eine Tasse Tee ein, rührte braunen Zucker hinein und wandte Kommissar Schneider dann das Gesicht wieder zu.

»Wenn Sie schon mal hier sind, kann ich Ihnen auch noch etwas anderes erzählen, was mir letztens aufgefallen ist«, erklärte sie nach kurzem Zögern.

»Ja, nur zu. Jede Beobachtung kann von Bedeutung sein.«

»Die Frau Richardt ist aufs Dach geklettert – am letzten Samstagnachmittag. Auf das Dach ihres Hauses. Das macht sie sonst nie.«

Der Kommissar sah sie verblüfft an und räusperte sich. »Vera Richardt ist aufs Dach geklettert? Sind Sie sicher?«

»Ich saß auf der Terrasse und konnte es gut beobachten. Ich dachte erst, sie hätte ihren Schlüssel vergessen und müsste über den Balkon steigen, aber ...« Sie schüttelte den Kopf. »Die Kinder waren ja da, und sie hätte klingeln können. Dann überlegte ich, dass sie vielleicht was reparieren wollte – einen Dachziegel oder so. Aber solche Dinge hat sie nie gemacht.«

Der Kommissar sah sie stirnrunzelnd an. Er glaubt mir nicht, dachte Erna. Die Geschichte mit der Nachbarin auf dem Dach hält er meinem fortgeschrittenen Alter zugute oder meiner Phantasie. Vielleicht auch beidem. Sie seufzte. Laut ausgesprochen hörte sich das Ganze schon ziemlich verrückt an – selbst in ihren eigenen Ohren. Ich hätte den Mund halten sollen. Aber es war so nett, mit ihm zu plaudern, über eine wichtige Beobachtung zu sprechen und irgendwie mal wieder mitten im Leben zu stehen.

»Vergessen Sie es«, sagte sie plötzlich. »Vielleicht habe ich mich getäuscht. Oder mit offenen Augen geträumt. Kann ja mal vorkommen.«

Schneider lächelte. »Ja, so was kommt vor. Nicht weiter tragisch. Ich danke Ihnen erst mal, Frau Thile. Sie haben uns sehr geholfen. Vielleicht kommen wir noch einmal auf Sie zurück.«

Kann ich mir nicht vorstellen, dachte Erna, aber sie wünschte es sich.

Kasper rief Romy während der Rückfahrt an.

»Ich habe sechs Leute in der Straße gefragt. Außer Vera Richardt meinen noch zwei andere, sich an einen Fiat zu erinnern, der am Straßenrand parkte. Eine Zeugin wäre wahrscheinlich vor Gericht nicht hundertprozentig überzeugend, aber immerhin gibt es außer der Witwe einen weiteren Zeugen, den wir benennen können.«

»Okay. Das ist doch was.«

»Gibt es bei dir schon was Neues?«

»Tim Beier blockt nach wie vor, ist aber ziemlich irritiert, wie viel wir wissen. Wir kommen allerdings nicht darum herum, Mirjam Lupak erneut zu befragen. Mir wird schon ganz elend, wenn ich nur daran denke.«

Kasper strich sich durchs Haar. »Ja, mir auch. Gibt es schon eine Nachricht aus Greifswald?«

»Erwarten wir jeden Moment.«

»Gut, ich bin gleich da.«

11

Das Greifswalder Institut meldete sich gegen Mittag, wenige Minuten nachdem die Genehmigung für die Einsicht in die Verbindungsnachweise von Richardts Festnetzanschluss durch war. Dem gewünschten Einblick in Vera Richardts Handy-Aktivitäten war jedoch nicht zugestimmt worden. Romy hatte damit gerechnet, dass die Argumente nicht gänzlich überzeugen würden, war aber trotzdem sauer – im Gegensatz zu Kasper, der den Bescheid denkbar gelassen aufnahm. »Dann eben nicht.«

Als Dr. Möller auf ihrem Büroapparat anrief, hatte sie sich gerade wieder so weit abgeregt, dass sie vernünftig telefonieren konnte.

»Wir haben mehrere Ergebnisse für Sie«, sagte er in seiner gewohnt herzlichen Art. »Marko Buhl ist schon wieder unterwegs, eine Mail mit vielen fachspezifischen Erläuterungen habe ich gerade an Ihre Dienststelle geschickt. Aber ich bin durchaus für den direkten Weg, wie Sie vielleicht schon gemerkt haben.«

»Ja, das ist hier schon aufgefallen und freut mich sehr.«

»Dachte ich mir. Womit fangen wir an? Die Gummihandschuhe?«

»Nur zu.«

»Wir haben Spuren eines handelsüblichen Reinigers nachweisen können, was nicht so spannend anmutet«, erläuterte Möller. »Aber ein anderer Aspekt dürfte Sie freuen: Wir haben menschliche DNA in Form eines abgebrochenen Fingernagels gefunden! Sie stimmt nach einer ersten Analyse mit dem genetischen Profil von Kai Richardt überein.«

Romy ballte eine Hand zur Faust. »Na bitte! Jetzt nimmt

das Ganze endlich Form an! Der Typ hat da unten bestimmt nicht mit Gummihandschuhen geputzt, um seine empfindlichen Händchen zu schützen!«

»Das sehe ich auch so«, erwiderte Möller. »Darüber hinaus ließen sich Rückstände einer Hautcreme gewinnen. Die Analysen sind noch nicht abgeschlossen, aber wir können jetzt schon sagen, dass die Creme nicht von Kai Richardt stammte – oder um es ganz korrekt zu formulieren: Zumindest benutzte er sie nicht an dem Tag. Außerdem stimmen sie mit Spuren überein, die wir am Knebel gefunden haben.«

»Ich verstehe«, sagte Romy langsam. »Wer den Knebel angefasst hat, benutzte auch die Handschuhe …«

»Das kann man schlussfolgern, wobei ich hinzufügen möchte, dass der Knebel eine Fundgrube für Spurenfreaks darstellt: Blut, Speichel, Schweiß, Dreck, Schmieröl, sogar Tierhaare.«

»Mäuse?«

»Kann ich noch nicht sagen. Das kriegen Sie die Tage aber noch genauer.«

»Das hatte ich gehofft. Was ist mit der blutigen Socke?«

Dr. Möller seufzte. »Diese Spuren sind leider völlig verunreinigt, was Sie ziemlich enttäuschen dürfte, aber ich kann es nicht ändern. Mit dem Spurenmaterial könnten nur noch Spezialisten in amerikanischen Krimiserien etwas anfangen. Im schnöden Polizeialltag sind die schlicht unbrauchbar.«

»Scheiße!«

»Sie bringen es herzhaft auf den Punkt. Bei den Fesseln sieht es leider ganz ähnlich aus – nichts mehr zu machen.«

»Ich wiederhole mich ungern, aber …«

»Ja, ich weiß, was Sie sagen wollen«, unterbrach Möller sie mit einem Schmunzeln in der Stimme. »Immerhin hat die Stimmenanalyse ergeben, dass Steffen Brandt mit neunundneunzigprozentiger Sicherheit der anonyme Anrufer war.«

Romy nickte. »Wusste ich es doch. Tun Sie mir einen Gefallen, Doktor? Ich brauche die Socke zurück – möglichst gewaschen. Ich lasse sie auch abholen.«

»Kein Problem. Ich behalte eine Faserprobe davon hier. Den Rest kriegen Sie zurück. Was haben Sie damit vor?«

»Ich möchte sie der Besitzerin zeigen.«

Möller schwieg beeindruckt und verabschiedete sich kurz darauf.

Romy ging nach vorne zu ihren Kollegen. Max beschäftigte sich bereits mit der avisierten Mail aus dem Institut und übertrug die Daten, während sie Kasper und Fine auf den neuesten Stand brachte.

»Was hast du jetzt vor?«, fragte Schneider anschließend. »Gleich noch mal den Steffen Brandt in die Mangel nehmen? Untersuchungshaft kriegen wir für den jetzt sofort durch.«

»Ich weiß. Aber ich möchte sowohl ihn als auch den Beier noch etwas schmoren lassen. Bitte kümmere dich darum, dass ich die Socke aus Greifswald bekomme und Mirjam Lupak hierhergebracht wird. Am liebsten wäre mir, wenn du sie abholen würdest – in einem Zivilfahrzeug.«

Romy schloss kurz die Augen und blickte zum Fenster hinaus. »Wenn Sie es wünscht, kümmern wir uns auch um einen Psychologen, aber wir müssen Sie erneut befragen …«

Kasper wandte sich um. »Bin schon unterwegs.«

»Danke.«

Romy fing einen Blick von Max auf. »Na, was sagt deine Datenbank?«, fragte sie freundlich.

Max lächelte. »Das ist nicht in einem Satz zu beantworten. Fest steht, dass die beiden, die im Moment höchst verdächtig scheinen, gute bis sehr gute Alibis haben.«

»Moment – Brandt hat auch ein Alibi?«

»Fine hat vorhin herumtelefoniert: Der Kneipenwirt schwört, dass Steffen Brandt sowohl am Samstag, und zwar ab nachmittags, wie auch am Sonntagmorgen im Lokal ausgeholfen hat, und könnte dafür auch noch weitere Zeugen benennen.«

»Na ja ... Das überzeugt mich nicht wirklich.«

»Nun, meine Datenbank erst mal schon. Die bewertet ja nicht den einzelnen Aspekt.«

»Na schön, und welche Schlussfolgerung kann man daraus ziehen?«, fragte Romy seufzend.

»Ganz einfach: Weder Brandt noch Beier haben Richardt ermordet, weil sie am Sonntagmorgen nicht in Sassnitz gewesen sein können – laut Datenbank.«

»Grandios!«, sagte Romy. »Das passt doch aber vorne und hinten nicht zusammen. Brandt beschattet Richardt, weil Tim Beier ihn darum gebeten hat. Das können wir im Moment zwar noch nicht beweisen, aber das ist die einzige schlüssige Erklärung, die von Brandt zu Richardt führt. Brandt ruft die Polizei an, damit der Typ gefunden wird, was zunächst schlicht und ergreifend bedeutet, dass er sehr genau weiß, was mit ihm passiert ist – weil er selbst dahintersteckt beziehungsweise jemand, den er kennt? Oder weil er erneut im Auftrag gehandelt hat und abgesehen von der Beschattung tatsächlich mit all dem nichts zu tun hatte?« Romy raufte sich die Haare.

»Tim Beier weiß, was Richardt auf dem Kerbholz hatte, woher auch immer – davon bin ich überzeugt«, fuhr sie kurz darauf fort. »Er ahnte etwas und beauftragte Brandt, ein Auge auf Richardt zu werfen. Dabei muss ihm etwas klargeworden sein. Wenn wir diesen Zusammenhang aufdecken, können wir ihm ein starkes Motiv, aber nicht den Mord nachweisen – ergo: Er hat jemanden beauftragt. Und an der Stelle drehen wir uns gerade im Kreis. Unter anderem.«

»Vielleicht gibt es den berühmten dritten Unbekannten, den wir jetzt einfach noch nicht sehen«, überlegte Max und blickte wieder auf den Bildschirm.

Romy hob kurz den Blick zur Decke. »Ich hoffe, dass wir nach den nächsten Vernehmungen schlauer sind. Bitte kümmere dich so schnell wie möglich um die Festnetztelefonate von Vera Richardt. Ich bin gespannt, was deine unbestechliche Datenbank daraus ableiten wird.«

Sie eilte zur Tür, verlangsamte dann ihre Schritte und blieb plötzlich noch einmal stehen. Ein Gedanke begann sich zu formen – eher die flüchtige Ahnung eines Gedankens. Sie drehte sich erneut zu Max um.

»Was ist eigentlich nur mit dem Samstagmorgen?«, fragte sie halblaut und sah ihn grübelnd an.

»Bezogen auf die Alibis von Brandt und Beier?«

»Genau.«

Max überprüfte seine Einträge. »Nichts wirklich Handfestes. Brandt gibt an, er habe ausgeschlafen und war einkaufen, Beier hat ausgeschlafen und gepackt.«

Sie nickte.

Mirjams erster Gedanke war: Flucht. Der große grauhaarige Typ sprach sie an und stellte sich als Kommissar aus Bergen vor, als sie gerade die Praxis verließ, um in der Mittagspause einkaufen zu gehen. Ben hatte am Morgen gesagt, dass er gerne mal wieder eine selbstgemachte Pizza essen würde, und sie hatte die Zutaten besorgen wollen.

»Ich muss Sie bitten, mich zu begleiten«, sagte er leise. »Es ist sehr wichtig.«

»Das ist mir egal«, gab sie ebenso leise zurück. »Sie können mich nicht zwingen.«

»Niemand will Sie zwingen. Aber wir brauchen Ihre Aussage zur Klärung mehrerer Verbrechen.«

»Auch das ist mir egal«, erwiderte Mirjam und trat zwei Schritte zurück. »Ich habe mich bereits mit der Kommissarin unterhalten, obwohl mir das sehr schwerfiel, und ich bin zu weiteren Gesprächen nicht bereit … Besser gesagt: nicht in der Lage. Das wird Ihnen mein Therapeut gern bestätigen.«

Kommissar Schneider runzelte die Stirn. »Frau Lupak, im Moment geht es zunächst einmal darum, dass Sie geleugnet haben, in letzter Zeit Kontakt zu Herrn Beier gehabt zu haben. Wir wissen aber inzwischen, dass Sie am Montag miteinander telefoniert haben. Herr Beier steht uns seit heute früh Rede und Antwort, sein Freund Steffen Brandt ebenfalls.«

Mein Gott, dachte Mirjam, sie haben ihn erwischt! Sie spürte förmlich, wie ihre Knie sich in Gelee verwandelten. Wie absurd – wenn die Polizei sich damals bei der Aufklärung des Verbrechens an ihr so viel Mühe gegeben und die gleiche Sorgfalt an den Tag gelegt hätte wie bei den Nachforschungen zu dem Mord an Kai Richardt, wäre vieles gar nicht erst geschehen …

Sie wusste, dass der Vorwurf nicht ganz fair war. Sie war so traumatisiert gewesen, dass sie kaum vernünftige Hinweise hatte geben können, und ohne die war die beste Polizeiarbeit für die Katz.

Der Kommissar trat an ein Auto, das am Straßenrand in der zweiten Reihe parkte, und öffnete die hintere Tür.

»Ich muss meinem Chef Bescheid sagen«, sagte Mirjam.

»Das habe ich bereits getan. Und ich fahre Sie nachher auch zurück.«

Als sie im Kommissariat eintrafen, kam ihr die kleine dunkelhaarige Polizistin entgegen. Sie lächelte freundlich und begrüßte sie mit wachem Blick.

»Kommen Sie, wir suchen uns ein ruhiges Zimmer zum Reden«, sagte sie, als wären sie wie gute Bekannte zu einem netten Plausch verabredet.

Sie gingen einen kahlen Flur entlang, in dem es nach Putzmitteln und Kaffee roch. Durch die Glaswand konnte Mirjam in einem der Nebenzimmer Tim erkennen. Er saß auf einem Stuhl und starrte auf den Boden.

Mirjam spürte plötzlich, dass ihr Herz bis zum Hals schlug. Ich bin schuld, dachte sie. Ich habe ihn in diese Situation gebracht – nach all den Jahren und dem ganzen Kummer, für den Tim nicht das Geringste kann, soll ausgerechnet der Mann ins Gefängnis, der sie von ihrer größten Furcht befreit hatte. Das war nichts als eine schreiende Ungerechtigkeit!

Ihr Gaumen war trocken, als die Kommissarin eine Tür öffnete und sie bat, an einem Tisch in der Mitte des Raumes Platz zu nehmen. Kommissar Schneider kam kurz darauf nach und stellte ein Glas Wasser für sie bereit.

»Oder möchten Sie lieber einen Kaffee?«, fragte er.

Mirjam schüttelte den Kopf. »Nein, danke. Ich habe nicht vor, so lange zu bleiben.« Und nach Kaffeekränzchen steht mir ganz und gar nicht der Sinn.

Dazu sagte Kommissarin Beccare nichts. Sie setzte ein Tonband in Gang und streckte ihren Rücken, als hätte sie zu lange am Schreibtisch gesessen. Die Frau trug Jeans und ein buntes Baumwollhemd und wirkte wie jemand, die nicht allzu lange still sitzen konnte. Eigentlich war sie ihr sympathisch …

Mirjam spürte, dass sie sich beruhigte, indem sie sich auf Nebensächlichkeiten konzentrierte. Sie könnte auch zählen wie bei der Atemtechnik. Entscheidend war, den Fokus nicht auf den Stressfaktor zu richten, aber dem Gehirn etwas zu tun zu geben.

»Frau Lupak, ich hätte Sie nicht ins Kommissariat gebeten, wenn es nicht unbedingt nötig gewesen wäre. Ich kenne Ihre Situation …«

Mirjam schüttelte den Kopf. »Wohl kaum.«

»Gut, ich formuliere es anders: Ich bin der Meinung, mir ein Bild über Ihre Situation machen zu können«, korrigierte sie ihre Einschätzung sofort. »Sie haben Scheußliches erleben müssen. Daran zu rühren, fällt mir alles andere als leicht. Ist es Ihnen lieber, wenn wir eine Polizeipsychologin dazu bitten?«

Mirjam schüttelte sofort den Kopf. »Nein. Stellen Sie Ihre Fragen, und ich werde darauf antworten, soweit mir das möglich ist. Und ich tue das nur für Tim.«

»Warum?«

»Warum was?«

Die Kommissarin lächelte. »Sind Sie hier und bereit, Fragen zu beantworten, weil Tim ihr Expartner ist?«

»Ja, natürlich. Was denn sonst?«

»Okay. Tim Beier hat sie am Montagmorgen in der Praxis angerufen. Was wollte er?«

»Er hat mir erzählt, dass … der Richardt tot ist.«

»Warum?«

»Er dachte wohl, dass ich ihn kannte, von damals, und mich diese Information interessieren könnte«, erwiderte Mirjam. Die Antwort gefiel ihr. Sie klang harmlos und überzeugend, und sie konnte sich vorstellen, dass Tim ähnlich argumentiert hatte.

Die Kommissarin sah sie einen Moment forschend an. »Warum haben Sie den Kontakt abgestritten?«

»Ich habe nichts abgestritten, sondern den Anruf einfach vergessen.«

»Genau das glaube ich nicht.«

Mirjam zuckte mit den Achseln.

»Frau Lupak, es ist mir klar, dass Sie Ihren Exfreund schützen möchten …«

»Schutz hat er wohl kaum nötig.«

»O doch. Woher wusste Tim eigentlich, was für ein Schwein Kai Richardt ist?« Beccare fiel plötzlich in einen scharfen Tonfall.

»Das weiß ich doch nicht! Wahrscheinlich von Ihnen – so wie ich auch.« Mirjam trank einen Schluck Wasser. Ihre Hände zitterten nur leicht, aber sie befürchtete, dass die Kommissarin ihre Erregung sehr genau registrierte.

»Wir wissen inzwischen, dass der beste Freund von Tim

der anonyme Anrufer war, der die Polizei über den toten Richardt informierte. Was sagen Sie dazu?«

»Nichts. Ich kenne den Mann nicht.«

Die Kommissarin lehnte sich zurück. »Sind Sie sehr erleichtert, dass Kai Richardt tot ist?«

»Ja.« Die Antwort kam schnell. Zu schnell. Sie hörte es selbst. Es klang, als ob sie sich schon viel zu lange mit diesem Mann beschäftigte. Mit Kai Richardt.

»Aber Sie können doch gar nicht hundertprozentig wissen, ob er wirklich derjenige war, der Ihnen das angetan hat«, gab Beccare zu bedenken. Der Blick ihrer dunklen Augen hielt sie fest. »Das hatten Sie selbst bei unserem ersten Gespräch kritisch und zu Recht zu bedenken gegeben.«

»Ja, ich erinnere mich. Aber Sie sind mit dieser These zu mir gekommen und haben mich überzeugt«, erwiderte Mirjam. »Und Sie betonten ausdrücklich, dass sich die Hinweise zusehends verdichteten.«

»Das stimmt. Wenn er noch leben würde, säße er jetzt in Untersuchungshaft, und wir hätten längst ein Ermittlungsverfahren gegen ihn eingeleitet. Wir würden ihn vernehmen, vernehmen und nochmals vernehmen. Aber er lebt nicht mehr und kann zu unseren Erkenntnissen, Mutmaßungen, Verdachtsmomenten und Beweisen nichts sagen.« Die Kommissarin machte eine Pause und lauschte ihren Worten hinterher.

»Ich bin sicher, dass er es war, weil zu vieles zusammenpasst, aber wie das manchmal so ist …«, fuhr sie grübelnd fort. »Vielleicht übersehen wir etwas. Oder bewerten Details über, während wir andere Hinweise vernachlässigen oder noch nicht mal sehen. So was kommt vor, im alltäglichen Leben genauso wie bei der Polizeiarbeit.«

»Worauf wollen Sie eigentlich hinaus?«

»Stellen Sie sich vor, er sei unschuldig.«

Mirjam lachte laut auf und presste die Hände auf ihre Oberschenkel. Im Zusammenhang mit diesem Schwein von Unschuld zu sprechen, schien ihr unfassbar.

»Das glaube ich nicht«, wehrte sie vehement ab. »Sie würden einen solchen Verdacht doch gar nicht in dieser Form ...«

»Sie sollen es nicht glauben oder über meine Haltung beziehungsweise die der Polizei nachdenken, sondern sich vorstellen, dass es so sein könnte«, fiel Beccare ihr ins Wort. »Stellen Sie sich einfach vor, wir unterlägen einem Justizirrtum, der sich nun nicht mehr klären lässt, weil der Mann tot ist und zu den entscheidenden Fragen keinerlei Stellung beziehen kann. Und stellen Sie sich weiter vor, dass er an den Geschehnissen so nah dran war und unseren Verdacht erregte, weil er den Frauenschänder kannte und ihm selbst auf den Pelz gerückt ist!«

»Was soll das eigentlich?« Das Zittern war stärker geworden. Mirjam hatte Mühe, es zu kontrollieren. Sie atmete mit halb geöffnetem Mund und starrte die Kommissarin an.

Die beugte sich über den Tisch zu ihr vor. »Ich möchte, dass Sie ernsthaft über die Möglichkeit nachdenken, dass Kai Richardt unschuldig sein könnte.«

Mirjam hatte das Gefühl, dass ihr der Boden unter den Füßen weggerissen wurde. »Dieser Scheißkerl war es, verdammt noch mal!«, schrie sie und sprang auf. »Und ich bin ihn endlich los!«

Ramona Beccare nickte ruhig und stand ebenfalls auf.

»Danke für Ihre klare Aussage, Frau Lupak. Wir unterbrechen an dieser Stelle und reden später noch einmal. Mein Kollege spendiert Ihnen einen Kaffee und etwas zu essen, wenn Sie mögen.«

Mirjam ließ die Arme hängen. Ihr Atem ging stoßweise. Sie spürte den Blick der Kommissarin, der plötzlich ruhig und mitfühlend war. Ich will nicht heulen, dachte Mirjam. Alles, nur das nicht. Dann höre ich nie wieder auf. In diesem Leben nicht mehr.

Romy ließ sich einen Kaffee bringen. Sie war verschwitzt, und ihr Kopf dröhnte. Die Bedrängnis der Frau hatte längst auf sie übergegriffen. Schneider warf ihr einen besorgten Blick zu, als er zurückkehrte.

»Die Frau kippt uns aus den Latschen, wenn wir ihr die Kelleraufnahmen zeigen«, stellte er fest. »Und du siehst auch nicht gerade frisch aus.«

Romy machte eine unwillige Handbewegung. »Mach dir keine Sorgen um mich! Hol lieber Tim Beier.« Sie atmete tief durch. »Entschuldige bitte meinen Ton, ich …«

»Schon gut, beruhige dich«, winkte er ab. »Das ist ein beschissener Fall. Da entgleitet einem schon mal die Stimme.«

Er macht es mir so leicht wie möglich, dachte Romy. Sie lächelte ihn an. »Danke dir.«

Kurz darauf nahm Beier auf Mirjams Stuhl Platz. Tims Bartschatten war dunkel und verstärkte seine bleiche Gesichtsfarbe. Er setzte sich und lehnte das angebotene Glas Wasser ab.

»Erzählen Sie uns, was passiert ist, Herr Beier«, sagte Romy. »Wie haben Sie erfahren, welcher Verbrechen Kai Richardt fähig war?«

»Das müssten Sie eigentlich am besten wissen. Schließlich haben Sie von dem Verdacht der Polizei berichtet und …«

»Ach, hören Sie schon auf!«

»Den gleichen Rat kann ich Ihnen geben!«, entgegnete Beier aufgebracht. »Sie vergessen schon wieder, dass ich am Wochenende in Berlin war.«

»Ich vergesse gar nichts, aber Sie wollen mich schon wieder verarschen! Langsam reicht's! Sie haben den Auftrag erteilt, dass Richardt zusammengeschlagen und ermordet wurde, weil Sie wussten, was er getan hatte. Und Steffen Brandt ist Ihnen einiges schuldig. Der Verdacht, dass er …«

»Nein!« Tim Beier schlug mit den flachen Händen auf den Tisch. »Sie liegen falsch! Mein Freund ist genauso wenig ein Mörder wie ich!«

Romy zuckte mit keiner Wimper. »Nun erzählen Sie endlich, was passiert ist.«

»Hören Sie auf, die immer gleichen Fragen zu stellen.«

»Das war keine Frage, sondern eine Aufforderung. Fangen wir mit dem Samstagmorgen an.«

Beier warf ihr einen kurzen verblüfften Blick zu und sah dann rasch zur Seite. »Ich habe alles gesagt.«

Romy wandte Kasper den Kopf zu und nickte. Schneider griff hinter sich, stellte einen Laptop auf den Tisch und klappte den Bildschirm auf.

»Herr Beier, in Zusammenarbeit mit der Kriminaltechnik ist es uns gelungen, den Kellerraum zu rekonstruieren, in dem Richardt seine Opfer gefangen hielt und malträtierte«, erläuterte die Kommissarin leise, während Kasper die Datei öffnete. »Ich möchte, dass Sie sich das Video ansehen, das mein Kollege aufgenommen hat.«

Beier starrte sie ungläubig und entsetzt zugleich an. »Warum? Wieso soll ich …?«

»Vielleicht erkennen Sie den Raum wieder.«

»Warum sollte ich …?«

»Ich glaube, dass Sie dort waren. Ich habe dieses Video Mirjam noch nicht gezeigt, und ich wünsche mir sehr, dass wir darauf verzichten können, aber ich befürchte … Immerhin ermöglicht uns die Technik, auf eine echte Tatortbesichtigung zu verzichten, vorerst zumindest.«

Beier verschränkte die Hände ineinander. Er gab einen seltsamen Laut von sich, den Romy nicht einordnen konnte. Plötzlich hatte er Tränen in den Augen. »Das dürfen Sie nicht machen«, flüsterte er. »Sie würde zusammenbrechen – da unten.«

»Ich weiß.« Romy nickte. Ihr Hals war auf einmal eng. »Bitte schauen Sie sich das Video an.«

Kasper startete die Aufnahme. Die Kamera erfasste die Werkstatt und den schmalen Flur zum Treppenabgang, während Schneiders sachliche Stimme im Hintergrund die Örtlichkeiten beschrieb. Romy beobachtete, wie Tim Beier den Bildern folgte. Als der Fokus der Kamera sich auf den vorderen Keller neben der Treppe richtete, atmete er tief ein.

»Die Räume sind teils leer oder voller Müll«, kommentierte Schneiders Stimme in monotonem Tonfall weiter. »Im vorderen Keller rechts von der Treppe lag die Leiche von Kai Richardt, im hintersten Raum haben die Kollegen das Skelett in der Truhe gefunden.«

Beier schluckte. Er war noch bleicher geworden. Die Kamera schwenkte herum.

»Links von der Treppe befinden sich mehrere ineinander übergehende Kellerräume«, erklärte Kasper. »Die Tür zum hintersten Raum befindet sich hinter einem Stahlregal.« Die Tür schwenkte auf.

Beier hob eine Hand. »Den Keller kenne ich nicht«, sagte er leise.

Im Halbdunkel wurde ein Bett sichtbar, daneben standen eine Waschschüssel, ein Beistelltisch und ein Stuhl. An einer Wand lehnte ein schmales Regal aus Metall. Die Kamera erfasste in einem Rundumschwenk einen großen, geräumigen, fensterlosen Raum. Wenn man nicht wusste, was hier geschehen war, wirkte er, abgesehen von einer gewissen Düsternis, völlig unspektakulär, dachte Romy.

»Diesen Raum kennen Sie also nicht?«, fragte sie Beier, als sich der Bildschirm abdunkelte.

»Nein, auf der Seite waren wir nicht.« Er atmete tief durch. Erleichtert. Zittrig.

»Sie sind vorne im rechten Keller geblieben«, stellte Romy fest.

»Ja. Er sagte, dass er Mirjam dort unten gefangen gehalten hatte, in einem der Keller. Mehr wollte ich gar nicht wissen. Mehr hätte ich wahrscheinlich nicht ertragen.«

Romy lehnte sich in ihrem Stuhl zurück. »Und nun der Reihe nach, Herr Beier. Was ist passiert?«

»Kann ich jetzt doch ein Wasser haben?«

Die Farbe war in Beiers Gesicht zurückgekehrt. Er hatte ein halbes Glas in einem Zug geleert und sah Romy einen Moment schweigend an. Verwunderung lag in seinem Blick.

»Na schön«, sagte er dann. »Aber Sie müssen Mirjam so weit es geht da heraushalten.«

»Ja – so weit es irgendwie möglich ist.«

Er wischte sich über die Nase. »Mirjam ist Richardt vor einigen Wochen begegnet, ohne dass sie zunächst ahnte, wen sie vor sich hatte …«

Romy hielt den Atem an. »Wo hat sie ihn getroffen?«

»Er war mit seiner Frau bei einer Aufführung in der Kunstscheune in Vaschwitz, die auch Mirjam mit ihrem Mann besuchte. Kai saß hinter ihr, und …« Er hob das Kinn. »Ich weiß, dass sich das jetzt ein bisschen merkwürdig anhört, aber … Sie reagierte auf ihn, als er etwas zu seiner Frau sagte. Seine Stimme löste Angst in Mirjam aus, sogar Panik, und sie war plötzlich sicher, dass dieser Mann ihr Entführer gewesen war. Klingt verrückt, und niemand, mit dem sie darüber sprach, ging ernsthaft auf ihren Verdacht ein, doch der Gedanke ließ sie nicht mehr los.« Er trank einen weiteren Schluck und starrte einen Moment ins Leere.

»Sie kam mit ihren Ängsten und ihrem Verdacht zu Ihnen?«, vermutete Romy.

»Ja.« Er nickte. »Sie stand plötzlich vor meinem Laden. Wir hatten uns seit damals nicht mehr gesehen, aber mir war sofort klar, dass sie etwas auf dem Herzen hatte. Als sie den Mann beschrieb, kamen mir einige Details ziemlich bekannt vor – erschreckend bekannt –, und ich habe Mirjam daraufhin Bilder von Kai gezeigt, die ich noch vom letzten Laufevent herumliegen hatte. Sie können mir glauben, dass mich fast der Schlag traf, als Mirjam, ohne zu zögern, bestätigte, dass es sich um Kai handelte.«

»Sie waren von ihrem Verdacht überzeugt?«

»Ja.«

Romy beugte sich nach vorn. »Um es unmissverständlich auf den Punkt zu bringen: Sie haben aufgrund von Mirjams Schilderung tatsächlich angenommen, dass Ihr Laufkumpan der Verbrecher war, der sie entführt und gequält hatte?«

»Ja. Mirjam war es in letzter Zeit recht gut gegangen, versicherte sie mir. Ihre Panikattacken nach der Begegnung mit Kai mussten eine tiefere Ursache haben als Nervosität oder Überreiztheit oder eine besondere Sensibilität«, erwiderte Beier. »Es klang zugegebenermaßen erst einmal unwahrscheinlich, dass Kai der Täter sein könnte, aber das allein war doch kein Argument. Es gibt genügend miese Typen, die ein Doppelleben führen, was dann hinterher immer alle aus den Socken haut – warum nicht auch Kai Richardt?« Er wartete auf eine Zwischenfrage, aber Romy schwieg. »Ich habe ihre Schilderungen jedenfalls ernst genommen. Und die Tatsache, dass die beiden sich im Zusammenhang mit unseren Läufen nie begegnet sind, hat mich noch bestärkt«, erzählte er weiter. »Mirjam ist ihm aufgefallen, als Kai einen Auftrag von ihrem Chef bekam. Das erfuhr ich aber erst später.« Er biss die Zähne aufeinander.

»Und weiter?«, fragte Romy.

»Der handfeste Verdacht reichte uns natürlich nicht. Mirjam brauchte Gewissheit und ich auch«, fuhr Beier fort. »Und ich entschloss mich, aktiv zu werden – das war ich ihr schuldig, verstehen Sie?«

Romy erwiderte seinen Blick schweigend.

»Ich war damals rund um die Uhr mit meinem Laden und der Lauferei beschäftigt«, sagte er in bitterem Ton. »Als das alles passierte, war ich bei einem Laufseminar in Spanien.« Er hob die Hand. »Ich weiß, was Sie sagen wollen – sparen Sie sich den Kommentar.«

»Tu ich. Fahren Sie fort.«

»Als Kai das nächste Mal zu einer Besprechung in meinem Laden auftauchte, sind wir anschließend noch was trinken gegangen«, nahm Beier den Faden wieder auf. »Ich bin zwischendurch aufs Klo und hab vorher ›ganz zufällig‹ ein Foto von Mirjam fallen gelassen. Ich blieb hinter der Garderobe stehen und konnte heimlich beobachten, wie er das Foto anstarrte. Glauben Sie mir – Kai erkannte sein Opfer wieder!«

Romy wechselte einen langen Blick mit Kasper.

»Dem sind fast die Augen aus dem Kopf gefallen! Aber er sagte kein Wort zu dem Foto, als ich zurückkam – merkwürdig, oder?«

Das fand Romy auch.

»Daraufhin habe ich Steffen gebeten – ohne ihm viel zu erklären übrigens –, Kai zu beschatten. Ihm immer mal wieder unauffällig auf den Fersen zu bleiben ...«

»Warum?«

»Ich wollte genauer über seine Aktivitäten und seinen Tagesablauf Bescheid wissen, um ihn mir zu einem günstigen Zeitpunkt zu schnappen.«

»Verstehe.«

»Und wissen Sie, was sich dabei herausstellte?«, schob Beier in scharfem Ton nach.

Romy fröstelte es plötzlich.

»Kai hat Mirjam verfolgt.«

»Wie bitte?«

»Meist wartete er vor der Tierarztpraxis, hin und wieder

auch bei ihr vor der Haustür. Er hat sie beobachtet – wie schon einmal. Was meinen Sie wohl, warum er das tat?«

Alle fünf bis fünfeinhalb Jahre, schoss es Romy durch den Kopf. Max hat richtig gelegen. Mirjam war nicht nur sein letztes Opfer gewesen, sie sollte auch das nächste werden. Was für ein perverser Widerling! Vielleicht war die Begegnung in Vaschwitz kein Zufall gewesen, vielleicht hatte das Foto ihn auf den Gedanken gebracht, wieder Mirjam zu entführen … Oder es war eine Kombination aus beidem gewesen, die ihn angestachelt hatte. Das würden sie nie erfahren.

Beier nickte langsam, während er Romy eindringlich musterte. »Ganz genau. Er wollte sie wieder entführen.«

»Das mussten Sie verhindern.«

»Natürlich. Und fragen Sie mich jetzt bitte nicht, warum ich nicht die Polizei eingeschaltet habe! Niemand hätte mir oder Mirjam geglaubt und Kai wäre perfekt aus der Sache raus gewesen – und zwar für immer.«

Das ließ sich nicht so ohne weiteres von der Hand weisen, musste Romy zugeben. Ein erfolgreicher, selbstbewusster und aalglatter Geschäftsmann, der mit einem solchen Vorwurf konfrontiert wurde, hatte viele Möglichkeiten, um sich herauszuwinden und, derart gewarnt, die letzten möglichen Spuren zu beseitigen. Andererseits konnte man dieses Argument natürlich nicht gelten lassen. Man hätte ihm einfach auf den Fersen bleiben müssen, dachte sie, aber sie behielt den Gedanken für sich.

»Am Freitag habe ich mit ihm telefoniert«, fuhr Beier fort. »Er hat erzählt, dass er für den Samstagmorgen eine Radtour nach Sassnitz plante.«

»Kannten Sie seine Werkstatt hinter der Fischfabrik?«

»Nein. Er hat mal was erwähnt von einem Geräteschuppen hinter Bittners Fabrik, aber ich war nie da. Als Steffen mir in der Frühe berichtete, dass Kai in einem der abgelegenen Gebäude hinter der Fabrik verschwunden war, dachte ich mir meinen Teil und bin rausgefahren.«

Beier atmete tief durch und bat um ein weiteres Glas Wasser. Er trank hastig, kaum dass Schneider es ihm gebracht hatte.

»Wir haben ihn fertiggemacht«, nahm er den Faden wieder auf. »Bis er alles zugegeben hatte: Mirjams Entführung, die Vergewaltigungen, die neuerliche Planung ihrer Entführung und so weiter.«

»Und so weiter?«

»Ja, auch Details. Ich habe in meinem ganzen Leben noch niemals so zugeschlagen«, gab Beier zu. »Kai war echt fertig. Viel hat nicht gefehlt ...« Beier hob das Kinn. »Aber wir haben ihn nicht getötet – das war nie meine Absicht –, sondern schließlich gefesselt und geknebelt im Keller zurückgelassen. Ich bin nach Berlin gefahren, Steffen hatte in Stralsund zu tun. Der Plan war, die Polizei zwei Tage später einzuschalten. In der Zwischenzeit sollte Kai sich so fühlen wie seinerzeit Mirjam und über alles nachdenken, was er verbrochen hatte … Zu dem Zeitpunkt war mir nicht klar, dass er noch mehrere andere Frauen auf dem Gewissen hatte – das war vielleicht auch besser so ...«

»Die Polizei hat Mirjams Fall damals mit einem anderen, lange zurückliegenden Entführungsfall verglichen.«

Tim verschränkte die Hände im Nacken. »Ja, ich erinnere mich. Aber mir ging es um Mirjam. Alles andere hätte sich gefunden. Ich habe zunächst mal verhindert, dass sie ein weiteres Mal in seine Hände fällt. Und ich hatte sein Geständnis – ein zugegebenermaßen erzwungenes Geständnis, aber meine Hinweise hätten genügt, um ihren Fall und in dem Zusammenhang auch die anderen Geschichten aufzurollen und Kai für den Rest seines Lebens hinter Gitter zu bringen.«

Folter, dachte Romy. Er hat sich das Recht herausgenommen, einen Verdächtigen unter Folter zu einem Geständnis zu zwingen. Seine Gefühle und seine Motivation waren verständlich und nachvollziehbar, sein Handeln blieb eine kriminelle Tat.

»Und wie hatten Sie sich den weiteren Ablauf im Einzelnen vorgestellt?«, fragte Romy.

»Wie gesagt: Ich wollte, dass man ihn findet - verprügelt, aber lebend -, und hatte vor, mich später bei der Polizei zu melden. Als Zeuge, der wahrscheinlich wegen gefährlicher Körperverletzung Ärger bekommen würde, aber einige interessante Details zu berichten wüsste. Ich habe aber Steffen schon am Sonntagabend aufgefordert, bei der Kripo in Bergen anzurufen ...«

»Warum haben Sie eigentlich nicht selbst angerufen?«, wandte Romy rasch ein. »Wenn Sie sich, wie gerade erläutert, als Zeuge zur Verfügung gestellt hätten, wäre Ihre Rolle ohnehin zur Sprache gekommen. Und so wie ich Kai Richardt bislang in Schilderungen kennengelernt habe, hätte er Sie sicherlich angezeigt, kaum dass er wieder auf den Beinen gewesen wäre. Zumindest mussten Sie damit rechnen. Es war also, Ihrer eigenen Argumentation und Planung folgend, gar nicht nötig, sich hinter einem anderen Anrufer zu verstecken und auf heimlich zu machen.«

Beier nickte nachdenklich. »Ich gebe zu, dass sich das plausibel anhört. Vielleicht befürchtete ich, dass Kai mehr Schaden genommen haben könnte, als geplant, und wollte zunächst so unauffällig wie möglich bleiben«, meinte er zögernd.

Hübsche Umschreibung für die schlichte Tatsache, dass Totschlag beziehungsweise Mord einkalkuliert wurde, dachte Romy.

»Sie haben von vorneherein Vorsicht walten lassen und sogar Handschuhe getragen, nicht wahr?«, setzte sie nach.

»Das gebe ich zu, ja.«

»Klingt ziemlich gut durchdacht, wenn Sie mich fragen, und zwar von Anfang an.«

Er sah sie mit gerunzelter Stirn an. »Wie meinen Sie das?«

»Das wissen Sie sehr gut. Sie konnten und wollten auch gar nicht ausschließen, dass Richardt Ihre Prügelaktion nicht überleben würde und Sie im Laufe der weiteren Ermittlungen ins Visier der Ermittler geraten könnten«, brachte Romy ihren Gedanken auf den Punkt. »Für den Fall mussten Sie sich wappnen – unauffällig bleiben, wie Sie es selbst ausgedrückt haben. So wenig wie möglich in Erscheinung treten. Weder als Zeuge noch sonst wie. Keine Spuren hinterlassen.«

»Nun …«

»An Ihrer Stelle hätte ich nach den ersten Verlautbarungen zunächst sogar angenommen, seinen Tod verursacht zu haben. Er war übel zugerichtet. Viel hat nicht gefehlt – waren das nicht Ihre Worte? –, und er wäre schon am Samstag gestorben. Ihr Bedauern hätte sich in Grenzen gehalten – aus sattsam bekannten Gründen.«

Dazu sagte Beier nichts.

»Richardts Verbrechen hat die Polizei inzwischen zu einem wesentlichen Teil selbst rekonstruiert – ohne Ihre sogenannte Mithilfe als Zeuge«, stellte Romy klar. »Der anonyme Anruf war nur insofern hilfreich, als dass der Mann zeitnah gefunden wurde, aber Richardts Geständnis ist unter Folter zustande gekommen und darum völlig wertlos, und Sie haben sich sehr viel Zeit gelassen, um endlich mit der Sprache herauszurücken – von Wahrheit möchte ich in dem Zusammenhang lieber nicht sprechen.«

»Aber …«

»Aus Angst vor dem Mordverdacht haben Sie gelogen und sich herausgewunden, bis der Beweis für Ihre Beteiligung so offenkundig war, dass Ihnen gar nichts anderes mehr übrig blieb, als die Hintergründe Ihres Kontaktes mit

Mirjam und Ihr Vorgehen gegen Richardt zu erläutern«, fuhr Romy fort. »Der Halbmarathon in Berlin verschafft Ihnen persönlich ein ziemlich gutes Alibi für den Sonntagmorgen. Das ist aber auch schon alles.«

Beier sah sie einen Moment starr an. »Glauben Sie immer noch, dass ich …? Ich bin unschuldig.«

»Unschuld ist etwas anderes, Herr Beier. Und was immer da noch passiert ist – raus sind Sie aus der Geschichte noch lange nicht.«

Er schluckte. »Sie wissen nicht, wie es ist, wenn ein geliebter Mensch etwas Derartiges durchleiden muss. Und plötzlich …«

»Selbstjustiz steht keinem von uns zu«, wischte Romy seine Erklärung heftig beiseite.

»Wenn wir nicht aktiv geworden wären, hätten Sie gar nichts herausgefunden, und Mirjam wäre jetzt in seinen Händen!«, begehrte Beier auf.

»Sie haben den Rächer gespielt und den Mann zumindest halbtot geprügelt! Warum sind Sie ihm nicht einfach auf den Fersen geblieben? Um ihn auf frischer Tat zu ertappen, wenn er sich an Mirjam herangemacht hätte.«

Er schüttelte entgeistert den Kopf. »Ist das Ihr Ernst?«

»Denken Sie einfach mal darüber nach«, erwiderte Romy. »Und nun lassen Sie uns fortfahren. Sie haben also entschieden, dass die Polizei bereits am Sonntagabend informiert werden sollte, und Steffen Brandt den Auftrag dazu erteilt?«

Beier atmete tief durch. »Genau.«

»Was hat Sie bewogen, den Zeitpunkt zu ändern?«

»Kai war, wie gesagt, ziemlich am Ende … Ich hielt es für besser, ihn keine weitere Nacht da unten herumliegen zu lassen«, antwortete Beier. »Ich bin ja kein Unmensch.« Er warf ihr einen kurzen Blick zu. »Als ich erfuhr, dass er tot geborgen wurde, nahm ich, wie Sie schon vermuteten, sofort an, er sei an den Verletzungen gestorben, die wir ihm beigebracht hatten. Und ich hatte natürlich Angst, dass man auf uns kommen würde ...« Seine Gesichtsfarbe hatte inzwischen einen gräulichen Unterton. »Was passiert jetzt?«

»Sie müssen erst mal hierbleiben.«

»Glauben Sie mir eigentlich?«

»Darum geht es nicht.«

Er nickte langsam. Eine Minute später führte ein Polizist Tim Beier ab. Romy sah ihm lange hinterher.

»Ich wiederhole seine Frage«, sagte Kasper.

»Die Darstellung des zeitlichen Ablaufs passt«, sagte sie. »Aber ...«

»Ja?«

»Ich kann mir gut vorstellen, dass Brandts Alibi ein Fake ist und er dem Typen, vielleicht sogar ohne Beiers Wissen oder Aufforderung, den Rest gegeben hat. Und vielleicht befürchtet Tim genau das. Würde manches erklären.«

»Durchaus. Wie geht's weiter?«

»Zweite Vernehmung Brandt. Aber vorher brauche ich eine Pause und etwas zu essen.«

»Ganz deiner Meinung.«

Vera Richardts Festnetzverbindungen waren auf den ersten Blick unauffällig, stellte Max fest. Sie telefonierte häufig mit ihren Eltern, die in Bergen lebten – der Vater war Inhaber eines Sanitätshauses, in dem auch die Mutter beschäftigt war –, sowie zwei Freundinnen, die eine wohnte in Putbus, die andere in Gristow, nördlich von Greifswald. Dass es sich um ihre Freundinnen handelte, hatte Vera Richardt bereits erläutert, als die Verbindungen des Festnetzanschlusses zum ersten Mal überprüft worden waren.

Mindestens einmal täglich telefonierte sie mit dem Geschäft ihres Mannes, manchmal auch zweimal. Das war insofern interessant, als die Witwe bislang keine Rolle in dem Unternehmen gespielt hatte und die Gespräche grundsätzlich von einem Nebenanschluss geführt wurden, der dem bislang zweiten Geschäftsführer Christoph Albrecht vorbehalten war.

Andererseits gab es natürlich nach einem solch dramatischen Einschnitt viel zu besprechen, hielt Breder sich vor Augen. Dennoch war er sicher, dass Romy die häufigen Kontakte interessieren würden.

12

»Herr Beier hat ein umfassendes Geständnis abgelegt«, sagte Romy lapidar. »Ich empfehle Ihnen das Gleiche.«

Steffen Brandt grinste. »Na klar.«

»Ich meine es ernst. Er hat uns sehr genau beschrieben, warum und wie die Geschichte ins Rollen gekommen ist und Sie sich gemeinsam in Sassnitz ausgetobt haben.«

Brandt verschränkte die Arme vor der Brust. Romy blickte auf seine Handgelenke. Es sah aus, als ob das Schlangen-Tattoo zum Leben erwacht wäre.

»Der Trick ist wahrscheinlich so alt wie die Kriminalgeschichte«, meinte er lässig. »Glauben Sie allen Ernstes, dass ich darauf hereinfalle?«

»Nö. Glaube ich nicht, deswegen können Sie davon ausgehen, dass ich es ernst meine. Ich hab nur keine Lust, alles zu wiederholen, und die Aufnahme der Vernehmung mit Tim ist schon in der weiteren Bearbeitung«, sagte Romy und gähnte unterdrückt. Sie war erschöpft und der üppige Imbiss lag ihr schwer im Magen. »Außerdem möchte ich Ihnen Gelegenheit geben, uns entgegenzukommen - Sie wissen schon: Einsicht und Offenheit wirken sich strafmildernd aus. Ein alter Hut, auf den ich aber immer wieder gern zurückkomme.«

»Ich hätte Sie für einfallsreicher gehalten.«

Romy beugte sich mit einer plötzlichen Bewegung über den Tisch zu Brandt vor und war zufrieden, dass der wenigstens zusammenzuckte.

»Sie haben ihn fertiggemacht, Brandt«, erklärte sie scharf und laut. »In einer gemeinsamen Prügelaktion, nachdem Sie Tim am Samstagmorgen mit der Nachricht aus dem Bett geklingelt hatten, dass Richardt hinter der Fischfabrik in einem Gebäude verschwunden ist. Sie haben ihn gemeinsam so lange verdroschen, bis er ausgepackt und Mirjams Entführung zugegeben hatte – samt einiger unerfreulicher Details, die Tim an den Rand eines Zusammenbruchs gebracht haben dürften.«

Brandt biss sich auf die Unterlippe und ließ die Arme sinken.

»Anschließend haben Sie ihn gefesselt und geknebelt zurückgelassen. Am Sonntagabend haben Sie dann auf Tims Geheiß hin die Polizei angerufen. Noch mehr Einzelheiten?«

Er hob das Kinn. »Na schön, wenn Sie schon alles wissen, kann ich wieder gehen, oder? Fürs Verprügeln kommt man ...«

»Durchaus in den Knast«, fiel Romy ihm energisch ins Wort. »Außerdem geht es für Sie um mehr, um deutlich mehr.«

»Ja?«

»Ich gehe davon aus, dass Sie am Sonntagmorgen – sehr früh am Sonntagmorgen, damit Ihr Alibi noch greift – erneut nach Sassnitz gefahren sind, um kurzen Prozess mit Richardt zu machen.«

Steffen Brandt schüttelte empört den Kopf. »Habe ich nicht. Warum sollte ich das tun? Der hatte sein Fett weg, davon dürfen Sie ausgehen, und Tim wollte, dass die Polizei ihn in die Mangel nimmt, damit er endlich zur Verantwortung gezogen wird.«

»Den Teil der Geschichte kennen wir auch schon. Sie haben es für Tim getan«, entgegnete Romy ruhig. »Richardt hat der damaligen Freundin Ihres besten Freundes, die übrigens ein Opfer unter mehreren war, Scheußlichkeiten angetan, die sie in ihrem ganzen Leben nicht vergessen wird, genauso wenig wie Tim, und damit auch die Beziehung der beiden zerstört – das dürfte Ihnen klargeworden sein.«

»Darauf können Sie wetten. Trotzdem ...«

»Kaum etwas wünschte Tim sich mehr, als dass der Mann endgültig von der Bildfläche verschwinden würde und nie wieder jemandem gefährlich werden konnte«, fiel die Kommissarin ihm ins Wort. »Er hat es aber nicht fertiggekriegt, den letzten Schritt zu machen und selbst Hand anzulegen. Das haben Sie ihm abgenommen – als Freundschaftsdienst sozusagen. Ich halte das für eine sehr plausible Annahme.«

»Die Sie nicht beweisen können«, sagte Brandt. »Weil sie nicht stimmt. Ich bin kein Mörder ...«

Er senkte den Kopf und blickte auf seine Hände. Plötzlich hob er ihn wieder und sah Romy direkt in die Augen. »Haben Sie eigentlich Vorurteile gegen Leute wie mich?«

»Wie bitte?«

»Ich bin nicht der gewissenlose Mörder, für den Sie mich halten, auch wenn meine Akte nicht ganz sauber ist und ich meinen Körper durchaus einzusetzen verstehe«, sagte er ruhig. »Ich bin noch nicht mal ein gewissenloser Schläger, wenn Sie es ganz genau wissen wollen.«

»Nein? Der Mann hat aber mächtig was abgekriegt – auch ohne den tödlichen Schlag. Das wird Ihnen der Rechtsmediziner gerne bestätigen.«

»Wir haben ihn zum Reden gebracht, und das war gar nicht so einfach, so oder so nicht ... Aber, ohne mit der Wimper zu zucken, einen Mann zu töten, ist etwas ganz anderes und nicht mein Ding – selbst wenn der das mit Sicherheit verdient hatte«, erklärte Brandt mit fester Stimme.

»Wie können Sie sicher sein, dass er keinen Blödsinn erzählte?«, ergriff Kasper unvermutet das Wort. »Wer so geprügelt wird, gibt irgendwann alles zu und erfindet möglicherweise sogar wilde Geschichten, nur damit die Quälerei aufhört.«

Brandt schüttelte sofort den Kopf. »Ich bin sicher, dass er

die Wahrheit gesagt hat, nachdem ihm klargeworden war, dass wir es verdammt ernst meinten. Und was er gebeichtet hat, war wirklich übel. Jeden Tag hat er die Frau vergewaltigt und geschlagen und anschließend gewaschen …«

»Er hat sie gewaschen?«, fragte Romy verblüfft.

»Ja. Der Typ war völlig durchgeknallt. Als er kaum noch stehen konnte, schrie er plötzlich nach seinem Bruder und schwor, dass seine Mutter in der Hölle schmoren würde für das, was sie dem Kleinen angetan hatte. Vergesst nicht, sie anzurufen, sagte er noch, bevor er umfiel. Das war ein echter Psycho.«

Romy atmete tief ein. Brandt nickte ihr zu, als würde er ihre Reaktion gut nachvollziehen können.

»Hat er Ihnen bezüglich Mirjam noch weitere Einzelheiten verraten?«

Er schüttelte rasch den Kopf. »Das war nicht nötig. Tim ist auch so schon ausgerastet. Ich war froh, als es … vorbei war.« Er räusperte sich und wirkte einen Moment merkwürdigerweise verlegen.

»Ich war nicht scharf darauf, noch mal in den Keller hinabzusteigen«, ergänzte Brandt. »Und so schnell werde ich den ganzen Scheiß nicht vergessen, das können Sie mir glauben.«

Ja, dachte Romy, das glaube ich dir, und mir geht es ganz ähnlich.

»Hat er Ihnen den Keller gezeigt, in dem er seine Opfer gefangen hielt?«, fragte die Kommissarin schließlich und gab Schneider ein Zeichen, worauf der erneut das Video abspielte.

»Nein.« Brandt bestätigte Beiers Worte, während er sich die Bilder ansah. »Wir waren nur in dem vorderen Keller.«

Romy sah ihn lange grübelnd an, er gab den Blick unaufgeregt zurück. Der Mann war überzeugend, aber im Moment ihr Hauptverdächtiger.

»Ich kann Sie nicht gehen lassen«, erklärte sie ruhig. »Zurzeit ist Ihr Alibi ein echter Wackelkandidat, während Tim nachweislich in Berlin gewesen ist. Möchten Sie einen Anwalt hinzuziehen?«

Brandt schüttelte den Kopf. »Ich war es nicht.«

Mirjam hatte die Unterbrechung genutzt, um ihren Mann anzurufen, der umgehend nach Bergen aufgebrochen war und nun neben seiner Frau auf der Wache saß. Als Romy um die Ecke bog, stand er sofort auf, während Mirjam nach einem flüchtigen Blickkontakt wortlos sitzen blieb.

»Frau Kommissarin, ist das denn wirklich nötig?«, fragte er, und in seiner Stimme schwang Anspannung und Sorge.

»Herr Lupak, ich versichere Ihnen, dass es sogar immens wichtig ist, mit Ihrer Frau zu sprechen und dass wir die Befragung so rücksichtsvoll wie nur irgend möglich gestalten.«

Ben Lupak war groß und blond, er trug einen gutsitzenden Anzug und hatte ein sympathisches, offenes Gesicht. Ein Mann, den Romy sich sowohl als Bankangestellten wie Versicherungsvertreter oder Dozenten vorstellen konnte. Nicht ihr Typ, aber das musste gar nichts heißen.

Er blickte Mirjam an. »Schatz, du hast es gehört. Ich denke, die Kommissarin weiß, was sie tut.«

»Das hoffe ich«, erwiderte Mirjam, ohne den Sarkasmus in ihrer Stimme zu vertuschen. Sie stand langsam auf.

Ihr Mann strich ihr über die Schulter. »Ich warte hier auf dich.«

Wenig später saßen sie sich erneut im Vernehmungsraum gegenüber. Kasper trat nach ihnen ein und verteilte Kaffee. Mirjam rührte ihre Tasse nicht an. Romy trank einige Schlucke und fasste dann die Vernehmungen mit Brandt und Beier sowie dessen Geständnis in seinen Kernpunkten zusammen.

Mirjam reagierte erstaunlich gelassen. Ich sage ihr nichts

Neues, stellte Romy fest oder es überrascht sie nicht sonderlich, wie aktiv Tim geworden ist. Wahrscheinlich befürchtet sie seit Montagmorgen, dass er Richardts Mörder ist oder zumindest etwas mit seinem Tod zu tun hat, und fragt sich, wie groß ihr Anteil an der Verantwortung ist, wenn man ihn schnappt. Wenn es ihre Art ist zu beten, dann bittet sie Gott jeden Tag, dass man ihm nichts nachweisen kann.

»Wir wissen im Moment noch nicht, wer Richardt getötet hat, aber unsere These, dass seine Verbrechen hinter dem Mord an ihm stecken, hat sich bestätigt. Oder besser gesagt: die Annahme, dass er diese Verbrechen begangen hat, war das Motiv zum Mord an Kai Richardt.«

Mirjam nickte unmerklich.

»Wir können die Aufklärung der Verbrechen an Ihnen und anderen Frauen entscheidende Schritte voranbringen, wenn Sie offen und vertrauensvoll mit uns sprechen«, ergänzte Romy. »Sie sind absolut davon überzeugt, dass er es war?«

»Ja.«

»Er war maskiert, und er hat Sie am späten Abend hinter Ihrem Auto überfallen. Sie konnten ihn nicht sehen, wie ich dem alten Protokoll in der Akte entnehme. Er hat Sie betäubt, und als Sie aufwachten …«

»Seine Stimme«, fiel Mirjam ihr leise ins Wort und schloss kurz die Augen. »Wenn man über mehrere Tage nur mit einem Menschen zu tun hat, dessen Gesicht man nicht erkennen kann, konzentriert man sich ganz und gar auf seine Stimme. Sie hat an jenem Abend in Vaschwitz einen Nerv in mir getroffen, wie ihn nur diese Stimme treffen konnte. Dafür lege ich beide Hände ins Feuer.«

Romy bemerkte, dass Mirjam zitterte. »Wissen Sie noch, was Sie am Tag der Entführung für Kleidung trugen?«

Verblüffung spiegelte sich in ihrem Gesicht. »Warum ist das wichtig?«

»Versuchen Sie sich zu erinnern – bitte.«

»Ich kam vom Sport, es war ein ziemlich kühler Abend. Jeans und Anorak, feste Halbschuhe, Sweatshirt ...«

»Socken? Erinnern Sie sich vielleicht an Ihre Socken?« Romy befürchtete, dass Mirjam ihr einen Vogel zeigen würde, aber zu ihrer großen Überraschung nickte sie sofort. »Ja.«

»Ach?«

»Ich hatte mir in der Mittagspause neue Socken besorgt, weil mir ein Hund in der Praxis auf die Füße gekotzt hatte«, erwiderte sie. »Es gibt Dinge, die vergisst man einfach nicht, auch wenn sie noch so absurd sind.« Sie schüttelte verdutzt den Kopf.

»Sie werden es nicht glauben, aber als ich an dem Morgen nackt an der Autobahnraststätte aufgewacht bin, hatte ich den irrwitzigen Gedanken, dass dieses Schwein nicht nur alles in mir abgetötet, sondern sogar meine neuen Socken geklaut hatte. Völlig verrückt, oder? Ich mochte sie: blaue Kringelsocken mit einem Herz auf der Ferse.«

Romy griff in die Tüte, die Kasper ihr wortlos gereicht hatte. Die Farben waren verblasst, die Wolle löchrig, aber als sie Mirjam die Socke mit der Ferse nach oben reichte, wurde ein winziges Herz sichtbar.

»Wo haben Sie die gefunden?«, fragte Mirjam Lupak mit zarter, kindlicher Stimme, die Romy ins Herz schnitt. Sie barg die Socke in den Händen.

»In demselben Gebäude hinter der Fischfabrik im Hafen, in dem man Richardt fand und das Skelett einer Frauenleiche. Im Keller.«

Mirjam starrte sie an.

»Er hatte sich oben eine Werkstatt und unten einen gut versteckten Kellerraum eingerichtet.«

»Ich werde dort nicht hingehen«, sagte Mirjam.

»Nein«, entgegnete Romy sofort. »Mein Kollege hat den

Raum gefilmt. Sie bräuchten keine Minute, um ihn zu identifizieren. Ich weiß, dass ich viel verlange ...«

Mirjam legte eine Hand über ihren Mund, mit der anderen hielt sie die Socke fest. Kasper drehte den Monitor herum und ließ das Video vorspulen. Als die Kamera den geräumigen Keller erfasste und abzutasten begann, zuckte sie zusammen, und ihr Gesicht versteinerte.

»Zählen Sie von eins bis zehn und wieder rückwärts«, befahl Romy. »Und atmen Sie im Rhythmus der Zahlen.«

Mirjam starrte sie verdutzt an. »Kennen Sie dieses Abzählspiel auch, wenn die Angst einen zu überwältigen droht?«

»Ich brauche es manchmal, damit die Trauer mich aus der Umklammerung lässt. Man kann auch bis zwanzig zählen oder bis hundert. Am besten funktioniert es, wenn man am Meer steht und die Wellen zählt.« Wie sie mit leisem Schmatzen unermüdlich über den Sand gleiten. Es gibt Dinge, die sich nie ändern, dazu gehört auch der Rhythmus des Meeres. Romy lächelte traurig und spürte Kaspers besorgten Seitenblick.

Mirjam atmete mehrmals gleichmäßig durch und sah wieder auf den Monitor. »Das ist der Keller. Aber das Regal stand auf der anderen Seite. Am Bett war ich meist gefesselt«, erklärte sie monoton und sehr schnell, fast hektisch. »Es passierte immer das Gleiche. Ich musste mit ihm spielen, als wäre ich ein kleines Kind. Das war fürchterlich, aber wenigstens machte er für die Zeit die Fesseln und die Augenbinde ab. Dann schlug und vergewaltigte er mich. Später wusch er mich ... überall. Ich wusste, dass er irgendwie verrückt war, aber das Wissen machte es eher noch schlimmer. Ich war noch hilfloser. Er senkte seine Stimme immer ab – sie war scharf und unangenehm. Ich hatte das Gefühl, dass er ständig da war – viel häufiger, als es tatsächlich der Fall war. Dann bekam ich mit, dass er mich beobachtete. Mit einer Kamera ...«

»Was?« Romy stockte der Atem. Das Stromkabel, schoss es ihr durch den Kopf.

»Auf dem Regal befand sich eine kleine Kamera – ich entdeckte sie nur, weil er sie am vorletzten Tag neu ausrichtete und meine Augenbinde sich verschoben hatte. Ich konnte einen flüchtigen Blick auf ihn erhaschen und bekam mit, was er machte, ohne dass er es bemerkte.«

»Davon stand nichts in der Akte«, bemerkte Romy.

»Natürlich nicht. Ich konnte kaum über die Geschehnisse sprechen. Und über die Kamera am allerwenigsten.«

»Sagen Sie mir, warum nicht?«

»Sie ist im Nachhinein der größte Alptraum gewesen: dass es Aufnahmen von mir gibt, ganze Filme, die er sich jeden Tag ansieht! Als würde der Schrecken ständig weitergehen, ohne dass ich irgendeinen Einfluss darauf nehmen konnte … Wissen Sie, er hat geschworen, dass er immer bei mir sein würde. So gesehen, stimmte das ja sogar. Erst jetzt hat alles ein Ende gefunden …« Sie brach ab und sah Romy an. »Finden Sie die Aufnahmen und zerstören Sie sie!«

Romy nickte langsam.

»Kann ich jetzt gehen?«

»Natürlich. Ich lasse Sie zu Ihrem Mann bringen …«

»Nicht nötig – so weit ist der Weg nicht.«

»Frau Lupak?«

»Ja?«

»Danke.«

Mirjam wusste offensichtlich nicht, was sie darauf sagen sollte, und ging schließlich wortlos aus dem Raum.

Kasper sah ihr eine Weile nach und packte dann den Laptop zur Seite. »Habe ich schon gesagt, dass das ein beschissener Fall ist?«

»Das kann man gar nicht oft genug betonen«, stimmte Romy ihm zu. »Mit dem Hinweis auf die Kamera kriegen wir einen Durchsuchungsbeschluss für das schicke Haus und sein Büro«, fügte sie hinzu und rieb sich die Stirn. »Fragt sich nur, ob uns der noch was nützt.«

»Denkst du, dass er eine Webcam installiert hatte?«

»Na klar oder eine hochwertige IP-Kamera – der Laptop war formatiert. Sag nicht, dass du darin keinen Zusammenhang siehst!«

»Nun ...«

»Was?«

»Die Festplatte ist professionell gelöscht worden, und das traue ich Vera Richardt einfach nicht zu.«

»Vielleicht traust du ihr viel zu wenig zu.« Romy sah auf die Uhr. »Heute macht sich kein Richter mehr für uns lang, aber morgen früh stehen wir dort auf der Matte.«

Es war spät. Romy hatte Kasper und Fine nach Hause geschickt, nachdem der Antrag für den Durchsuchungsbeschluss nach Stralsund unterwegs war, und sich zu Max gesetzt. Sie war geschafft, aber so ruhelos, dass es gar keinen Zweck hatte, nach Hause zu fahren. Ihre Gedanken würden ohnehin weiter kreisen und ihr keine Minute Erholung gönnen, sondern stundenlanges Wälzen im Bett bescheren. Das war von Anfang an so gewesen. Mitten in einem Fall, noch dazu an prekären Schnittpunkten angelangt, war sie für nichts anderes zu gebrauchen. Fatal, hatte Moritz immer gesagt.

»Du musst dir Erholung verschaffen, eine geistige Auszeit, sonst fehlt dir nach wenigen Tagen die Frische und Klarheit, die du brauchst, um den Dingen auf den Grund zu gehen.«

Bislang schaffte sie es nicht, seinen Rat zu beherzigen. Vielleicht später, mit fünfzig oder sechzig. Vielleicht gab es dann jemanden, der sie nach Hause schickte und sich um den Rest kümmerte.

»Bist du noch fit?«, fragte sie Breder.

»Logisch.«

»Ich möchte, dass du Vera Richardt durchleuchtest, sobald die Aussagen der letzten Vernehmungen in deine Datenbank eingeflossen sind. Ich will alles von ihr wissen …«

Max blies die Wangen auf.

»Schule, Ausbildung, Jobs, Sozialkontakte – alles, was du ohne Nachfrage bei ihr schon heute findest, erleichtert mir morgen die weitere Arbeit. Nutz dazu bitte auch die üblichen sozialen Netzwerke: facebook, stayfriends und Co. Logg dich da ein und nimm die Spur auf. Und vergiss nicht, ihren Geburtsnamen zu berücksichtigen.«

»Denkst du wirklich, dass sie …?«

»Irgendwas ist da faul – das Gefühl habe ich allerdings schon bei der ersten Begegnung gehabt.«

»Hm. Sie telefoniert ein bisschen viel mit dem neuen Geschäftsführer«, sagte Breder. »Täglich ein- bis zweimal.«

Romy hob eine Braue. »Guter Hinweis. Andere Auffälligkeiten bei den Telefonverbindungen? Hat sie mal mit Lübeck gesprochen?«

Max vertiefte sich einen Moment in seine Datei und schüttelte dann vorsichtig den Kopf – damit die Haare nicht durcheinandergerieten, vermutete Romy.

»Die Schwiegereltern kommen erst heute Abend von ihrer Kreuzfahrt zurück«, informierte er die Kommissarin.

»Gut, dass du das erwähnst. Diese Geschichte mit dem toten Bruder lässt mir keine Ruhe. Wie alt war Kai Richardt, als er Lübeck verließ?«

»1990 war er Mitte zwanzig.«

»Und 1995 war Maria Bernburg sein erstes Opfer …« Sie brach ab.

»Soll ich meine Abfrage auf Lübeck ausweiten?«, fragte Max nach einer langen Pause, in der sie sich unverwandt ansahen.

»Nein«, entschied Romy. »Darum kümmere ich mich selbst. Bleib du bei Vera – die hat jetzt Vorrang –, und ich versuche mal, einen Kollegen in Lübeck zu erreichen. Vielleicht haben die in der Spätschicht gerade nichts zu tun und freuen sich über einen Anruf aus dem wilden Osten.«

Kommissar Hannes Beerwald von der Kripo Lübeck war ganz und gar nicht unglücklich über eine Sonderaufgabe. Seit seiner Knie-OP langweilte er sich zu Tode. Außeneinsätze kamen noch nicht infrage, und der alltägliche Bürokram ödete ihn nicht nur an, sondern beschäftigte ihn kaum zwei Stunden am Tag – wenn nichts Besonderes anlag. Und in Lübeck lag selten etwas Besonderes an.

Am schlimmsten waren die Spätdienste, in denen er einen Kaffee nach dem anderen trank und vom vielen Solitär-Spielen rechteckige Augen bekam. Den Vorschlag seines Chefs, er könne sich gerne mit Aufgaben im Bereich der Akten- und Datenpflege beschäftigen, überhörte er geflissentlich. Mit neunundvierzig Jahren fühlte er sich nicht mehr berufen, Praktikantenjobs zu übernehmen.

Der Anruf aus Bergen war ihm gerade recht gekommen, zumal die Schilderungen der leitenden Kommissarin so gar nicht nach einem gewöhnlichen Amtshilfeersuchen klangen.

Beerwald brauchte nicht allzu lange, um den ehemaligen Hotelier Martin Richardt und seine Frau Anna im Archivbestand des Polizeicomputers ausfindig zu machen. Das Ehepaar hatte von 1970 bis 1996 gemeinsam ein nobles Haus in der Altstadt geführt. In der Zeit waren sie zweimal aktenkundig geworden, wie Beerwald recherchierte.

Der erste Fall lag fast vierzig Jahre zurück. Im Mai 1972 hatte Dr. Robert Mathiesen, Kinderarzt im Lübecker Marien-Krankenhaus, Anzeige erstattet, nachdem der neunjährige Mark Richardt an einem Blinddarmdurchbruch gestorben war. Der Mediziner hatte den schweren Vorwurf erhoben, dass die Eltern ihre Aufsichts- und Sorgfaltspflicht grob vernachlässigt und die Beschwerden des Kindes nicht ernst genommen hätten, so dass der Junge keine Chance mehr gehabt hatte, als er endlich ins Krankenhaus gebracht worden war. Die Ermittlungen waren jedoch wieder eingestellt worden, da man den Eltern keine Absicht unterstellen konnte und das Ehepaar zuvor in keiner Weise auffällig geworden war.

Der zweite Fall war gänzlich anders gelagert und ließ Beerwald aufhorchen. Im Frühjahr 1990 hatte die Polizei nach der vermissten Lilly Arnold gefahndet. Die zweiundzwanzigjährige Schiffsstewardess hatte an einer Fortbildung teilgenommen und war während eines mehrtägigen Aufenthaltes in Richardts Hotel von einem Tag auf den anderen spurlos verschwunden. Bei der Durchsuchung ihres Zimmers konnten Blutspuren sichergestellt werden, doch weitere Hinweise fanden sich nicht im Hotel. Auch die Überprüfung der Gäste, des Personals und der Hotelinhaber sowie der anderen Fortbildungsteilnehmer brachte keinerlei Ergebnisse. Die Ermittlungen verliefen im Sande.

Falls ein Verbrechen stattgefunden hatte, war es dem Täter gelungen, Lilly Arnold in ihrem Zimmer zu überwältigen und unbemerkt aus dem Hotel zu schaffen. Bis heute fehlte jede Spur von der Frau.

Nach dem, was die Kollegin aus Bergen berichtet hatte, musste der Sohn des Hoteliers als möglicher Täter in Betracht gezogen werden, stellte Beerwald fest.

Er ging die einzelnen Protokolle der Befragungen durch und stellte fest, dass Kai Richardt seinerzeit mit seiner Umsiedelung nach Rügen beschäftigt gewesen war. Für den fraglichen Zeitpunkt konnte er überzeugende Alibis anführen – Geschäftstermine in Schwerin und Bergen. Niemand hatte einen Verdacht geschöpft. Wie es aussah, hatte man seine Angaben nur oberflächlich überprüft. Das war ganz offensichtlich ein Fehler gewesen.

Beerwald griff zum Telefon und berichtete Kommissarin Romy Beccare von seinen Recherchen. Die schwieg eine ganze Weile.

»Hab ich's mir doch gedacht«, meinte sie schließlich. »Ungefähr alle fünf Jahre ist der Kerl aktiv geworden.«

»Scheußlicher Fall. Und keine einfache Ermittlungsarbeit nach all den Jahren, wenn ich das aus der Ferne richtig einschätze«, bemerkte Beerwald.

»Das schätzen Sie verdammt richtig ein. Gibt es eigentlich noch mehr Einzelheiten zum Tod des Bruders?«

»Wie meinen Sie das?«

»Hat der Arzt sich genauer geäußert?«, präzisierte Beccare ihre Frage.

»Nein - zumindest ist hier nichts vermerkt. Der Junge wurde viel zu spät ins Krankenhaus gebracht, so dass er nicht mehr zu retten war - so lautete seine Diagnose.«

»Wie alt war der behandelnde Arzt damals?«

»Knapp dreißig«, erwiderte Beerwald, nachdem er einen weiteren Blick in die Akte geworfen hatte. »Ich ahne, worauf Sie hinauswollen, Kollegin. Nur: Warum wollen Sie nach der langen Zeit derart ins Detail gehen?«

»Die Geschichte mit dem Tod des Bruders hat Kai Richardt nachhaltig beeinflusst«, erklärte die Kommissarin. »Irgendwas ist in dieser Familie fürchterlich schiefgelaufen. Ich muss in Kürze auch mit den Eltern Kontakt aufnehmen - die sind zurzeit nicht erreichbar -, und ich möchte wissen, was da vorgefallen ist, um die Hintergründe des Falls besser zu verstehen. Im Moment steht Richardt als widerliches Monster da, dessen Tod keinen rührt, der weiß, was er auf dem Kerbholz hat. Aber kaum jemand wird so geboren, so grausam und berechnend - nach meiner festen Überzeugung jedenfalls. Ich weiß, dass es dazu auch andere Meinungen und Forschungsansätze gibt, aber mir will das einfach nicht in den Kopf, verstehen Sie?«

Beerwald seufzte leise. Er schätzte, dass die Kollegin noch ziemlich jung war. »Die Hintergründe des Falls« waren nebensächlich, wenn er aufgeklärt war, zumindest gehörte es nicht zu den Hauptaufgaben der Ermittler, die Lebens- und Leidensgeschichte des Täters in allen Einzelheiten zu rekonstruieren. Dafür blieb ohnehin kaum Zeit, und außerdem war das der Job anderer Spezialisten: Ärzte, Psychologen, Sozialarbeiter ...

»Viele Täter waren auch mal Opfer, Kollegin. Wie weit wollen Sie zurückgehen?«

»Solange ich auf jemanden treffe, den ich fragen kann, tue ich das. Vielleicht lerne ich etwas dabei. Und kann es weitergeben.«

Beerwald nickte. Sie war sehr jung. Vielleicht war ich auch mal so, überlegte er. Und vielleicht ist es gut, dass es immer eine nachwachsende Generation gibt, die alles sehr genau wissen will – selbst wenn die Ergebnisse schon auf dem Tisch liegen.

»Okay, Kollegin, ich versuche, diesen Arzt ausfindig zu machen. Wenn es auffällige Besonderheiten gab, wird er sich vielleicht erinnern.«

»Danke. Und was Lilly Arnold angeht: Überprüfen Sie doch mal, ob seinerzeit auch der Keller des Hotels durchsucht wurde – gründlich durchsucht. Der Mann war ausgesprochen findig darin, sein Gefängnis zu tarnen. Man sieht es nicht auf den ersten Blick.«

Beerwald runzelte die Stirn. »Gut. Sie hören von mir.«

»Sie können mich jederzeit anrufen.«

»Das dachte ich mir.«

Beerwald legte auf und erhob sich ächzend. Der Kaffeerest kochte bereits seit Stunden auf der Warmhalteplatte und erinnerte in Farbe, Geruch und Beschaffenheit an Teer. Wahrscheinlich würde er sogar ähnlich schmecken. Er goss sich dennoch eine Tasse ein, rührte drei Stückchen Zucker und viel Dosenmilch unter. Dann gab er Dr. Robert Mathiesen in seinen Computer ein.

Der Arzt praktizierte nicht mehr, lebte aber tatsächlich immer noch in Lübeck. Beerwald sah auf die Uhr: kurz nach zwanzig Uhr. Das war keine übliche Geschäftszeit mehr, aber ein Arzt war sicher an Kummer gewöhnt.

Dr. Mathiesen meldete sich nach dem dritten Klingelton. Seine Stimme klang so jung und schwungvoll, dass Beerwald davon überzeugt war, den Sohn am Apparat zu haben.

»Entschuldigen Sie bitte die späte Störung«, sagte er höflich. »Ist es trotzdem möglich, Dr. Robert Mathiesen zu sprechen.«

»Na klar – am Apparat.«

»Sind Sie der Robert Mathiesen, der als Kinderarzt im Marien-Krankenhaus tätig war?«, ergänzte Beerwald dezent erstaunt.

»Genau der bin ich. Mit wem spreche ich eigentlich?«

»Hauptkommissar Hannes Beerwald von der Lübecker Kripo. Es geht um die Aufklärung mehrerer schwerwiegender Verbrechen …«

»Um Gottes willen – was habe ich damit zu tun?« Das klang sehr erschrocken.

Beerwald schmunzelte. »Vielleicht haben Sie einen Hinweis für uns, der in die Ermittlungen einfließen könnte. Allerdings habe ich eine Frage zu einem Fall, der schon beinahe vierzig Jahre zurückliegt.«

»Das ist eine verdammt lange Zeit. Außerdem … Nun, um ehrlich zu sein, am Telefon …«

»Ich verstehe Ihre Vorsicht. Rufen Sie bei der Kripo an und lassen Sie sich zu mir durchstellen, um sicherzugehen.«

»Das Angebot würde ich gern annehmen, Kommissar Beerwald«, erwiderte Mathiesen. »Wir regen uns ständig über Datenklau und unerlaubte Weitergabe persönlicher

Informationen auf, aber man darf sich doch nicht wundern, wenn man ohne Rückversicherung am Telefon über persönlichste oder brisante Dinge spricht.«

»Ich stimme Ihnen unbedingt zu und lege jetzt auf, damit Sie zurückrufen können.«

Eine Minute später war Dr. Mathiesen wieder am Apparat und entschuldigte sich noch einmal wortreich für sein Misstrauen, das Beerwald als gesunde Skepsis lobte, worauf beide einander versicherten, dass es schön war, einen Gleichgesinnten kennenzulernen.

»Ein vierzig Jahre zurückliegender Fall beschäftigt Sie also?«, griff Mathiesen den Gesprächsfaden schließlich wieder auf.

»Unter anderem. Vielleicht erinnern Sie sich ja an den Tod des neunjährigen Mark Richardt. Er starb an einem Blinddarmdurchbruch, und Sie haben damals Anzeige erstattet, weil Sie davon überzeugt waren, dass die Eltern ...«

»Natürlich – die waren schuld! Der Junge starb bei mir auf dem Tisch«, ereiferte sich Mathiesen. »Das Kind muss mehrere Tage fürchterlich gelitten haben, und die Mutter erklärte mir lapidar, dass viele Kinder hin und wieder unter Bauchweh litten. Das hätte sie nicht so ernst genommen. Meistens hätte es genügt, dem Jungen einen Tee zu kochen und ... ja, warten Sie mal: für umfassende Hygiene und Sauberkeit zu sorgen.«

»Merkwürdige Antwort«, meinte Beerwald. »Zumindest in dem Zusammenhang. Konnten Sie sich einen Reim darauf machen?«

»Das Kind war schon halbtot, aber penibel sauber«, antwortete der Arzt. »Wie gerade frisch gebadet ... Das schien ihr wichtiger als alles andere zu sein. Wahrscheinlich hatte sie einen Waschzwang ...« Er brach ab. »Die Geschichte hat mich damals ganz schön mitgenommen. Sie tut es heute noch, wie ich gerade merke. Ich weiß, dass bei der Überprüfung nichts herausgekommen ist, aber die Mutter war eine … unglaublich überhebliche und herrische Frau, und ich wollte einfach sichergehen, dass da nichts übersehen wird.«

»Ja, ich verstehe«, sagte Beerwald. »Vielen Dank für Ihren Hinweis.«

»Sagen Sie – worum geht es eigentlich?«, fragte Mathiesen. »Es interessiert mich natürlich, warum die Polizei nach fast vierzig Jahren diesen Fall noch einmal aufgreift.«

»Wie es aussieht, hat der jüngere Bruder des verstorbenen Jungen zeit seines Lebens unter dem tragischen Tod seines Bruders gelitten«, antwortete Beerwald diplomatisch.

»Das kann ich mir vorstellen. So was bleibt hängen. Dürfen Sie konkreter werden?«

»Eigentlich nicht, aber … Nun ja, der Mann lebt inzwischen nicht mehr«, entgegnete Beerwald. »Und die Polizei ermittelt zurzeit in mehreren schwerwiegenden Verbrechen an Frauen. Mehr darf ich Ihnen nicht sagen, und auch das müssen Sie unbedingt für sich behalten.«

»Ja, natürlich«, versicherte Dr. Mathiesen. Er klang beeindruckt.

»Danke noch mal. Vielleicht melden wir uns die Tage erneut bei Ihnen, Doktor.«

»Tun Sie das ruhig. Viel Erfolg bei den weiteren Ermittlungen.«

Beerwald legte auf und starrte ein paar Löcher in die Luft. Dann gab er sich einen Ruck und informierte die Kommissarin mit dem schönen südländischen Namen, die sich äußerst charmant für seine Bemühungen bedankte. So charmant, dass Beerwald nicht nur versprach, die Ergebnisse seiner Gespräche sowie die entsprechenden Aktenvermerke umgehend nach Bergen zu mailen, sondern noch ein weiteres Telefonat in Angriff nahm.

Zehn Minuten später hatte er Peter Roloff am Apparat.

Roloff war seinerzeit als Einsatzleiter bei der Hoteldurchsuchung dabei gewesen und inzwischen pensioniert. Beerwald hatte im Dienst nicht häufig mit ihm zu tun gehabt, kannte den Kollegen aber vom Sport. Roloff war immer noch ein hervorragender Keeper - besser als er, und zwar nicht nur wegen der aktuellen Knieprobleme.

Als Beerwald sich meldete, ging Roloff davon aus, dass er als Torhüter einspringen sollte.

»Auf das Angebot kommt die Mannschaft sicher mal zurück«, erwiderte er. »Doch der Grund meines Anrufs ist was Offizielles.«

»Ich bin raus aus dem Job - schon vergessen?«, gab Roloff fröhlich zurück.

Er gehörte zu der Sorte Pensionäre, die im Ruhestand mehr zu tun hatten als vorher, und zwar nicht weil er nun hauptberuflich Enkel hütete oder Kaninchen züchtete. Soweit Beerwald informiert war, unterrichtete der Kollege an der Polizeischule und engagierte sich im Weißen Ring.

»Ganz und gar nicht. Aber wir haben eine Anfrage aus Rügen, zu der du eventuell was sagen könntest«, entgegnete Beerwald. »Geh mal zurück ins Jahr 1992 ...«

»Guter Jahrgang. Damals sind mir die Mädels fast so häufig nachgelaufen wie heute.« Er lachte.

Roloff war kein Kostverächter - zeitweise hatte er unter den Kollegen den Spitznamen ›Mr. Teflon‹ verpasst bekommen, weil er nichts anbrennen ließ. Allerdings war Beerwald der Meinung, dass Roloff seine Wirkung auf Frauen maßlos überschätzte. Aber das musste er nicht gerade in diesem Augenblick mit ihm diskutieren.

»Hm, tja, wenn du es sagst ... Erinnerst du dich noch an die Hotelsache Richardt? Eine junge Frau namens Lilly Arnold verschwand damals spurlos. In ihrem Hotelzimmer konnten Blutspuren gesichert werden, aber das war auch schon alles. Im Hotel fanden sich keinerlei weitere Hinweise auf die Frau – die übrigens bis heute nicht wieder aufgetaucht ist.«

»Ein altes, sehr schönes Hotel in der Innenstadt? Ja, warte mal, da klingelt was. Chefin war eigentlich die Alte«, erinnerte Roloff sich. »Unangenehme Frau, hatte Haare auf den Zähnen, während ihr Mann wie ein Mäuschen vor ihr gekuscht hat. Und? Was ist damit?«

»Es gibt Hinweise darauf – eigentlich sind es weit mehr als Hinweise –, dass der Sohn der Richardts, Kai, seinerzeit fünfundzwanzig, damit zu tun hatte. Erinnerst du dich an den?«

»Hm ... ja, warte mal ... Der hat sich doch damals gerade aufgemacht in den Osten. Sympathischer junger Mann ... Sag bloß, der hat der Frau was getan? Kann ich mir gar nicht vorstellen«, wandte Roloff ein. »Außerdem standen die Alibis von dem wie eine Eins, das weiß ich jedenfalls noch.«

Beerwald warf einen Blick in die Akte. »Ein Jürgen Dreyer bestätigte, dass er mehrere Tage in Schwerin war, und Hinz Posall, Geschäftsführer im Richardt-Hotel, war mit ihm zusammen auf Rügen unterwegs ...«

»Na bitte.«

»Wie dem auch sei. Die leitende Kommissarin aus Bergen ist gerade dabei, Kai Richardt, der übrigens kürzlich ermordet wurde, drei Entführungen nachzuweisen«, berichtete Beerwald. »Wie es aussieht, hat er die Frauen gefangen gehalten, vergewaltigt und nach ein, anderthalb Wochen wieder freigelassen – bis auf eine. Die wurde in der Gefangenschaft erschlagen. Eine zweite Frau hat sich nicht lange nach ihrer Freilassung das Leben genommen.«

»Da bin ich aber platt.«

Das passierte auch nicht allzu oft, überlegte Beerwald. »In dem Zusammenhang fragt die Kollegin an, ob seinerzeit der Keller des Hotels gründlich durchsucht wurde«, fuhr er fort. »Kai Richardt scheint ein Faible für Kellerverstecke gehabt zu haben, und er soll sehr geschickt darin gewesen sein, die Räume so zu tarnen, dass man sie nicht sofort als solche erkennt.«

»Steht denn in der Akte nichts?«

»Sonst würde ich ja nicht fragen.«

»Wir waren im Keller«, grübelte Roloff. »Aber eine gründliche Durchsuchung …? Ich fürchte, nein, und zwar aus dem einfachen Grund, weil nichts darauf hinwies, dass die Frau noch im Hotel gewesen sein könnte. Wir nahmen an, dass der Täter sie aus dem Haus geschafft hatte.«

»Verstehe.«

»Was willst du tun?«

»Gute Frage.«

Beerwald kaute auch nach dem Ende des Telefonats eine ganze Weile auf ihr herum.

13

Romy war mit einem der Zivilfahrzeuge nach Buschvitz gefahren. Sie hoffte, in der Dunkelheit nicht aufzufallen, als sie gegenüber des Hauses der Richardts parkte und den Motor ausstellte.

Das Wohnzimmer war hell erleuchtet. Vor der Tür stand kein zweites Auto, aber das musste nichts heißen. Romy goss sich aus einer Thermoskanne heißen Tee ein und kuschelte sich tief in ihren Rollkragenpullover. Ein kräftiger Windstoß ließ den Wagen erzittern. Sie warf einen Blick zum nächtlichen Himmel, der von dichten Wolken bedrängt wurde, und hoffte, dass der angesagte Regen zumindest so lange auf sich warten ließ, bis sie im Bett lag.

Was eine nächtliche Observierung bringen sollte, war ihr höchstens verschwommen klar. Wahrscheinlich wollte sie einfach nur das Gefühl haben, ganz dicht am Geschehen dran zu sein und die unmittelbar bevorstehende Auflösung des Falls wie Wehen spüren zu können.

Beier und Brandt waren nicht aus dem Schneider – noch nicht. Romy hielt es nach wie vor für möglich, dass Brandt trotz seines überzeugenden Auftritts seinem Freund einen Gefallen hatte tun wollen, aber im Brennpunkt standen die beiden nach Mirjams zugleich grausigen und erschütternden Erläuterungen nicht mehr.

Dort befand sich Vera Richardt. Sie war keineswegs die ahnungslose und harmlose Witwe, wie sie sich offensichtlich Kasper gegenüber verkauft hatte.

Romy schlürfte von ihrem heißen Tee. Sie hatte immer noch die Stimme von Kommissar Hannes Beerwald im Ohr, der die Telefonate mit dem Kinderarzt und dem pensionierten Kollegen wiedergegeben hatte. War Lilly Arnold das erste Opfer gewesen?

Plötzlich öffnete sich die Haustür. Ein Lichtstreifen durchschnitt die Dunkelheit, und die schmale Silhouette von Vera Richardt war neben der eines großgewachsenen Mannes zu erkennen. Romy rutschte tiefer in ihren Sitz und zückte die bereitliegende Kamera. Viel würde auf den Bildern nicht zu erkennen sein, aber vielleicht würden die Aufnahmen ausreichen, um den Mann zu identifizieren und Vera ein wenig zu brüskieren.

Einen Kuss gaben die beiden sich nicht, soweit Romy das erkennen konnte, aber sie standen sehr dicht beieinander, bevor der Mann sich aus dem Schatten löste, ums Haus herumging und kurz darauf zurückkehrte – ein Motorrad neben sich herschiebend. Romy fotografierte das Nummernschild, als der Mann seine Maschine startete, und gab das Kennzeichen an Max durch, bevor sie dem Motorrad in großem Abstand folgte.

Der Mann fuhr Richtung Süden aus Buschvitz heraus, folgte anschließend der B 196 nach Bergen, um dann die L 301 nach Putbus zu nehmen, der weißen Stadt.

Max meldete sich, als Romy ungefähr zehn Minuten unterwegs war. »Christoph Albrecht, wohnhaft in Putbus«, sagte er mit gewichtiger Stimme. »Der Mann, der jetzt Kai Richardts Geschäfte führt.«

»Jag ihn mal durch den Computer«, sagte Romy, die ziemlich verblüfft war und irgendwie nicht an das klassische Motiv glauben wollte. Aber das war natürlich kein Argument. »Und vervollständige die Angaben für den Durchsuchungsbeschluss. Seine Wohnung muss auch unter die Lupe genommen werden.«

»Mach ich.«

»Und dann gehst du schlafen.«

»Na ja …«

»Das ist eine dienstliche Anordnung«, sagte Romy energisch. »Ich fahre jetzt auch nach Hause.«

»Ich will nur noch ein paar Daten ergänzen.«

»Max …«

»Noch eine Stunde, dann haue ich mich aufs Ohr.«

»Na schön. Wir sehen uns morgen.«

Sie unterbrach die Verbindung und machte sich auf den Heimweg. Als sie in Binz eintraf, war es nach dreiundzwanzig Uhr, und ihr Kopf summte.

Der Anrufbeantworter blinkte, aber sie hatte keine Lust, ihn abzuhören. Falsch – sie hatte keine Kraft mehr, etwas aufzunehmen. Sie nahm eine heiße Dusche und stellte den Wecker auf halb sechs. Um sieben Uhr begann die Einsatzbesprechung, und sie hoffte, dass sie müde genug war, um gar nicht mehr mitzubekommen, was ihr unruhiger Geist noch alles anzumerken hatte. Als sie die Bettdecke über ihre Schulter zog, begann der Regen gegen die Scheiben zu prasseln. Was für ein tröstliches Geräusch! Manche Wünsche erfüllte der liebe Gott sofort.

Christoph Albrecht war auf den ersten Blick völlig sauber – und auch auf den zweiten. Max übernahm die Grunddaten in seine Tabelle und widmete sich dann wieder den Recherchen zum Lebenslauf der Witwe.

Vera Richardt, geborene Sanddorn, vierzig Jahre alt, stammte aus Grimmen in Vorpommern. Die Stadt lag dreißig Kilometer südlich von Stralsund und gut fünfundzwanzig westlich von Greifswald, wo sie Anfang der neunziger Jahre eine kaufmännische Ausbildung absolviert hatte. Als ihre Eltern vor fünfzehn Jahren ein Sanitätshaus in Bergen übernahmen, war die Tochter ihnen kurz darauf nach Rügen gefolgt, wo sie zunächst in einer Baufirma in Sassnitz und später in einem Touristikunternehmen arbeitete. 2003 heiratete sie Kai Richardt – seitdem widmete sie sich Haus und Kindern.

Nicht gerade eine aufregende Biographie, stellte Max fest. Er loggte sich bei Stayfriends ein, um zu überprüfen, ob Vera in dem Schulfreunde-Portal Spuren hinterlassen hatte, und wurde in ihrer Berufsschulklasse fündig. Mehrere Porträts und Klassenaufnahmen, die bei Zeugnis- und Abschlussfeiern, aber auch bei privaten Anlässen entstanden waren, umrahmten die Aktivitäten.

Max notierte sich die akkurat aufgelisteten Namen ihrer Mitstreiter und stellte fest, dass Vera ihre Ausbildung mit Auszeichnung beendet hatte. In ihrem Profil war darüber hinaus festgehalten, dass sie zusätzlich einen Computerkurs besucht und dort mit hervorragenden Leistungen auf sich aufmerksam gemacht hatte.

Max pfiff durch die Zähne. Das war ja mal eine Nachricht.

Nach den müden und blassen Gesichtern zu urteilen, hatte niemand besonders gut oder ausreichend geschlafen. Max war noch unterwegs, er hatte Romy jedoch einige Notizen auf den Schreibtisch gelegt, die sie eilig überflog und dann mit leisem Lächeln zu ihren Unterlagen packte.

Während Fine Kaffee verteilte und mit der Staatsanwaltschaft in Stralsund telefonierte, sprach Buhl sich mit seinen Leuten ab, und Romy informierte Kasper in Stichpunkten über ihre Gespräche mit der Lübecker Polizei und Breders erste Recherche-Ergebnisse zu Vera Richardt. Dann schlug sie vor, gleichzeitig in Putbus und bei der Witwe vor der Tür zu stehen.

»Wir haben zu wenig Leute und zu wenig Zeit, um zwei Einsätze sinnvoll und präzise zu koordinieren«, gab Kasper zu bedenken. »Außerdem kannst du wegen einiger Telefonate und einem abendlichen Treffen nicht von einer festen Beziehung ausgehen, die zudem noch mit dem Mord an Kai …«

»Doch, das kann ich, und das tue ich auch«, entgegnete Romy und hob das Kinn. Rote Rosen, dachte sie plötzlich. Garantiert sind die von dem Motorradfahrer gewesen. »Aber hast du einen Gegenvorschlag?«

»Habe ich. Wir konzentrieren uns zunächst auf die Witwe und postieren zwei Kollegen aus Putbus sicherheitshalber vor Albrechts Tür. Falls sich eine Situation ergibt, die dort schnelles Handeln erfordert, können wir sofort reagieren.«

Romy nickte zögernd. »Na gut. Fangen wir in Buschvitz an.«

»Außerdem sollten wir noch zwei unserer Kollegen mitnehmen«, meinte Kasper. »Die können wir unter Umständen auch zügig in Richardts Geschäft schicken. Und falls es personell ganz eng werden sollte, helfen uns die Sassnitzer – ist mit denen schon besprochen.«

Das klang durchdacht. Romy trank ihren Kaffee aus. »Alles klar.«

Fine sah zur Tür herein. »In zwanzig Minuten kriegen wir den Beschluss. Max bringt ihn gleich mit.«

Romy biss herzhaft in ein Brötchen. Sie sah Kasper von der Seite an. »Was ist? Tut es dir leid um die Witwe?«

Er zuckte die Achseln. »Wir werden sehen.«

Romy hob den Blick zur Decke, verkniff sich aber einen Kommentar.

Vera Richardt war völlig perplex, als sie die Tür öffnete und einer Schar von Polizeibeamten gegenüberstand. Sekundenlang bekam sie kein einziges Wort heraus.

»Frau Richardt, wir haben einen Durchsuchungsbeschluss«, sagte Romy leise und hielt ihr das richterliche Schreiben unaufgefordert unter die Nase.

»Wie bitte?« Die Witwe hielt sich an der Tür fest. »Warum …? Und was suchen Sie?«

»Die Aufnahmen, die Ihr Mann von seinen Opfern gemacht hat.«

Vera Richardt zuckte zusammen, fing sich aber schnell wieder. »Ich weiß nicht, wovon Sie sprechen.«

»Lassen Sie uns bitte herein? Ich bin sicher, dass die Kollegen etwas finden werden …«

Die Witwe schoss einen wütenden Blick auf Romy ab, die sich Mühe gab, gelassen darüber hinwegzusehen. »Wo sind Ihre Kinder?«

»In der Schule und im Kindergarten – wo sonst?«, giftete Vera Richardt zurück.

»Gut.«

Die Hausherrin zögerte noch kurz, gab dann jedoch die Tür frei, und die Beamten strömten ins Haus.

»Das Arbeitszimmer befindet sich im Dachgeschoss. Nehmt euch das als Erstes vor«, rief Romy hinterher. »Ihr wisst, wonach wir suchen.«

Marko Buhl ging mit langen Schritten kommentarlos voran und verteilte oben seine Leute.

Romy wandte sich um. »Wo können wir reden, Frau Richardt?«

»Was gibt es noch zu reden, Frau Kommissarin?«

Romy spürte, dass es in ihren Fingern kribbelte. Du hast eine verdammt große Klappe, dachte sie. »Möchten Sie das Gespräch lieber auf dem Kommissariat fortsetzen?«

Vera Richardt machte eine wegwerfende Handbewegung, wandte sich plötzlich ab und ging ohne ein weiteres Wort ins Wohnzimmer. Romy und Kasper folgten ihr. Auf dem Esstisch stand noch das Frühstücksgeschirr. Sie stellte es auf ein Tablett, schob es achtlos beiseite und ließ sich schließlich auf einen Stuhl fallen.

Die Kommissarin setzte sich ihr gegenüber, Kasper bedeutete zwei Kollegen, im Augenblick nicht im Wohnzimmer zu suchen, und nahm neben Romy Platz, nachdem er ein Aufnahmegerät angeschlossen und eingeschaltet hatte. Vera Richardt verzog keine Miene, aber ihre Augen verfolgten Kaspers Vorbereitungen.

»Wir können das ganze Prozedere beträchtlich abkürzen, wenn Sie uns sagen, wo die Videodateien sind«, sagte Romy schließlich und legte ihren Hefter bereit.

»Und ich kann mich nur wiederholen. Falls es irgendwelche Videos geben sollte, habe ich keine Ahnung, wo sie sich befinden.«

»Vielleicht stimmt das sogar – zumindest teilweise«, überlegte Romy mit nachdenklicher Miene. »Weil Sie die Dateien gelöscht haben.«

»Aha. Das wird ja immer mysteriöser. Sie tauchen hier am frühen Morgen mit einem ganzen Bus voller Polizisten auf, weil ich Videos gelöscht haben soll?« Die Witwe verzog das Gesicht. »Das ist nicht Ihr Ernst, oder?«

Sie fühlt sich ziemlich sicher, überlegte Romy. »Doch, das ist mein voller Ernst. Sie haben die Videos auf dem Laptop Ihres Mannes gelöscht und die Festplatte komplett neu formatiert, um keinerlei Spuren zu hinterlassen.«

»Tatsächlich? Sie trauen mir ja eine Menge zu.«

»Damit liegen Sie völlig richtig.«

»Mein Mann hat sich einen neuen …«

»Ich weiß, er hat sich einen neuen Laptop gekauft, mit dem er sich am Wochenende beschäftigen wollte«, fiel Romy ihr ins Wort. »Das haben Sie nun häufig genug betont – das erste Mal bereits am Sonntagabend, kurz nachdem wir Ihnen die schreckliche Nachricht von seinem gewaltsamen Tod überbracht hatten. Es war Ihnen auffallend wichtig, uns diese Information zügig unterzujubeln. Wo befindet sich eigentlich der alte PC?«

Vera Richardt zuckte betont lässig die Achseln. »Keine Ahnung – vielleicht im Geschäft …«

Romy lächelte. »Na dann. Das werden wir auch gleich

durchsuchen. Vielleicht kann uns Christoph Albrecht weiterhelfen. Sie kennen ihn ziemlich gut, auch privat, nicht wahr?«

Sie verbarg ihre Überraschung bemerkenswert gut. Ein winziges Hochschnellen der Brauen, und schon hatte sie sich wieder in der Gewalt. »Und? Das ist nicht verboten.«

»Keineswegs, aber im Zusammenhang mit Mord hat die Polizei häufig die eine oder andere Frage, wenn ein Liebhaber mit im Spiel ist.« Interessant, dass sie an dem Punkt gar nicht zu leugnen versucht, fügte Romy in Gedanken hinzu.

»Sie haben nicht nach einem Liebhaber gefragt«, gab Vera zurück.

Romy nickte. »Das stimmt. Vielleicht hätte ich das tun sollen, vielleicht ahnte ich aber, dass ich ohnehin keine ehrliche Antwort erhalten würde … Aber noch mal zurück zu Ihren Fähigkeiten. Sie sind computertechnisch ziemlich gut drauf, wie wir inzwischen erfahren haben, und zwar seit Ihrer Zeit in der Berufsschule.«

Diesmal funktionierte ihre Selbstbeherrschung nicht. Die Witwe riss die Augen auf. Dann blickte sie schnell zur Seite. »Das ist sehr lange her … seitdem hat sich viel verändert.«

»So viel nun auch wieder nicht, Frau Richardt«, entgegnete Romy. »Es sind immer noch Bites und Bytes, um die es geht. Ihr Abschlusszeugnis ist ganz hervorragend. Sie sind keine Durchschnittsschülerin gewesen. Ich gehe davon aus, dass Sie sehr genau wissen, wie man eine Festplatte endgültig zerschrottet – oder sich zumindest die nötigen Informationen besorgt, um das professionell zu erledigen.«

»Danke für das Kompliment, aber ich weiß wirklich nicht …«

Romy beugte sich rasch vor. »Hören Sie endlich mit dem Theater auf, Frau Richardt! Ich bin garantiert nicht hier, um

Ihnen Komplimente zu machen! Sie waren im Arbeitszimmer Ihres Mannes und haben dabei entdeckt, dass er Bilder von einer Überwachungskamera empfing. Der Gute plante und bereitete nämlich seine nächste Entführung vor, und der Einfachheit halber sollte die Frau, die er bereits vor fünf Jahren entführt hatte, noch einmal dran glauben … Ach, übrigens, wo wir gerade dabei sind: Haben Sie letztens mit Ihrem Mann eine Veranstaltung in Vaschvitz besucht?«

»Ja …« Sie schüttelte verwirrt den Kopf. »Was hat das …?«

»Ist Ihnen die junge Frau in der Reihe vor Ihnen aufgefallen? Sie verließ gemeinsam mit ihrem Mann vorzeitig die Kunstscheune.«

»Ja, in der Tat …«

Romy nickte. »Das nur so nebenbei - ein Foto von der Frau hatte ich Ihnen bei unserem letzten Gespräch gezeigt. Wollen Sie immer noch nicht auspacken?«

Vera Richardt verschränkte die Arme. »Ich weiß nicht, was Sie meinen. Es gibt nichts auszupacken.«

Romy musterte sie lange und eindringlich. »Worum genau geht es Ihnen eigentlich? Warum blocken Sie derart ab und behindern unsere Arbeit - nämlich die Aufklärung scheußlichster Verbrechen? Welche Gründe könnte es dafür geben?« Sie beugte sich über den Tisch vor. »Ich sag's Ihnen: Sie wollen Ihren Ruf wahren und schaffen darum lieber alles beiseite, was die Polizei interessieren sowie ein schlechtes Licht auf Kai und damit auch auf Sie und Ihre Familie werfen könnte. Aber gehen Sie tatsächlich ernsthaft davon aus, hier in aller Ruhe und Beschaulichkeit auf der schönen Insel weiterleben zu können, wenn sich der ganz große Wirbel erst einmal gelegt hat? Womöglich in absehbarer Zeit mit Christoph an Ihrer Seite, der praktischerweise gleich auch Kais Geschäfte weiterführt?« Romy schüttelte langsam den Kopf.

Vera wandte den Blick ab.

»Sie machen sich Illusionen. Sie werden nicht einfach wieder zur Tagesordnung übergehen können, und das ist auch gut so«, fuhr Romy fort. »Diese Geschichten werden nachwirken, lange nachwirken. Es wird geredet, und man wird sich auch fragen, warum die Ehefrau nichts bemerkt hat oder bemerkt haben will. Ihre Kinder werden eines Tages Fragen stellen …«

»Hören Sie schon auf damit!«

»Genau das werde ich nicht tun!«, brauste Romy so lautstark auf, dass sogar Kasper zusammenzuckte. »Das letzte Opfer hat Ihren Mann identifiziert und sogar den Keller wiedererkannt, in dem sie gefangen gehalten und tagelang missbraucht wurde! Inzwischen wird sogar in Lübeck ein alter Fall noch einmal unter die Lupe genommen. Dass Kai Richardt ein Serientäter gewesen ist, der alle fünf bis fünfeinhalb Jahre zugeschlagen hat, daran besteht kein Zweifel mehr!« Die Kommissarin atmete tief durch. »Sie sollten endlich aktiv mit uns zusammenarbeiten, statt Spuren zu verwischen und sich dumm zu stellen. Dass Sie genau das tun, erhärtet zudem den Verdacht gegen Sie – mit einem Liebhaber an Ihrer Seite erst recht.«

Vera drehte den Kopf und sah Romy wieder an.

»Frau Richardt, Sie haben längst entdeckt, was Kai verbrochen hat, und Sie dürften sich darüber im Klaren sein, dass wir daraus ein starkes Motiv ableiten. Welche Frau und Mutter will mit einem solchen Mann zusammenleben?«

»Wie sollte ich gewusst haben …?«

»Sie waren in seinem Arbeitszimmer.«

»Ja, und? Das ist nicht neu, und da war nichts Besonderes. Das sagte ich Ihnen schon.«

»Doch«, schaltete Kasper sich plötzlich ein. »Sie haben dort etwas Besonderes entdeckt, weil Ihr Mann davon ausging, dass sich niemand Zutritt zu seinem Zimmer verschaffen konnte. Er hatte seinen Schlüssel wie immer dabei …«

»Sie vergessen die Sache mit dem Zweitschlüssel. Darüber sprachen wir schon.«

»Ganz und gar nicht«, erwiderte der Kommissar. »Aber der befand sich nicht im Keller, wo Sie jederzeit Zugriff gehabt hätten, sondern in seinem Schreibtisch.«

Vera starrte Schneider perplex an, während Romy dem Kollegen einen irritierten Blick zuwarf. Ich muss etwas Entscheidendes verpasst haben, dachte sie.

»Ihr Mann hat seinen neuen Laptop am Freitagabend eingerichtet«, fuhr Kasper ruhig fort. »Er hat ihn mit einer Webcam beziehungsweise IT-Überwachungskamera sowie einem Videoaufzeichnungs-Programm ausgestattet und wollte überprüfen, ob alles gut läuft.«

»Wie bitte? Was sollen diese Spekulationen?«

»Das sind keine Spekulationen, Frau Richardt. Sie sind am Samstag übers Dach auf den Balkon geklettert.«

Romy hatte Mühe, ihre Kinnlade festzuhalten. Da Vera Richardt ähnlich perplex war, achtete sie nicht auf die Kommissarin.

Schneider, du verblüffst mich immer wieder, dachte Romy und ließ die Frau nicht aus den Augen.

»Als Kai nicht nach Hause kam und Sie ihn auch nicht erreichen konnten, wollten Sie unbedingt die Gelegenheit nutzen und sich in seinem Zimmer umsehen«, fuhr Kasper in ruhigem Ton fort, als Vera Richardt nichts mehr erwiderte, sondern blicklos vor sich hin starrte. »Und Sie sind übers Dach geklettert, weil die Balkontür einen Spalt offen stand.«

Schneider sah sie abwartend an. »Was haben Sie vorgefunden?«

Sie schüttelte den Kopf, als wollte sie die Erstarrung abwerfen. »Ich habe …« Sie brach ab. »Woher …?«

Romy hörte im Hintergrund Schritte und ein leises Räuspern. Sie drehte sich um. Marko Buhl stand in der Tür. Der

Zeitpunkt war denkbar ungünstig, aber das konnte der Mann nicht wissen. Romy erhob sich und trat zu ihm.

»Nichts«, sagte er leise. »In dem Arbeitszimmer gibt es keinerlei Datenträger. Und die Jungs sind gründlich.«

»Ich weiß. Nehmt euch die anderen Zimmer vor. Auch Keller und Bad: Ich möchte, dass eine Probe von Veras Hautcreme untersucht wird, ein paar Haare zur Sicherheit auch. Vielleicht könnt ihr die Analysen sogar vorziehen.«

Buhl nickte, ohne eine Miene zu verziehen. »Denkbar. Ich gucke mir auch mal an, womit die hier so putzen ...«

»Gute Idee, Kollege.«

Buhl zeigte seine Zähne, was wohl ein Lächeln darstellen sollte.

Romy ging an den Tisch zurück. Vera Richardt sah sie an. »Christoph hat nichts damit zu tun«, meinte sie plötzlich. Die Hilflosigkeit in ihrer Stimme war neu. »Gar nichts. Er weiß nur, dass meine Ehe ... schwierig war.«

»Wie lange sind Sie schon ein Paar?«, fuhr Romy wieder mit der Befragung fort.

»Ein gutes halbes Jahr.«

»Wusste Kai davon?«

»Natürlich nicht!«

»Wie können Sie so sicher sein?«

»Er hätte mir eine andere Beziehung niemals zugetraut, und er war immer viel zu beschäftigt, um mitzukriegen, was mit mir los war.«

Durchaus denkbar, dachte Romy. Andererseits waren die beiden ein hohes Risiko eingegangen. Ein Mann wie Kai Richardt hätte sich niemals Hörner aufsetzen lassen, schon gar nicht von einem seiner Angestellten ...

Plötzlich war Romy sicher, dass die beiden eine gute Gelegenheit ergriffen hatten, einen despotischen Gewalttäter zu beseitigen. Es hätte sogar klappen können.

Eine Weile blieb es still. Dann sah Romy Schneider an.

»Wir sollten die Vernehmung in Bergen fortsetzen und auch Christoph Albrecht dazuholen.«

»Aber warum?«, wandte Vera erschrocken ein. »Ich …«

»Wir brauchen Ihre Fingerabdrücke«, erklärte Schneider, und er sparte sich seinen üblichen Routine-Hinweis.

Kasper hatte den Wagen noch nicht gewendet, als Romy ihn scharf von der Seite ansah. »Heraus mit der Sprache! Woher wusstest du, dass die Witwe übers Dach geklettert ist?«

Kasper schmunzelte, wurde aber schnell wieder ernst. »Die Nachbarin hat so etwas erzählt, als ich nach dem Fiat fragte. Ich habe es zunächst nicht glauben wollen, weil es sich etwas, hm, verwirrt anhörte, aber … na ja: Auf einmal passte es wie …«

»Arsch auf Eimer?«

»Treffende Beschreibung.«

Romy grinste. Ihr Handy klingelte, als Schneider aus Buschvitz rausfuhr. Sie sah aufs Display.

»Die Lübecker Kollegen sind bemerkenswert eifrig und ziemlich fix«, erklärte sie, bevor sie das Gespräch annahm. »Guten Morgen.«

»Moin. Hannes Beerwald. Rufe ich ungünstig an?«, fragte der Lübecker Kommissar.

»Keineswegs. Sind Sie schon wieder im Dienst?«

»Na ja … eigentlich noch nicht, aber die Sache hat mir keine Ruhe gelassen.«

»Kann ich verstehen.« Romy warf Kasper einen Blick zu und stellte ihr Handy auf Lautsprecher, worüber sie Beerwald informierte.

»Ich habe gestern Abend noch mit einem Kollegen gesprochen, der seinerzeit bei der Durchsuchung des Hotels dabei war«, berichtete Beerwald anschließend. »Zweihundertprozentig gründlich sind die damals nicht vorgegangen.«

»Was genau heißt das?«

»Das heißt, dass man alle Räume inspiziert und nach augenscheinlichen Hinweisen Ausschau gehalten hat, aber damit hatte es sich dann auch schon. Man vermutete, dass die Frau aus dem Hotel geschafft worden war. Niemand glaubte, dass sie noch dort sein könnte.«

»Verstehe. Man sieht nur, was man zu sehen glaubt.«

»Ja, so ähnlich«, stimmte Beerwald zu. »Ich habe mich da aber trotzdem noch mal hintergeklemmt und festgestellt, dass die Richardts das Hotel 1996 verkauft und die neuen Besitzer es komplett saniert haben.«

»Einschließlich Keller?«

»So ist es. Dort befinden sich seitdem Schwimmbad und Fitnessräume.«

Romy nickte. An der Stelle endete die Spur. »Okay, dann ist das so. Müssen wir akzeptieren. Vielen Dank für Ihre Mühe. Mein Kollege wertet Ihre Angaben für unseren Fall aus.«

»Nichts zu danken. Falls ich noch was tun kann …«

Romy zögerte nur kurz. »Wenn Sie schon so nett fragen ... Wir sind hier im Moment mehr als gut ausgelastet ...«

»Kann ich mir denken.«

»Hätten Sie Zeit, Kontakt zu den alten Richardts aufzunehmen? Die sind gerade von einer Reise zurückgekehrt. Die Senioreneinrichtung weiß bereits über den Tod von Kai Richardt Bescheid, aber ich fände es angemessener, noch ein paar Fragen zu stellen, allerdings nicht per Telefon …«

»Kann ich nachvollziehen.«

»Noch etwas, Kollege Beerwald. Kai Richardt hat seine Mutter bis vor kurzem jedes Jahr daran erinnert, dass sie für den Tod des Bruders verantwortlich ist.«

Romy hörte, dass Beerwald schluckte. »Ich werde das im Hinterkopf behalten und melde mich wieder. Viel Erfolg.«

»Danke. Ihnen auch.«

Kasper fuhr auf den Parkplatz vor dem Kommissariat. »Ich werde zwei Tage Urlaub machen, wenn das alles vorbei ist.«

»Ich auch. Kümmerst du dich gleich um Veras Lover? Ich will mir gleich mal die Lübecker Unterlagen angucken.«

»Hast du den Kopf nicht schon voll genug?«

»Schon, aber ich muss sichergehen, dass keine Fragen offen bleiben. Die lassen mich dann nämlich nicht schlafen.«

Christoph Albrecht war Anfang dreißig und damit um einige Jahre jünger als Vera Richardt. Ein attraktiver Mann, dazu klug, umsichtig und rhetorisch begabt. So hatte Kasper ihn jedenfalls erlebt, als er Anfang der Woche im Geschäft gewesen war und mit den Angestellten gesprochen hatte. Nun zitterte Albrecht und wechselte im Sekundentakt die Gesichtsfarbe. Von Umsicht keine Spur mehr, und die Rhetorik war ihm auch abhandengekommen.

Kasper spendierte ihm ein Glas Wasser und lächelte aufmunternd.

»Möchten Sie ein Geständnis ablegen?«, fragte er freundlich.

»Wie bitte?« Das klang fast hysterisch. »Wie kommen Sie denn darauf? Ich habe nichts getan.«

»Na schön«, seufzte Schneider. »Fangen wir ganz von vorne an. Seit wann sind Sie und Vera Richardt ein Paar?«

Albrecht schüttelte den Kopf. »Deswegen sitze ich hier? Das kann doch wohl nicht sein. Ich ...«

»Frau Richardt ist seit kurzem Witwe, und zwar weil Ihr Mann eines gewaltsamen Todes gestorben ist«, erläuterte Kasper geduldig. »Eine außereheliche Beziehung regt in diesem Zusammenhang zu unterschiedlichen Nachfragen an, wie Sie sich vielleicht vorstellen können.«

Albrecht bemühte sich, ruhiger zu atmen. »Ja, aber ... Na

schön. Wir sind uns vor gut einem halben Jahr nähergekommen.«

Kasper nickte. »Es war klar, dass Ihr Chef niemals dahinterkommen durfte, oder?«

Christoph nickte sofort eifrig. »Niemals! Der hätte mich … Na ja, das wäre gar nicht gegangen.«

»Verstehe. Und wie haben Sie sich Ihre Zukunft vorgestellt?«

»Zukunft?«

»Ja – wie sollte es mit Ihnen als Paar weitergehen?«, präzisierte Schneider seine Frage. »Wollten Sie irgendwann doch mit Kai sprechen? Oder hofften Sie, dass er sich trennt? Oder sie ihn verlässt? Oder hatten Sie vor, die Affäre ausklingen zu lassen? Immerhin sind Sie ja einige Jahre jünger.«

»Das spielt überhaupt keine Rolle!«, empörte sich Albrecht. »Wir haben uns von Anfang an gut verstanden – in allen Bereichen. Aber wie es weitergehen sollte, war tatsächlich ein wunder Punkt, zumal Vera … Sie war nicht glücklich mit Kai, das war mir klar.«

»Was genau wussten Sie über die Ehe der beiden?«

Er zuckte die Achseln. »Kai hat immer sein Ding durchgezogen – ohne Rücksicht auf Vera.«

»Hat er sie geschlagen?«

Albrecht bekam Stielaugen. »Was? Aber nein … das hätte sie mir bestimmt gesagt.«

Da war Kasper sich nicht so sicher. »Was hätten Sie denn unternommen, wenn Vera sich Ihnen anvertraut hätte?«

Er schluckte und sah zur Seite, inzwischen gerade mal wieder blass statt hektisch rot im Gesicht.

»Ihm anständig die Meinung gesagt?«, blieb Schneider am Ball. »Vera aufgefordert, zu gehen und sich zu Ihnen zu bekennen?«

Christoph schüttelte den Kopf. »Sie hat von Anfang an

betont, dass ihre Ehe nicht meine Sache sei. Ich sollte mich da nicht einmischen. Alles zu seiner Zeit.«

Wie bequem. »Letztes Wochenende, Herr Albrecht – erzählen Sie mal, was Sie wann gemacht haben.«

Veras Liebhaber atmete tief durch. »Samstagmorgen war ich im Geschäft. Vera rief irgendwann an und fragte, ob Kai sich gemeldet hätte oder vorbeigekommen wäre. War er nicht«, gab Albrecht an. »Nachmittags hab ich mich mit einigen Freunden zum Motorradfahren getroffen.«

»Hat Frau Richardt sich noch mal mit Ihnen in Verbindung gesetzt?«

»Ja, sie meldete sich zwischendurch und berichtete mir, dass Kai immer noch nicht zurück sei und sie nun zur Polizei gehe.«

»Wie klang sie?«

»Irritiert, nervös. Sie konnte sich keinen Reim darauf machen und war auch ein bisschen genervt«, erklärte Albrecht prompt. »Kai hat es selten für nötig gehalten, ihr zu sagen, wann er zurückkommt oder wo genau er hinfährt. Und manchmal hat er auch ein Spiel daraus gemacht.«

»Ein Spiel?«

»Ja, so eine Art Machtspiel. Sie sollte zum Beispiel das Essen um vierzehn Uhr auf dem Tisch haben. Er kam erst um sechzehn Uhr und regte sich dann auf, dass es kalt geworden war.«

»Und wie war Kai, wenn er sich aufregte?«

»Wütend natürlich. Irgendwie gemein.«

»Er beschimpfte seine Frau?«, mutmaßte Schneider.

»Kann schon sein.« Er rieb sich die Hände.

Kasper sah Albrecht nachdenklich an. »Noch einmal: Hat er seine Frau geschlagen und wussten Sie davon?«

»Ich befürchtete, dass ihm mal … die Hand ausrutschte«, gab Christoph zögernd zu.

Die Beschreibung klang wie die Rechtfertigung von gewalttätigen Eltern, die behaupteten, der berühmte Klaps auf den Allerwertesten hätte noch niemandem geschadet. Dass die Kinder häufig grün und blau geprügelt waren, schienen sie überhaupt nicht wahrzunehmen. Oder sie nahmen es wahr, und es ging nur ums Abwiegeln.

»Wie ging Ihre Wochenendplanung weiter?«, setzte Kasper das Verhör fort.

»Ich hätte Vera natürlich gern gesehen, aber sie befürchtete, dass Kai einfach vor der Tür stehen könnte. Sie hat sich dann verabredet, ich war mit meinen Kumpels einen trinken …«

»Das werden wir alles nachprüfen.«

»Können Sie.« Christoph nickte. Inzwischen wirkte er gefasster. »Sehr spät in der Nacht meldete sie sich dann doch noch mal und wollte mich sehen.«

Kasper runzelte die Stirn. »Mitten in der Nacht?«

»Sie konnte nicht schlafen und war davon überzeugt, dass etwas passiert sein könnte. Sie brauchte meine Unterstützung, meine Nähe – so sagte sie.«

»Sie sind zu ihr gefahren?«

»Ja – da war es schon vier Uhr früh.«

»Kai hätte immer noch überraschend auftauchen können«, gab Kasper zu bedenken.

»Stimmt. Besonders wohl war mir, ehrlich gesagt, auch nicht in meiner Haut, aber Vera war so fertig, dass ich schließlich nachgab. Am Sonntagvormittag, als sie die Kinder von ihren Eltern abgeholt hat, bin ich nach Hause gefahren.«

Schneider starrte ihn eine Weile schweigend an. »Ich hoffe, man hat Sie in Buschvitz gesehen.«

»Ich hab mich darum bemüht, nicht aufzufallen.«

Kasper schüttelte den Kopf.

»Was ist denn dagegen einzuwenden?«

»Herr Albrecht, Kai Richardt war ein ziemlich mieser Typ«, hob Schneider an. »Wie mies genau, wird bald in der

Zeitung nachzulesen sein. Der Bursche hat Frauen entführt, gequält und sogar getötet, und Ihre Freundin Vera, seine Frau, wusste davon. Seit wann genau, werden wir bald erfahren.«

Christoph starrte ihn mit offenem Mund an und begann nun wieder, seine Gesichtsfarbe zu wechseln.

»An jenem Samstag befand sich Kai Richardt in einer ziemlich hilflosen Situation«, setzte Schneider seinen Bericht fort. »Zur Abwechslung hatte man mal ihn entführt und sehr übel zugerichtet. Davon wusste Vera, oder besser ausgedrückt: Sie hat es zufällig erfahren.«

»Das ist alles nicht wahr, oder?«

»Ich bin nicht zu Scherzen aufgelegt – wir ermitteln seit Tagen rund um die Uhr und haben eine Menge unerfreulicher Dinge zutage gefördert«, erwiderte Kasper barsch. »Ist Ihnen eigentlich bewusst, dass es im Moment ganz danach aussieht, als hätten Sie beide sich Kai Richardts endgültig entledigt?«

»Ich bringe doch keinen um!«

»Bei einem Typen wie Kai Richardt kann man schon mal die Nerven verlieren«, hielt Schneider dagegen. »Und wenn Sie was zu sagen haben, dann sagen Sie es bitte jetzt. Falls Sie Sonntag früh in dem Schuppen waren und Richardt eins über den Schädel gezogen haben, gibt es Spuren, und die sind gesichert und werden mit Ihrer DNA verglichen.«

»Ich war in keinem Schuppen!«

»Na bestens. Wir nehmen jetzt Ihre Fingerabdrücke und überprüfen Ihre Angaben. Währenddessen können Sie in aller Ruhe über Ihre Aussage nachdenken.«

Schneider fuhr sich mit beiden Händen durch die Haare, als Albrecht abgeführt worden war. Der Kerl hat nicht so viel Mumm, dass er mir hier die Hucke voll lügt, dachte er. Dann stand er auf und ging nach nebenan zu Romy und Max.

»Ich muss noch mal nach Buschvitz«, erklärte er. »Christoph behauptet, bei Vera gewesen zu sein – am frühen Sonntagmorgen. Um sie zu trösten, zu beruhigen …«

Romy verdrehte die Augen. »Mir kommen die Tränen. Die beiden geben sich also gegenseitig ein Alibi. Das ist ja mal was ganz Neues. Wahrscheinlich sind sie gemeinsam losgezogen, um Kai zu erledigen.«

»Wir können nicht ausschließen, dass er die Wahrheit sagt … Außerdem wäre es nicht besonders schlau gewesen, mit dem Motorrad durch die Gegend zu fahren und mitten in der Nacht in Buschvitz aufzukreuzen, wenn die beiden einen dementsprechenden Plan gehabt hätten. Das macht man doch anders. Ich frage lieber noch mal in der Nachbarschaft nach.«

»Ja, tu das. Ach, übrigens«, Romy wies auf einen Stapel ausgedruckter Seiten, »Kai Richardt wurde im Zusammenhang mit dem Verschwinden von Lilly Arnold in Lübeck auch befragt. Weißt du, wer ihm Alibis verschafft hat?«

»Nein.«

»Jürgen Dreyer und Hinz Posall.«

Kasper atmete laut aus. »So schließt sich also der Kreis. Ich will eine ganze Woche frei, wenn wir hiermit durch sind.«

Erna Thile konnte ihm diesmal nicht weiterhelfen. Sie hätte einen gesunden Schlaf, versicherte sie ihm strahlend – Kasper spürte, dass sie sich freute, ihn wiederzusehen.

»Aber fragen Sie mal weiter vorne an der Straße den alten Gustav«, riet sie ihm eifrig. »Der hat häufig Schlafstörungen und kriegt mit, wenn hier nachts viel Unruhe ist. Sagen Sie, dass der Tipp von mir kommt. Dann kriegen Sie eine vernünftige Antwort.«

Gustav Munk hatte tatsächlich in der Nacht unruhig geschlafen und schließlich den Fernseher eingeschaltet. Das

Nachtprogramm sei noch öder als das Tagesprogramm gewesen, beschwerte er sich mit grimmiger Miene. Darum sei er auf den Balkon gegangen und habe eine geraucht oder auch zwei, fuhr Munk fort. Ja, ein Motorrad sei irgendwann durchgefahren - sehr frühmorgens. Weitere Fahrzeuge habe er nicht gesehen oder gehört.

Das konnte - wie so oft - alles Mögliche bedeuten, dachte Kasper, bedankte sich aber artig für die freundliche Auskunft.

14

Die Seniorenresidenz verdiente diese Bezeichnung. Auf einer weitläufigen, parkähnlichen Anlage gruppierten sich in lockerer Anordnung neben einem imposanten Hauptgebäude kleinere Häuserzeilen, in denen vier bis sechs eigenständige Wohnungen untergebracht waren. Pavillons verteilten sich auf einer Wiese um einen Teich. Spaziergänger waren in Gruppen oder paarweise unterwegs. Gediegenes Ambiente für den Ruhestand – für die ganz dicken Geldbörsen.

Beerwald hatte das Gelände erst betreten dürfen, nachdem er sich ausgewiesen und sein Anliegen vorgebracht hatte. Die Leiterin der Einrichtung, eine Frau Ruth Frankental, wie an ihrem Revers zu lesen war, hatte ihm mit strenger Miene und in bestimmtem Ton erklärt, dass das Ehepaar Richardt erst am vergangenen Abend zurückgekehrt und dann über den Tod des Sohnes informiert worden sei.

»Bitte nehmen Sie Rücksicht. Die Herrschaften sind bereits achtzig Jahre alt und vertragen Aufregung nicht mehr so gut.«

»Ich werde mir Mühe geben«, erwiderte Beerwald höflich. »Aber die Polizei ermittelt im Zusammenhang mit einigen ausgesprochen üblen Verbrechen. Die Rücksprache mit den Eltern von Kai Richardt ist unbedingt erforderlich, sonst wäre ich nicht hier. Ich bitte Sie, darauf Rücksicht zu nehmen.«

Ruth Frankental spitzte pikiert die Lippen. Widerworte schien sie nicht zu mögen, und für einen Moment sah es so aus, als wollte sie eine Bemerkung machen, um sich dann zu entscheiden, den Hinweis unkommentiert stehen zu lassen.

»Bitte folgen Sie mir«, sagte sie mit einer gewissen Arroganz in der Stimme. »Die Richardts warten im kleinen Salon, wo sie gerade ein Gespräch mit einem Seelsorger hatten. Dort können Sie nun auch in Ruhe miteinander reden.«

Beerwald folgte ihr durch einen langen Flur, an dessen Wänden Porträts scheußlichster Machart hingen. Kein Porträtierter war jünger als siebzig, jeder hatte irgendeinen fundamental wichtigen Beitrag zum Gedeihen der Einrichtung geleistet, wie auf Hinweistafeln vermerkt war, alle glotzten hochmütig aus dem Goldrahmen auf den Betrachter herunter, und die hellste und freundlichste Farbe war ein ockerartiges Hellbraun.

An einer zweiflügeligen Tür blieb Ruth Frankental stehen, klopfte, drückte die Klinke herunter und ließ dem Kommissar den Vortritt.

»Ich lasse Sie nun allein.«

Zu gütig, dachte Beerwald und trat ein.

Martin Richardt saß in einem roten Ohrensessel am Fenster, doch Beerwald hätte ihn übersehen, wenn er nicht leise gehustet hätte. Der Mann verschwand in seinem Sessel – aber nicht, weil er klein und schmächtig war, sondern weil seine Frau danebenstand und sofort seine Aufmerksamkeit fesselte.

Der Lübecker Kommissar hatte Mühe, in die eisblauen Augen der hageren alten Dame mit den dünnen Lippen zu blicken.

»Frau Richardt, Herr Richardt, ich bin Kommissar bei der Lübecker Kripo«, stellte er sich schließlich vor. »Zunächst einmal möchte ich Ihnen mein Beileid aussprechen und ...«

Sie machte eine rasche, wegwerfende Handbewegung, als scheuchte sie ein Insekt davon. »Was wollen Sie?« Die scharfe Stimme passte perfekt zu den Augen.

»Die Polizei hat im Zusammenhang mit dem Tod Ihres Sohnes die Ermittlungen aufgenommen«, erklärte Beerwald.

»Das wissen wir bereits.«

»Kai ist keines natürlichen Todes gestorben, wie zweifelsfrei feststeht. Wissen Sie das auch schon?«

»Ja, aber nicht im Einzelnen. Was ist passiert?«

Beerwald wandte den Blick von Anna Richardt ab und musterte ihren Gatten. Der gab den Blick nur müde zurück und hüstelte erneut.

»Er ist entführt und erschlagen worden.«

Sie zwinkerte, und ihre Unterlippe begann zu zittern. »Er hätte nicht nach drüben gehen sollen. Das habe ich immer wieder gesagt. Hier war doch alles für ihn bereit: Das Hotel hätte ihm ganz allein gehört, aber er wollte nicht und hat sogar noch unseren Geschäftsführer Hinz Posall mitgenommen.«

»Sie hatten ein sehr schönes Hotel in der Innenstadt.«

»Es war ein Schmuckstück.«

»Habe ich richtig recherchiert, dass Kai einen älteren Bruder hatte, der nicht mehr lebt?«, schob Beerwald beiläufig nach.

Martins Kopf ruckte herum, während Annas Gesichtszüge einfroren. »Was tut das hierbei zur Sache?«

»Das Kind ist unter tragischen Umständen ums Leben gekommen.«

Wenn Blicke töten könnten, dachte Beerwald, als Annas Augen sich zu schmalen Schlitzen zusammenzogen.

»Was tut das hierbei zur Sache?«, wiederholte sie.

»Vielleicht sehr viel, Frau Richardt. Kai hat sie all die Jahre immer wieder angerufen, nicht wahr?«

Die Frage verblüffte sie. Sie senkte kurz den Kopf, nickte schließlich. »Ja. Es erstaunt mich, dass Sie davon Kenntnis haben ... Er hat mir die Schuld gegeben. All die Jahre. Dabei habe ich ...« Sie schüttelte den Kopf.

»Ja?«

»Ich wüsste nicht, was Sie das anginge.«

»Der schreckliche Tod des Kindes hat Kai niemals losgelassen«, bemerkte Beerwald ruhig. »Was genau ist damals passiert?«

»Was soll denn passiert sein!«, ereiferte sich Anna Richardt plötzlich in messerscharfem Ton, so dass ihr Mann zusammenzuckte. »Mark hatte Bauchweh – wie so oft. Ich habe ihm Tee gekocht und ihn …«

»Gebadet?«

»Ja, genau«, sie nickte zufrieden und warf Beerwald einen anerkennenden Blick zu. »Sauberkeit und Hygiene sind wichtig, elementar wichtig: für Körper, Geist und Seele. Ein Bad ist viel mehr als eine Säuberung. Es geht um innere und äußere Reinigung, verstehen Sie?«

»Ich gebe mir Mühe.«

»Meine Söhne sind täglich gewaschen und gebadet worden.«

»Aber das hat in dem Fall nicht geholfen?«

»Nein. Es wurde schlimmer«, sagte sie. »Nach fünf Tagen sind wir ins Krankenhaus gefahren. Aber da war es zu spät.«

Sie starrte ihn an. »Die Polizei war damals hier und hat mich, hat uns dazu befragt.« Einen Moment lang hing sie ihren Erinnerungen nach. »Und was genau wollen Sie jetzt mit der alten Geschichte, noch dazu an einem so schrecklichen Tag?«

Fünf Tage hat das Kind gelitten, dachte Beerwald erschüttert. Er erinnerte sich an seine Blinddarmentzündung. Seine Eltern hatten ihn nach wenigen Stunden ins Krankenhaus gebracht. Er sah zur Seite und blickte Martin Richardt an, in dessen Augen der Schmerz immer deutlicher hervortrat.

Ist es wirklich meine Aufgabe, alte Geschichten hervorzuzerren, auf einen Zusammenhang zu verweisen, der nicht mal eindeutig, geschweige denn bewiesen war, und den alten Leuten ihren Seelenfrieden zu rauben?, fuhr es Beerwald durch den Kopf. Hätte der Sohn einen anderen Lebensweg eingeschlagen und wäre nicht zum Vergewaltiger und Mörder geworden, wenn seine Mutter liebevoller, weicher, aufmerksamer gewesen wäre? Und was hat Anna Richardt dazu getrieben, so zu werden, wie sie geworden war: zwanghaft, rücksichtslos und hart?

Schuld und Verantwortung. Solange man auf jemanden trifft, der Antworten geben könnte, sollte man auch Fragen stellen. Wer das Rad anhalten kann, muss es auch tun, und sei es nur für einen Augenblick. Beerwald, du wirst ganz schön melancholisch, dachte er verblüfft. So kannte er sich gar nicht.

»Erinnern Sie sich an Lilly Arnold?«, hob er plötzlich an.

»Noch so eine alte Geschichte«, kommentierte Anna Richardt empört. »Was wird das hier?«

»Lilly Arnold ist damals in Ihrem Hotel verschwunden«, fuhr Beerwald fort, ohne den Einwand zu beachten. »Die Polizei geht inzwischen davon aus, dass Kai etwas mit ihrem Verschwinden zu tun hatte.«

»Was erzählen Sie denn da für einen Unsinn?«

»Auf Rügen sind noch drei weitere Frauen seine Opfer geworden«, erklärte er in unverändert ruhigem Tonfall. »Die Ermittler gehen davon aus, dass Ihr Sohn im Zusammenhang mit diesen Gewaltverbrechen sein Leben verlor. Ich bin der Meinung, dass Sie das erfahren sollten.«

Einen Moment herrschte tiefstes Schweigen.

»Warum denken Sie das?«, fragte Anna dann mit klirrender Stimme.

»Weil nun niemand mehr an Marks Todestag anrufen wird.«

Die Antwort entbehrte der Logik, dachte er, aber als sie heraus war, hätte er sie auch nicht mehr zurücknehmen wollen. Sie gehörte hierher. Er ließ sie nachklingen, drehte sich um und verließ den Raum.

Als er das Gelände der Seniorenresidenz hinter sich gelassen hatte, spürte er, dass seine Hände zitterten. Gut, dass ich nicht mehr rauche, dachte er. Sonst würde ich mir jetzt zwei Zigaretten auf einmal anzünden.

Er fuhr zur Dienststelle, schrieb eine lange Mail an die Kommissarin mit der schönen Stimme und dem klangvollen Namen und spielte anschließend zwei Stunden Solitär.

»Wir waren zu Beginn unserer Ehe glücklich«, sagte Vera. »Sehr glücklich sogar.«

Romy, die das Verhör allein begonnen hatte, da Kasper noch unterwegs war, hatte den Eindruck, dass die Witwe ihr zum ersten Mal offen und gerade ins Gesicht sah.

»Kai war sehr charmant, hatte immer einen Scherz auf den Lippen, tausend Ideen und Energie für drei. Ich wollte diese Ehe, ich wollte Kinder, ich träumte von einem erfüllten Leben ...«

»Aber so blieb es nicht?«

»Nein, so blieb es nicht«, stimmte Vera zu. »Er veränderte sich – mal ganz abrupt, von einem Tag zum anderen, dann wieder hatte ich das Gefühl eines schleichenden Prozesses. Und auf einmal war wieder alles ganz normal, über einen so langen Zeitraum, dass ich davon ausging, alles würde gut werden und ich hätte manches nur falsch bewertet ... Er hatte Phasen, in denen seine Stimmungen an einem einzigen Tag auf und ab schaukelten, er wurde zunehmend unberechenbarer ... und gewalttätig«, erzählte sie freimütig. »Er trieb Machtspiele mit mir, und ich hatte immer größere Angst vor ihm, ohne dass ich in der Lage gewesen wäre, die Konsequenzen zu ziehen.«

Das werde ich nie verstehen, dachte Romy. Mich würde ein Kerl nur ein einziges Mal schlagen, und er würde das schon zwei Sekunden später bereuen ... Falsch, berichtigte sie sich. Ich würde mich immer wehren, und diese Nicht-

Opfer-Haltung überträgt sich. Allein deswegen würde ich wahrscheinlich gar nicht in eine solche Situation geraten.

»Und die Kinder? Hat er ihnen je etwas getan?«

Vera schüttelte den Kopf. »Nein. Soweit ich das mitbekommen habe, hat er sie mal angeschrien, aber nie geschlagen. Er liebte die Kinder sehr.« Sie räusperte sich. »Wissen Sie, manchmal dachte ich sogar, ich würde spinnen: Nach außen hin war alles perfekt. Niemand konnte sich vorstellen, wie es manchmal bei uns zuging. Wahrscheinlich hätte mir ohnehin niemand geglaubt. Alle dachten, ich hätte den großen Glücksgriff getan und wir wären die perfekte Familie …«

»Und von Mirjam Lupaks Entführung 2005 haben Sie tatsächlich nichts bemerkt?«, fragte Romy.

»Nein. Im Nachhinein fällt einem natürlich dies oder jenes auf, aber damals …« Sie schüttelte den Kopf. »Mein Sohn war noch klein, gerade ein Jahr alt. Kai war angespannt und sehr aufgeregt, das bemerkte ich schon, ja. Aber ich habe das auf seine Arbeit zurückgeführt. Und unterwegs war er grundsätzlich sehr viel.«

Romy lehnte sich zurück. »Was hat Sie am letzten Samstag bewogen, aktiv zu werden?«

»Ich spürte, dass etwas vorging – seit Wochen schon«, erwiderte Vera. »Vielleicht bin ich hellhöriger geworden seit meiner Beziehung mit Christoph, weil ich Angst hatte, Kai könnte uns doch mal erwischen. Vielleicht war er besonders angespannt. Als er mittags nicht zurück war, wurde ich jedenfalls nervös. Kai hatte sich fest vorgenommen, den neuen Laptop fertig einzurichten – das war ihm wichtig. Ein um mehrere Stunden verlängertes Training, ohne besonderen Anlass … An diesem Wochenende passte das einfach nicht in seine Pläne.« Sie starrte einen Moment ins Leere.

»Das zwanghafte Getue um sein Zimmer ging mir schon seit geraumer Zeit auf die Nerven – besser gesagt: Ich hinterfragte es zunehmend. Kai wollte nicht einfach nur seine Privatsphäre gewahrt wissen – er wirkte wie jemand, der etwas zu verbergen hatte. Ich wollte die Chance nutzen … Als ich den Zweitschlüssel nirgends entdeckte, dafür aber zufällig feststellte, dass die Balkontür einen Spalt geöffnet war, bin ich kurzerhand … Na, Sie wissen schon.«

»Ja, ich weiß, Frau Richardt – was haben Sie vorgefunden?«, fragte Romy und hörte selbst, wie angespannt ihre Stimme klang.

»Der neue Laptop stand auf dem Schreibtisch …«

»Wo war der alte?«

»Den hatte er bereits am Freitag mit ins Geschäft genommen.«

Romy nickte. »Weiter.«

Vera strich sich eine Haarsträhne aus dem Gesicht. »Er war eingeschaltet. Ich dachte zunächst, Kai hätte nur vergessen, ihn nach dem Herunterfahren auszustellen, aber so war es nicht …« Sie schluckte. »Sie hatten recht – ich kenne mich ganz gut aus mit Computern, viel besser übrigens, als auch Kai je geahnt hat. Ich habe relativ schnell entdeckt, dass im Hintergrund eine Videoaufzeichnung lief und darüber hinaus verschiedene Videodateien gespeichert waren.«

Romy atmete tief ein. Sie ballte eine Hand zur Faust.

»Kai hatte eine Kamera in Betrieb genommen und Testaufnahmen gemacht«, berichtete Vera weiter.

Romy beugte sich vor. »Haben Sie …?«

»Ja, natürlich habe ich genauer nachgesehen«, unterbrach Vera die Kommissarin. »Er winkte in seinem Radlerdress grinsend in die Kamera und sagte …«

»Ja?«

»Er sagte, dass er sich schon auf Mirjam freue. Sie kenne ja das schnucklige Versteck. Alles sei für sie vorbereitet.«

Romy legte die Handinnenflächen aneinander und stützte ihr Kinn auf die Fingerspitzen. »Wo die Aufnahmen gemacht wurden, konnten Sie nicht erkennen?«

»Nein.«

»Sie hatten nicht mal eine Vermutung?«

»Nein. Ich konnte mit all dem zunächst nicht viel anfangen«, erklärte die Witwe. »Ich vermutete zunächst sogar, er hätte eine Freundin … es klang ja durchaus so. Dann habe ich eine andere Videodatei geöffnet …« Sie brach ab und schloss kurz die Augen.

»Aufnahmen von Mirjam?«, fragte Romy leise.

»Ja … Es war kaum zu ertragen.« Ihre Stimme zitterte. »Ich habe mich dann natürlich auch an den Entführungsfall erinnert und war völlig fassungslos. Mein Mann …«

»War noch mehr auf dem Laptop, das Sie sich angesehen haben?«

Vera nickte. »Es gab noch einen weiteren Film in einem anderen Format. Der Film hieß: Beate Lauber, und ich habe nur einzelne Sequenzen ertragen können. Außerdem waren Dateien mit eingescannten Fotos von zwei Frauen gespeichert.«

»Waren dazu auch Namen angegeben?«

»Maria Bernburg und … Lilly …«

»Arnold?«

»Ja, genau, Lilly Arnold.«

Romy musterte Vera Richardt forschend. »Was haben Sie dann gemacht?«

»Ich habe die Polizei benachrichtigt und Kai als vermisst gemeldet, die Kinder zu meinen Eltern gebracht und mich mit einer Freundin verabredet …«

Die Kommissarin runzelte die Stirn. »Warum all diese Aktivitäten?«

»Ich brauchte Abstand und Zeit zum Nachdenken. Es war so ungeheuerlich … Verstehen Sie das nicht?«

»Doch«, sagte Romy. »Das verstehe ich durchaus.« Vera

war längst davon ausgegangen, dass Kai in der Falle saß, und plante in Ruhe die nächsten Schritte.

»Später haben Sie den Laptop neu formatiert und alles gelöscht, was auf die Verbrechen Ihres Mannes hinweisen könnte?«

»Ja.«

»Ohne einen einzigen Moment darüber nachzudenken, dass Sie die Aufklärung fürchterlicher Verbrechen …?«

»Ja.«

»Wann genau war das?«

»Am späten Abend, glaube ich, als ich vom Kinobesuch zurück war.«

»Hm. War das nicht doch ein bisschen voreilig?«, setzte Romy nach. »Was hätten Sie Ihrem Mann eigentlich gesagt, wenn er doch wieder aufgetaucht wäre und sich herausgestellt hätte, dass er sich lediglich einen schönen Tag in Stralsund gemacht und nicht Bescheid gesagt hatte, weil es ihm um ein weiteres seiner reizenden Machtspielchen gegangen war? Und nun musste er feststellen, dass sich jemand an seinem Laptop zu schaffen gemacht hatte … Nach dem, was ich bisher über Kai Richardt in Erfahrung gebracht habe, hätte es ziemlich ungemütlich für Sie werden können. Geradezu erschreckend ungemütlich. Und Sie hätten dann nichts in der Hand gehabt. Gar nichts. Eine ziemlich scheußliche Situation, wenn ich es recht bedenke.«

»Stimmt, das ist ein berechtigter Einwand«, gab Vera zu und schlug ein Bein über das andere. »Aber ich war nach der langen Zeit, die inzwischen ohne Nachricht von ihm verstrichen war, ziemlich sicher, dass etwas passiert war.«

»Ziemlich sicher?« Romy schüttelte den Kopf. »Angesichts der Videos hätte ich an Ihrer Stelle mächtigen Bammel vor ihm gehabt und mir wenigstens eine Sicherheitskopie gemacht«, wandte sie ein. »Um für den Notfall gerüstet zu sein und außerdem beweisen zu können, was er getan hatte, noch zu tun beabsichtigte und, ganz wichtig – ihn damit der Polizei auszuliefern! Das wäre übrigens eine geradezu perfekte Möglichkeit gewesen, ihn auf legale Weise für immer loszuwerden, aber das nur so nebenbei.«

»Na, wissen Sie, so weit habe ich in dem Moment nun wirklich nicht gedacht«, widersprach Vera sofort. »Ich war völlig aufgelöst und wollte diese Scheußlichkeiten einfach nur vernichten und niemals und mit niemandem je darüber reden müssen.«

Das kaufe ich dir nicht ab, dachte Romy sofort. Nach ihrer Überzeugung hatte Vera bisher meistens sehr weit gedacht und noch überlegter gehandelt. Dass ihr Eindringen in Kais Zimmer beobachtet worden war und im Zusammenhang mit entsprechenden polizeilichen Erkenntnissen überzeugende Schlussfolgerungen nach sich gezogen hatte, war ein Schuss vor den Burg gewesen, der sie zunächst aus dem Konzept gebracht hatte. Aber inzwischen war sie bemüht, den Schaden zu begrenzen und ihre Möglichkeiten, halbwegs sauber aus der Sache herauszukommen, erneut abzustecken.

Doch so leicht werde ich es dir nicht machen, dachte Romy grimmig. Aus dieser Geschichte kommt kein Beteiligter sauber wieder heraus. Auch du nicht.

»Ich denke, es war anders«, sagte sie schließlich und bemühte sich, ihre unfreundlichen Gefühle beiseitezuschieben. »Sie haben alle Daten und Hinweise erst vernichtet, nachdem völlig klar war, dass Kai nicht zurückkehren würde. Das wiederum bedeutet, dass Sie über seinen Tod Bescheid wussten und sogar über die näheren Umstände, denn Sie rechneten damit, dass die Polizei in einem Verbrechen ermitteln würde, und haben sich sorgfältig auf unseren Besuch vorbereitet.«

Vera lehnte sich zurück und sah Romy abwartend an. Ihr rechtes Augenlid zuckte.

»Sie ahnten, dass Kai etwas passiert war – bis hierher glaube ich Ihrer Darstellung. Aber was Sie brauchten, war Gewissheit, Frau Richardt«, bemerkte Romy eindringlich. »Sie wollten unbedingt wissen, was mit Kai geschehen war, um Ihre weitere Vorgehensweise darauf abzustimmen. Aber statt die Polizei von Ihren Mutmaßungen über seinen Aufenthaltsort in Kenntnis zu setzen, haben Sie sich selbst auf den Weg gemacht.«

Vera sah sie schweigend an.

»Sie wussten, wo sich seine Werkstatt befand – zumindest ungefähr –, und die Hinweise durch die Videoaufnahmen vervollständigten Ihr Bild«, spann die Kommissarin den Faden weiter. »In den frühen Morgenstunden zum Sonntag sind Sie nach Sassnitz gefahren – wahrscheinlich zusammen mit Christoph, das werden wir bald herausfinden – und haben dem ohnehin schon arg malträtierten und gefesselten Kai kurzerhand den Rest gegeben. Die Gelegenheit war einfach zu verlockend, diesen miesen Kerl, der ohnehin schon halbtot war, für immer loszuwerden, seine ganze schreckliche Vergangenheit gleich dazu, um dann frei zu sein für ein neues, unkompliziertes Leben mit Christoph. Anschließend haben Sie den Keller sorgfältig aufgeräumt, die Kamera entfernt und sich dann zu Hause um die Beseitigung sämtlicher Spuren und Videodateien gekümmert, um die schockierte Ehefrau spielen zu können, die über den tragischen Tod ihres Mannes informiert wird.« Romy hob die Hände. »Was sagen Sie dazu?«

»So war es nicht.«

»Wie war es dann?«

Es klopfte leise, und Kasper trat ein. Er legte den Bericht des rechtsmedizinischen Instituts auf den Tisch. Romy sah ihn gespannt an. Der gab den Blick nur kurz zurück und wandte sich dann an die Witwe.

»Frau Richardt, wir wissen jetzt mit großer Sicherheit,

dass Sie am Tatort waren«, sagte er und sparte sich einleitende Worte. »Die Spuren, die wir in Gummihandschuhen, die vom Tatort stammen, und am Knebel Ihres Mannes gefunden haben, enthalten Substanzen einer Hautcreme, die Sie benutzen …«

»Wahrscheinlich nicht nur ich«, wandte Vera eilig ein, obwohl sie deutlich blasser geworden war.

»Es ist eine spezielle Creme, die man nicht in jedem Laden kaufen kann, und weitere Spuren werden gerade auf Ihr genetisches Profil hin analysiert«, erklärte Schneider ruhig. »Sie sollten aufhören zu leugnen und ein Geständnis ablegen, damit wir endlich alle Feierabend machen können.«

»Ich war es nicht«, wiederholte Vera. »Aber es stimmt, dass ich dort war …«

Romy schlug mit beiden Händen auf den Tisch. »Verdammt noch mal, die Masche geht mir aber langsam so richtig auf den Zeiger!«, brüllte sie. »Sie geben grundsätzlich nur das zu, was wir Ihnen ohnehin gerade unter die Nase reiben. Für wie blöd halten Sie uns eigentlich?«

Vera war heftig zurückgezuckt. »Es stimmt aber!«, verteidigte sie sich dann. »Ja, Sie haben recht: Ich bin nachts nach Sassnitz gefahren, so gegen dreiundzwanzig Uhr. Ich wusste ungefähr, wo sich die Werkstatt befand. Die Tür war nicht abgeschlossen, und ich habe Kai in dem Keller entdeckt. Ich dachte, er wäre tot und ...«

»Er war aber nicht tot«, wandte Kasper ein. »Er starb erst am frühen Morgen durch einen heftigen Schlag auf den Kopf.«

»Nicht von mir! Ich dachte, er wäre tot – ich habe ihm den Knebel abgemacht, und er atmete nicht mehr. Jedenfalls dachte ich das … Anschließend habe ich mich sofort an die Beseitigung der Spuren gemacht …«

»Der Keller, in dem Kai die Frauen gefangen hielt, war gar nicht so leicht zu finden«, gab Kasper zu bedenken.

»Ich weiß. Ich habe ihn gesucht. Er befand sich auf der anderen Seite der Treppe.«

Romy knirschte mit den Zähnen. »Woher wollen Sie denn gewusst haben, dass Ihr Mann einen anderen Raum nutzte als den, in dem Sie ihn vorfanden?«

»Die Videoaufnahme verschaffte mir zumindest einen ungefähren Eindruck von den Räumlichkeiten, und dort, wo Kai lag, sah es einfach anders aus. Außerdem gab es keine Kamera«, beharrte Vera Richardt. »Ich habe alles beseitigt, was auf Kais Verbrechen hinweisen könnte, und bin dann nach Hause gefahren, um den Laptop zu formatieren. In den frühen Morgenstunden ist Christoph zu mir gekommen ...«

»Wunderbare Geschichte«, fiel Romy ihr wütend ins Wort. »Und nun sag ich Ihnen mal, wie das Ganze abgelaufen ist. Sie sind in aller Herrgottsfrühe dort hingefahren – ob nun mit Christoph oder ohne ihn spielt im Moment keine Rolle. Sie haben Kai verletzt, aber lebend vorgefunden, den Knebel entfernt und ihm etwas zu trinken gegeben. Er war dann in der Lage, Ihnen auf Ihre Nachfragen zu erklären, wo der Keller ist – in der Situation, in der er sich befand, blieb ihm kaum etwas anderes übrig, als mit der Wahrheit herauszurücken. Sie haben alle Spuren beseitigt und Ihrem Mann dann die Flasche auf dem Schädel zertrümmert. Ende der Story.«

»Ich gebe zu, dass es so hätte ablaufen können«, stimmte Vera zu. »Und ich habe bereits zugegeben, dass ich am Tatort war, die Kamera beseitigt und Kais Laptop formatiert habe – das hätte ich auch abstreiten können ...«

»Sie haben bereits mehrfach unter Beweis gestellt, dass das Abstreiten eine Ihrer besonderen Stärken ist. Damit hätten Sie sicher auch weitergemacht, wenn Sie zur Abwechslung mal nicht so perplex gewesen wären, dass Ihre Kletteraktion bemerkt worden war und wir inzwischen sogar wussten, dass Kai Aufnahmen von seinen Opfern gemacht hatte. Das hat Sie aus der Balance gebracht – zumindest für kurze Zeit – und veranlasste Sie, bei der einen oder anderen Frage mit uns zu kooperieren.«

Einen Moment blieb es still. Dann warf Kasper Romy einen langen Blick zu. »Ich denke, wir machen eine Pause und reden dann noch einmal.«

Vera nickte sofort. »Ich müsste meine Eltern informieren, dass Sie sich heute um die Kinder kümmern.«

Nicht nur heute, dachte Romy, schluckte aber den bissigen Kommentar hinunter. Sie stand auf. »Das übernehme ich.«

»Ich würde lieber selbst mit Ihnen sprechen«, versicherte Vera eilig.

Romy wandte den Kopf und sah sie fragend an. Interessant, dachte sie und begann zu lächeln. »Nicht nötig, Frau Richardt. Ruhen Sie sich aus und trinken Sie einen Kaffee. Es macht mir gar nichts aus, mich selbst darum zu kümmern.«

Die Witwe atmete tief ein und schoss einen feindseligen Blick auf Romy ab, als sie aus dem Vernehmungszimmer geführt wurde.

»Was hast du vor?«, fragte Kasper verblüfft-

»Sie will nicht, dass ich mit ihren Eltern spreche. Deswegen werde ich genau das tun.«

Das Sanitätshaus Sanddorn befand sich in einem roten Backsteingebäude in der Calandstraße, nordwestlich vom Stadtzentrum. Veras Vater war in ein Kundengespräch vertieft, ihre Mutter trat sogleich auf die Kommissarin zu. Sie war der gleiche zierliche Typ Frau wie ihre Tochter, hatte aber einen helleren Teint und ein offenes, warmes Lächeln, in das sich Sorge und Nachdenklichkeit mischte, als Romy sich vorstellte.

»Schreckliche Geschichte«, sagte Monika Sanddorn kopfschüttelnd und bot Romy einen Sitzplatz im hinteren Bereich des Geschäfts an.

Auf einem Tisch stapelte sich Infomaterial über orthopädische Stützstrümpfe, Einlagen für Laufschuhe und Gehhilfen.

»Ja«, bestätigte Romy. »Das kann man so sagen. Ihre Tochter macht zurzeit eine Aussage im Kommissariat und bittet Sie, später die Kinder abzuholen.«

»Ach … ja, natürlich«, erwiderte Monika Sanddorn. »Kein Problem. Wie weit sind Sie denn inzwischen mit Ihren Ermittlungen?«

Romy lächelte. »Wir kommen ganz gut voran. Zu Einzelheiten darf ich Ihnen aber nichts sagen.«

Veras Mutter legte die Hände in den Schoß. »Meine Tochter ist ziemlich erschüttert. Kann sie denn überhaupt etwas zur Aufklärung beitragen?«

»Und ob. Wie standen Sie eigentlich zu ihrem Schwiegersohn?«, fragte Romy.

»Kai war ein … bemerkenswert erfolgreicher Mann. Bestimmt hatte er viele Neider.« Sie nickte eifrig.

Vera hatte ihren Eltern noch keinen einzigen Schluck reinen Weins eingeschenkt, in der Zeitung waren bislang nur zaghafte Andeutungen zu weiteren Ermittlungen gemacht worden, und die dunklen Schatten, die diese Ehe beherrscht hatten, waren ihr verborgen geblieben.

»Frau Sanddorn – die Dinge liegen anders, als Sie offensichtlich annehmen«, wandte Romy ein. »Ihr verstorbener Schwiegersohn hat sich mehrerer schwerer Verbrechen schuldig gemacht, und in dem Zusammenhang gibt es auch eine ganze Reihe von Fragen an Ihre Tochter.«

Die Frau wurde aschfahl. »Was? Um Gottes willen! Aber … Ich meine, natürlich müssen Sie allem nachgehen, aber … so schlimm kann das doch gar nicht gewesen sein, angesichts dessen, was gerade passiert ist. Ich verstehe nicht …«

»Wie bitte? Wie schlimm kann was nicht gewesen sein?«

Monika Sanddorn schluckte. »Verstehen Sie mich bitte nicht falsch – wir wollen keinen Ärger mit den Behörden – das habe ich Vera auch gesagt, aber sie meinte, es ginge nur um alte Steuergeschichten und Geschäftsabschlüsse, die Kai erfasst hat und in denen die Polizei nicht herumwühlen sollte. Das eine hätte doch mit dem anderen gar nichts zu tun. Verstehen Sie? Und ich habe ihr den Gefallen getan, weil ich …«

Romy durchzuckte es plötzlich. »Was haben Sie für Vera versteckt?«

Monika Sanddorn nickte und stand rasch auf. »Ich hole es Ihnen.«

Vera Richardt hatte ihre Mutter gebeten, eine externe Festplatte ihres Mannes zu verstecken, deren Daten verschlüsselt gespeichert worden waren, wie einer von Buhls Leuten wenig später feststellte. Er traute sich zu, die Information auf der Festplatte in weniger als einer Stunde zugänglich zu machen.

15

Neben Vera hatten noch zweiundzwanzig weitere Schülerinnen und Schüler die Berufsschulklasse »Bürokaufmann / Bürokauffrau« im Sommer 1993 erfolgreich abgeschlossen. Mit knapp der Hälfte der Absolventen war Max Breder inzwischen durch, ohne dass sich ein einziger Anhaltspunkt im Sinne einer Verbindung zu den aktuellen Geschehnissen um Vera oder Kai Richardt ergeben hätte.

Ob die weitere Recherche angesichts des erneuten Verhörs von Vera Richardt überhaupt noch sinnvoll war, wagte er zu bezweifeln. Da aber sowohl Romy als auch Kasper viel zu beschäftigt waren, sparte er sich eine Nachfrage und machte einfach weiter.

Seine nächste Kandidatin hieß Claudia Seifert, die nicht nur auf Stayfriends über ihr Leben berichtete, sondern auch eine eifrige Facebook-Nutzerin war. Dort erwähnte sie im beruflichen Werdegang ihres für alle Nutzer freigegebenen Profils, dass sie nach ihrem Abschluss noch einige Zeit in ihrem Ausbildungsbetrieb, einer großen Gärtnerei, beschäftigt gewesen war, bevor sie eine Anstellung in einem Ingenieurbüro in Greifswald bekommen hatte, wo es ihr nach einer gewissen Eingewöhnungszeit »total gut« gefallen habe.

Max gähnte, ohne sich die Hand vor den Mund zu halten – für wen auch? Im Moment saß er mutterseelenallein in dem winzigen Büro, das von Fines Reich abging und ihn ein wenig vom Lärm des geschäftigen Treibens abschirmte – zumindest wenn die Tür geschlossen war.

Wie aufregend, dachte er und kämpfte sich durch Claudia Seiferts aufgelisteten Lebenslauf, der anlässlich einiger

Highlights mit Fotos untermalt war: Aufnahmen von Partys, Gartenfesten und Geburtstagsfeiern, deren Aussagekraft sich darauf beschränkte, Menschen pulkmäßig und möglichst strahlend, trinkend, tanzend, jubelnd zu erfassen.

Vera war bei einigen Gelegenheiten auch eingeladen gewesen. Die Freundschaft mit Claudia hatte offensichtlich noch einige Jahre gehalten. Max fand, dass sie immer noch ganz passabel aussah. Ein arg verpixeltes Foto stammte aus dem Jahre 1994 von der Hochzeit von Claudias älterer Schwester, auf der es hoch hergegangen war.

Erst beim genaueren Hinsehen entdeckte Max am Ende der Seite ein kleines schwarzes Kreuz hinter ihrem Namen. Die Schwester hieß Maria. Sie lebte nicht mehr. Maria Bernburg.

Max ließ den Stift fallen.

Er grinste in die Kamera: »Hier spricht Kai vom Hafen. Freu dich, Mirjam, es ist alles bereit für dich«, sagte er leise. »Fast alles. Du kennst ja unser Versteck bereits. Wir sind ein eingespieltes Team. Das hat viele Vorteile.« Er winkte, grinste erneut und wandte sich dann ab.

Das war Samstag, am frühen Morgen, wie die Datums- und Zeitangabe penibel wiedergab. Im Hintergrund war ein Bett zu erkennen. Als Kai sich abwandte, waren für kurze Zeit Hintergrundgeräusche zu hören, dann stoppte die Aufnahme.

Romy saß mit Kasper und Buhls Computerspezialist Jörg Varold, der sich bereits mit dem formatierten Laptop beschäftigt hatte, in ihrem Büro. Varold – ein massiger Zweimeter-Mann mit Hornbrille, ungepflegtem Haar und angenehmer Stimme – hatte seine Zeitvorgabe bei der Entschlüsselung der externen Festplatte fast einhalten können. Er nahm einen Schluck aus seiner Energydrink-Dose und wies auf den Bildschirm.

»Das Aufzeichnungsprogramm wird nur gestartet, wenn was passiert«, erklärte er. »Audio- oder Videoimpulse«, fügte er lapidar hinzu.

Eine ganze Weile blieb es still, dann waren plötzlich Geräusche zu hören.

»Kann ich nicht herausfiltern«, sagte Jörg Varold, als Romy ihn fragend ansah. »Klingt, als würden Leute durch den Keller laufen.«

Beier und Brandt, die Kai nach unten bringen und fertigmachen, dachte die Kommissarin und sah auf die Uhr – anderthalb Stunden nachdem die Kamera mit der Aufzeichnung begonnen hatte.

»Die Geräuschkulisse ist noch etwa eine Stunde zu hören«, erläuterte Varold und stoppte das Programm. »Aber zu sehen ist nichts mehr.«

Abgesehen von den aktuellen Aufnahmen, waren verschiedene Videodateien gespeichert, aber auch Fotomaterial und schriftliche Aufzeichnungen, wie Romy nach einem Blick ins Inhaltsverzeichnis festgestellt hatte. Die Namen der einzelnen Dateien lauteten Beate Lauber, Maria Bernburg, Mirjam Lupak und Lilly Arnold.

Kai hatte nicht nur das Leiden der Frauen dokumentiert, sondern penibel darüber Rechenschaft abgelegt, warum er sich für das jeweilige Opfer entschieden hatte. Romy hoffte inständig, dass es ihr erspart bleiben würde, die einzelnen Videos in voller Länge anzusehen.

»Können Sie sagen, wann die Dateien auf der Festplatte gespeichert wurden?«, fragte Romy.

»Na klar. Sonntagmorgen zwischen eins und drei.«

»Hm. Und in der Nacht zum Sonntag gibt es keine Aufzeichnungen mehr? Nicht mal Hintergrundgeräusche?«

Bevor Varold antworten konnte, drehte Kasper sich plötzlich zu ihr um und starrte sie wie elektrisiert an. »Falls sie das Aufzeichnungsprogramm nicht gestoppt hat, bevor sie in Buschvitz losgefahren ist, müsste doch zumindest erfasst sein, dass Vera den Raum betritt und die Kamera ausstellt.«

»Genau!«

»Sehr guter Hinweis.« Varold nickte anerkennend. »Nach Ihren Erläuterungen war mir klar, dass ich sehr genau hinsehen musste. Da hat jemand …«

»Benutzen Sie ruhig ihren Namen – Vera Richardt«, warf Romy ein.

»Okay, also ich gehe davon aus, dass Vera den Inhalt des Laptops auf die Externe überspielt und sich große Mühe gegeben hat, den PC anschließend sauber und endgültig zu löschen. Ist ihr gelungen, muss ich zugeben.« Varold nickte beifällig. »Bevor sie die Externe mit einem Datenschlüssel vor fremdem Zugriff sichert, wirft sie noch einmal einen genauen Blick auf den Inhalt. Dabei dürfte ihr klargeworden sein, dass genau der Abschnitt, den Kollege Schneider gerade angesprochen hat, unter Umständen ihre Konzeption unterlaufen könnte und auch nicht in einer verschlüsselten Datei ihr Tun unter Beweis stellen sollte. Man kann ja nie wissen – schließlich sieht man Vera, und man hört sie auch …«

Romy konnte kaum noch still sitzen. »Und?«

»Nun, sie ist verdammt schlau und gerissen. Sie hat einfach die letzten Minuten gelöscht …«

Romy wollte aufspringen und etwas sehr Unflätiges herausbrüllen, aber Varold machte rasch eine abwiegelnde Handbewegung.

»Nur keine unnötige Energieverschwendung, Kommissarin. Diesmal hat sie es dabei belassen, den Abschnitt einfach nur zu löschen. Auf einer gut verschlüsselten Platte wollte sie es mit der Absicherung dann wohl doch nicht übertreiben …«

»Sie haben ihn wiederherstellen können?«

Varold grinste. »Und ob!«

Romy hatte nicht übel Lust, dem Mann einen Knutscher auf die Wange zu drücken, aber sie entschied sich dann doch dagegen und beließ es bei einem begeisterten: »Das gibt Sonderpunkte, Varold!«

»Nehme ich gern.«

Er startete erneut das Programm. Sekunden später schwang die Kellertür auf. Zunächst war nur das Irrlicht einer Taschenlampe zu erkennen, dann war Vera Richardt zu sehen. Sie trug dunkle Klamotten und eine Taschenlampe. Plötzlich erstrahlte im Hintergrund für einen Moment eine andere Lichtquelle, die aber sofort wieder erlosch. Die Uhr zeigte 23.12 Uhr an.

»Kann man die Uhrzeit manipulieren?«, fragte Romy leise, ohne den Blick vom Bildschirm abzuwenden.

»Profis können auch das, aber es ist verdammt aufwendig, und ich würde es bemerken.«

Romy nickte. Vera war also tatsächlich am späten Samstagabend am Hafen gewesen. Aber warum löschte sie ausgerechnet die Aufnahme, die beweisen konnte, dass sie zum Todeszeitpunkt nicht am Tatort war? Sie kann auch ein zweites Mal hingefahren sein, überlegte die Kommissarin. Sie hielt Vera inzwischen für hochgradig abgebrüht.

Vera Richardts bleiches Gesicht befand sich mittlerweile direkt vor der Kamera. Sie runzelte die Stirn und lächelte plötzlich. Ihr Mund verzog sich auf sehr unschöne Weise.

»Hallo, hier spricht Vera vom Hafen«, sagte sie leise und ahmte den grüßenden Tonfall ihres Mannes vom Beginn des Videos nach.

»Ich habe das Versteck gefunden. Das hat ihn ziemlich aus der Fassung gebracht.« Sie hob eine Hand und wies mit dem Daumen über die Schulter. Dann winkte sie, genau wie Kai. Ihr Lächeln wurde noch breiter.

»Kai wird nicht mehr in der Lage sein, sich seine Videos

anzusehen – so oder so nicht«, fuhr sie fort. »Mir ist nämlich gerade eine wunderbare Idee gekommen: Ich werde jemanden vorbeischicken, der noch ein paar Fragen an ihn hat. Das ist nur gerecht.« Sie streckte den Arm aus. Dann wurde es dunkel.

»So oder so nicht«, wiederholte Romy im Stillen. Ihr war klar gewesen, dass er noch lebte. Einen Mord wollte sie nicht riskieren oder war im letzten Moment davor zurückgeschreckt. Wenn sie sich diese Theaternummer vor der Kamera gespart hätte, stünde sie jetzt deutlich besser da …

»Es gibt keinerlei Spuren von Christoph Albrecht«, unterbrach Kasper ihre Gedanken. »Das hat Buhl vorhin bestätigt.«

»Das ist nur gerecht«, ließ Romy den Satz nachklingen. »Ich glaube auch nicht, dass er es war«, meinte sie grübelnd. »Er hat am allerwenigsten mit all dem zu tun.

»Und ist auch nicht kaltblütig genug«, schob Kasper nach.

»Vielleicht haben wir eine Verbindung zu Beier und Brandt übersehen.«

»Die waren schon dort. Beier hat seine Fragen gestellt. Ehrlich gesagt, kann ich mir nicht vorstellen, dass Brandt ein zweites Mal hingefahren ist …«

»Vorstellen kann ich mir so manches nicht. Aber ausschließen dürfen wir diesen Aspekt nicht«, beharrte Romy.

»Wie dem auch sei«, mischte Varold sich ein, der den Überlegungen der beiden Kommissare nichts hinzuzufügen hatte, und stand auf. »Ihr wisst nun Bescheid – die Schlussfolgerungen müsst ihr selbst ziehen.«

»Danke noch mal«, sagte Kasper, als der Kollege aufbrach.

Romy hob nur kurz grüßend die Hand und brütete dann weiter vor sich hin. »Vera kriegen wir wegen unterlassener Hilfeleistung und Anstiftung zu einer Gewalttat ran – mindestens. Aber was haben wir übersehen? Meinst du, wir sollten sie gleich noch mal vernehmen und mit den Aufnahmen konfrontieren?«

Bevor Kasper darauf eingehen konnte, trat Fine, ohne zu klopfen, ein. »Habt ihr einen Moment Zeit?«

Romy seufzte. »Klar.«

»Kommt mit nach vorne. Max hat was gefunden.«

»Überschneidungen in seiner Tabelle?«

»Und ob.«

Sie saßen zu viert im Gemeinschaftsraum. Max Breder war hochrot im Gesicht. Er blickte mehrmals von seinem Hefter in die Runde und wieder zurück. Er ist aufgeregt, dachte Romy. Sie sah ihn forschend an. »Was gibt's?«

»Es begann 1991«, sagte er schließlich mit gewichtiger Stimme.

Romy stöhnte leise. »Bitte, Max, mach es kurz – wir haben alle verdammt anstrengende Tage hinter uns.«

Er hob eine Hand. »Wart's ab. Außerdem war es deine Idee, Vera Richardt von Grund auf zu durchleuchten«, entgegnete er.

Romy stutzte und nickte ihm dann zu.

»Von 1991 bis 1993 hat Vera Richardt, die damals noch Sanddorn hieß, die Berufsschule in Greifswald besucht«, begann er seinen Bericht. »Mit ihrer Mitschülerin Claudia Seifert war sie auch nach dem Abschluss noch einige Jahre zumindest locker befreundet. Als Claudias ältere Schwester 1994 heiratete, war Vera auch eingeladen.«

Kasper klopfte mit einer Schuhspitze auf den Boden. »Willst du uns alle ehemaligen Mitschüler in dieser epischen Breite vorstellen?«

»Nein, nur diese«, gab Max mit seiner tiefen Stimme selbstbewusst zurück. »Die ältere Schwester lebt schon lange nicht mehr. Sie hieß Maria. Und sie heiratete seinerzeit Gunnar Bernburg.«

Sekundenlang sagte niemand ein Wort. Romy und Kasper starrten Max perplex an. Nur Fine lächelte.

»Das ist aber noch nicht alles«, fuhr Breder schließlich fort und warf Romy einen nahezu triumphierenden Blick zu. »Ich habe mir auf deine Aufforderung hin noch einmal die Telefonverbindungen vom Festnetz der Richardts angesehen – nach dem Mord an Kai. Am Dienstag gab es einen sehr kurzen Anruf von einer Handynummer, die bislang noch nicht aufgetaucht war. Ich konnte die Rufnummer zu einem Thomas Herbrecht zurückverfolgen. Der Mann stammt aus Greifswald und arbeitet in dem Maschinenbauunternehmen, in dem Gunnar Bernburg technischer Leiter ist.«

Breder hob eine Braue und verschränkte die Arme vor der Brust. Er lächelte.

Bernburg öffnete ihnen im Mantel und mit freundlich fragendem Blick die Haustür. Offensichtlich war er gerade erst zu Hause eingetroffen, als Romy und Kasper klingelten. Zwei Greifswalder Kollegen warteten in ihrem Wagen einige Meter weiter unten am Straßenrand.

Die Kommissarin lächelte und stellte Kollege Schneider vor. »Herr Bernburg, ich hoffe, Sie erinnern sich noch an mich. Wir sprachen letztens …«

»Ja, natürlich erinnere ich mich«, unterbrach er sie mit einem Anflug von Ungeduld in der Stimme. »Kommissarin Beccare aus Rügen. Konnten Sie den Fall immer noch nicht zu den Akten legen?« Sein Blick war wachsam.

»Bislang nicht. Und wir haben einige Fragen an Sie.«

»Aber ich sagte Ihnen doch schon, dass ich zu Marias Entführung und den … anschließenden Geschehnissen nichts sagen kann.«

»Das ist mir in guter Erinnerung geblieben«, entgegnete Romy. »Es geht um den Mord an dem Berger Geschäftsmann Kai Richardt, der mehrere Frauen in seiner Gewalt hatte, auch Maria. Dürfen wir hereinkommen?«

Gunnar Bernburg gab nach kurzem Zögern die Tür frei. »Ich weiß zwar nicht, wie ich Ihnen weiterhelfen kann, aber … bitte.«

Er führte sie ins Wohnzimmer – ein karg eingerichteter Raum, in dem ein Fernseher mit gigantischen Ausmaßen und eine ebenso imposante Musikanlage die Atmosphäre bestimmten. Bernburg wies auf ein Ledersofa und nahm selbst in einem Sessel Platz. Ein Panoramafenster gab den Blick in den Garten frei.

»Ihre Frau ist nicht zu Hause?«, fragte Romy, als Bernburg sie auffordernd ansah.

»Nein, sie ist mit unserer Jüngsten unterwegs. Die Große ist bei einer Freundin.«

Er antwortet nur, um nicht unhöflich zu wirken oder um Zeit zu gewinnen, dachte Romy. »Wie haben Sie das letzte Wochenende verbracht, Herr Bernburg?«

Er lehnte sich zurück. »Warum fragen Sie?«

»Wir müssen Ihr Alibi überprüfen.«

»Wie bitte?«

»Reine Routine«, gab Kasper seinen an dieser Stelle immer wieder gern zitierten Lieblingssatz zum Besten.

»Warum brauche ich ein Alibi?«

»Weil Sie Vera Richardt kennen und ein starkes Motiv haben.«

Bernburg lachte kurz auf, aber das klang alles andere als fröhlich. »Verraten Sie mir doch mal, wer Vera Richardt ist?«

»Sie ist die Witwe von Kai Richardt.«

»Das klingt überzeugend. Und?«

»Und sie ist mit Marias Schwester in eine Berufsschulklasse gegangen. Die beiden waren immerhin so eng befreundet, dass Vera zu Ihrer Hochzeit eingeladen war. Damals hieß sie noch Sanddorn.«

Bernburg runzelte die Stirn und verschränkte die Finger ineinander. »Aha. Interessant. Schon möglich, nur für mich ist dieser Aspekt völlig neu …«

»Vera hat sie am letzten Samstag sehr spät angerufen. Es war schon Nacht«, behauptete Romy, ohne mit der Wimper zu zucken. »Wahrscheinlich von einem öffentlichen Telefon aus. Wir werden das in Ihren Telefonverbindungen nachweisen. Sie hat Ihnen von einer Entdeckung hinter der Fischfabrik im Sassnitzer Hafen berichtet und gab Ihnen einen heißen Tipp.«

»Ich pflege nicht mitten in der Nacht zu telefonieren und mir heiße Tipps geben zu lassen.«

»Herr Bernburg – es hat überhaupt keinen Sinn, eine Tatsache leugnen zu wollen, die wir Ihnen nachweisen können.«

Romy war fest davon überzeugt, dass der Kontakt genau so zustande gekommen war, aber ihr war auch klar, dass sie sich auf dünnem Eis bewegte, solange der Nachweis der Telefonverbindung nicht eindeutig gegeben war. Und Bernburg wusste das. Da er souverän blockte, musste sie eine Möglichkeit finden, ihn aus der Reserve zu locken. Also pokerte sie – ähnlich wie manchmal beim Boxen – mit einer Stärke, die sie gar nicht besaß, in der Hoffnung, ihn so beeindrucken zu können, dass er eine Schwachstelle offenbarte. Und sei es nur für einen Moment.

Er lächelte dünn. Sie lächelte zurück.

»Es existieren Videoaufnahmen, die in dem Keller unter der Werkstatt gemacht wurden, in dem Kai seine Opfer gefangen hielt. Da der Mann eine weitere Entführung plante, nahm er die Kamera an jenem Samstag in Betrieb. Die Aufnahmen wurden auf seinen häuslichen Laptop überspielt, wo Vera sie entdeckte. Als Veras Mann die Werkstatt wieder verlassen wollte, wurde er überwältigt und gefangen genommen. Außer Ihnen gab es noch jemanden, der ein paar Fragen an ihn hatte und ihn im Verlauf der Befragung ziemlich übel zurichtete. Immerhin ließ er Kai am Leben.«

»Durchaus spannend, wenn auch ein bisschen verworren, aber warum erzählen Sie mir das alles?«

»Die technischen Möglichkeiten sind heutzutage beachtlich. Die damit verbundenen Fallstricke allerdings auch – was nicht immer in ausreichendem Maße beachtet wird«, fuhr Romy fort. »Vera Richardt, die ahnte, wo sich ihr seit dem Morgen verschwundener Mann befinden könnte, ist nachts in das Gebäude eingedrungen, um sich zu vergewissern, dass sie mit ihrer Vermutung richtig lag. Als sie die Kamera gefunden hatte, entschied sie sich – ähnlich wie ihr Mann am Morgen – ein paar herzliche Worte im Sinne einer kleinen Ansprache ins Mikro zu sprechen und freundlich zu winken. Sie sagte unter anderem, dass sie jemanden zu Kai schicken würde, der die Möglichkeit erhalten sollte, noch ein paar Fragen an ihn zu richten.«

»Das ist ziemlich albern.«

Romy nickte. »Finde ich auch, aber die Wirkung ist beträchtlich. Wir werden Ihnen diese Aufnahmen vorspielen, weil wir davon überzeugt sind, dass Vera Kontakt zu Ihnen aufgenommen hat – aller Wahrscheinlichkeit nach sogar anonym. Erzählen Sie uns doch einfach, was passiert ist.«

Bernburg winkte genervt ab. In dem Moment fuhr draußen ein Auto vor. Kinderstimmen erklangen. Gunnar sah auf die Uhr.

»Meine Frau und die Kinder«, sagte er. »Kommen Sie bitte zum Ende. Wenn Sie nichts weiter haben als diese albernen Hirngespinste, dann möchte ich Sie bitten zu gehen.«

»Am Tatort wird es Indizien geben, die Sie nicht leugnen können, Herr Bernburg.«

»Toll. Dann kommen Sie wieder, wenn Sie die haben.«

»Spuren, die Sie nicht vernichten können – so wie den Brief Ihrer Frau. Wie leben Sie eigentlich mit dem ständigen Wissen darum?«

Bernburg erstarrte. Einen Augenblick befürchtete Romy, dass er sich auf sie stürzen würde. Dann klappte die Haustür, und er zuckte zusammen.

Eine Frauen- und zwei helle Mädchenstimmen erklangen. Ein vielleicht zwölfjähriges Mädchen stand kurz darauf in der Tür und lächelte. Sie hielt einen Käfig im Arm. Gunnar Bernburg stand rasch auf und ging ihr entgegen.

»Hallo, Papa, Balu geht es viel besser. Er verliert auch kein Fell mehr. Der Tierarzt meint …« Sie brach ab. »Du hast Besuch.«

»Ja, der geht gleich wieder, Schatz«, versicherte Bernburg ihr und tätschelte ihre Schulter.

Romy und Kasper erhoben sich ebenfalls. Wir kommen bald wieder, dachte die Kommissarin und betrachtete den Käfig, in dem ein Zwerghase saß und mit großen schwarzen Knopfaugen vor sich hinstarrte.

»Der ist ja süß«, sagte sie. »Darf ich den mal anfassen?«

Das Mädchen war überrascht, nickte aber sofort. »Na klar. Balu ist total lieb.«

Der Hase hatte seidiges Fell und mümmelte mit zuckendem Näschen zufrieden vor sich hin, während Romy ihn ausgiebig streichelte. Gunnar Bernburg war inzwischen in den Flur gegangen, wo er einige Worte mit seiner Frau und der anderen Tochter wechselte, die daraufhin auffällig eilig hinter einer Tür verschwanden.

Zwei Minuten später standen Romy und Kasper vor dem Haus. Schneider kratzte sich am Hinterkopf. »Der lässt sich nicht einfach so mitnehmen, und auf die Schnelle kriegen wir keinen Haftbefehl. Wir brauchen was Handfestes.«

»So ist es.« Romy nestelte eine Tüte aus ihrer Jacke. »Oder auch was Seidiges.«

»Bitte?«

»Ich habe mir Haare von Balus Seidenfell besorgt«, erklärte sie. »Möller berichtete letztens, dass auf Kais Knebel Tierhaare gefunden wurden. Wir lassen die sofort mit denen hier vergleichen. Und wenn das ein Treffer ist ...«

»Verstehe.« Kasper griff zu seinem Handy und nickte in Richtung der Greifswalder Kollegen. »Die Jungs haben sicher nichts dagegen, eine Tour ins Institut zu machen, während wir hier warten.«

Ein Polizeifahrzeug fuhr davon, ein Zivilwagen wartete vor dem Haus. Gunnar war davon überzeugt, dass sie dort länger stehen bleiben würden. Er verschanzte sich in seinem Werkzeugkeller.

Die innere Ruhe am Sonntagmorgen war wundervoll gewesen, aber ebenso trügerisch. Seit dem Besuch der Kommissarin am Mittwoch schlief er kaum noch – obwohl ihre Fragen an dem Tag vergleichsweise harmlos gewesen waren und nichts mit ihm persönlich zu tun gehabt hatten. Aber allein die Tatsache, dass die Ermittlungen zu ihm geführt hatten, war beunruhigend gewesen.

Vera hatte ihren Namen nicht genannt und sich als alte Freundin ausgegeben, als sie in der Nacht anrief – eine Freundin, an die er sich nicht erinnerte, auch nicht, als über das Verbrechen in der Zeitung berichtet wurde und er auf gut Glück mit Herbrechts Handy bei den Richardts anrief. Es war dieselbe Stimme wie in der Nacht zum Sonntag – mehr erkannte er nicht. Von der erschütternden Verbindung zu Claudia und Maria hörte er zum ersten Mal. Als gäbe es bei all dem nicht genug Erschütterndes.

Gunnar hatte zunächst gar nicht ans Telefon gehen wollen, aber der Ärger über einen rücksichtslosen nächtlichen Anrufer war stärker gewesen. Mit einigen saftigen Kraftausdrücken auf der Zunge nahm er den Hörer ab.

»Ich bin eine alte Freundin der Familie«, sagte eine leise Frauenstimme. »Und ich würde Ihre Nachtruhe nicht stören, wenn es nicht sehr wichtig wäre.«

Gunnar wollte sofort wieder auflegen.

»Ich weiß, wer Ihre Frau entführt und gequält hat«, fuhr die Frauenstimme fort. »Maria. Sie nahm sich 1995 das Leben, nachdem sie sich in der Gewalt eines Verbrechers befunden hatte.«

Gunnar schnappte nach Luft. »Wer sind Sie und wie kommen Sie darauf …?«

»Eine sehr gute, alte Freundin. Alles andere spielt keine Rolle. Vertrauen Sie mir. Fahren Sie nach Sassnitz, noch heute Nacht. Im Hafen hinter der Fischfabrik stehen mehrere verlassene Gebäude. Im hintersten gibt es eine Werkstatt – im Keller darunter finden Sie einen Mann vor: gefesselt und geknebelt. Er ist heute jemandem begegnet, der einige Fragen an ihn hatte. Das habe ich zufällig in Erfahrung gebracht. Sie sollten sich die Gelegenheit nicht entgehen lassen. Fragen Sie ihn, was er mit Maria gemacht und warum er Ihre Ehe zerstört hat.«

»Warum …?«

»Er hat es verdient. Sie haben es verdient. Das ist nur gerecht.« Dann klackte es in der Leitung.

Gunnar schüttelte den Kopf, als wollte er einen wirren Traum abschütteln. Aber es gelang ihm nicht. Eine Stunde später ging er schlafen. Keine Stunde darauf stand er wieder auf und machte sich auf den Weg, obwohl er sein Vorhaben für völlig verrückt und zudem riskant hielt. Er konnte nicht ausschließen, dass ihm jemand einen bösen Streich spielte.

Andererseits … ja, wenn die Frau recht hatte, wäre die Gelegenheit einmalig. Er hat es verdient, ich habe es verdient. Vielleicht ist dies die Möglichkeit, alles zu einem Ende zu bringen. An Mord hatte er in dem Moment gar nicht gedacht. Fragen stellen, Antworten verlangen, die Vergangenheit ein letztes Mal hochkochen und den Brief dann endlich vergessen können. Sonst was hätte er dafür gegeben. Aber es hatte wieder nicht geklappt.

Gunnar setzte sich an die zerkratzte Werkbank und nahm sich aus einer Schublade Block und Stift. Ohne ein einziges Mal abzusetzen, schrieb er Marias Abschiedsbrief nieder.

Er benötigte keine zehn Minuten, riss die Seiten vom Block, faltete sie und verstaute sie in seiner Hosentasche. Kurz darauf klopfte es an der Tür.

»Die Polizei will dich noch einmal sprechen«, sagte seine Frau mit gepresster Stimme.

Er ging an ihr vorbei, ohne sie anzusehen.

Die Haarprobe war ein Treffer gewesen. Gunnar hatte sich ohne weitere Gegenwehr oder fadenscheinige Diskussionen nach Bergen mitnehmen lassen. Seine Schweigsamkeit und der nachdenkliche, fast starre Gesichtsausdruck standen in deutlichem Gegensatz zu seinem anfänglichen Verhalten.

Romy hatte vorgehabt, ihm das Video mit Veras Ansprache vorzuspielen, aber als sie die Starttaste betätigen wollte, sah Bernburg sie an und schüttelte den Kopf.

»Seit damals verfolgt mich der Brief«, begann er. »Natürlich gab es ihn. Ich habe ihn gelesen, vernichtet und geleugnet. Und er lässt mich nicht los. Immer noch nicht.« Er verschränkte seine Hände. »Ja – Vera hat mich angerufen, ohne dass mir die Verbindung zu Maria bewusst war, und sie war glaubwürdig und überzeugend. Ich konnte natürlich nicht widerstehen und wollte den Mann sehen, der mein und Marias Leben zerstört hat. Und ich wollte ihm Fragen stellen. An etwas anderes habe ich nicht gedacht.«

»Wann sind Sie dort angekommen?«

»Es war sehr früh, vielleicht halb sechs Uhr, das weiß ich nicht so genau«, antwortete Gunnar. »Kai Richardt war in einem üblen Zustand. Ich dachte zunächst, er wäre längst tot … Aber plötzlich schlug er die Augen auf. Er war sichtlich erleichtert, mich zu sehen, weil er annahm, seine Rettung stünde bevor. Ich habe ihm den Knebel abgenommen und ihm etwas zu trinken gegeben.«

»Sie hatten vorsorglich ein Getränk dabei?«, fragte Romy verwundert.

»Oben in der Werkstatt stand eine Flasche. Ich habe sie geholt, weil er solchen Durst hatte und kaum sprechen konnte, so trocken war sein Hals.«

Romy starrte ihn an.

»Ja, ich weiß, das klingt merkwürdig«, gab Gunnar zu. »Aber … so war es. Irgendwie bizarr. Dann habe ich ihm gesagt, wer ich bin und was ich will.«

»Wie hat er reagiert?«

»Fassungslos und entsetzt. Schließlich fing er an, alles abzustreiten. Damit hatte ich, ehrlich gesagt, gar nicht gerechnet, und sein Verhalten hat mich zunehmend verunsichert. Ich geriet plötzlich ins Wanken und fragte mich, wie ich so leichtgläubig und dumm gewesen sein konnte, einer wildfremden Anruferin und ihrem angeblichen Wissen Glauben zu schenken und mitten in der Nacht auf Verbrecherjagd zu gehen. Andererseits …«

Romy nickte. »Ich verstehe. Und wie haben Sie sich Gewissheit verschafft?«

Bernburg griff in seine Hosentasche. »Ich kann Marias Brief Wort für Wort auswendig. Ich habe ihn zitiert und vorhin aufgeschrieben.«

Er atmete tief durch und gab der Kommissarin die dicht beschriebenen Seiten:

Ich ertrage Deine Scham nicht, Deine Scham und Deine Verachtung, las Romy. *Hure steht nur mühsam verschleiert in Deinen Augen, und Du senkst den Blick, wenn ich Dich ansehe und um Zärtlichkeit, Trost und Wärme flehe. Vielleicht hast Du doch eine Wahl gehabt, denkst Du immer wieder. Ich spüre den Gedanken, auch wenn Du versuchst, ihn zu verbergen. Wer weiß, wo Du dem Mann begegnet bist und wie Du ihn angestachelt hast, flüstert es in Dir. Aber der hat sich an meiner Furcht ergötzt. Das war der Stachel, der ihn getrieben hat. Nur deswegen war ich dort. Meine Seele ist gesplittert, sie hat sich in reine Angst verwandelt, und die Dunkelheit lässt mich nicht wieder los.*

Romy war zutiefst erschüttert. Sie ließ die Worte einen Augenblick nachklingen, bevor sie hochblickte und Bernburg ansah. »Was hat er dazu gesagt?«

Gunnar überlegte lange. »Gar nichts. Er hat gar nichts gesagt. Aber plötzlich hat er gelächelt. Ein wissendes, verträumtes Lächeln. Das habe ich nicht ertragen – das war das Letzte, was ich ertragen konnte. Ich hörte, wie etwas in mir mit einem lauten Splittern zerbrach, und habe ihm mit der Wasserflasche einen Schlag verpasst. Dass er tot war, spürte ich sofort, aber meine Hoffnung, nun endlich Ruhe zu finden vor der Vergangenheit, war absurd. Ich hätte es besser wissen müssen …«

Die Hoffnung, durch das Vernichten eines Menschen Ruhe zu finden, ist immer absurd, dachte Romy. Glücklicherweise. Andererseits – Gunnars Reaktion war diejenige, die sie am ehesten nachvollziehen konnte.

EPILOG

Er war sofort einverstanden gewesen, einen Spaziergang am Meer zu machen. Heinrich Laubers Rüstigkeit verwunderte und rührte sie gleichermaßen. Sie gingen eine Viertelstunde in nördlicher Richtung. Die Möwen schrien. Der Wind zerzauste ihr Haar. Kap Arkona war zu sehen an diesem klaren Tag. Wie ein Fels in der Brandung.

Lauber blieb an einem Vogelskelett stehen und betrachtete es einen Moment. Das weiße vom Wind zerzauste Gefieder strahlte eine seltsame Majestät aus. Er hob den Blick. »Haben Sie alles aufgeklärt?«

»Das meiste, ja«, sagte Romy. »Es war ein schwieriger Fall, der sich über zwanzig Jahre hinzog und viele Opfer gefordert hat.«

»Und Beate war eines davon?«

»Ja.«

»Das dachte ich mir.«

»Das Ganze wird noch lange nachklingen.«

Und noch viel Arbeit beinhalten, bis jede einzelne Opfergeschichte gerichtstauglich aufgearbeitet sein würde, seufzte Romy innerlich. Wie gut, dass Max vorerst bei uns bleibt.

Plötzlich spürte sie Laubers Blick. »Finde ich gut, dass Sie gekommen sind und mir Bescheid gesagt haben.«

»Das war versprochen.«

Als sie Heinrich ins Seniorenheim zurückgebracht hatte, besorgte Romy sich einen Döner und aß ihn am Strand. Er schmeckte erstaunlich gut. Wie damals.